Walter Bachmeier

Koppeln, Kühe, Kaseralm

Der Autor
Walter Bachmeier, geboren 1957 in Karlsruhe, wuchs in Münchsmünster in der Hallertau auf. Nach seiner Ausbildung zum Koch begann er unter dem Pseudonym zu schreiben. Sein erstes Werk war ein Kochbuch, das sehr erfolgreich verkauft wurde. Dies gab ihm den Ansporn, seinen Beruf aufzugeben und weiter zu schreiben. Im Laufe der Jahre entstanden so mehrere Erzählungen, Kinderbücher und Artikel in verschiedenen Tageszeitungen. Seit etwa 2012 widmet er sich voll und ganz der Literatur. Immer wieder finden in seinen Büchern auch Erlebnisse aus seinem Leben Platz.

Das Buch
Ein neuer Fall für Chefinspektor Egger
Der Winter ist vorüber im Salzburger Land und die Kühe werden auf die Sommeralmen getrieben. Doch Chefinspektor Martin Egger kann die Alpenidylle nicht genießen, denn ein neuer Fall wartet auf ihn. Auf der Kaseralm wurde ein Toter gefunden. Es stellt sich heraus, dass der Ermordete mehr Geld besaß als gedacht. Er war nicht nur Bauer, sondern betrieb illegale Geschäfte mit Gold. Schon bald ist klar, dass Martin es nicht mit einem einfachen Mord zu tun hat. Doch er ahnt nicht, in welche Abgründe ihn dieser Fall führt …

Von Walter Bachmeier sind bei Midnight erschienen:

Mord in der Schickeria (Ein-Tina-Gründlich-Krimi 1)
Mord an der Salzach (Ein-Tina-Gründlich-Krimi 2)
Mord in der Alpenvilla (Ein-Tina-Gründlich-Krimi 3)
Mord im Pinzgau (Ein-Tina-Gründlich-Krimi 4)
Mord in der Berghütte (Ein-Tina-Gründlich-Krimi 5)

Affären, Alpen, Apfelstrudel (Chefinspektor Egger Fall 1)
Berge, Brotzeit, Bauernherbst (Chefinspektor Egger Fall 2)
Koppeln, Kühe, Kaseralm (Chefinspektor Egger Fall 3)

Walter Bachmeier

Koppeln, Kühe, Kaseralm

Ein neuer Fall für Chefinspektor Egger

Kriminalroman

MIDNIGHT

MIX
Papier aus verantwortungsvollen Quellen
FSC® C083411

Originalausgabe bei Midnight
Midnight ist ein Digitalverlag
der Ullstein Buchverlage GmbH, Berlin April 2018

Umschlaggestaltung: zero-media.net, München
Titelabbildung: © FinePic®
Satz: Pinkuin Satz und Datentechnik, Berlin
Druck- und Bindearbeiten: CPI books GmbH, Leck
ISBN 978-3-95819-150-1

Kapitel 1

Es war in diesem Jahr ein langer Winter gewesen. Fast schien es, als ob es gar nicht mehr Sommer werden würde. Aber dann war der Schnee auch in den höheren Lagen geschmolzen, und es war an der Zeit, den Almsommer zu begehen. Wie immer sollten die Kühe, Ziegen und Schafe auf die hoch gelegenen Sommeralmen gebracht werden, um dort zu weiden und die wertvolle Milch zu erzeugen, aus der die köstlichen Käsesorten hergestellt wurden. Die Senner warteten schon ungeduldig darauf, endlich wieder mit den Tieren auf die Weiden gehen zu können. Dort in der Abgeschiedenheit der Almen versorgten und hüteten sie die Tiere wie ihren Augapfel.

Einige wenige Senner waren bereits hinaufgestiegen, um die Hütten herzurichten und vom Staub und Schmutz des Winters zu befreien. Sie hatten bereits ein paar Tiere mit nach oben genommen. Vor allem die Jungtiere, die Kalbinnen, mussten sich erst an die Gegend gewöhnen, bevor die älteren Kühe, die alles schon kannten, ebenfalls nach oben gebracht werden konnten.

Im Tal herrschte eine gewisse Betriebsamkeit. Die Hoteliers hielten ihr Personal an, alles blitzblank zu polieren. Die Vermieter von Ferienwohnungen und Pensionen putzten ihre Häuser heraus. Beinahe konnte man glauben, sie täten dies alles, um einen Wettbewerb zu gewinnen. An den Balkonen hingen Blumenkästen, in denen Geranien und Petunien in den verschiedensten Farben um die Wette wuchsen und blühten. Es war eine Pracht, die man kaum für möglich gehalten hätte, wenn man es nicht mit eigenen Augen sähe.

Einige der Touristen spazierten schon durch die Ortschaften, um sich an dem Farbenspiel zu ergötzen. Die Salzburger Almsommerzeit war bei den Urlaubern sehr beliebt, was sich auch auf die Besucherzahlen auswirkte. Zu Hunderttausenden waren sie angereist, um im ganzen Salzburger Land diesem Schauspiel beizuwohnen. Aus aller Herren Länder, ja sogar aus Skandinavien und Übersee, waren sie wegen des Almsommers gekommen. Natürlich wurden auch Feste anlässlich dieses Ereignisses abgehalten. So gab es in der Gemeinde Wald im Pinzgau den Bauernmarkt, der jeden Freitag um halb acht abends mit musikalischer Begleitung der örtlichen Blaskapelle stattfand.

Die Buben und die Mädchen, die mit den Sennern und den Hirten nach oben auf die Almen gehen würden, packten unter Aufsicht ihrer Eltern ihre Rucksäcke, um alles dabeizuhaben, was sie für die Zeit in den Bergen brauchten. Sie würden nicht lange bleiben, denn die Kinder mussten weiterhin zur Schule gehen. Ihre Rucksäcke waren also nur so weit bestückt, dass der Inhalt für ein Wochenende reichte. In den Ferien, die zwei Monate dauerten, würden die Kinder erneut zu den Tieren hinaufsteigen. Dort konnten sie unbeschwert spielen und toben. Manche neckten auch die Murmeltiere, indem sie versuchten, ihre Pfiffe nachzuahmen. Andere wiederum meinten, sie müssten den Steinböcken hinterherklettern, was sich aber meist als schier unmöglich herausstellte, denn diese Tiere fanden sogar dort Halt, wo ein Mensch auch mit der besten Ausrüstung keine Chance hatte. Manch einer versuchte sich als Strahler und suchte an den Hängen nach Smaragden und anderen Halbedelsteinen. Wurde einer von ihnen fündig, so stieß er einen erfreuten Juchzer aus, um damit den anderen zu zeigen, dass er Erfolg gehabt hatte.

Nur die kleineren Kinder im Alter von fünf bis sechs Jahren

langweilten sich manchmal. Die einzelnen Almen lagen so weit auseinander, dass sie kaum eine Möglichkeit hatten, miteinander zu spielen. Nur ab und zu erbarmte sich einer der Senner und brachte die Kinder zusammen. Er achtete aber stets darauf, dass sie nicht zu nahe an einen der rauschenden Wildbäche kamen, da es dort selbst für einen Erwachsenen sehr gefährlich werden konnte. Mit einer kleinen Gabe brachte man sogar den einen oder anderen Hüterbuben oder das eine oder andere Hütermädchen dazu, auf die Kinder aufzupassen. Das »Bestechungsgeld« bestand meist aus selbst gemachten Honigguttln oder Latschenkiefern-Huastnguttln. Dabei handelte es sich um Bonbons. Da es in den Bergen viele giftige Pflanzen gab, die durch ihre Farben die Kinder dazu verführen konnten, sie zu pflücken, musste immer jemand ein Auge auf die Kleinen haben.

»Er liebt mich, er liebt mich nicht, er liebt mich, er liebt mich nicht!«, zählte sie, während sie die kleinen, weißen Blütenblätter des Gänseblümchens mit ihren Fingern, die zerbrechlich wie Porzellan aussahen, abzupfte. Sie saß auf einem Felsen inmitten einer Wiese, von der sie das Blümchen hatte. Der Fels war so hoch, dass ihre Beine in der Luft baumelten. Unweit rauschte ein Bach, der von ganz weit oben aus den Bergen mit ihren glitzernden Gletschern kam.

Zwei Stunden hatte sie bis hierherauf gebraucht. Ihre Schuhe hatte sie ausgezogen und neben sich gestellt. In die Schuhe hatte sie ihre dicken, wollenen Socken gesteckt, die zwar nicht schön, aber doch bequem waren. Sie war den weiten Weg gegangen, um sich mit ihm zu treffen. Tagelang, wochenlang, ja ein ganzes Jahr wäre sie gelaufen, nur um ihn zu sehen. Die höchsten Berge hätte sie erklommen und die weitesten Meere durchschwommen, nur für ihn.

Nun saß sie auf dem Felsen, und der kühle Wind spielte leicht mit ihrem langen, flachsblonden Haar, das unter einem großen Strohhut hervorquoll. Sie trug ein zartblaues Kleid mit rosa Wildrosen und lila Veilchen darauf. Gedankenverloren ließ sie die Hände mit der Blume sinken und schaute auf die gegenüberliegende Hangseite. Da war sie wieder! Die kleine Murmeltierkolonie, die ihr Bartl kürzlich bei einer ihrer Wanderungen gezeigt hatte. Eine Kolonie, die aus einer Familie mit zwei Erwachsenen und sechs jungen Murmeltieren bestand. Während die Eltern aufmerksam die Umgebung beobachteten, tollten die jungen Manggeis – so nannte sie Bartl – auf der Wiese umher. Die Eltern standen aufrecht beisammen und schienen sich zu unterhalten. Vielleicht redeten sie gerade über sie. »Ist sie gefährlich? Müssen wir uns in Acht nehmen?«

Eva lachte still in sich hinein. »Bartl! Ja, Bartl!« Er war zu ihrem Lebensmittelpunkt geworden, seit sie ihn damals auf dem Bauernmarkt kennengelernt hatte. Er hatte dort seinen Käse verkauft. Eva mochte Käse gerne und aß ihn oft. Nun hatte sie auch einmal den Käse von diesem aus ihrer Sicht schon etwas älteren Senner probieren wollen. Kurzerhand war sie zu ihm an den Stand gegangen und hatte sich die verschiedenen Sorten, die er im Angebot hatte, angeschaut. »Magst einen probieren?«, hatte er sie gefragt. Wie ein wohliger Schauer durchlief es Eva damals, als sie seine Stimme hörte. Sie hatte ihm ins Gesicht geblickt und ihn genau betrachtet. Seine blonden, wirren Haare, darunter diese gütigen, hellblauen Augen und die leicht gekrümmte Nase. Ein Mund, der sie – und nur sie – anzulächeln schien. Das Gesicht übersät von Bertstoppeln. Er hatte mit seinem Taschenmesser in ein kleines Stück Käse gestochen und es ihr hingehalten. »Da! Probier amoi!« Nur zögernd hatte sie den Käse genommen und in den Mund geschoben. Köstlich war er gewesen, wirklich köstlich! Er zerging auf der Zunge wie Butter in der Sonne, die leichte Säure, die von ihm ausging, hatte sich angefühlt wie prickelnde Limonade. Bartl hatte sie dabei beobachtet und sie angelächelt. »Guat, gell? Mogscht no oan?« Sie hatte heftig genickt, und er hatte ihr noch ein Stück gegeben. Dann noch eins und noch eins. Sie waren ins Plaudern gekommen und Eva hatte es angenehm gefunden in seiner Gesellschaft. Sie hatte gefühlt, wie sich in ihr etwas tat, etwas Heimliches, etwas Schönes, ein Gefühl, das sie so noch nie empfunden hatte.

Er hatte ihr von seiner Heimat erzählt, seinen Bergen und seiner Kaseralm hoch oben. Er war eigentlich Tiroler, aber irgendwie hatte es seine Eltern hierher verschlagen und seitdem lebte er hier. Seine Sprache, seinen Dialekt hatte er aber immer beibehalten. »S'isch a Stück Hoamat!«, hatte er dies begründet.

Eva blickte wieder hinüber zu den Murmeltieren, die noch immer herumtollten und ihren Spaß zu haben schienen. Oft, sehr oft war sie nun schon hier oben gewesen, seit er sie eingeladen hatte, ihn mal zu besuchen. Jedes Mal war es etwas Neues, etwas Schönes und Außergewöhnliches, wenn sie hier sein durfte. Ja, sie durfte hier sein!

Nicht jeder wurde von Bartl eingeladen, ihn auf seiner Alm zu besuchen. Da war er ganz eigen. Nur Menschen, die er mochte, die ihm sympathisch waren und in ihm nicht nur eine Touristenattraktion sahen, durften zu ihm kommen und auch bleiben. Tagelang, nächtelang, wenn sie wollten. Auch sie war schon ein paarmal länger hiergeblieben, als sie eigentlich vorgehabt hatte. Hier oben war es schön. Vor allem in der Nacht, wenn sie draußen auf der Bank vor seiner Hütte saßen und in den Himmel schauten. Hier waren Sterne zu sehen, die man unten im Tal nicht mal erahnen konnte. Sternschnuppen! Wie oft hatten sie gemeinsam die Sternschnuppen beobachtet und dann lachend darüber diskutiert, was man sich wünschen sollte und was nicht. Langsam, beinahe zu langsam waren sie sich nähergekommen. Das mag daran gelegen haben, dass Bartl mit Frauen bisher nur schlechte Erfahrungen gemacht hatte. Er war vorsichtig und drängte sie nicht. Zu nichts, was sie selbst nicht wollte.

Plötzlich hörte Eva drei laute Pfiffe! Das waren Warnpfiffe!

Sie sah gerade noch, wie die Murmeltiere in ihrem Bau verschwanden. Drei Pfiffe bedeuteten – so hatte Bartl ihr erklärt –, dass ein Mensch oder ein Fuchs in der Nähe war. Bei im Angriff befindlichen Adlern oder einer anderen direkt drohenden Gefahr pfiffen die putzigen Kerlchen nur einmal. Eva entdeckte zwei Adler, die am Himmel ihre Kreise zogen. Hatten sie die Murmeltiere überhaupt gesehen? Sicher, Adler verfügten über eine ausgezeichnete Weitsicht, aber Murmeltiere waren nun mal schneller, wenn sie die Gefahr witterten.

Allmählich wurde ihr der Stein zu kalt. Sie kletterte hinunter, nahm ihre Strümpfe und streifte sie über die Füße. Danach zog sie die schweren Schuhe an. Während sie so vornübergebeugt ihre Schuhbänder verknotete, fiel ihr Blick in den Bach. Da glitzerte und glänzte etwas! Was war das? Eva streckte die Hand aus und fasste ins Wasser. Sie fühlte einen kleinen Stein, der etwas kantig war, nicht so wie die Bachkiesel, die sonst darin zu finden waren, nein, er war klein und eckig. Sie zog ihre Hand aus dem Wasser und schaute sich den Stein an. Er glitzerte und funkelte, beinahe wie ein Edelstein. »Ein Bergkristall!«, durchfuhr es sie. »Den bring ich Bartl mit, der wird sich freuen!«

Sie wandte sich ab und wollte auf dem Weg weitergehen. Da zerriss ein gellender Schrei jäh die Idylle …

Kapitel 2

Chefinspektor Martin Egger saß in seinem Büro in Zell am See, als die Meldung hereinkam: »Mord an der Kaseralm!« Er sprang auf und rannte hinaus auf den Flur, wo ihm sein Kollege Josef Faltermeier mit zwei Bechern Kaffee entgegenkam. »Stö den Kaffee auf d'Seitn! Mia miassn los!«

Faltermeier sah ihn verdutzt an. »Aba i woit doch grod …«

»Des is wurscht! Mia miassn los!«

Faltermeier stellte seinen Kaffee auf einem Sideboard ab und folgte seinem Kollegen. Dieser rannte die Treppen hinunter, und Faltermeier hatte Mühe, ihm zu folgen. »Iatz woart hoit amoi! Wo miass mer hi?«

»Zu da Kaseroim! Do gibt's an Dodn!«

Als sie die Haustüre erreichten, hatte Faltermeier Egger eingeholt. »Wia wüst durt hikemma?«, fragte er atemlos.

»Mitm Auto, wos sunst?«

»Nit mitm Heli?«

»Bis dea do is, sand mia längst drobn!«

Sie sprangen in den Dienstwagen, Egger setzte das Blaulicht aufs Dach und fuhr los.

Als sie an der Alm ankamen, sahen sie, wie der Rettungshubschrauber unten im Tal abhob. Faltermeier zeigte auf ihn. »Dea hätt uns aa glei mitnehma kinna!«

»Do hot doch no koana gwusst, dass es um an Murd geht!«

Martin stellte seinen Wagen neben der Almhütte ab und ging zu den beiden Männern, die in weißen Overalls die nähere Umgebung absuchten. »Na, wie sieht's aus? Was haben wir?«

»In der Hütte einen Toten und ein hysterisches Mädchen!«, war die lapidare Antwort.

Martin ging auf den Gerichtsmediziner zu, der gerade aus der Tür kam. »Und? Was meinst du?«

»Ein Schlag auf den Schädel! Exitus!«

»Sofort?«

»Nein, er muss noch ein wenig gelebt haben. Die Zeugin …« Er zeigte auf eine Frau, die in einer abgenutzten, grauen Arbeitshose in der Nähe der Hütte stand. »Sie sagt, dass er noch etwas geflüstert hätte, als sie ihn fand. Einen Namen …«

Martin ließ den Arzt stehen und lief zur Zeugin hinüber. »Ich habe gerade gehört, dass Sie den Mann gefunden haben?«

Sie nickte nur.

»Wie heißen Sie?«

»Eichelberger, Gerti Eichelberger.«

Martin fuhr fort: »Hat er noch etwas gesagt? Einen Namen, irgendetwas?«

Sie nickte. »Ja, er hat einen Namen genannt.«

»Welchen? Wie war der Name?«

»Everl. Ich glaub, er hat Everl gesagt.«

»Everl? Wer ist das? Ist das seine Frau? Kennen Sie sie?«

»Ja, ich kenne sie. Sie ist seine Freundin. Sie ist da drin.« Sie zeigte auf die Hütte, aus der Martin lautes Schreien und Weinen hörte.

Er ging hinüber und schob ein paar neugierige Touristen, die sich vor der Hütte versammelt hatten, beiseite. »Verschwinden Sie! Sofort! Das ist ein Tatort! Sie haben hier nichts zu suchen! Gehen Sie!«

Nur widerwillig entfernten sich ein paar der Leute, aber einige andere rührten sich nicht, was Martin wütend machte. »Nun verschwinden Sie endlich! Alle! Ich will keinen von Ihnen mehr sehen! Machen Sie, dass Sie wegkommen!«

In diesem Moment begann einer der Schaulustigen mit seinem Handy zu filmen. Martin ging auf ihn zu und fuchtelte mit seiner Hand vor dem Objektiv herum. So lange, bis der Mann ihn böse ansah und meinte: »Was soll das? Ich bekomme ja nichts aufs Bild!«

Martin blieb ruhig und freundlich, als er sagte: »Das sollen Sie auch nicht. Dies hier ist nicht zur Volksbelustigung gedacht. Jetzt hören Sie bitte auf zu filmen und verschwinden Sie.« Als der Mann keine Anstalten machte sich zu entfernen, drehte sich Martin zu einem der uniformierten Beamten. Er sagte: »Beschlagnahmen Sie das Handy, nehmen Sie die Personalien des Herrn auf und schreiben Sie eine Anzeige wegen Behinderung der Polizeiarbeit.« Der Mann versuchte zu protestieren. Martin blieb weiterhin ruhig und freundlich. Er sagte: »Entschuldigen Sie bitte, aber Sie lassen mir keine andere Wahl. Ich habe hier zu arbeiten und ich möchte nicht wissen, wie Sie an meiner Stelle reagieren würden.«

Der Beamte wollte dem Mann das Handy wegnehmen, aber dieser wehrte sich heftig. »Was fällt Ihnen ein? Das ist mein Eigentum! Sie dürfen mir das nicht wegnehmen!« Es kam zu einer Rangelei, so dass Martin und Josef sich dazu veranlasst sahen, einzugreifen. Zu dritt schafften sie es, den Mann zu überwältigen und auf den Boden zu drücken. Immer noch wehrte sich der Mann, so dass Martin ihm Handschellen anlegen musste.

Uneinsichtig, wie der Mann war, drohte er Martin: »Das wird Sie teuer zu stehen kommen! Mein Anwalt freut sich schon darauf, gegen Sie eine Dienstaufsichtsbeschwerde einzureichen!« Martin, der eigentlich bereits im Begriff war, sich wieder an die Arbeit zu machen, wandte sich noch einmal um. »Sagen sie Ihrem Anwalt, dass ich mich auf diese Beschwerde schon freue. Das wird ein gefundenes Fressen für die Presse und endlich mal ein Statement an alle, die sich so verhalten wie Sie«, sagte er.

Der Mann ließ nicht locker. »Das lasse ich mir nicht gefallen! Notfalls gehe ich bis zum Bundesgerichtshof! Das ist Nötigung und Freiheitsberaubung!«

»Wenn Sie jetzt noch einen Mucks machen, kommt Widerstand gegen die Staatsgewalt zur Anzeige hinzu! Haben wir uns verstanden?«, fragte Martin.

Der Mann nickte nur und sah Martin verärgert an.

Martin ging noch einmal zu Frau Eichelberger hinüber. »Warum sind Sie eigentlich hier? Was wollten Sie hier?«

Weinend begann sie zu erzählen: »Meine Schuhe, wissen Sie? Da ist die Sohle abgegangen, und der Bartl, der ist – Entschuldigung – war handwerklich so geschickt, der hat mir meine Schuhe schon öfter gerichtet.«

»Da sind Sie einfach ins Haus gegangen?«

»Ja, zuerst hab ich ihn ja gesucht, drüben bei den Kühen, und als er nicht dort war, bin ich in den Stall.« Sie zeigte auf ein angrenzendes Gebäude. »Aber da war er auch nicht, und dann hab ich ein paarmal nach ihm gerufen und keine Antwort bekommen. Da bin ich dann ins Haus und hab nachgeschaut, weil, wissen Sie, wir sind ja Nachbarn sozusagen, und da kümmert man sich schon ein wenig, wenn einer abgeht.«

»Sie dachten, dass ihm etwas passiert sein könnte?«, fragte Martin.

»Ja, das ist schon mal vorgekommen, dass einer von uns vom Schemel gefallen ist und sich nicht mehr rühren konnte.«

»Er auch?«

»Nein, der Bartl nicht, aber einer von unseren anderen Nachbarn, und das hätt bös ausgehen können, wenn da nicht zufällig der Bartl vorbeigekommen wär.«

»Wie alt war der Bartl eigentlich?«

Sie zuckte mit den Schultern. »No ja, er hat nie viel Aufhebens gmacht, wenn's um seinen Geburtstag ging. Aber ich glaub, dass er schon über dreißig Jahre ist – entschuldigung, war.«

Verwundert schaute Martin ins Haus und ihm fiel auf, wie

jung das weinende Mädchen wirkte. Martin schätzte sie auf den ersten Blick auf etwa achtzehn Jahre. Er zeigte mit seinem Stift, den er soeben zusammen mit seinem Block aus der Tasche genommen hatte, hinein. »Über dreißig, und da hat er eine so junge Freundin?«

»Na ja, es hat sich eben so ergeben. Er selber hat ja nicht viel geredet und über so was schon gleich gar nicht. Aber ich hab mitbekommen, dass er schon ein paar Mal andere Frauen hier ghabt hat, aber die sind ihm immer alle gleich wieder weggelaufn. Die haben wahrscheinlich gmeint, dass es auf so einer Alm recht gmütlich und romantisch ist und dass man da bloß auf die Viecher aufpassen muss. Aber wissens, auf einer Alm, da gibt's viel Arbeit, und schwer ist sie auch noch, und das haben die Weibsleut dann gmerkt und sind ihm wieder davon.«

»Aber das Mädchen, Eva heißt sie doch? Das Mädchen nicht?«

»Nein«, meinte Frau Eichelberger. »Die Eva, die ist eine ganz Liebe und Brave, und fleißig ist sie auch. Die wär ihm sicher nicht davonglaufen. Ich glaub, die hat ihn wirklich gern ghabt.«

»Wer hat uns gerufen?«

»Das war ich!«

»Haben Sie denn ein Handy hier oben?«

»Nein.« Sie zeigte auf ein großes Haus weiter oben am Hang »Aber da ist eine bewirtschaftete Hütte! Die haben Telefon. Da bin ich rauf und hab den Notarzt rufen lassen.«

»Wie heißt der Tote eigentlich richtig?«, wollte Martin wissen.

»Bartl. Ich glaub das kommt von Bartholomäus.«

»Also Bartholomäus, und wie noch? Den Familiennamen, kennen Sie den?«

Sie nickte. »Ja, Ladurner hat er geheißen! Bartl Ladurner!«

»Das ist aber kein hiesiger Name?«

»Nein, er ist aus Tirol. Seine Eltern haben unten im Tal einen Hof gekauft. Die sind von dort weg und hierhergekommen.

Warum, weiß ich auch nicht. Aber da war ein Hof vakant und der hat ihnen gleich gfalln.«

»Seit wann lebt er hier?«

»Das sind schon ein paar Jahre! Ich glaub, da war er fünf oder so, wie's herkommen sind.«

»Also rund fünfundzwanzig Jahre?«, hakte Martin nach.

»Ja, das könnte so sein! Er ist schon als Bub mit seim Vater hierherauf kommen und hat die Kühe ghüt und überall gholfen. Er war ein braver Bub und er hat alls von seim Vater glernt.«

»Ich würde Sie gerne etwas fragen, aber Sie müssen nicht antworten, wenn Sie nicht wollen.«

Frau Eichelberger sah ihn neugierig an. »Ja? Was wollns denn wissen?«

»Ich frage mich, warum Sie eigentlich nicht mit dem Bartl zusammen waren. Das hätte sich doch gut ergeben. Zwei Almen zusammen, Sie haben doch auch einen Hof unten?«

Sie lachte. »Ach so! Des meinens! Ja, ich hätt schon wolln, aber er ned. Er hat gmeint, er hätt gnug zu tun mit einer Alm, da bräuchts ned noch eine dazu.«

»Ist Ihnen eigentlich etwas aufgefallen, als Sie hierherkamen?«

»Meinens, wie ich den Bartl gfundn hab?«

»Ja. Ist jemand hier gewesen, den Sie kennen, oder ein Fremder?«

Sie schüttelte den Kopf. »Nein, ich hab niemanden gsehn.«

Martin steckte den Block und den Stift wieder ein. Als er zur Hütte ging, bemerkte er, dass die uniformierten Beamten ein Absperrband rund um das Gebäude gezogen hatten und sich etliche Neugierige fast auf die Zehen traten, um etwas zu sehen. Vorsichtig betrat er die Hütte. Dabei musste er sich bücken, um sich den Kopf nicht an dem niedrigen Türrahmen anzuschlagen. Nur langsam gewöhnten sich seine Augen an das Halbdunkel, das im Inneren der Hütte herrschte. Es roch nach Rauch, etwas säuerlich nach Käse, und – wie hätte es anders sein können –

der süßliche, ekelerregende Duft des Todes schwebte im Raum. Er kannte diesen Geruch nach Blut. Beinahe bei jedem Mord, zu dem er gerufen wurde, war er zugegen. Es schien, als ob der Tod persönlich seine Duftmarke hinterlassen hätte.

Er sah das Mädchen, das auf dem Boden kniete, den Kopf des Toten im Schoß. Immer wieder streichelte sie sein Gesicht, ihre flachsblonden, langen Haare hingen ihr über die Schultern. An den Spitzen waren sie rot vom Blut, da sie über den Oberkörper der Leiche hingen. Sie flüsterte unter Tränen: »Bartl, mein lieber Bartl, wer hat dir das angetan? Wer tut so etwas, und warum tut einer so was? Du hast doch niemandem etwas getan!« Dann beugte sie sich über seinen Kopf und gab ihm einen Kuss auf die Stirn.

Martin wollte die Hütte wieder verlassen, denn es war ihm unangenehm, das Mädchen bei einem so intimen Augenblick zu stören. Sie hob den Kopf und sah ihn mit tränenüberströmtem Gesicht an. »Sagen Sie mir, warum hat man meinen Bartl totgeschlagen? Warum nur? Warum?«

Sie versuchte aufzustehen, schwankte dabei aber etwas, so dass Martin sie stützen musste. Er führte sie nach draußen, das grelle Tageslicht blendete ihn. Stimmengemurmel empfing ihn, und als er endlich wieder etwas erkennen konnte, sah er eine Menschenmenge hinter dem Absperrband stehen, die sich wie die Wellen in einem See bewegte, und ihm schien, als ob alle auf das Mädchen zeigten. Er führte Eva zu einer Bank, die sich neben der Türe befand und wartete, bis sie sich gesetzt hatte.

Dann ging er zu den Leuten, stellte sich vor sie hin und stemmte beide Fäuste in die Hüften. »Was hoffen Sie hier zu sehen? Ergötzen Sie sich gerne am Leid anderer? Gehen Sie nach Hause! Lassen Sie die Menschen hier in Ruhe!« Zu den uniformierten Beamten sagte er laut, so dass es jeder hören konnte: »Schaffen Sie die Leute weg! Wenn in fünf Minuten noch einer hier steht, verhaften Sie ihn wegen Behinderung der Polizeiarbeit!«

Er hörte aus der Menge eine Männerstimme: »Was soll das?

Das hier ist ein freies Land, und ich kann gehen und stehen, wo ich will! Wir lassen uns nicht einfach wegschicken!« Zustimmendes Gemurmel schwoll Martin entgegen.

»Ein freies Land? Ja, das ist es, und in unserm Grundgesetz heißt es, dass die Würde des Menschen unantastbar ist! Halten Sie sich gefälligst daran!« Inzwischen waren auch einige Pressevertreter angekommen, die mit Kameras hantierten und fotografierten, was das Zeug hielt. Sie versuchten, Martin zu ignorieren, was ihn aber noch mehr in Rage brachte. »Dasselbe gilt auch für Sie, meine Herrschaften!«, fauchte er sie an. »Ihre Arbeit und Informationspflicht in allen Ehren, aber ich bitte um etwas mehr Rücksicht! Außerdem zerstören Sie eventuell wichtige Spuren!«

Martin ging wieder zu Eva, die still weinend auf der Bank saß. Er setzte sich neben sie und nahm ihre Hand. Dabei ging ihm ein Gedanke durch den Kopf: *Sie könnte glatt meine Tochter sein! Wie alt sie wohl ist?*

Sie drückte seine Hand und schaute ihn an. »Sind Sie von der Polizei?«

»Ja, ich heiße Martin, und Sie?«

»Ich heiße Eva. Sie dürfen aber ruhig Du zu mir sagen.«

»Gut. Also Eva, ich muss dir jetzt ein paar Fragen stellen. Glaubst du, dass …«

Sie unterbrach ihn und nickte. »Ja, ja, fragen Sie nur. Ich halt das schon aus. Darf ich mir aber zuerst …?« Sie zeigte auf den Baumstumpf, der vor der Hütte stand und aus dessen Ast, der augenscheinlich ausgehöhlt war, Wasser in einen hohlen Baumstamm plätscherte.

Martin verstand sofort. »Ja, natürlich!«

Sie stand auf, ging zum Brunnen und schöpfte mit der hohlen Hand Wasser daraus, das sie sich ins Gesicht spritzte. Dann wischte sie sich noch einmal über ihre Wangen und lächelte Martin schwach an.

Dabei fiel ihm auf, dass ihr Kleid über und über mit Blut beschmiert war. Er erhob sich und ging zu ihr. Leise flüsterte er ihr ins Ohr: »Hast du da drin noch etwas anderes zum Anziehen? Du bist voller Blut!«

Sie nickte nur und wandte sich ab.

Bevor sie in die Hütte gehen konnte, lief ihr Martin nach und hielt sie auf. »Geh da jetzt nicht rein! Sag mir, wo ich was zum Anziehen für dich finde, dann hole ich es dir.«

Sie blieb stehen. »Darf ich ihn denn nicht noch einmal sehen?«

»Doch, das darfst du, aber nicht jetzt. Warte damit, bis wir ihn ins Tal gebracht haben.«

»Wird er dort aufgeschnitten?«

»Ja, das müssen wir«, sagte Martin. »Weißt du, das Gesetz schreibt das so vor.«

Zwei Männer in weißen Overalls schoben sie unsanft beiseite. »Wir müssen jetzt da rein!«

Martin trat zurück und zog Eva mit sich. »Weißt du was? Wir gehen jetzt ein paar Schritte, und ich stelle dir dabei meine Fragen.«

»Ich würde mich aber gerne umziehen.«

Martin winkte ab. »Das kannst du später auch noch. Jetzt kommen wir an den Kollegen ohnehin schwer vorbei. Gehen wir?«

»Ja, gehen wir.«

Als sie ein Stück von der Hütte entfernt waren, legte Martin einen Arm um ihre Schultern. Er spürte, wie sie zitterte und bebte. »Geht es dir nicht gut? Sollen wir umkehren?«

Sie schüttelte den Kopf. »Nein, nein, es geht schon.«

»Dann darf ich dir jetzt meine Fragen stellen?«

»Ja, fragen Sie ruhig.«

Martin ging behutsam vor. »Also Eva, wie heißt du mit vollem Namen?«

»Eva Kammerlander heiße ich!«

»Und wie alt bist du?«

»Ich bin neunzehn Jahre alt.«

»Was kannst du mir über Bartl sagen?«

»Was wollen Sie wissen?«

»Na ja, wie alt war er? Wo wohnte er normalerweise? Wie war er so als Mensch?«

Sie zuckte leicht die Schultern. »Bartl? Er war zweiunddreißig Jahre alt, und er hat normalerweise unten im Tal gewohnt, bei seinen Eltern.« Sie stockte.

Martin fragte noch einmal: »Und? Wie war er so als Mensch?«

»Er war der liebste und beste Mensch auf der Welt! Er hat alles für jeden getan! Er hat jedem geholfen, und ich hab nie ein böses Wort von ihm gehört, nicht mal als …«

»Als was?«, hakte Martin nach.

»Na ja, da war mal einer hier oben, der hat ihn fürchterlich beschimpft! Einen Mörder hat er ihn geheißen und einen Betrüger und einen Kurpfuscher!«

»Warum denn das? Wie ist der dazu gekommen?«

»Bartl hat immer Kräuter gesammelt, weißt du? Ach Entschuldigung, das ist mir jetzt so rausgerutscht.«

»Was? Dass Bartl Kräuter gesammelt hat?«

»Nein, das Du!«, sagte Eva. »Ich wollte nicht Du sagen!«

»Das macht nichts. Meinetwegen kannst du dabei bleiben. Was war mit den Kräutern?«

»Bartl hat Kräuter gesammelt, Heilkräuter, und die hat er dann den Kranken gegeben, die damit wieder gesund werden konnten.«

»Er war also ein Heilkundiger? Hat er denn damit Geld verdient?«

Sie schüttelte den Kopf. »Nein! Er hat nie etwas dafür verlangt. Er hat sie den Leuten geschenkt!«

»Wo hat er denn die Kräuter gesammelt?«

Sie zeigte auf die Wiesen und den Wald, der weiter entfernt lag. »Na hier! Hier überall! Da wachsen Kräuter, sag ich dir! Die reinste Apotheke Gottes. So hat Bartl es immer genannt.«

»Hast du sie denn auch gesammelt?«

»Ja, natürlich. Bartl hat mir gezeigt, welche ich nehmen darf und welche nicht.«

»Dann bist du jetzt auch eine Heilkundige?«, wollte Martin wissen.

»Nein, das sicher nicht! Es hätte noch so viel gegeben, was mir Bartl zeigen und erklären wollte. Aber jetzt …« Eva begann wieder zu weinen.

Martin drückte sie leicht. »Wenn ich aufhören soll zu fragen, dann sag's mir einfach.«

»Nein, es geht schon, frag nur.«

»Weißt du, wer das war, der den Bartl bedroht hat?«

Sie sah ihn von der Seite an. »Glaubst du, dass der den Bartl …?«

»Ich weiß es nicht, aber es könnt doch sein, oder?«

Sie zögerte. »Ich weiß nicht so recht. Aber ich glaub nicht, dass es irgendjemanden gibt, der dem Bartl Böses wollte.«

»Anscheinend doch, denn sonst wäre er ja noch am Leben.«

»Ja«, sagte sie leise. »Sonst wär er noch am Leben. Entschuldige mich bitte.«

Sie wand sich aus Martins Arm und lief auf die Wiese, die neben dem Weg lag. Dort bückte sie sich und pflückte Blumen, die sie zu einem kleinen Sträußchen zusammenfügte. Martin war ihr nachgelaufen und sah ihr zu. »Soll ich dir helfen?«

»Nein! Lass nur, das mach ich alleine!«

Martin entdeckte eine rote Blume, die mitten auf der Wiese stand. Er ging zu ihr hin, hockte sich und berührte sie fast, als Eva plötzlich schrie: »Nein! Martin, fass sie nicht an!«

Martin sah sie verblüfft an. »Warum denn nicht? Das ist doch eine schöne Blume! Ich wollte sie dir doch …«

»Schöne Blume hin oder her! Die ist sehr giftig! Wenn du sie anfasst, kannst du daran sterben!«

»Wieso? Was ist das?«, fragte Martin erstaunt.

»Das ist ein Sommer-Teufelsauge! Das hat Herzglycoside.«

»Aber die Kühe …«

»Fressen sie auch nicht! Die wissen, was passiert, wenn sie die fressen!«

Martin war überrascht. »Du kennst dich wirklich gut aus. Und einen schönen Strauß hast du da gepflückt! Wer bekommt denn den?«

»Der ist für unseren Herrgott!«, sagte sie mit fester Stimme.

»Unseren Herrgott? Aber …«

»Wir kommen gleich an ein Feldkreuz, da gehören die Blumen hin. Bartl hat immer gesagt, wenn man den Herrgott besucht, dann muss man ihm auch was mitbringen. Erst recht, wenn man Sorgen und Kummer hat.«

»Und davon hast du ja genug«, stellte Martin fest.

Sie nickte. »Ja, mehr als genug.«

Sie gingen wieder auf den Weg zurück und weiter.

Nach ein paar Schritten fragte sie: »Hast du schon mal jemanden umgebracht?«

»Wie meinst du das?«

»Du bist doch Polizist, oder?«

»Ja, ich bin bei der Mordkommission.«

»Kommt es da nicht mal vor, dass man jemanden erschießt?«

»Ja, manchmal muss es sein«, sagte Martin.

»Aber warum ist das so? Ich finde, niemand hat das Recht, jemanden einfach so zu töten!«

Martin zuckte die Schultern. »Uns fällt das Töten auch nicht leicht. Manchmal geht es aber nicht anders.«

»Hast du schon mal jemanden erschießen müssen?«, fragte sie mit leichtem Zittern in der Stimme.

»Ja, leider. Ich hatte keine Wahl.«

»Warum?«

»Wenn ich ihn nicht erschossen hätte, dann wäre ein junges Mädchen – etwa in deinem Alter – jetzt tot.«

Sie schwieg und schien nachzudenken. Dann fragte sie: »Wie ist das, wenn man jemanden erschießt? Ist man dann ein Mörder?«

»Ich weiß nicht, ob man das so nennen kann, aber schön ist es nicht. Ich habe heute noch Alpträume davon.«

»Glaubst du, dass du deswegen nicht in den Himmel kommst?«

Er lachte kurz auf. »Das weiß ich nicht, Eva. Ich weiß nicht einmal, ob ich überhaupt irgendwo hinkomme.«

»In die Hölle sicher nicht! Du scheinst ein guter Mensch zu sein.«

Fast waren sie an dem Feldkreuz angekommen. Es waren noch etwa fünfzig Meter. Eva ging voraus.

Martin blieb stehen und schaute ihr nachdenklich hinterher. *Eine seltsame junge Frau. Schon neunzehn Jahre alt, aber doch noch irgendwie ein Kind.* Er beobachtete, wie sie einen verwelkten, kleinen Strauß aus einer Vase nahm. Mit der Vase lief sie ein Stück den Hügel hinauf. Dort ließ sie aus einer Quelle etwas Wasser hineinlaufen. Dann kam sie wieder herunter, winkte ihm kurz zu und stellte die Vase mitsamt den frisch gepflückten Blumen wieder zum Kreuz.

Sie stellte sich mit gefalteten Händen davor, und Martin schien es, als ob sie mit jemandem reden würde. Sie nickte ein paarmal und dann schüttelte sie den Kopf. Schließlich bekreuzigte sie sich und drehte sich zu Martin. Sie winkte heftig und rief: »Komm Martin! Da ist eine Bank. Setzen wir uns doch.« Sie zeigte auf eine kleine Holzbank, die unweit des Kreuzes am Hang stand.

Martin kletterte mühsam den kleinen Steig hoch und setzte sich neben sie. »Mit wem hast du da geredet?«, wollte er wissen.

»Mit unserem Herrgott, mit wem denn sonst?« Martin musste lächeln, was sie offensichtlich verärgerte. »Lach nicht, Martin. Das ist kein Spaß! Mit unserem Herrgott kann man reden, wenn man will.«

»Und was hat dein Herrgott dir gesagt?«

»Dass ich mich in Acht nehmen muss vor dir!«

»Das hat er gesagt?«

»Ja!«, erwiderte Eva ernsthaft.
»Und was noch?«
»Dass ich dir helfen soll, den Mörder zu finden.«
»Weiß er es denn nicht?«
»Was?«
»Wer der Mörder ist. Es würde mir sehr helfen, wenn er mir das sagen könnte.«
Sie wirkte beleidigt. »Du glaubst mir nicht!«
»Doch, aber ich wüsste schon zu gerne, wer der Täter ist.«
»Vielleicht sagt er es dir irgendwann.«
»Wie soll er mir das sagen?«, fragte Martin.
»Du weißt nicht, wie man mit unserm Herrgott redet?«
»Nein, ich habe keine Ahnung davon!«
Sie versuchte, es Martin zu erklären: »Also pass auf, das geht so: Du stellst dem Herrgott einfach deine Frage und gibst deine Antwort dazu. Wenn deine Antwort richtig ist, dann spürst du das.«
»Wie spüre ich das?«
Sie klopfte sich auf die Brust. »Da drinnen, da spürt man die Antwort! Wenn es ein gutes Gefühl ist, dann ist es richtig. Wenn es schlecht ist, dann liegst du falsch.«
»So einfach ist das?«
»Ja, so einfach!«
»Woher weißt du das alles?«, fragte Martin.
»Das weiß ich von Bartl. Der hat mir das erklärt.«
»Aha? Und woher wusste Bartl das?«
»Er hat gesagt, dass er es von der Natur gelernt hat. Aber frag mich jetzt bitte nicht wie.«
»Wie war das eigentlich mit Bartl und dir? Wie habt ihr euch kennengelernt?«
Sie erzählte ihm die Geschichte vom Bauernmarkt, und Martin hörte aufmerksam zu. Als sie fertig war, fragte er sie: »Wie hast du gemerkt, dass du dich in ihn verliebt hast?«
»Das war ganz seltsam! Ich hab ihn gesehen, und da hat's in

mir so ein Gefühl gegeben, weißt du. Ein Brennen in mir.Das gleiche Gefühl, wie wenn ich mit unserem Herrgott rede. Ein gutes, ein schönes Gefühl! Ich hab gleich gewusst, dass er es ist. Das ist der Mann, mit dem ich alt werden will.«

»Daraus wird jetzt wohl nichts mehr?«, fragte er behutsam.

Sie schüttelte den Kopf und sagte leise: »Nein, das wird wohl nichts.«

»Wovon hat Bartl eigentlich gelebt? Vom Käse allein kann's doch nicht gereicht haben.«

»Ja, da hast du schon recht. Aber das darf ich dir nicht sagen.«

»Wieso darfst du mir das nicht sagen?«

»Weil der Bartl das nicht will – wollte. Es ist zu gefährlich, wenn ich das jemandem erzähl, hat er gsagt.«

»Bartl ist doch jetzt tot. Also schadest du ihm nicht, wenn du es mir sagst.«

»Nein, ich kann's trotzdem nicht«, widersprach sie.

Wieder nahm sie seine Hand. Eigentlich widerstrebte es Martin, sich darauf einzulassen, aber so konnte er vielleicht ein wenig mehr Vertrauen aufbauen und Antworten auf die Fragen bekommen, die sich ihm nun unweigerlich stellten. »Sag mal, Eva, kann es sein, dass außer dir und Bartl noch jemand etwas von seinem Geheimnis wusste?«

»Nein, das glaub ich nicht. Bartl hat sicher niemandem etwas davon erzählt.«

»Und sonst? Wie ist das mit den Vorbesitzern des Hofes? Bartls Eltern haben ihn doch gekauft, weil er vakant war?«

»Ja, das stimmt schon«, sagte sie. »Aber das ging nur, weil die Bauern keinen Erben hatten. Sie sind beide längst tot.«

»Was ist mit Bartls Eltern? Die leben doch noch, oder?«

»Ja, schon, aber ich glaub, die wissen auch nichts.«

Martin stand auf. Er hoffte, dass der Leichnam bereits weggebracht worden war.

»Wo willst du hin?«, fragte Eva.

»Zurück zur Hütte. Ich muss …«

»Nein, bleib noch ein bisserl da«, sagte sie und hielt ihn fest. Sie beschrieb mit der Hand einen weiten Bogen und sagte: »Schau mal, wie schön es hier oben ist. Da drüben der Wasserfall. Von dem kommt das Wasser, das wir zum Kochen benutzt haben. Bald kommen die Küh rauf. Es ist Almsommerzeit, weißt? Da bleiben die Küh dann heroben, bis es Herbst wird. Dann müssen sie wieder runter zu den Bauern in den Stall.«

»Beim Almabtrieb also?«

»Ja, dann kommt die Viehscheid und jeder Bauer kriagt sei Kuah wieda.« Fast unbemerkt war Eva in ihren Dialekt verfallen. Martin hatte kein Problem damit, und so ließ er sie weitererzählen: »Da Bartl kriagg dann sei Göd …« Wieder brach sie in Tränen aus und schluchzte. Sie schniefte ein paarmal und sah Martin mit feucht schimmernden Augen an. »Entschuldige, ich wollt nicht …«

»Scho guat«, versuchte er, sie zu beruhigen. »Des mocht goar nix. I vastehs jo.«

Sie nickte nur und sagte dann leise, während sie seine Hand drückte: »Weißt, i mog di. Du scheinst a ehrlicha Mensch zsein.«

Kapitel 3

»Martin! Herrschaftszeiten, wo steckst du denn?« Es war Josef, der ihn rief.

Martin stand auf und rief zurück: »Hier oben! Hier bin ich!« Als er Josef sah, winkte er ihm zu.

Josef kam herauf und schnaufte erst einmal tief durch. »Was machst du denn hier?«, fragte er.

»Na was schon? Eine Zeugenbefragung. Was sonst?«

»Die Kollegen von der Spurensicherung haben gesagt, dass du kommen sollst. Die haben was gefunden.«

»Pressierts?«, fragte Martin.

»Nein, überhaupt nicht«, antwortete Josef betont gelassen. »Die haben nur ein mögliches Motiv gefunden.«

Plötzlich ließ Eva Martins Hand los und sprang auf. »Naa!«, schrie sie. »Nit! Nit an Bartl sei Soch!« Dann rannte sie weg.

Martin sah ihr verwundert nach. Er fragte Josef: »Was meint sie damit? Was haben sie denn gefunden?«

»Gold! Einen Haufen Gold! Mindestens ein Kilo, haben sie gesagt.«

»Wo haben sie das gefunden?«

»Hinter einer Holzwand. Da waren ein paar Bretter locker, und sie haben hineingeschaut.«

Martin überlegte und kam zu einem Schluss. »Wir brauchen Andrea. Ruf sie an. Sie soll so schnell wie möglich herkommen.«

»Das geht nicht! Du hast ihr doch extra freigegeben, weil Beppi Geburtstag hat. Du kannst sie jetzt dort nicht wegholen …«

»Das ist mir ehrlich gesagt im Moment egal. Ich brauch sie für die Eva.«

Andrea war eine sehr kompetente und zuverlässige Kollegin. Zu Josefs Bedauern leider bereits verheiratet. Sie hatten in der Zeit, seit Martin es fertiggebracht hatte, dass Andrea bei ihnen in der Dienststelle bleiben konnte, eine tiefe und ehrliche Freundschaft aufgebaut. Sie waren also nicht nur Kollegen, sondern auch in ihrer Freizeit eng miteinander verbunden.

Beppi, der eigentlich Josef hieß, war Andreas Sohn. Er hatte den Namen von seinem Gedi, also dem Taufpaten, bekommen, der kein anderer war als Kollege Josef Faltermeier. Andrea hatte ihn darum gebeten, nachdem Martin ihr Treuzeuge gewesen war.

Martin ging nun den Weg zur Hütte hinunter und hörte schon von Weitem, wie Eva schimpfte und zeterte: »Des ghört am Bartl! Des derfts nit mitnehma! Lossts de Finga davo!«

Josef, der mit Martin mitgegangen war, meinte dazu: »Ich glaube, du musst da etwas klären.«

»Was denkst du, wozu ich die Andrea brauche? Das Mädchen meint am Ende noch, ich wäre sonst was für sie.«

Josef schnaufte tief durch und zog sein Handy hervor. Er schaute aufs Display und sagte beinahe enttäuscht: »Kein Empfang. Ich kann Andrea gar nicht anrufen.«

Martin zeigte nach oben zu der Hütte, von der er von Frau Eichelberger wusste, dass es dort eine Möglichkeit zum Telefonieren gab. »Geh da rauf und ruf sie an. Die haben Telefon.«

Josef sah Martin missmutig an, stiefelte aber los.

Martin lief derweil zu Eva und versuchte, sie zu beruhigen. »Iatz reg di nit auf, Everl. Des muaß sei. Des nimmt dia doch koana weg. Des sand Wertsochn und de deafn mia goar nit do lossn.«

Sie hatte wieder Tränen in den Augen, als sie sagte: »Du Martin? Sog des bitte nimma zu mia. Nia mehr. Host mi vostandn?«

»Wos soy i nimma song?«, fragte er verständnislos.

»No, du host grod Everl zu mia gsogg. So hot mi da Bartl aa oiwei gnennt. Everl hot ea gsogg, mia zwoa sand scho …« Wieder brach sie in Tränen aus.

Martin hatte es noch nie aushalten können, wenn er eine Frau oder gar ein junges Mädchen weinen sah. Er blickte Hilfe suchend um sich. In einiger Entfernung, etwa fünfzig Meter von ihm weg, sah er Frau Eichelberger. Er winkte ihr zu.

Sie verstand sofort, was er damit meinte, und kam zu ihnen. »Konn i wos höfn?«, fragte sie.

»Ja, kümmern Sie sich bitte um Eva. Ich hab zu arbeiten.«

»No freili moch i des«, antwortete sie und nahm Eva an den Schultern. Sie führte sie weg zu ihrer Hütte, so dass Eva außer Sichtweite war.

Josef kam zurück. Er machte ein ziemlich betrübtes Gesicht.

»Und? Kommt Andrea?«, fragte Martin.

»Ja, kommen wird sie. Aber ich soll dir sagen, dass sie dir so einiges zu erzählen hat.«

»Begeistert war sie also nicht?«

»Was hast du erwartet? Dass sie dir vor lauter Freude um den Hals fällt?«

»Na ja, so ein Kindergeburtstag kann schon auch anstrengend sein.«

»Und du meinst, dass Andrea froh sein muss, wenn sie da weg kommt?«

»Ja, warum denn nicht?«

»Weil es der erste Geburtstag von Beppi ist«, sagte Josef. »Deswegen, du Hornochs!«

»Ach so. Da hab ich gar nicht dran gedacht.«

»Das merk ich! Das Beste wäre, wenn du sie gleich wieder heimschicken würdest!«

»Das geht nicht! Ich brauch sie hier!«

Ein Fahrzeug kam den Weg herauf. Josef erkannte es sofort. »Da kommt sie ja. Jetzt kannst du dich aber warm anziehen.«

Martin beobachtete ruhig, wie Andrea mit ihrem Wagen bei der Hütte anhielt. Er ging auf sie zu, und noch ehe sie aussteigen konnte, war er bei ihr und deutete ihr an, dass sie das Fenster herunterlassen solle. Dies tat sie auch und fragte unwirsch: »Was willst du?«

»Ich will mich bei dir entschuldigen. Ich hab nicht dran gedacht, dass Beppi heute seinen ersten Geburtstag hat. Also fahr wieder heim und grüß ihn mir recht schön.«

Andrea drückte die Türe auf und schob dabei Martin beiseite. Sie stellte sich vor ihn und stemmte beide Fäuste in die Hüften. »Hältst du mich denn für ganz bescheuert? Ich fahr extra hier herauf, und du willst mich wieder heimschicken? Ich bin jetzt hier und ich bleib auch hier!«

Martin musste unwillkürlich schmunzeln. Zu reizend sah sie aus, wenn sie wütend war. Ihre braunen Augen blitzten dabei, und sie zeigte ihre strahlend weißen Zähne wie ein Raubtier, das fauchte. »Jetzt sei halt nicht so«, bat Martin. »Ich kann doch nicht mehr tun, als mich zu entschuldigen.«

»Entschuldigen kannst du dich bei Beppi. Der hat geweint, weil ich wegmusste.«

»Dann fahr eben jetzt wieder heim.«

»Das kommt gar nicht in Frage! Wozu brauchst du mich denn? Gibt's vielleicht wieder ein Problem, das ich klären soll?«

Martin wurde verlegen, denn er wusste, worauf Andrea hinauswollte. Wenn es um prekäre Dinge in einem Fall ging, musste meistens Andrea herhalten. »Na ja, weißt du, die Sache ist die …«, begann er.

»Aha! Ich hör dich schon. Wieder so eine Sache, die nur eine Frau regeln kann!«

»Um genau zu sein, ja. Ich hab hier ein Mädchen, das …«

»Wo ist das Mädchen, und worum geht es?«, fragte Andrea.

»Ihr Freund wurde umgebracht, und ich denke, dass sie weiß, warum. Rede du mit ihr.«

»Aha! Und wo ist sie jetzt?«

Martin zeigte auf Frau Eichelbergers Hütte und erklärte: »Sie ist dort drüben bei der Nachbarin. Sei bitte vorsichtig mit ihr. Sie ist ziemlich mit den Nerven runter.«

»Du kennst mich ja. Ich mach das schon.«

»Gut, dann mach das.«

»Zuerst muss ich aber wissen, worum es genau geht!«

Martin erklärte ihr, was er wusste und worauf es ihm ankam. Andrea verstand ziemlich schnell, worum es letztendlich ging und sagte dies Martin auch auf den Kopf zu: »Du hast nur Angst, dass du weich wirst. Es könnte ja schließlich sein, dass *sie* ihn umgebracht hat. Oder etwa nicht?«

»Schau dir das Mädchen an. Dann weißt du, dass du jetzt Blödsinn daherredest.«

Andrea ließ Martin ohne Erwiderung stehen und ging zu Frau Eichelbergers Hütte. Martin sah ihr nach.

Martin begab sich zu dem kleinen Schuppen neben der Hütte, in der ein paar Kollegen der Spurensicherung bei der Arbeit waren. »Wie sieht's aus? Was habt ihr alles gefunden?«

»Nicht viel«, antwortete Gerhard Meiler, der Leiter der Spurensicherung. »Nur eine Grube, in der offenbar etwas versteckt war. Vielleicht Geld, Gold oder andere wertvolle Gegenstände. Sie war mit Brettern abgedeckt. Schau, hier ist sie.« Er zeigte dabei auf ein etwa einen halben Meter langes und ebenso breites Loch, neben dem etliche Bodenbretter lagen.

Martin schaute hinein und sah Meiler fragend an. »Leer? War sie leer?«

»Ja, aber da muss bis vor Kurzem etwas dringelegen haben. Das erkennt man an der Bodenfeuchte, die noch herrscht.«

»Was glaubst du, was da drin versteckt war?«

Meiler meinte achselzuckend: »Keine Ahnung. Irgendwelche Wertsachen? Sonst wäre die Grube ja sinnlos.«

»Wie seid ihr auf das Loch gekommen? Ich mein, wie habt ihr es gefunden?«

Meiler zeigte auf eine Holztruhe ganz in der Nähe und erklärte: »Die Kiste da hat drauf gestanden. Uns ist aufgefallen, dass es da Schabespuren auf dem Boden gibt. Vermutlich stammen sie davon, dass die Kiste ab und zu weggezogen wurde.«

»Und was ist in der Kiste?«

Meiler öffnete den Deckel. »Etwas Seltsames haben wir da drin gefunden. Bergmannszeug, also einen Arbeitsanzug, einen Helm mit Stirnlampe, einen kleinen Hammer, einen Meißel – alles, was ein Bergmann so braucht.«

Martin fasste sich ans Kinn und sinnierte laut: »Wozu braucht ein Senner Bergmannszeug? Was kann man hier schon groß finden?«

Meiler meinte dazu: »Na ja, vielleicht Gold oder Smaragde? Bergkristalle?«

»Wo ist dann die Mine?«

»Das werden wir sicher noch herausfinden«, antwortete Meiler zuversichtlich.

Plötzlich stand Eva im Schuppen. »Wo is am Bartl sei Goid?«, rief sie aus, als sie an die Grube trat. Sie zeigte darauf und schaute Martin an. »Do drin und hinta da Bretterwond woar am Bartl sei gonz Vermögn! Ois wos ea khob hot, woar do drin!«

Er fragte sie: »Wia moanst du des? Wos woar do drin?«

»Goid! Süba! Und Göd! Ois wos ea khob hot!«

Martin versuchte, ruhig zu bleiben, aber innerlich bebte er. »Geh mit mia naus«, sagte er zu Eva und legte ihr die Hand auf die Schulter.

Sie schüttelte ihn ab. »Wo is des ois? Wea hot des gnumma?«

Er blieb stehen und sah sie an. »Des wissen mia no nit. Des Loch woar laar. Sog mia des no amoi, wos do drin woar.«

Inzwischen kam auch die Nachbarin wieder angelaufen und nahm Eva am Arm. »Kumm Eva. I moch da a woarme Milli. Des do is eh nix füa di.«

»I wü koa woarme Milli nit! I wü wissen, wos do los is!«

»Iatz geh hoit mit da Frau Eichelberger mit«, sagte Martin. »I Kumm aa mit und dann redn mia zwoa.«

Eva stellte sich stur. Sie verschränkte die Arme und warf den Kopf zurück, so dass ihre langen Haare nach hinten flogen. »Naa! I geh do iatz nit weg! Erscht wü i wissen, wos do los is!«

Martin hob die Arme. »Oiso, Eva. So wias ausschaut, hot do oana den Bartl umbrocht und seine Wertsochn mitgnumma. Bloß des hinta da Bretterwond hot dea Täter woih übasehng. Aba iatz sog mia amoi, wos do ois drin woar.«

Eva beruhigte sich wieder und begann aufzuzählen: »Do woarn a poar Sackerl mit Goid und mit Süba und a Schatulln mit Göd drin. Des hot se da Bartl ois schwaar daoarbat und iatz is ois weg.«

Vorsichtig nahm Martin sie am Ellbogen und führte sie hinaus. Zunächst wollte sie ihn abwehren, aber dann ging sie doch mit. Martin führte sie zur Bank vor der Hütte. Er zeigte darauf und sagte: »Do hock di hi.« Er setzte sich neben sie und begann sie zu befragen: »Oiso Eva. Iatz vozöh mia amoi genau, wos do drin woar und wo des herkimmt.«

Sie zuckte mit den Schultern und berichtete: »Oiso guat. Da Bartl hot zwoar gsogg, dass i des neamand nit vozöhn deaf, aba iatz is ea ja dot.« Martin hörte aufmerksam zu, als sie fortfuhr: »Da Bartl hot gonz weit om a Mine gfunna. Ea ist do eini und hot glei a poar Brösl Goid am Bodn gsechn. Ea is dann hoam damit und hot in seine Untalagn nochgschaut, ob de Mine zu da Oim ghert. Do is aba nit fü drüba drin gstanna, bloß dass se do is und seit achtzehnhundertachtadachzg nimma grom wurn is. Ea hot se dann a glei erkundigt wia des mit de Schürfrechte is und do is eahm gsogg wurn, dass de eh scho do sand. Ea deaf de Mine ausbeitn. Oiso grom.«

»Des hot ea dann gmacht?«

»Ja und ea is fündig wurn. Ea hot an Huafn Goid und Süba do rausghoit und vokafft. Vo doher kimmt aa des Göd.«

Martin nickte verständnisvoll. »Oiso i muaß di nochher mitnehma. Du muaßt mer des ois zu Protokoll gem.«

»Mitnehma?«, fragte sie aufgeregt. »Obi ins Toi? Des geht nit! I muaß do herom bleim. Murng kemman de Kiah zum Oimsumma rauf und do muaß oana do sei, dea se um de Viecha kümmert!«

»Konn des nit de Frau Eichelberger mochn?«

»Naa, konn se nit! Des sand üba zwoahundat Viecher. Des packt oana alloanig nit!«

»I loss di danoch aa wieda auffibringa. Zua Not kunnst jo aa dahoam schloffn oda nit?«

»Jo kunnt i scho, aba …«

Martin ließ sie nicht ausreden, sondern sagte: »Guat. Nacha pack mers glei. De Andrea soy di mitnehma.« Martin stand auf und suchte nach Andrea. Er fand sie drüben bei Frau Eichelberger in der Küche. Die beiden plauderten und lachten, als wären sie alte Bekannte.

»Wos is?«, fragte Andrea ihn. »Bist firte mit da Eva?«

»Jo, i bin firte mit ihra. Du muaßt se bloß mitnehma ins Büro. Mia brauchn a Protokoll.«

»Iatz glei?«

»Jo wann denn sunnst?«

Andrea stand auf und verabschiedete sich. »Über de Soch miaß mer uns no amoi untahoitn. Des is jo goidig, wos du mia do vozöhst. Pfia di Gerti.«

»Jo, bis zum nächstn Moi, pfia di Andrea«, sagte Frau Eichelberger noch, als Andrea die Küche verließ.

Draußen fragte Martin mürrisch: »Wos is denn so goidig, wo dia de Frau Eichelberger vozöht hot?«

»Des geht di nix on. Des is a Frauensoch.«

Kapitel 4

Als sie im Revier in Zell ankamen, brachte Andrea Eva sofort in Martins Büro.

Eva saß bereits auf dem Stuhl neben Martins Schreibtisch, als er ins Büro kam. Josef ging an seinen Platz und setzte sich. Nun nahm auch Martin Platz. Er zog sein Handy aus der Tasche und schaltete die Diktierfunktion ein. Dann sagte er zu Eva: »Es macht dia doch nix aus, wenn i des ois aufnimm, wos du mia soggst?«

»Naa, gwieß nit. Du konnst dia des sicha nit ois merkn.«

Martin holte tief Luft, ehe er mit den Fragen begann. »Also, Eva. Ich brauche erst Ihren vollständigen Namen, Ihre Adresse und Ihr Geburtsdatum.«

Sie sah ihn verblüfft an und fragte: »Worum soggst du iatz Sie zu mia? Mia ham doch vurhin …«

»Das muss so sein. Ich lasse das Protokoll nachher abschreiben, und der Kollege muss alles verstehen. Außerdem ist es so, dass dieses Protokoll vielleicht vor Gericht vorgelesen wird. Da muss alles seine Ordnung haben«

»Aha«, meinte Eva.

»Also? Ihre Daten bitte.«

Eva begann: »Ich heiße Eveline Kammerlander, bin neunzehn Jahre alt und …«

»Ich brauche das genaue Geburtsdatum bitte«, unterbrach sie Martin.

Sie begann von Neuem und nannte alle Daten, die Martin brauchte. Als sie fertig war, sah sie ihn erwartungsvoll an. »Also? Was wollen Sie von mir wissen?«, fragte sie mit leiser Stimme.

»Wie lange kennen Sie Herrn Ladurner denn schon?«

Sie überlegte nur kurz und sagte: »Seit dem Bauernherbst vor drei Jahren. Da hat er mich von seinem Käse probieren lassen und der war so gut und da sind wir …«

»Schon gut. Da waren sie also grade mal sechzehn?«

»Sechzehneinhalb«, korrigierte sie ihn.

»Gut, dann eben sechzehneinhalb. Aber was war danach? Sind Sie gleich zu ihm auf die Alm?«

»Gleich? Für wen halten Sie mich? Wir haben uns nur ein paarmal im Dorf getroffen und geplaudert. Erst im nächsten Almsommer hab ich ihn oben besucht.«

»Kennen Sie seine Freunde?«

»Freunde? Nein, ich weiß gar nicht, ob er überhaupt welche hatte. Er war mehr ein Einzelgänger. Einer, der sich mit anderen nicht viel abgibt. Er hat gmeint, er hätte da so seine Erfahrungen gmacht.«

»Welche Erfahrungen?«, fragte Martin.

»Das weiß ich auch nicht. Aber ist das denn so wichtig?«

»Das weiß ich noch nicht. Mir geht es darum, zu erfahren, wer von dem Gold und dem Silber oben in der Grube wusste.«

Sie schüttelte vehement den Kopf. »Niemand. Das wusste außer Bartl und mir keiner.«

»Sind Sie sich da sicher?«

»Ja, absolut. Ich hab zu niemandem etwas gsagt, und der Bartl gwieß auch nicht.«

»Wie ist das mit Ihren Eltern?«, fragte Martin. »Was sagen die über Ihre *Freundschaft* mit Herrn Ladurner?«

»Was sollen sie schon sagen? Ich bin volljährig, und ich weiß, was ich tu.«

»Also, Frau Kammerlander, nur noch ein paar Fragen, dann

haben Sie es überstanden. Andrea, ich meine Frau Hauser, wird Sie dann nach Hause bringen. Mich würde noch interessieren, was für Freunde Sie hier unten haben. Schulfreunde oder Arbeitskollegen?«

»Ja, da sind schon ein paar. Die ziehen mich auch immer auf wegen meiner Freundschaft mit Bartl. Sie meinen, er sei ein seltsamer Kauz und meiner nicht würdig. Manche behaupten auch, er wäre nicht richtig im Kopf.«

»Wer sagt das? Die Männer?«

Eva nickte. »Ja, die Jungs. Aber das sind nur die, die von mir einen Korb gekriegt haben.«

»Das kann ich mir vorstellen. Die sind sicher sehr eifersüchtig?«

»Ja, und einer hat gsagt, dass er dem Bartl schon mal zeigen würde, wo er den Most zu holen hat.«

»Wer war das?«, wollte Martin wissen. »Wer hat das gesagt?«

»Das … das … nein, ich sag's lieber nicht.«

»Warum denn nicht?«

»Weil Sie ihm sonst Schwierigkeiten machen, und das lässt er dann an mir aus.«

Martin versuchte es nun auf andere Art und Weise. In väterlichem Ton sagte er: »Wissen Sie, Eva, Hunde die bellen, beißen nicht, und wenn ich mit dem fertig bin, lässt er Sie für alle Zeit in Ruhe. Das verspreche ich Ihnen.«

Sie sah ihn scheu an und fragte mit leiser, fast piepsiger Stimme: »Wirklich? Sie meinen, er tut mir dann nichts? Er haut mich dann auch nicht mehr?«

»Was soll das heißen? Er hat Sie geschlagen? Warum zum Teufel noch mal hat er das getan?«

»Weil … ja nun, weil ich nicht … weil ich halt nicht mit ihm gehen wollt. Er hat damals gsagt, dass das nur ein Vorgeschmack war. Wenn ich mir einen anderen suchen tät, dann könnt der was erleben. Er würd ihn umbringen, hat er gsagt.«

Martin sprang auf und lief im Büro umher. »Wer war das,

Frau Kammerlander? Wie heißt er? Wo wohnt er? Ich lass ihn sofort festnehmen!«

»Nein, bittschön nicht. Er hat dem Bartl gwieß nichts getan. Dazu wär er viel zu feig gwesn. Der hat bloß ein großes Maul.«

»Trotzdem. Ich brauch seinen Namen. Man schlägt keine Frau. Das kann ich ihm nicht durchgehen lassen.«

Eva sah ihn mit Tränen in den Augen an und seufzte, ehe sie sagte: »Der Pöschl Markus ist das gwesn. Weißt, der vom Autohaus. Der meint immer, dass er was Bsonders wär, bloß weil sein Vater viel Geld hat. Dabei ist er genauso blöd wie die andern auch.«

Martin wandte seinen Kopf zu Josef. »Hast du das gehört? Fahr hin und hol ihn her!«

»Mit Haftbefehl?«

»Nein, den brauchen wir nicht. Sag ihm, dass ich ihn befragen muss wegen des Mordes an Herrn Ladurner.«

»Ich dachte, nur wegen der Körperverletzung an einer weiblichen Person?«

»Bist du immer noch da? Fahr endlich!«

»Ich bin ja schon weg«, antwortete Josef und verließ das Büro.

Martin wandte sich wieder Eva zu, die in sich zusammengesunken auf ihrem Stuhl saß. »Eva?«, fragte er leise.

»Ja?«, sagte sie.

»Ist alles in Ordnung?«

»Nein, mir ist nicht gut. Darf ich jetzt heim?«

Martin hatte zwar noch ein paar Fragen, aber die eilten nicht so sehr. Er nickte nur und schaute zu Andrea. »Fährst du sie bitte nach Hause?«

»Selbstverständlich«, antwortete Andrea und stand auf. Sie ging zu Martins Schreibtisch, fasste Eva unter den Arm und zog sie sanft hoch. Gemeinsam verließen sie das Büro. Eva schwankte dabei leicht.

Martin sah ihnen nachdenklich hinterher. Was war bloß mit dem Kind los? Sie könnte locker zehn Männer an jedem Finger haben. Aber nein. Sie suchte sich einen, der mehr als zehn Jahre älter war als sie. Einen armen Hund, einen Senner, der nichts hatte und nichts konnte. Nichts hatte? Nein, das stimmte nicht. Er hatte die Goldmine und dort sowohl Gold als auch Silber gefunden. Sagte sie jedenfalls. Aber das war sicher nicht der Grund, warum sie sich in ihn verliebt hatte. Was hatte der Mann nur so Besonderes an sich gehabt, dass sie ausgerechnet ihn …? Er verstand es nicht. Aber vielleicht war auch sie der Grund, warum man ihn umgebracht hatte. Möglich wäre es. Er musste sich den Pöschl mal genauer anschauen. Wenn der so war, wie sie sagte, hatte er sicher keine reine Weste. Vielleicht war er sogar vorbestraft. Wo lag das Motiv für den Mord? Das Geld, das Gold und das Silber? Wer wusste davon?

Kapitel 5

Es klopfte an der Türe. Martin rief: »Herein!«

Gerhard Meiler von der Spurensicherung trat ein. Er hatte einen Ordner in der Hand, den er Martin überreichte. »Den haben wir oben in der Hütte gefunden. Schau mal rein. Das wird dich interessieren.«

Martin setzte sich und öffnete den Ordner. Neugierig blätterte er die Seiten durch. Auf einmal stutzte er. Er zeigte auf eine Seite und fragte Meiler: »Was ist das?«

»Das ist eine Art Buchführung. Herr Ladurner hat sie wohl angelegt, um kontrollieren zu können, welche Einnahmen und Ausgaben er hatte.«

»Da stehen ja beträchtliche Summen drin!«, meinte Martin erstaunt.

»Ja, summa summarum hatte der Mann Einnahmen von anderthalb Millionen Euro im letzten Jahr.«

»Und wo ist das Geld jetzt?«

»Das steht buchstäblich auf einem anderen Blatt. Wenn du die nächste Seite anschauen würdest?«

Martin blätterte weiter und blickte verständnislos auf das Papier, das nun vor ihm lag. »Was ist das?«

»Das sind die sogenannten Ausgaben, die Herr Ladurner tätigte.«

Martin besah sich die Seite genauer, konnte aber immer noch

nichts damit anfangen. »Das sind ja lauter Kürzel. Anfangsbuchstaben oder so?«

»Ja, du hast recht. Eventuell sind das Gläubiger oder andere, die Geld von Herrn Ladurner bekamen.«

»Das sind aber keine unerheblichen Summen, die da über den Tisch gegangen sind.«

»Das ist uns auch aufgefallen. Es könnten Schmiergelder oder andere Zuwendungen gewesen sein.«

»Schmiergelder?«, fragte Martin. »Wofür?«

»Auch darüber können wir vorerst nur spekulieren. Wir haben die gesamten Konten von Herrn Ladurner überprüft, aber nichts Ungewöhnliches feststellen können. Er hat alle Einnahmen sauber verbucht und versteuert.«

»Welche Einnahmen? Herr Ladurner war Senner, und was kann ein Senner schon groß an Einkünften haben?«

»Das wissen wir selbst noch nicht so genau«, sagte Meiler. »Jedenfalls hat er die Gold- und Silberfunde genauestens angegeben und den Ertrag daraus versteuert.«

»Da sind aber auch die Ausgaben? Gibt es denn keine Belege, wofür die Aufwendungen waren? Rechnungen, Quittungen?«

»Leider nicht für alles. Das meiste hat er vor Steuern ausgegeben. Also ohne Beleg.«

Martin klappte den Ordner zu und wollte ihn an Meiler zurückgeben.

Dieser aber meinte: »Schau weiter, da ist noch ein sehr interessantes Dokument drin.«

Martin öffnete den Ordner noch einmal und blätterte ihn durch. Dabei fiel ihm eine Urkunde mit einem Siegel auf. Er betrachtete sie eine Weile und meinte: »Offenbar ein Testament.«

»Ja.«

»Hast du gesehen, wer der Begünstigte ist?«

»Ja, hab ich. Aber lies doch selbst.«

Martin las das Testament noch einmal genauer. »Das ist ja der Hammer!«

»Genau das haben wir uns auch gedacht«, sagte Meiler.

Martin nahm sein Handy und rief Andrea an.

Diese meldete sich sofort. »Martin? Was gibt's?«

»Wo bist du jetzt?«

»Im Auto, wo sonst?«

»Hast du Eva schon nach Hause gebracht?«, fragte Martin.

»Nein, die sitzt noch neben mir.«

»Kehr sofort um und bring sie wieder her.«

»Ich glaub, das ist keine so gute Idee«, sagte Andrea. »Ihr geht's gar nicht gut. Ich glaub, ich bring sie besser ins Krankenhaus.«

»Was ist mit ihr?«

»Ihr ist übel, und ich musste schon zweimal anhalten, damit sie sich nicht im Auto übergibt.«

Martin überlegte nur kurz und antwortete dann: »Ist in Ordnung. Bring sie vorsichtshalber ins Krankenhaus. Aber danach kommst du bitte gleich her.«

»Ist recht«, sagte sie und beendete das Gespräch.

Die Bürotüre ging auf, und Josef kam mit einem jungen Mann herein. Er schob ihn zu Martin und zeigte auf den Stuhl. »Setzen Sie sich«, sagte er in befehlsmäßigem Ton. Der junge Mann nahm Platz, während Josef erklärte: »Das ist Herr Pöschl. Markus Pöschl. Der Herr, den du sehen wolltest.«

Martin reichte Josef den Ordner und bat ihn: »Schau du dir das mal in Ruhe an. Geh aber mit dem Kollegen nach draußen. Er kann dir helfen, wenn du Fragen hast.« Josef nahm den Ordner und verließ, gefolgt von Meiler, das Büro. Martin wandte sich Herrn Pöschl zu.

Dieser sah ihn trotzig an. »Was wollen Sie von mir? Ich hab nichts angestellt.«

»So? Nichts angestellt? Ist das nichts, wenn man ein Mädchen schlägt?«

Er verschränkte die Arme vor der Brust und schlug die Beine übereinander. »Ich weiß nicht, wovon Sie reden«, sagte er.

»Ich kann Ihnen das schon sagen. Sie haben Frau Eveline Kammerlander geschlagen und bedroht.«

»Was hab ich? Sie haben doch ein geistiges Vakuum! Ich hab niemals in meinem Leben ein Mädchen geschlagen, geschweige denn bedroht!«

Martin versuchte, ruhig zu bleiben. Betont gelassen sagte er also: »Frau Kammerlander behauptet aber etwas anderes.«

»Die Eva? Der können Sie nichts glauben! Die lügt doch, wenn sie das Maul aufmacht. Des Flitscherl, des dahergelaufene!«

»Warum sollte sie so etwas behaupten?«

»Ha! Das kann ich Ihnen sagen! Mein Vater hat ein Autohaus und eine Menge Geld, das ich mal erben werde. Die hat es doch nur darauf abgesehen gehabt, und ich hab sie abblitzen lassen! Das ist ihre Art, sich an mir zu rächen!«

»Haben Sie sie deshalb geschlagen?«, wollte Martin wissen.

»Wenn sie das behauptet, dann lügt sie. Das habe ich Ihnen schon einmal gesagt. Außerdem gibt es dafür keine Beweise und einen Zeugen sowieso nicht.«

»Woher wollen Sie wissen, dass es keinen Zeugen dafür gibt? Vielleicht hat ja doch einer was gesehen?«

»Das hat keiner gesehen, da hab ich schon …« Zu spät bemerkte Pöschl, dass er zu viel gesagt hatte.

Martin hatte ihn bereits am Wickel. »Schon aufgepasst? Wollten Sie das sagen? Vielen Dank, Herr Pöschl. Das wollte ich hören.« Martin grinste, als ob er zu Ostern ein besonderes Geschenk bekommen hätte.

»Ich will einen Anwalt!«, stieß Pöschl hervor.

Martin schob ihm das Telefon hin. »Bitte schön. Tun Sie sich keinen Zwang an.«

Pöschl nahm das Telefon und wählte mit zittrigen Fingern eine Nummer, die er offenbar auswendig kannte. Eigentlich hätte Martin ja das Büro verlassen müssen, aber seine Neugier zwang ihn zu bleiben. So hörte er das Telefonat mit.

Pöschl schrie beinahe in den Hörer: »Papa! Ich bin hier bei der Polizei in Zell. Die wollen mir was anhängen. Du musst mich da rausholen! Schick deinen Anwalt her!«

Leise hörte Martin die Antwort: »Was hast du jetzt wieder angestellt? Schau selber, wie du aus der Sache rauskommst. Ich helf dir diesmal nicht!«

»Aber Papa! Das ist doch alles nur ein Missverständnis, ich …«

Martin nahm ihm den Hörer aus der Hand und hielt ihn sich ans Ohr. »Chefinspektor Egger hier. Herr Pöschl, es wäre vielleicht doch besser, wenn Sie Ihrem Sohn Ihren Anwalt herschicken würden. Er steckt in einer argen Zwickmühle. Ich verdächtige ihn des Mordes.«

»Jetzt übertreibt er aber! Aber gut, ich schick unseren Anwalt zu Ihnen.« Der alte Pöschl legte auf.

Pöschl junior saß verschüchtert und blass vor Martin. »So, Herr Pöschl. Sie kommen nun erst einmal in eines unserer gemütlichen Zimmer. Dort können Sie ein wenig nachdenken.«

Pöschl sah ihn entsetzt an und fragte kleinlaut: »Was sagten Sie gerade? Ich stehe unter Mordverdacht? Wen soll ich denn umgebracht haben?«

»Das wissen Sie nicht? Haben Sie zu Frau Kammerlander denn nicht gesagt, dass Sie denjenigen umbringen würden, den sie sich aussucht?«

»Es kann schon sein, dass ich das gesagt hab. Aber ich hab es nicht getan.«

»Tja, Herr Pöschl. Es ist aber nun mal so, dass Herr Ladurner, der Frau Kammerlanders – sagen wir mal – Partner war, letzte Nacht umgebracht wurde.«

Pöschl sprang auf und hielt die Hände schützend vor sich. »Das … das … das können Sie mir nicht anhängen! Das hab ich nicht getan! Ich war gar nicht oben auf der Alm.«

»Woher wissen Sie, wo der Tatort ist? Ich hab Ihnen das doch gar nicht gesagt?«

»Wo sonst soll es gewesen sein als auf der Alm? Dort lebt doch der Hinterwäldler, der arme Hund, der nur was zum Beißen hat, weil er anderer Leute Kühe hütet. Der Hungerleider, der Sandler, der …«

Martin stand nun seinerseits auf und ging mit drohender Miene auf Pöschl zu. »Der Hungerleider, der Sandler und wie Sie ihn noch nennen wollten, ist tot! Und ob er nun arm war oder nicht, geht Sie gar nichts an!«

Das Gesicht Pöschls erhellte sich. »Da haben Sie es ja schon! Mein Geld war ihr zu wenig. Da hat sie sich einen gsucht, der mehr hat. Wer weiß, ob nicht sie ihn …«

»Halten Sie ihren ungewaschenen Mund, Herr Pöschl! Frau Kammerlander wusste gar nicht, ob Herr Ladurner über Geld verfügte, und sie weiß es bis heute nicht! Das kann also nicht der Grund gewesen sein.«

»Ach? Der Herr Chefinspektor verteidigt dieses Luder! Hat sie Sie auch schon um den Finger gewickelt mit ihrer Masche? Kleines, unschuldiges Mädchen und so? Was hat sie Ihnen versprochen?«

Nun reichte es Martin. Er wusste, dass er einen Fehler begehen würde, wenn er jetzt nicht gleich etwas unternähme. Er ging zur Bürotüre, riss sie auf und rief hinaus: »Josef! Schaff mir den Typen vom Hals, ehe ich mich vergesse! Ab in U-Haft mit ihm!«

Josef kam herein und legte den Ordner, den er noch in den Händen hielt, auf Martins Tisch. Er nahm Pöschl am Ellbogen.

Dieser schüttelte ihn ab und fauchte Josef an: »Finger weg! Fassen Sie mich ja nicht mehr an. Ich könnte das als Körperverletzung sehen.«

Nun reichte es Martin endgültig. Er zeigte mit dem Finger zur Türe und rief laut: »Raus!«

Pöschl zuckte zusammen und gab keinen Mucks mehr von sich. Selbst dann nicht, als ihn Josef hinausschob.

Martin setzte sich an seinen Rechner und schrieb einen vorläufigen Bericht. Er hörte die Aussage von Eva noch einmal ab und schrieb sie dann ebenfalls nieder. Dabei fielen ihm Pöschls Worte wieder ein. Eva hatte von Ladurners Reichtum gewusst, wenn auch nicht vom konkreten Umfang. Hatte Pöschl vielleicht sogar recht mit seiner Behauptung? War das wirklich der Grund gewesen, warum Eva sich zu ihm hingezogen gefühlt hatte?

Martin nahm sich noch einmal den Ordner vor. Er suchte nach etwas Bestimmtem. Da musste es doch Bankauszüge geben. Eine Gesamtaufstellung von Ladurners Vermögen. Er hatte doch Buch geführt. Für seine Eintragungen musste es Belege geben. Martin fand sie auch. Sauber der Reihe nach abgeheftet für die Steuererklärung. Genau so wie Kollege Meiler es gesagt hatte. Aber auch die Notizen über die Ausgaben, die er noch getätigt hatte, waren durchaus interessant. Da standen unglaubliche Summen, die er an jemanden weitergegeben hatte, von dem nur das Kürzel »JS« zu lesen war. Wer war dieser »JS«? Warum und vor allem wofür bekam er oder sie das Geld? Da waren einmal zwanzigtausend Euro, dann wieder fünfzehntausend und einmal sogar beinahe hunderttausend! Eine Handwerkerrechnung war das sicher nicht. Die wäre auch im Ordner abgeheftet gewesen. Doch darum würde er sich später kümmern.

Da waren noch mehr Dokumente, die seine Aufmerksamkeit erregten. Unter anderem ein Schreiben von der Gemeinde. Die Bestätigung für ein Aufgebot. Ein Aufgebot zur Hochzeit mit Eveline Kammerlander! Alle Daten waren vorhanden: das Geburtsdatum, die Namen und alles, was dazugehörte. Die Hochzeit hatte bald stattfinden sollen. In nur vier Wochen hatten die beiden heiraten wollen. Wussten Evas Eltern davon? Er musste sie befragen. Unbedingt und so schnell wie nur möglich.

Martin suchte die Nummer aus dem Telefonbuch und rief sie an. Es kam ein Freizeichen. Dann noch eins und noch eins. Martin schnaufte tief durch. Das dauerte ja eine Ewigkeit, bis da jemand ranging. Er wollte schon wieder auflegen, als er eine weibliche Stimme hörte. Es war Eva! Nein, doch nicht. Es war nur ihre Stimme, die sagte: »Guten Tag, leider sind wir im Moment nicht zu erreichen …«

Er wartete ab, bis Eva den Text zu Ende gesprochen hatte. Dann sagte er: »Guten Tag, Frau Kammerlander. Hier ist Chefinspektor Egger von der Kriminalpolizei Zell. Ich muss Sie dringend sprechen. Bitte rufen Sie mich zurück.« Er nannte noch seine Telefonnummer, dann legte er auf.

Was war mit Bartls Eltern? Was wussten sie über das Leben ihres Sohnes? Dass er heiraten wollte? Wussten sie von seinem Vermögen? Was hielten sie von Eva? Bartl war zwar alt genug, um tun und lassen zu können, was er wollte, aber dennoch könnten die Eltern sich eingemischt haben.

Andrea kam ins Büro.

»Und? Was ist mit …?«, fragte Martin.

»Was soll sein?«

»Ich mein, warum ist ihr schlecht? Ist sie schwanger, oder was? Hast du sie noch nach Hause gebracht?«

»Nein, hab ich nicht, und schwanger ist sie auch nicht, glaub ich zumindest. Ihr war nur nicht gut. Das ist ja auch kein Wunder bei der ganzen Aufregung. Sie ist jetzt im Krankenhaus zur Beobachtung. Morgen darf sie wieder heim, wenn alles in Ordnung ist bei ihr.«

»Konntest du noch einmal mit ihr reden?«

»Ja, konnte ich, und sie hat mir etwas erzählt. Jetzt halt dich fest! Bisher hat sie das wohl noch keinem erzählt. Noch niemandem, außer mir. Sie meinte, weil ich doch so etwas wie eine Freundin für sie sei …«

»Sie wollten heiraten«, nahm Martin die Spannung heraus.

»Woher weißt du das?«, fragte Andrea überrascht.

Martin zeigte auf den Ordner. »Da drinnen ist ein Schreiben der Gemeinde. Die haben das Aufgebot schon bestellt. In vier Wochen sollte die Hochzeit sein.«

»Aha! Und ich hab schon gemeint, sie erzählt mir das, weil wir uns so gut verstehen.«

»Siehst du, so kann man sich irren«, sagte Martin und grinste sie an. »Vielleicht hat sie dir ja noch mehr nicht erzählt?«

»Was denn zum Beispiel?«

»Dass sie versucht hat, mit dem Pöschl Markus anzubandeln?«

»Ach komm! Das glaubst du doch selbst nicht!«

»Er hat das jedenfalls behauptet, und dass sie ihn nicht mehr wollte, weil Bartl mehr Geld gehabt hat.«

»Jetzt spinnst du aber schon laut. Als ob das Mädchen auf das Geld schauen würde.«, erwiderte sie im Brustton der Überzeugung.

»Ich weiß nicht so recht. Bei euch Frauen weiß man doch nie, woran man ist.«

»Du, gell? Jetzt rüttelst aber schon gewaltig am Watschnbaum.«

Martin nahm den Ordner hoch und reichte ihn Andrea. »Wenn du fertig bist mit beleidigt sein, kannst du dich um die Finanzen vom Bartl kümmern? Das muss alles kontrolliert werden. Ein paar Dinge da drin gefallen mir überhaupt nicht. Da stinkt etwas gewaltig zum Himmel.«

»Worauf soll ich dabei achten?«

»Sieh zu, dass du herausfindest, wer dieser JS ist. Der hat eine Menge Geld von Bartl bekommen, und ich möchte wissen, wofür.«

Andrea nahm den Ordner und ging damit an ihren Platz. Sie blätterte ihn nun ebenfalls aufmerksam durch. Manchmal hörte Martin von ihr ein erstauntes »Aha!« oder aber auch ein »No so wos!«. Plötzlich rief sie aus: »Ja farreck Kaffeehaus! Des gibt's ja woih nit!«

Martin, der noch immer an seinem Berichtsentwurf schrieb, schaute erstaunt auf. »Was ist? Hast du etwas gefunden?«

»Das kann man wohl sagen. Hat die Eva dir gegenüber etwas von einem Gewehr erwähnt?« Andrea kam mit einem ausweisähnlichen Dokument zu ihm.

»Was hast du da?«, fragte Martin und nahm den Ausweis entgegen. Er besah ihn sich und pfiff durch die Zähne, als er erkannte, dass es eine Waffenbesitzkarte war. »Ein Steyr-Jagdgewehr und eine alte Wehrmachtspistole? Wozu braucht ein Senner so etwas?«

»Na ja, wenn man bedenkt, welche Wertsachen er dort oben hatte«, meinte Andrea schulterzuckend.

Martin wunderte sich und sagte mehr an sich selbst gewandt: »Dass die von der Spurensicherung nichts davon gesagt haben.«

»Vielleicht haben sie die Pistole und das Gewehr gar nicht gefunden?«

»Aber den Ausweis müssen sie doch gesehen haben.« Martin nahm das Telefon und rief Meiler an.

Dieser meldete sich sofort: »Spurensicherung, Meiler?«

»Gerhard. Ich hab grad festgestellt, dass Herr Ladurner über Waffen verfügte. Ich hab hier seine WBK. Wo sind die Waffen?«

»Das steht alles in unserem Bericht. Du musst ihn nur abrufen und lesen.«

»Dazu hab ich jetzt keine Zeit. Also? Wo sind die Waffen?«

»Weg!«, sagte Meiler. »Nicht da! Nicht auffindbar. Wir haben schon eine entsprechende Meldung an die zuständige Stelle herausgegeben.«

»Ihr habt alles gründlich untersucht auf der Alm?«

»Selbstverständlich. Wenn da eine Waffe gwesen wär, die hätten wir sicher nicht übersehen.«

»Gut, danke«, sagte Martin und legte auf. Er sah Andrea an. »Mich würde interessieren, wozu ein Senner Waffen braucht. Dort oben …«

»Dort kann nichts passieren, meinst du? Warum ist Bartl dann jetzt tot?«, fragte Andrea zynisch.

»Die Waffen haben ihm anscheinend auch nicht geholfen«, gab Martin grimmig zurück.

Josef kam und setzte sich an seinen Tisch.

»Wo warst du so lange?«, fragte Martin. »Hast du den Pöschl nach Guantanamo gebracht?«

»Da gehört der auch hin, der Rotzlöffel. Meinte, er bräuchte ein ordentliches Bett in seiner Zelle. Das Brett wäre zu hart und darauf könne er nicht schlafen. Dem hab ich aber was erzählt, das kannst mir glauben.«

»Und das hat eine Stunde gedauert?«

»Nein, ich hab mir noch einen Braunen geholt«, sagte Josef.

»Und wo ist unserer?«, wollte Martin wissen.

»Was, eurer?«

»Der Braune? Unsere Braunen? Hast du wieder mal nur an dich gedacht? Ein sauberer Kollege bist du, das muss ich dir schon sagen.«

»Ich hab doch auch nur zwei Hände, und einen Braunen kannst du dir auch selber holen.«

Von Andreas Platz war leises Rascheln zu hören. Martin schaute hinüber und sah, wie sie sich soeben etwas in den Mund schob.

»Krieg ich da vielleicht auch eins?«, fragte er.

»Was?«, meinte Andrea schelmisch lächelnd.

»Eins von denen, die du dir grade in den Mund geschoben hast?«

»Schokolade?«

»Du isst Schokolade?«, erkundigte sich Martin. »Ich dachte, du isst so etwas nicht?«

»Ab und zu schon. Das brauch ich bei euch da herinnen.«

»Was soll das heißen?«

»So wie ich es sage. Falls du es nicht wissen solltest: Süßes streichelt die Seele, und das hab ich da herinnen manchmal bitter nötig. Ihr macht das ja nicht.«

Martin winkte unwirsch ab und wandte sich Josef zu. »Du fährst jetzt gleich mal zu Bartls Eltern und fragst nach den Waffen, die er oben auf der Alm hatte.«

»Welche Waffen? Ein Senner hat doch gar keine Waffen.«

»Der Bartl schon, und ich möchte wissen, wo die jetzt sind. Also, fahr hin.«

Josef stand auf und verließ das Büro.

Kapitel 6

Es klopfte an der Türe. Noch ehe Martin etwas sagen konnte, stand Otto, der Gerichtsmediziner, vor ihm.

»Was ist los? Was hast du für mich?«, fragte Martin erstaunt.

»Da du meinen Bericht offensichtlich nicht zur Kenntnis genommen hast, komm ich jetzt eben selbst zu dir.«

»Wer sagt denn so was? Natürlich hab ich deinen Bericht gesehen«, log Martin und grinste unverschämt.

»So? Hast du das? Dann kannst du mir sicher sagen, welche Verletzungen mir an Herrn Ladurner besonders aufgefallen sind.«

»Ich weiß jetzt gar nicht, wovon du redest. Er ist doch erschlagen worden, oder etwa nicht?«

»Das schon«, sagte Otto. »Aber er hatte noch andere schwere Verletzungen.«

»Du machst mich neugierig.«

»Siehst du? Du hast den Bericht nicht gelesen.«

»Jetzt hör schon auf mit der Erbsenzählerei. Sag, was los ist.«

Otto nahm das Blatt, das er mitgebracht hatte, und warf einen Blick darauf, ehe er erklärte: »Also unser Opfer wurde, bevor es durch einen heftigen Schlag auf den Hinterkopf getötet wurde, schwer misshandelt. Es wurde mit einem Prügel derart heftig geschlagen, dass man ihm beinahe sämtliche Rippen gebrochen hat. Dazu komment noch ein zertrümmertes Jochbein, ebenso gebrochen sind das Kinn und die Hände. Diese Verletzungen hätte es wahrscheinlich auch ohne die Kopfverletzung nicht unbeschadet überstanden.«

»Also eine Art Folter? Man hat ihn gefoltert?«, hakte Andrea nach.

»Ja, und zwar aufs übelste.«

»Die Folter hat offensichtlich nicht ausgereicht, um von ihm das zu bekommen, was man wollte?«

»Einiges haben sie schon bekommen«, meinte Otto. »Soweit ich von der Spurensicherung weiß, fehlen eine Menge Bargeld und Edelmetalle.«

»Womit wurde Herr Ladurner so verprügelt?«, fragte Martin. »Hast du da irgendwelche Hinweise?«

»Ja und nein. Einen Holzprügel habe ich anfangs noch vermutet. Aber die SpuSi hat nichts dergleichen gefunden.«

»Vielleicht hat der Täter …«

»Die Täter«, unterbrach Otto Martin.

»Wieso ›die Täter‹? Waren es mehrere?«

»Davon müssen wir ausgehen. Mindestens einer muss ihn festgehalten haben, während ein anderer wiederum auf ihn einschlug.«

»Gut, dann haben die Täter die Tatwaffe mitgenommen.«

»Möglich wäre das schon, aber mir ist die Form der Waffe aufgefallen«, meinte Otto. »Es war sicher kein normaler Holzprügel. Es muss etwas anderes gewesen sein.«

Andrea warf ein: »Der Schaft eines Gewehrs vielleicht? Ein Holz- oder ein Kunststoffschaft?«

Otto nickte. »Du könntest recht haben. Aber von einer Waffe war nichts zu sehen.«

»Er muss aber eine gehabt haben«, erwiderte Martin. »Schließlich besaß er eine Waffenbesitzkarte mit entsprechendem Eintrag.«

»Davon weiß ich nichts. Aber warum hat er sich dann nicht damit zur Wehr gesetzt?«

»Vielleicht wurde er überrascht?«, mutmaßte Andrea. »Vielleicht hatte er gar keine Chance mehr, die Waffe zu nehmen?«

»Kommt ganz drauf an, wo die Waffe war«, gab Otto zu bedenken.

»Sicher doch in seiner Hütte. Wo sonst hätte sie Sinn gemacht?«

Josef kam zurück und setzte sich. Er hörte dem Gespräch eine Weile zu, ehe er einwarf: »Das Gewehr und die Pistole waren auf der Alm. Sagen zumindest seine Eltern.«

»Und was wollte Bartl mit den Waffen?«, fragte Martin.

»Seine Eltern sagten, dass dort oben ab und zu ein Wolf auftaucht. Jetzt, wo bald der Almsommer beginnt, kommen die Schafe und Geißen mit ihren Lämmern und Zicklein dort hinauf. Das ist doch für einen Wolf ein gefundenes Fressen. Deshalb hatte Bartl das Gewehr.«

»A Woif?«, rief Andrea entsetzt aus. »In unsana Gegend? Na! Des glaub i eich nit!«

»Doch, das stimmt. Ich hab mich auch gleich bei der Naturparkverwaltung erkundigt. Dort wurde mir bestätigt, dass die Wölfe von Serbien und Kroatien hinaufkommen. Die suchen ein neues Revier. Aber die meisten von denen ziehen weiter nach Tirol.«

»Und de ondan?«, fragte Andrea ein wenig ängstlich.

»Die ziehen weiter bis nach Italien hinunter.«

»Bei uns bleibt aba koana?«

»Eigentlich nicht. Aber …«

»Wos hoast do eigentli? Do traut ma se jo goar nimma in de Berg geh! Wenn i bloß denk, dass i do om a bisserl wondern geh und nacha kimmt … Naa! I geh do nimma auffi!«

»Jetzt beruhig dich, Andrea«, sagte Martin. »So ein Wolf ist doch ganz harmlos. Der hat mehr Angst vor dir als du vor ihm.«

»Und wos is, wenn dea nimma woaß, dass ea Ongst vur mia hot?«

»Dann machst du eben ganz laut Huh, und dann haut er ab«, erklärte Josef. »Du wirst sehen, das funktioniert.«

»I mechts aba nit ausprobiern!«, widersprach sie.

»Jetzt mal was anderes«, begann Martin und schaute Josef an. »Was war jetzt bei den Eltern?«

»Die Eltern vom Bartl haben also gesagt«, meinte Josef, »dass er die Waffen mit auf der Alm dabeihatte.«

»Haben sie sonst noch etwas gesagt?«

»Nein, was hätten sie denn sagen sollen?«

»Vielleicht, dass Bartl heiraten wollte?«

»Was? Heiraten? Etwa die Eva?«

»Wen denn sonst?«, fragte Martin. »Also haben die Eltern nichts gesagt?«

»Nein. Ich hab auch nicht danach gefragt«, antwortete Josef, der nun ein wenig durcheinander schien.

»Noch was anderes, Josef. Was ist das für ein Hof, auf dem Bartl daheim war? Was hast du für einen Eindruck?«

»Eigentlich ein ganz normaler Hof«, sagte Josef. »Nicht groß, nicht klein. Also für drei Leute grade recht.«

»Kannst du dir vorstellen, dass die Eltern nichts von seinem Geld wussten?«

Josef meinte achselzuckend: »Ja, das kann ich mir schon vorstellen, aber verstehen tu ich's nicht.«

»Das ist vielleicht auch besser so. Denn erben tut dies alles ohnehin Eva.« – »Wieso denn das?«

»Weil Bartl ein Testament gemacht hat, und da steht das drin«, klärte Martin ihn auf.

»Jetzt sollten wir eigentlich mal schauen, welche Freunde Herr Ladurner hatte«, schlug Andrea vor.

»Das hab ich schon die Eva gefragt«, meinte Martin. »Sie sagte, dass er eigentlich keine richtigen Freunde hatte. Er war eher ein Einzelgänger.«

»Aber da muss es doch welche geben, alte Schulfreunde oder so«, erwiderte Josef.

»Ich red mal selber mit den Eltern. Vielleicht wissen die ja etwas.« Martin stand auf und verließ das Büro.

Als er am Hof ankam, konnte er zunächst nichts Ungewöhnliches entdecken. Von den zahlreichen Balkonkästen hingen lange Petunien und Geranien in bunter Vielfalt wie ein Wasserfall herunter. Ebenso wie auf vielen anderen Höfen wurden auch hier Gästezimmer angeboten.

Martin stellte seinen Wagen vor dem Haus ab und stieg aus. Während er sich umsah, kam eine Frau aus dem Haus, die er auf gute sechzig Jahre schätzte. »Grüß Gott«, sagte sie in einem Dialekt, der Martin tirolerisch vorkam.

»Grüß Gott auch«, antwortete er höflich.

»Sie suchen ein Zimmer?«, fragte sie.

»Nein, ich muss mit Herrn und Frau Ladurner reden.«

»Ich bin Frau Ladurner. Worum geht es denn?«

Martin zog seinen Ausweis aus der Tasche und zeigte ihn ihr. »Zunächst mein aufrichtiges Beileid. Mein Name ist Martin Egger. Ich bin von der Kripo in Zell, ich …«

Tränen stiegen ihr in die Augen. »Sie sind wegen meinem Buben da? Ein Kollege von Ihnen war heut schon hier.«

»Ich weiß, aber da sind noch ein paar Fragen offen«, sagte er.

Sie zeigte auf die Haustüre. »Kommens doch mit rein. Mein Mann ist auch drinnen.« Sie führte ihn ins Haus und dort in die Stube. Hier war alles ordentlich und sauber. So wie man es eben erwartete. Auch alte Fotos hingen an der Wand.

Martin deutete darauf und fragte: »Ihre Vorfahren?«

»Nein, das sind Fotos der Vorbesitzer. Wir haben sie nicht weggetan. Wissens, das gehört sich nicht. Schließlich haben sie den Hof aufgebaut, und da sollen sie wenigstens als Bild noch hierbleiben können.«

»Sie haben den Hof gekauft?«

»Ja, vor über fünfundzwanzig Joahr«, antwortete der Mann, der auf dem Sofa saß.

Frau Ladurner stellte Martin vor: »Das ist der Herr Chefinspektor Egger von der Kripo. Er hat noch ein paar Fragen, sagt er.«

»Setzen Sie sich doch her«, antwortete der Mann und klopfte auf den freien Platz neben sich. Die beiden hatten einen unverkennbaren Tiroler Dialekt. Martin fiel dies auf, aber er hatte kein Problem damit, denn er war schließlich in einer wichtigen Sache hier.

»Sie wollten uns was fragen?«, riss ihn die Stimme von Frau Ladurner aus seinen Gedanken.

Martin setzte sich und nickte. »Ja, wir haben da ein paar Punkte gefunden, die uns noch etliche Fragen aufzeigen.«

»Ja, und was wär das?«

»Wegen der Waffen hat Sie ja schon mein Kollege befragt. Aber wir wissen jetzt, dass es da oben bei Ihrer Alm einen alten Stollen gibt. Können Sie mir etwas darüber sagen?«

»Ja, kann ich«, erwiderte Herr Ladurner. »Der Stollen hat damals zum Haus und zur Alm gehört. Aber der ist tot. Ausgräumt. Da gibt's nichts mehr zu finden.«

»Ihr Sohn hat also nicht dort gegraben?«

»Nein, warum hätt er auch? Es gibt dort nichts mehr. Ich hab mich extra schlaugmacht deswegen, weil ich mich gwundert hab, dass die Vorbesitzer den nicht genutzt haben.«

»Sie waren selbst auch oben?«, fragte Martin.

»Ja, das war in der Zeit, als wir den Hof gekauft haben. Der war übrigens sehr günstig. Die Gemeinde hat ihn uns verkauft, weil die Besitzer keinen Erben ghabt haben und der Hof dadurch an die Gemeinde gfalln ist, als sie gestorben sind.«

»Und haben Sie sich die Mine angeschaut?«

»Ja, auch das hab ich«, sagte Herr Ladurner. »Ich war viel und oft droben mit meinem Buben, dem Bartl. Wir haben damals Kühe gehütet und Kräuter gesammelt, weil wir selber noch kein Vieh gehabt haben. Erst später dann haben wir unser eigens Vieh auch raufgetrieben.«

»Sagt Ihnen der Name Eva Kammerlander etwas?«

Das Gesicht der Frau erhellte sich, als sie antwortete: »Das Everl? Ja freilich kennen wir sie. Ein liebes und braves Mädel! Und so fleißig. Da hat der Bartl einen guten Fang gmacht! Wissens, die hat uns am Hof immer gholfn, wenn oben auf der Alm nichts zu tun war. Immer war sie zur Stell und jede Arbeit hat sie gsehn. Man hat gar nichts sagen brauchen. Das Everl hat es gleich gemacht.«

»Auch wenn der Bartl oben auf der Alm war?«, hakte Martin nach.

Sie nickte. »Ja, auch dann. Sie hat die Butter von oben runtergebracht und uns dann beim Käsen geholfen. Wie wenn sie das schon immer gmacht hätt. Aber sie hat gsagt, dass ihr der Bartl das alles beibracht hat.«

»Wissen Sie auch, dass die beiden heiraten wollten?«

»Ja, wir haben uns schon so gfreut. Eine junge Frau am Hof, dann Enkerl, um die wir uns kümmern hättn dürfen«, sagte sie mit einem Glanz in den Augen, der Martin berührte. »Aber das ist jetzt vorbei«, setzte sie traurig hinzu.

»Haben Sie denn noch weitere Kinder außer dem Bartl?«, fragte Martin.

Sie schüttelte den Kopf. »Nein. Wir hätten zwar noch ein Mäderl ghabt, aber das ist kurz nach der Geburt gstorbn. Hirnhautentzündung hats gheißn.«

»Und was machen Sie jetzt? Wer bekommt den Hof?«

»Keiner«, sagte Frau Ladurner. »Wir verkaufen alls und gehen zurück nach Tirol. Ich wollt eh nicht da her. Mein Mann hats so gwollt.«

»Hat Ihr Sohn hier am Ort oder woanders eigentlich noch Freunde gehabt?«, wollte Martin wissen, denn diese Frage brannte am stärksten in ihm. Er musste unbedingt herausfinden, ob Bartl Kontakte gehabt hatte, die vielleicht zum Täter führten.

Herr Ladurner lachte spöttisch und meinte: »Freunde? Freunde hätt er wohl ghabt, wenn wir a Geld ghabt hättn. Aber so wollt keiner was mit ihm ztun haben. A armer Senn, hats gheißn. Mit dem kannst eh nix anfangen!«

»Iatz red nicht so einen Blödsinn!«, entfuhr es Frau Ladurner. »Was ist mit dem Beppi und dem Hannes? Der Xaver war auch allweil da.«

»Ja, wenn du Nuuln gmacht host«, widersprach ihr Mann.

In Martins Kopf schrillten die Alarmglocken. »Beppi? Also Josef? Wie heißt der noch? Den Familiennamen mein ich.«

Der Alte sinnierte und sagte: »Der Beppi? Ja, wie hat der noch mal gheißn?«

»Sommer, glaub ich«, versuchte Frau Ladurner ihm zu helfen.

»Naa, nit Sommer. Anderscht hat er gheißn. Jetzt hab ichs! Summerer, ja, Beppi Summerer hat er gheißn. Der war ein Lausbub. Immer nur Blödsinn im Kopf. Immer wenn's was zum Anstellen gebn hat, war er dabei.«

»Josef Summerer also?«, hakte Martin nach. »Wissen Sie, wo der wohnt?«

»Nein, der ist in die Stadt gegangen. Nach Salzburg, wissens? Dem war's hier zu langweilig. Irgendwann haben wir mal gehört, dass er eingsperrt worden ist.«

»Gibt es sonst noch jemanden, mit dem Ihr Sohn gut bekannt war? Der Hannes zum Beispiel? Was ist mit dem? Wohnt der noch hier am Ort?«

Herr Ladurner schien nachzudenken, und es dauerte eine Weile, ehe er antwortete: »Ja, der Hannes ist noch da. Der hat Zöllner gheißen. Johannes Zöllner, glaub ich.«

Martin holte seinen Block hervor und notierte sich die Namen. Er fragte weiter: »Wie sieht es mit Frauen aus? Hatte er Beziehungen vor Eva, eine Freundin oder so?«

Frau Ladurner lachte kurz auf. »Ja, da hat's schon welche gegeben. Aber das waren meist Hausgäste von uns, die zu ihm rauf sind und ein paar Tage bei ihm blieben. Die sind aber bald wieder runter, wie sie gmerkt haben, dass es kein Zuckerschlecken ist auf einer Alm. Da gibt's nämlich viel Arbeit. Die Küh müssen gmolken und gebuttert muss werden, dann der Käse, aber den machen wir eigentlich hier herunten. Einer von den Bauern fährt jeden Tag rauf und holt die Milch.«

»Die Frauen haben wohl gemeint, das wäre so etwas wie Urlaub da oben?«, fragte Martin nach.

»Das können Sie laut sagen. Die haben gmeint, sie könnten den ganzen Tag auf der Wiese liegen und nur aufpassen, dass mit den Viechern nichts passiert. Vor allem der Gstank von den Schafen und den Ziegen war ihnen zu viel.«

»Wie sieht es da oben mit Wölfen aus?«, wollte Martin wissen. »Ihr Sohn hatte ja ein Gewehr und eine Pistole.«

»Ja, da gibt's schon welche. Aber in letzter Zeit nicht mehr so viele wie früher. Aufpassen muss man aber trotzdem.«

»Hatte Ihr Sohn denn keinen Hund dabei?«

»Doch, früher schon«, sagte Frau Ladurner. »Aber das gibt auch keine Sicherheit. Die Wölfe sind schlau, die wissen, wie man einen Hund austrickst.«

»Sie haben vorhin etwas von einem Xaver gesagt. Was ist mit dem?«

Frau Ladurner schüttelte den Kopf. »Ja, der Xaver, das war auch so einer. Ein richtiger Lump, genauso wie der Beppi. Immer Unfug im Kopf. Aber nicht so einen einfachen. Jedsmal, wenn er was angstellt hat, hat er einen Schaden angrichtet. Seine Eltern warn nicht zu beneiden. Immer haben sie gradstehen müssen dafür.«

»Und jetzt?«, fragte Martin. »Wo ist er jetzt?«

»Der Xaver ist dot. Er hat mit Drogen angfangen, und da hat er vor zwei Jahren eine Überdosis erwischt.«

»Wie hat der Xaver mit Familiennamen geheißen?«

»Klausner, Xaver Klausner hat er geheißen.«

Martin notierte sich auch diesen Namen. Er überlegte. *Soll ich ihnen jetzt von dem Gold und dem Silber erzählen? Er hat es ihnen offenbar nicht gesagt. Warum auch immer. Er wird seine Gründe gehabt haben. Ich glaub, ich lass es lieber. Sie werden es noch früh genug erfahren. Außerdem hieße das vermutlich, falsche Hoffnungen zu wecken. Ich kann ihnen auch nicht sagen, dass Eva alles erben wird. Vorausgesetzt es ist ehrlich erworben.* Er stand auf und gab ihnen seine Karte. »Ich muss jetzt wieder zurück zu meiner Dienststelle. Wenn Ihnen noch etwas einfallen sollte, rufen Sie mich einfach an. Auf Wiedersehen.«

»Auf Wiederschaun, Herr Kommissar«, verabschiedete sich Herr Ladurner.

Frau Ladurner meinte: »Warten Sie, ich hol Ihnen noch was.« Dann rannte sie hinaus. Martin dachte, sie würde ihn in den Hof begleiten. Aber als er draußen ankam, war sie nirgendwo zu sehen. Er wollte schon einsteigen, da hörte er sie rufen: »Herr Kommissar! Warten Sie!« Sie kam mit einem Bündel unter dem Arm angelaufen, das sie ihm freudig entgegenstreckte, als sie ihn erreichte. »Hier! Ein Stück Tiroler Speck. Mein Mann macht ihn selber, so wie wir es von daheim kennen.«

Martin sah das Bündel, das aus einem weiß-blauen Handtuch bestand, fragend an. »Speck? Für mich? Tut mir leid, das darf ich nicht annehmen.«

Sie wickelte das Handtuch auf und zeigte ihm das Stück. Es war ein wirklich schönes, großes Stück Speck, das in Martin sofort Erinnerungen weckte. Auch roch es verführerisch gut. Genauso wie der Speck, den die Großeltern von Martins Frau Julia machten, die ebenfalls in Tirol lebten. Fast war er versucht, den Speck zu nehmen, aber schweren Herzens verzichtete er doch darauf.

»Es tut mir leid, ich darf das wirklich nicht annehmen«, sagte er.

»Ach, nehmen Sie schon«, sagte Frau Ladurner. »Das muss ja keiner wissen.«

»Trotzdem. Ich weiß es, und das ist genug. Auf Wiedersehen.« Er stieg ein und fuhr davon.

Auf dem Weg ins Büro dachte er nach. *Ich hätt ihn vielleicht doch annehmen sollen. Josef und Andrea hätten sich sicher drü-*

ber gefreut. Aber nein, ich bin Beamter. So etwas könnte leicht als Vorteilsnahme ausgelegt werden. Das muss ich nicht unbedingt haben.

Als er im Büro ankam, saß zu seiner Überraschung Eva auf dem Stuhl neben Josefs Schreibtisch. »Na so wos! Wos voschafft uns denn die Ehre?«, fragte Martin und ging auf Eva zu.

Sie stand auf und kam zu ihm. Kurz vor ihm blieb sie stehen und sah ihn streng an. »Dei Kollege hot mia grod gsogg, dass du bei meine Schwiegerleit drauß bist. Wos woitst vo dene? De hom mit dera Soch nix zum doan.«

Martin überging die Fragen und streckte ihr die Hand hin. »Griaß di erscht amoi.«

Sie nahm seine Hand und drückte sie kurz. »Griaß di aa. Oiso? Wos woitst vo eahna?«

Sofort fiel Martin auf, dass ihre Hände patschnass waren. Sie schwitzte stark, und ihre Augen blickten unstet hin und her. Sie konnte ihm nicht ins Gesicht sehen, was Martin als Alarmzeichen interpretierte. »Wia geht's dia denn?«, fragte er sie. »Is ois in Urdnung?«

»Jo, passt scho«, war ihre knappe Antwort. »Iatz red scho! Wos woitst du vom Bartl seine Öltern?«

Wieder ignorierte Martin die Frage und kam mit einer Gegenfrage: »Sogg dia da Namma Josef Summerer wos?«

Sie schien zu überlegen. Dann schüttelte sie den Kopf. »Naa, Summerer sogg mia nix.«

»Und wia is mit Hannes Zöllner?«

»Da Hannes? Jo, den kenn i scho. Dea woar oft bei uns om auf da Oim. Da Bartl und ea kennan se scho long. I glaub, sogoa aus da Schuizeit.«

»Und wos is mitm Xaver Klausner? Sogg dea Namma dia wos?«

»Jo scho. Aba dea is doch dot? Dotgspritzt hot ea se hoaßts.«

Martin nahm sie an der Schulter und schob sie zu seinem Tisch. Dort zeigte er auf den Stuhl daneben. »Hock di hi. I hob no a poar Frong an di«, sagte er in befehlsmäßigem Ton. Er setzte sich, schaltete wieder sein Handy auf Diktierprogramm und sprach hinein: »Fortsetzung der Befragung der Eveline Kammerlander.« Danach sah er sie ruhig an. Er wartete ab, ob irgendeine Reaktion von ihr kam, als er sie fragte: »Wozu hat Ihr Verlobter eine Waffe auf der Alm gehabt?«

»Wegen der Wölfe natürlich. Wir haben im Almsommer viele junge Lämmer und Kitze dort oben. Da musste der Bartl manchmal raus und schießen.«

»Nur wegen der Wölfe?«

»Das ist doch Grund genug! Was glauben Sie, welcher Schaden entsteht, wenn ein Wolf so ein Kitz oder ein Lamm reißt?«

»Nicht auch wegen des Goldes und des Silbers?«

»Ja, auch deshalb«, gab Eva zu.

»Wo war das Gewehr eigentlich? Wo hat Herr Ladurner es aufbewahrt?«

»In der Hütte. Überm Kamin hat's gehangen.«

»Wussten Sie von dem Gold in der Schuppenwand?«

»Ja, aber nicht weil's der Bartl mir gezeigt hat. Ich bin selber draufgekommen.«

»Haben Sie ihn darauf angesprochen?«, fragte Martin.

»Ja, hab ich.«

»Was hat er darauf gesagt?«

»Er ist bös geworden«, meinte Eva, »weil er gmeint hat, wenn's mich was anginge, hätt er es mir schon gesagt.«

»Was ist eigentlich mit der Mine? Herrn Ladurners Eltern wussten nichts davon, dass er sie ausgebeutet hat.«

»Das ist nicht wahr! Freilich haben sie es gwusst. Der Bartl hat's mir jedenfalls erzählt.«

Martin schaltete das Gerät aus. Er wollte eine Pause machen, da er bemerkte, dass mit Eva etwas nicht in Ordnung war. Sie zitterte zusehends, und der Schweiß stand ihr in dicken Tropfen auf der Stirn. Er nahm zwei Notizblätter und schrieb auf das eine den Namen »Josef Summerer« und auf das andere »Johannes Zöllner«. Er winkte Josef zu sich und gab ihm die beiden Zettel. »Kümmerts eich um de zwoa«, flüsterte er. »I wü ois vo dene wissen. Notfois sogoa, wann se zletzt aufm Heisl woarn.«

Josef nahm die Zettel, nickte kurz und ging damit zu Andrea, der er einen davon gab. Martin ging zurück. Bevor er sich setzte, fragte er Eva: »Möchst wos trinkn, bevur mer weida mochn? Kon i wos anderschts füa di doa?« Eva schüttelte nur den Kopf.

Martin schaltete das Gerät wieder ein. Er sah Eva genau an. Sie wurde wieder nervös und zupfte an ihrem Kleid herum. Offenbar war sie nach ihrem Krankenhausaufenthalt daheim gewesen, denn sie trug jetzt ein anderes Kleid, als das vom Morgen, das ihr aber nicht minder gut stand. Auch die Haare hatte sie sich gewaschen, es war kein Blut mehr daran zu sehen. Insgesamt machte sie einen zwar unruhigen, aber dennoch gefassten Eindruck auf Martin. Er fragte sie: »Wie geht es Ihnen jetzt? Was war mit Ihnen los? Ich habe mir Sorgen gemacht, als Frau Hauser mir erzählte, dass sie Sie ins Krankenhaus bringen musste.«

Sie lächelte schwach. »Ach, das war nichts weiter. Nur ein kleiner Schwächeanfall. Ich bin da nicht so belastbar. Manche Sachen schlagen sich mir gleich auf den Magen.«

»Ich hab nur noch ein paar Fragen. Wenn es Ihnen zu viel wird, sagen Sie mir das bitte. Dann brechen wir sofort ab. Ist das in Ordnung für Sie?«

»Ja, ist es«, meinte Eva. »Fragen Sie nur, was Sie fragen müssen.«

»In Ordnung, aber wie gesagt …«

»Ich melde mich dann schon rechtzeitig. Schließlich will ich mich nicht hier in Ihrem Büro übergeben müssen.«

»Also dann zur nächsten Frage. Seit wann sind Sie mit Herrn Ladurner verlobt?«

Sie brauchte nicht zu überlegen. Die Antwort kam prompt: »Seit sechs Monaten. Da wurde uns beiden klar, dass wir heiraten und zusammenbleiben wollen.«

Martin zeigte auf ihre Hand. »Ich sehe aber keinen Verlobungsring. Sollte das verheimlicht werden?«

Sie lachte kurz auf, sagte aber dann ernst: »Nein, heimlich verloben gibt's – Entschuldigung – gab's für uns nicht. Unsretwegen konnte das die ganze Welt wissen. Und einen Ring hab ich schon. Schauns einmal.« Sie fasste sich an den Hals und zog an einer dünnen Kette. An dieser war ein Ring angebracht, der außerordentlich war. Weißgold und kleine Diamantsplitter umkränzten einen blauen Saphir, der oval geschliffen war. Martin kannte sich zwar nicht mit solchen Dingen aus, aber er verstand, warum sie diesen Ring nicht offen trug. Er war einfach zu wertvoll für eine Sennerin. Außerdem hätte er beschädigt werden können.

»Was haben denn Ihre Eltern dazu gesagt?«, fragte Martin. »Waren die einverstanden?«

Sie versuchte, ruhig zu bleiben, als sie antwortete: »Das hab ich Ihnen doch schon gesagt. Ich bin großjährig und treffe meine Entscheidungen alleine.«

»Also waren sie dagegen?«

»Ja natürlich, ich hab's auch nicht anders erwartet«, antwortete sie mit spöttischem Unterton. »Das liebe Evilein bringt einen Senner mit heim, der nichts hat, nichts kann und nichts ist.«

»Haben Sie Herrn Ladurner Ihren Eltern vorgestellt?«

»Nein, das hat's nicht gebraucht. Als ich ihnen sagte, was er für einen Beruf hat, war's eh schon aus und vorbei. Sie wollten ihn gar nicht kennenlernen.«

»Wissen Ihre Eltern von dem Gold und dem Geld, das Herr Ladurner hatte?«, wollte Martin wissen.

»Nein, ich hab versprochen, nichts zu sagen, und dabei bleibt's auch.«

»Wem haben Sie das versprochen? Herrn Ladurner?«

»Ja, er hat gmeint, und das wohl nicht zu Unrecht, dass sie dann nur des Geldes wegen zustimmen würden.«

Martin versuchte einen Vorstoß. »Was glauben Sie, werden Ihre Eltern sagen, wenn sie hören, dass Sie alles erben?«

»Ich und erben? Wir waren nicht verheiratet und deshalb werde ich auch nichts erben.«

Sie wusste offenbar nichts von dem Testament, was für Martin ein Zeichen war, dass sie ihren Bartl nicht des Geldes wegen umgebracht haben konnte. Er sagte ihr auch nichts darüber. Das war eine Sache, die nur die Staatsanwaltschaft entscheiden konnte. Im Moment hatte er keine weiteren Fragen an sie. »Also, Frau Kammerlander, das war's erst mal. Falls ich noch Fragen hab, finde ich Sie …?«

»Auf der Alm, wo sonst?«, unterbrach sie ihn.

»Das wird nicht gehen, Frau Kammerlander«, sagte er und schaltete das Handy ab. »Schau amoi. Mia hom de Oim vosiegelt. Do konnst iatz nit nei. Bleib liaba dahoam.«

»Des geht nit!«, widersprach Eva. »I muaß do nauf. Des hob i dia doch scho gsogg! I konn jo bei da Gerti schloffn.«

Martin schnaufte tief durch. Er wusste, dass er nichts entgegenzusetzen hatte. »No guat. Wanns sei muaß. De Andrea bringt di auffi.«

Er blickte zu Andrea, die dies offenbar mitbekommen hatte. Sie nickte nur und lächelte schwach. Dann stand sie auf und ging zu Eva. An Martin gewandt sagte sie: »Ich bring sie rauf und dann fahr ich heim. Es ist eh schon spät.«

»Ist gut«, bestätigte er. »Wir machen auch gleich Feierabend.«

Andrea verließ mit Eva das Büro.

Martin schaltete seinen Rechner aus, steckte das Handy ein und winkte Josef zu. »Auf geht's, Feierabend. Fahren wir heim.«

Auf dem Nachhauseweg nahm er Josef mit. Sie wechselten sich wöchentlich ab. Nicht nur, um Benzin zu sparen, sondern sie konnten sich so auch noch über das eine oder andere unterhalten. Meist ging es dabei um private Angelegenheiten. Auf keinen Fall wollten sie dienstliche Dinge besprechen. Dazu war ja im Büro ausreichend Zeit. So auch diesmal.

Josef fragte: »Wia schaut's aus? Dean mer des Wochnend grillen?«

»Jo, worum nit? A guade Idee. I bsurg …«

»Du bsurgst goar nix, desmoi bin i dron«, unterbrach ihn Josef.

Martin dachte eine Weile nach, dann sagte er: »Jo guat. I hob nix dageng. De Julia gwieß aa nit.«

»Hättst wos dageng, wenn i de Andrea samt Familie aa eilodn dat?«

»Na gwieß nit. Des sand mia ihra schuidig.«

»Mia?«, sagte Josef und lachte. »I dadat eha song, du bist ihra des schuidig noch dem heitign Dog.«

»Host aa wieda recht. Des muaß i guadmochn. I woaß blos no nit wia.«

Als sie vor Josefs Haus ankamen, stieg Josef aus und sagte noch kurz durch die geöffnete Wagentüre: »Oiso. Bis murng dann. Sers, Martin.«

»Sers, Josef«, antwortete Martin.

Kapitel 7

Martin stellte den Wagen vor seinem Haus ab. Er war noch nicht ganz ausgestiegen, als seine beiden Zwillinge Max und Moritz herauskamen.

»Da bist du ja endlich, Papa!«, rief Max.

»Wir haben schon auf dich gewartet«, setzte Moritz hinzu.

Sie nahmen ihn bei den Händen, einer links und einer rechts, und gingen mit ihm zum Haus.

Misstrauisch ob dieser seltenen Begrüßung fragte Martin: »Was habt ihr denn schon wieder angestellt? Müsst ihr mir was beichten?«

Moritz, der mit wenigen Minuten Vorsprung der Ältere der beiden war, meinte vorwurfsvoll: »Was du wieder von uns denkst. Wir stellen nie was an.«

Nun kam auch Julia mit der kleinen Leni auf dem Arm an die Haustüre. Sie begrüßte Martin mit einem Kuss auf die Wange, den er erwiderte. Leni, die sofort begann zu quengeln, bekam natürlich auch einen ab.

Das Abendessen war schon aufgetischt. Tante Helga hatte wieder mal übertrieben. Beinahe war auf dem Tisch kein Platz mehr für die Teller und Gläser. Helga war Martins Schwester, die sich liebevoll um den Haushalt und die Kinder kümmerte, wenn Martin und Julia nicht daheim waren.

Nach dem Essen mussten Max und Moritz auf ihr Zimmer

und ins Bett. Moritz maulte: »Ich wollt doch noch ein bisserl auf dem Klavier …«

»Das kannst du morgen auch noch«, erwiderte Julia.

Als Max etwas sagen wollte, reichte ein Blick von Martin, um ihn davon abzuhalten. Schmollend gingen beide ins Bad. Julia räumte gemeinsam mit Helga ab, während Martin Lenchen auf dem Arm hielt. Dies war das Schönste am Tag, wenn er mit Lenchen zusammen sein konnte. Als die Spülmaschine lief, gingen sie ins Wohnzimmer und setzten sich auf die Couch.

»Martin?«, begann Julia

»Ja? Wos gibt's?« Nun war einer der seltenen Momente eingetreten, in denen sie sich ungestört unterhalten konnten. Sie verfielen in den gewohnten Dialekt. Wenn die Buben anwesend waren, sprachen sie nur hochdeutsch. Der Lehrer hatte darum gebeten, weil sich das positiv auf die Deutschnoten auswirken würde. Max und Moritz hatten in Deutsch ausnahmslos gute Noten.

Julia sprach weiter: »I hob mia fürs Wochenend wos übalegt. Wia waars, wenn mer de Nadl und an Nen bsuachn datn? Mia woarn scho so long nimma durt.« Die Nadl und der Nen waren Julias Großeltern, die in Südtirol lebten und Julia das Musikstudium an der Salzburger Hochschule finanzierten. Sie hatten zwar selbst nicht viel, aber das wenige, das sie besaßen, teilten sie gerne mit Julia.

Martin schüttelte den Kopf. »I fürcht, des wead nit geh. I hob an Foi und i woaß nit, ob i den bis zum Wochenend erledigt hob. Außerdem …«

»Schod«, unterbrach ihn Julia. »Wea woaß, wia long de zwoa no lem und i mechat se so gern sechn.«

Martin lehnte sich zurück und legte seinen Arm um sie. Sie kuschelte sich an ihn. Lenchen, die dabei auf Julias Schoß saß, quiekte vergnügt. Ihr schien das Spaß zu machen. Martin sagte: »Schau, wenn dea Foi erledigt is, nacha kennan mia zwoa furt foahrn. Außadem hot uns da Josef füan Samsdog zum Grilln eiglodn.«

»Des konnst aba obsong.«

»Ja scho, aba dei Auto?«

»Wos is mit meim Auto?«, fragte Julia

»Des hob i füan Freidog zum Kundndienst ongmödt, und do ham mer koa Auto nit zum Furtfoahrn.«

»Und wos is mit deim Dienstwong?«

»Ach geh, Julia«, sagte Martin. »Des hob i dia doch scho tausendmoi erklärt. Des is a Dienstwong vo da österreichischen Polizei und do deaf i goar nit noch Italien eini.«

»Schod. Aba soboids iagndwia geht, foahrn mer?«

»Jo, vosprocha.«

»Iatz gehng mer ins Bett.«

Helga kam dazu und nahm ihnen Lenchen ab. Es war so vereinbart, dass Helga die Kleine nachts mit auf ihr Zimmer nahm, damit die beiden am nächsten Morgen ausgeruht waren. Obwohl Helga ein eigenes Häuschen besaß, wohnte sie bei Martin und Julia. Sie kümmerte sich um die Feriengäste, die bei Martin wohnten, und verdiente sich so ihr Geld. Julia hatte einen Lehrplatz an einer privaten Musikschule angenommen. Sie war endlich fertig mit ihrer Ausbildung und konnte jetzt als Musiklehrerin arbeiten. Zwar hatte man ihr an der Hochschule einen Lehrauftrag angeboten, den hatte sie allerdings aus persönlichen Gründen abgelehnt. Sie wollte während der Woche daheim sein und sich um die Familie kümmern.

Martin hatte eine traumlose Nacht, bis ihn am frühen Morgen das Telefon weckte. Grimmig blickte er auf den Wecker und stellte fest, dass es gerade mal halb vier war. Er stand auf und ging in den Flur, um den Anruf entgegenzunehmen. Sicher war es wieder mal dienstlich. »Egger?«, meldete er sich.

»Gruppenleiter Kalterer, Notrufstelle Zell hier. Herr Chefinspektor. Wir haben einen Mord auf der Kaseralm. Übernehmen Sie den Fall?«

»Aber ich …«, wollte Martin widersprechen. Dann fiel ihm ein, dass Eva Kammerlander dort oben war. »Gut, ich übernehme. Benachrichtigen Sie bitte auch die Kollegen von der Spurensicherung und der Kriminaltechnik.«

»Schon geschehen, Herr Chefinspektor. Die sind bereits oben.«

»Haben Sie auch Kollege Faltermeier informiert?«

»Ja, hab ich. Er wartet schon auf Sie.«

Martin legte auf.

Julia kam aus dem Schlafzimmer und fuhr sich mit der Hand durch die verstrubbelten Haare. »Wos is denn los?«

»I muaß weg. A neicher Murdfoi.« Er ging ins Bad, um sich zu duschen und zu rasieren.

Als er wieder herauskam, fragte ihn Julia: »Wüst nit no wos frühstücken? I hob an Kaffee aufgstöt.«

»Naa, koa Zeit. Da Josef woart scho auf mi.« Martin zog seine Jacke an, denn draußen war es um diese Tageszeit sicher noch kühl. Erst recht oben in den Bergen.

Nachdem er Josef, der noch sehr verschlafen aussah, abgeholt hatte, fuhren sie hinauf zur Alm.

Als sie oben ankamen, erwartete sie einer der schönsten Sonnenaufgänge, die sie je erlebt hatten. Über den weit entfernten Bergspitzen und Graten war ein rötlicher Lichtschein zu sehen, der den Gipfeln eine Krone verlieh. Auch das Tal, in dem die Alm lag, wurde langsam in dieses sanfte rötliche Licht getaucht. Dort standen bereits die Fahrzeuge der Spurensicherung und der Technik.

Martin stellte den Wagen ab. Er und Josef liefen gleich auf Ladurners Hütte zu, vor deren Türe Otto, der Gerichtsmediziner, stand. Als Martin in die Hütte wollte, hielt ihn Otto am Arm zurück. »Geh da jetzt lieber nicht rein«, sagte er leise. »Behalt sie so im Gedächtnis, wie du sie gekannt hast.«

Martin sah ihn fassungslos an und antwortete mit heiserer Stimme: »Eveline?«

Otto nickte. »Ja, es ist Frau Kammerlander.«

Martin schüttelte Ottos Hand ab und ging in die Hütte. Drinnen auf dem Boden lag ein längliches Etwas, das mit einem weißen Tuch abgedeckt war. Ringsherum hatte sich eine große Blutlache gebildet, auf der es sich etliche Fliegen bequem gemacht hatten. Ein ganzer Schwarm stob auseinander, als er sich näherte. Unter dem Tuch lugte ein kleines Stück Stoff hervor, das Martin sofort wiedererkannte. Es war derselbe Stoff, aus dem das Kleid bestand, das Eva am Vortag getragen hatte. Josef war ihm gefolgt und blieb hinter ihm stehen, als er sich bückte und das Tuch hochhob. Ihm wurde sofort übel, als er den Kopf sah. Vielmehr das, was vom Kopf noch übrig war. Ein Gesicht war nicht mehr zu erkennen. Nur eine blutrote, fleischige Masse, aus der ein paar Knochensplitter herausragten. Sofort ließ er das Tuch wieder fallen und rannte hinaus, gefolgt von Josef. Draußen blieb er stehen und holte mehrmals tief Luft.

Josef kam zu ihm und legte ihm eine Hand auf die Schulter. »Nimm's nit so eng. Des hättst so oder so nit vohindan kinna.«

Martin schob seine Hand weg. »Wenn i se nit do rauf lossn hätt, nacha dats no lem!«

»Se hots doch söm so woin«, versuchte Josef, ihn zu beruhigen.

»Aba i hätts ihra ausredn soyn!«

Josef zeigte auf die Bank, auf der Martin noch am Vortag mit Eva gesessen hatte. »Kimm, hock mer uns hi.«

Martin war in diesem Moment zu keiner eigenen Bewegung fähig. Willig ließ er sich von Josef zu der Bank führen und setzte sich. Mit starrem Blick schaute er über die gegenüberliegenden Wiesen, auf denen die jungen Kälber grasten, als wäre nichts geschehen. Dazwischen tummelten sich ein paar Murmeltiere, die im Moment nichts anderes als spielen im Kopf hatten. Die Blumen auf der Wiese blühten und führten Martins Gedanken zurück zum Vortag. Er dachte daran, wie er noch gestern mit Eva hier gesessen und geredet hatte. Sie war doch noch so jung gewesen. Gerade mal neunzehn Jahre alt.

Martin stand auf und ging den Weg hinauf, den er mit Eva gegangen war. Schon bald kam er an das Wegkreuz, wo immer noch die Vase mit den Blumen stand, die Eva gepflückt hatte. Was hatte Eva gesagt? Ihre Stimme hallte in ihm nach. *Bartl hat immer gesagt, wenn man den Herrgott besucht, dann muss man ihm auch was mitbringen. Erst recht, wenn man Sorgen und Kummer hat.* Ja, das war es. Was noch? Sie hatte ihm noch etwas erzählt. Er hörte ihre Stimme: *Lach nicht, Martin! Das ist kein Spaß! Mit unserem Herrgott kann man reden, wenn man will.* Er nickte und sah sich um. Da stand Josef. Er war ihm gefolgt. Martin wandte sich ab und ging auf die Wiese. Er bückte sich und pflückte ein paar Blumen. Er sah auch die schöne rote Blume, vor der ihn Eva gewarnt hatte. Natürlich fasste er sie nicht an.

Als er der Meinung war, dass er genügend Blumen beisammenhatte, ging er zu dem Kreuz, nahm die Vase und zog die halb verwelkten Blumen von Eva heraus. Er ging hinauf zu der kleinen Quelle, um frisches Wasser zu holen. Nachdem Martin die neuen Blumen in die Vase gesteckt hatte, stellte er sie vor das Kreuz. Er trat einen Schritt zurück, verschränkte die Hände ineinander und betete.

Josef, der ihn die ganze Zeit über genau beobachtet hatte, trat zu ihm und nahm ihn am Arm. »Kumm«, sagte er nur und führte ihn zu der kleinen Bank zurück. Sie setzten sich.

Wie geistesabwesend starrte Martin in die Ferne. Plötzlich sagte er: »Schau, dea Wassafoi. Wia a suibas Ketterl rauscht dea do obi. Ma hörtn nit amoi.« Er zeigte zur gegenüberliegenden Felswand. Josef nickte nur. Er wollte Martin in seinen Gedanken offenbar nicht stören. Martins Blick schweifte weiter. »Schau dia de Bleamal on. Unsa Herrgott hot doch a scheene Wöt gschaffn.« Tatsächlich lag die Wiese, von der Martin zuvor die Blumen gepflückt hatte, in den herrlichsten Farben vor ihnen. Königsblau, flammend rot und gleichzeitig gelb und weiß sah man die Blumen wie kleine Farbtupfer inmitten der grünen

Wiese. Immer noch hatte Martin den welken Blumenstrauß Evas in der Hand. Nachdenklich blickte er darauf. »Mia findn eahm, des vosprich i dia«, sagte er.

Er stand wortlos auf und ging wieder zu dem Weg hinunter, der zu den Almen führte. Er ging schnell, so dass ihm Josef kaum folgen konnte. Als er unten ankam, sah er Frau Eichelberger, die unweit der Hütte stand und alles beobachtete. Er trat zu ihr hin. »Frau Eichelberger? Haben Sie Eva gefunden?«

Sie nickte stumm. Martin sah die Tränen in ihren Augen.

»Wie konnte das passieren?«, fragte er. »War sie nicht bei Ihnen?«

»Doch, schon«, schluchzte sie. »Aber … mein Gott, des oarme Maderl! Hätt is nua aufghoitn!«

»Was ist denn passiert? Was meinen Sie?«

»Eahna … Ihre Kollegin hat sie doch gestern raufgebracht.«

»Ja, das ist richtig. Und was war dann?«

»Ich hab eigentlich gmeint, sie sollt bei mir schlafen, weil doch die Hüttn versiegelt war.«

»Aber sie wollte nicht?«, vermutete Martin.

»Nein, sie hat drauf bestanden, dass sie in der Hütte schläft. Sie wollte Bartl noch einmal nahe sein und jetzt …?«

»Können Sie mir sagen, wie das alles passiert ist? Haben Sie etwas gehört oder gesehen?«

»Nein«, sagte Frau Eichelberger. »Ich hab mich nur gwundert, dass sie heut früh nicht da war. Wir wollten doch eigentlich mitsammen frühstücken, bevor wir im Stall alles herrichten für die Kühe.«

»Dann sind Sie in die Hütte gegangen?«

»Ja, und … es war so schrecklich! Wie sie daglegn hat in ihrem Blut. Ich darf gar nimmer dran denken.«

»Ihnen ist wirklich nichts aufgefallen?«, fragte Josef. »Haben Sie kein Schreien oder gar ein Auto gehört?«

Inzwischen war der Leichenwagen gekommen und verlud den Sarg. Martin nahm Frau Eichelberger an der Schulter und schob sie hinter die Hütte, so dass sie dies nicht sehen musste. Es schien ihr sehr nahezugehen. »Was machen Sie jetzt?«, wollte Martin wissen. »Eva ist doch extra raufgekommen, um Ihnen zu helfen, wenn die Kühe alle da sind. Sie hat uns gesagt, dass es über zweihundert Stück sind und Sie das alleine unmöglich schaffen können.«

Sie schniefte. »Des wead scho geh. Des wead geh miassn. Sunst hoi i mia hoit an Burschn vo untn.« Sie sah Josef an und sagte: »Ach ja, ich hab wirklich nichts gehört oder gsehn.«

Josef sah Martin fragend an. Als dieser nickte, nahm er Frau Eichelberger am Arm und brachte sie zu ihrer Hütte.

Martin wartete, bis Josef zurückkam. Gemeinsam betraten sie die Hütte, in der sich noch die Kollegen der Spurensicherung befanden. Martin ging vorsichtig an der Stelle vorbei, wo noch vor wenigen Minuten die Leiche Evas gelegen hatte. Wieder stob ein Schwarm Fliegen auseinander. »Otto ist wohl schon weg?«, fragte er Meiler.

»Ja, die sind sicher schon unten.«

»Habt ihr etwas gefunden, das für uns wichtig sein könnte?«

Meiler antwortete kopfschüttelnd: »Nein, da war nichts von Bedeutung. Außer den Spuren, die wir gestern schon gesichert haben, ist nichts weiter da. Lediglich ein paar neue Fingerabdrücke. Aber die stammen wohl von Frau Kammerlander.«

»Kann schon sein. Sichert sie aber trotzdem«, ordnete Martin an. Dann verließ er die Hütte wieder.

»Foahrn mer wieda obi?«, fragte Josef.

Martin nickte.

Während sie die Serpentinen nach unten fuhren, fragte Josef: »Foahrst mi hoam?«

»Spinnst iatz? Mia foahrn ins Büro. De Andrea is gwieß scho do.«

Tatsächlich saß Andrea an ihrem Platz und wartete auf sie. »Wo wart ihr denn so lange? Habt ihr verschlafen?«

»Wir haben einen neuen Fall«, klärte sie Josef auf.

»Noch einen? Reicht uns der eine denn nicht?«

»Eigentlich schon, aber das ist etwas ganz anderes. Die Leiche ist nämlich Eva.«

»Die Eva?«, fragte Andrea und riss die Augen auf. »Ihr verarscht mich jetzt nicht, oder? Ich hab doch Eva erst …«

»Niemand will dich verarschen«, sagte Josef. »Es ist tatsächlich so, dass Eva erschlagen wurde.«

»Das müsst ihr mir aber jetzt schon genauer erklären.«

Josef begann, Andrea alles zu erzählen. Obwohl er dafür sehr weit ausholte und ausführlich berichtete, hörte ihm Andrea interessiert zu. Als er endlich fertig war, dachte Andrea nur kurz nach, ehe sie sagte: »Seid ihr sicher, dass Gerti nichts damit zu tun hat? Ich meine, sie war doch bei beiden Morden alleine dort oben. Zeugen gibt es sonst keine. Wer sagt uns denn, dass Gerti nichts von dem Geld und dem Gold wusste? Eifersucht könnte auch eine Rolle gespielt haben. Gerti hat selber zugegeben, dass sie eigentlich mit dem Bartl zusammenarbeiten wollte. Nur Bartl wollte das nicht. Stattdessen kommt so ein junges Mädchen daher und schnappt sich den Bartl. Gerti bleibt dabei auf der Strecke.«

Martin dachte über das Gesagte nach und entschied: »Ich denk, da müssen wir Otto fragen. Der müsste doch einschätzen können, ob die Verletzungen auch eine Frau verursacht haben könnte. Ich ruf ihn gleich mal an.« Martin nahm das Telefon und wählte die Nummer der Gerichtsmedizin. Als Otto sich meldete, sagte Martin: »Wir haben da ein kleines Problem. Könntest du bitte mal zu uns kommen?«

Otto sagte sofort zu, obwohl er nicht wusste, was Martin eigentlich wollte. Anscheinend hatte er auch eine wichtige Information, die er gleich selbst an den Mann zu bringen gedachte Nach etwa einer halben Stunde traf er im Büro ein. »Was gibt's? Habt ihr Bauchschmerzen?«

»Nein«, erwiderte Martin. »Nur eine Frage, die uns beschäftigt. Wäre es möglich, dass die Taten von einer Frau ausgeführt wurden?«

»Du meinst beide? Also sowohl den Mord an Bartholomäus Ladurner als auch den an Eveline Kammerlander?«

»Ja«, meinte Martin. »Entweder das oder einen der beiden.«

»Ja, das ist gut möglich. Ich empfehle, dass ihr eine Durchsuchung bei dieser Gerti Eichelberger macht. Mir scheint sie kräftig genug zu sein, um an einer oder auch an beiden Taten beteiligt gewesen zu sein. Was mich aber verwundert, ist die Brutalität, mit der die Täter vorgegangen sind.«

»Du gehst also beim Mord an Eva auch von mehreren Tätern aus?«

Otto wiegte bedächtig den Kopf und antwortete vorsichtig: »Na ja, wenn ich das Motiv Eifersucht mit einbeziehe, kann es durchaus sein, dass es nur ein Täter oder eine Täterin war.«

»Wie kommst du darauf?«, fragte Josef.

»Nun, die Tatsache, dass Frau Kammerlander so entstellt worden ist, lässt durchaus vermuten, dass Emotionen im Spiel waren.«

»Woran willst du das erkennen?«, fragte Martin.

»Nun, du hast doch die Leiche von Frau Kammerlander selbst gesehen. Die Kraft, die bei der Tat aufgewendet wurde, entstammte sicherlich einem gewaltigen Zorn. Frau Kammerlander war längst tot, als der Täter immer weiter auf sie einschlug.«

»Overkill also?«, hakte Andrea nach.

»Ja, sicher. Ob es nun aus Eifersucht geschah oder aber auch aus dem Grund, dass der Täter die Wut aus sich herausgelassen hat, weil er nicht das bekam, was er wollte? Das herauszufinden ist eure Aufgabe.«

Martin überlegte nicht lange. »Wir brauchen eine SOKO. Andrea? Übernimmst du das bitte? Ruf alle zusammen.«

»Ich weiß ohnehin Bescheid«, sagte Otto. »Ich bleib also gleich da.«

»Ich ruf sofort die anderen an«, bestätigte Andrea. »Soll ich sie hierher bestellen oder in den Besprechungsraum?«

»In den Besprechungsraum bitte«, ordnete Martin an. »Hier haben wir zu wenig Platz.«

Andrea nahm das Telefon und rief bei den entsprechenden Abteilungen an.

»Was soll ich derweil tun?«, fragte Josef.

»Du gehst in den Besprechungsraum und bereitest ihn vor. Stühle, Tische, Flipchart und so weiter. Du kennst das ja.«

Josef verließ das Büro.

Inzwischen hatte Andrea alle Abteilungen informiert. »Fertig!«, rief sie von ihrem Platz aus Martin zu.

»Hast du alle beisammen?«

»Ja, selbstverständlich!«

»Auch die von der Fahndung?«, fragte Martin.

»Auch die Fahndung«, entgegnete Andrea. »Da kommt aber nur eine junge Kollegin. Eine Frau Kommissar Nawratil. Emily Nawratil heißt sie. Sie haben grad niemand sonst zur Verfügung.«

»Eine Neue?«

»Das weiß ich nicht. Aber offenbar ist sie gut genug für diese Aufgabe.«

»Na, wir werden sehen«, meinte Martin misstrauisch.

»Jetzt tu doch nicht so. Ich war auch eine Anfängerin, als ich zu dir kam. Und jetzt?«

»Jetzt bist du Frau Oberinspektor, und das völlig zu Recht.« Martin sah sich um. »Also? Pack mers?«

Otto nickte und folgte Martin mit Andrea zum Besprechungsraum.

Josef war noch nicht ganz fertig, deshalb halfen sie ihm. Die Tische wurden in U-Form aufgestellt und die Stühle passend dazu. Von irgendwoher hatte Josef sogar einen Beamer besorgt, und ein Overheadprojektor stand ebenfalls bereit. Martin zeigte darauf und fragte: »Was sollen wir mit dem? Der Beamer reicht doch.«

»Ich hab ihn für alle Fälle mal hergeholt. Man kann ja nie wissen.«

»Gut, Josef. Hast du auch ausprobiert, ob er noch geht? Der stammt sicher noch aus dem Mittelalter.«

Josef grinste und schaltete ihn ein. Ein lautes Brummen zeigte an, dass zumindest die Kühlung lief. Als dann auch noch ein großes, quadratisches Feld auf der Leinwand erschien, meinte er: »Und? Du siehst, er funktioniert.«

Jemand klopfte zaghaft an die Türe. Andrea, die sich in der Nähe aufhielt, öffnete. Vor ihr stand eine junge, zierliche Frau. Etwas jünger als Andrea, aber sie strahlte etwas aus, das Andrea sofort für sie einnahm. »Sie sind sicher Frau Nawratil?«

»Ja, Kommissar Emily Nawratil meldet sich zum Einsatz in der SOKO.«

Andrea gab ihr die Hand und stellte sich vor: »Ich bin Oberinspektor Hauser und das sind«, sie zeigte zunächst auf Josef und danach auf Martin, »Herr Oberinspektor Faltermeier und Herr Chefinspektor Egger.« Dann deutete sie auf Otto. »Das ist der Gerichtsmediziner Doktor Otto Spannagl. Er sieht zwar etwas altertümlich aus, ist aber fachlich eine Koryphäe.«

Frau Nawratil ging zu jedem und gab jedem die Hand. Nur bei Martin zögerte sie etwas. Erst als er sie anlächelte und ihr seine Hand hinstreckte, schnaufte sie erleichtert durch und begrüßte ihn ebenfalls. »Guten Tag, Herr Chefinspektor.«

»Guten Tag, Frau Nawratil«, sagte Martin in ruhigem Ton.

Langsam trafen auch die Angehörigen der anderen Abteilungen ein. Martin nahm Platz und zeigte auf einen Stuhl neben sich. Er sagte zu Frau Nawratil: »Setzen Sie sich doch.«

Sie verharrte kurz, dann zeigte sie ebenfalls auf den Stuhl. »Da hin?«

»Ja, da hin. Ich beiß sie schon nicht.«

Sie nahm Platz. Martin bemerkte, dass sie ihn beobachtete. Er wollte aber nichts dazu sagen, sondern dachte sich seinen

Teil. *Die ist ja sehr schüchtern. Lange kann sie noch nicht bei der Fahndung sein. Ich hab sie noch nie hier gesehen.*

Er wartete ab, bis alle ihre Plätze eingenommen hatten. Dann stand er auf. »Schön, dass Sie alle dem Ruf der Kollegin Hauser gefolgt sind. Wie sie Ihnen sicher gesagt hat, beabsichtige ich, eine Sonderkommission einzurichten. Ich erachte dies als notwendig, damit wir diese beiden Fälle zeitnah aufklären können. Zunächst aber möchte ich Ihnen unsere Kollegin Frau Kommissar Nawratil vorstellen. Sie wurde freundlicherweise von der Fahndungsabteilung an uns abgetreten.« Er schaute zu Frau Nawratil und bedeutete ihr mit der Hand, dass sie aufstehen solle. Dazu nickte er ermunternd. Dies tat sie dann auch und blickte unsicher in die Runde.

Zu den anderen sagte er: »Bitte seien Sie so freundlich und stellen Sie sich Frau Nawratil nach unserer Besprechung selbst vor.« An Frau Nawratil gewandt flüsterte er: »Sie dürfen sich wieder setzen.« Dann nahm er ebenso Platz.

»So, meine Herrschaften«, fuhr Martin fort. »Beginnen wir mit unserer Besprechung. Zunächst erwarte ich von Ihnen einen Vorschlag für den Namen der SOKO.«

Von verschiedenen Seiten kamen Vorschläge: »SOKO Bartl! SOKO Eva! SOKO Kammerlander!« Dies war Martin alles zu einfach und wenig einprägsam.

Plötzlich flüsterte Frau Nawratil: »SOKO Almgold?«

Martin sah sie verblüfft an und sagte laut: »Moment, meine Damen und Herren. Frau Nawratil hat einen Vorschlag, der mir sehr gut gefällt.« Er flüsterte ihr zu: »Na los! Sagen Sie das noch mal.«

Frau Nawratil stand auf. »Mir ist der Name Almgold eingefallen. Da sich die Taten auf einer Alm ereignet haben und auch Gold mit im Spiel ist.« Sie setzte sich wieder.

Zustimmendes Gemurmel ertönte, bis Martin sagte: »Gut, dann ist der Name ›SOKO Almgold‹ akzeptiert?« Da niemand widersprach, stand Martin auf und sah alle der Reihe nach an. Sein Blick blieb an Andrea hängen. »Nun zum wichtigsten Punkt unserer Besprechung. Jemand muss die Leitung der SOKO übernehmen. Die Beste dafür ist meiner Meinung nach Frau Oberinspektor Hauser.«

Andrea sah ihn überrascht an. »Naa!«, sagte sie beinahe entsetzt. »Nit i! Des muaß …«

Martin unterbrach sie: »Du bist am besten dafür geeignet. Du hast Organisationstalent, kannst dich durchsetzen und du kennst dich mit der Materie aus.«

Andrea blickte ihn weiter mit weit aufgerissenen Augen an. Sie sagte aber nichts mehr dazu – noch nicht.

Martin wusste, dass im Büro ein wahres Donnerwetter über ihm niedergehen würde. Aber im Moment war ihm das völlig egal. Er wollte auf diese Weise seine Wertschätzung seiner Kollegin gegenüber kundtun. Jeder sollte wissen, was er von ihr hielt und was er ihr zutraute. Er setzte sich wieder und sagte zu Andrea: »Bitte fang an.«

Sie warf Martin einen wütenden Blick zu und stand auf. Obwohl Andrea eigentlich taff und selten um ein Wort verlegen war, brachte sie diese Situation offensichtlich ein wenig in Verlegenheit. Sie war es nicht gewohnt, von jetzt auf gleich vor einen größeren Ansammlung von Menschen zu reden. Das hatte sie noch nie gemacht. Auch eine SOKO hatte sie noch nie geleitet. Dazu kam noch, dass sie alle erwartungsvoll ansahen.Sie rang offensichtlich nach Worten. Aber sie riss sich zusammen. »Vielen Dank Martin. Ich weiß diese Aufgabe sehr zu schätzen. Ich werde mein Bestes geben, um den Anforderungen gerecht zu werden und bitte Sie alle um eine gute Zusammenarbeit.« Sie setzte sich wieder.

Sie flüsterte Martin zu: »Soy i no wos song?«

»Wannst wüst, jo«, antwortete er ebenso leise.

»I loss es liaba bleim.«

»Du muaßt aba no a Richtung einibringa. Voteil de Aufgabn.«

Andrea schnaufte tief durch und stand auf. Genauso wie vorher Martin, blickte nun auch sie in die Runde und gab nicht nur einen Überblick über die bisherigen Ergebnisse, sondern teilte auch jedem seine nächste Aufgabe zu.

Martin bemerkte, wie Frau Nawratil neben ihm nervös wurde. Noch hatte ihr Andrea keine Arbeit zugeteilt. Frau Nawratil machte den Eindruck, als würde sie geradezu darauf brennen, etwas zu tun zu bekommen und die Arbeit zu erledigen.

Auch Andrea schien zu bemerken, wie es der jungen Kollegin ging. Sie sagte zu ihr: »Frau Nawratil. Für Sie habe ich ein paar verzwickte Aufgaben. Ich hoffe, Sie können sie zu unseren Gunsten erfüllen.«

»Ja?«, fragte Frau Nawratil. »Was denn? Was kann ich tun?«

Andrea ging zu ihr und setzte sich auf den Stuhl, der gerade neben ihr frei geworden war, da Otto bereits den Raum verlassen hatte. Andrea hatte dies zwar mit einem missbilligenden Blick quittiert, aber sie wusste, dass Otto von selbst erkannte, was zu tun war. Nun begann sie zu erklären: »Schaun Sie, Frau Nawratil, ich hab hier ein paar Namen, um die Sie sich kümmern sollen. Obwohl einer von denen bereits seit zwei Jahren tot ist, brauche ich alle Kontakte von ihm. Es könnte ja sein, dass er den einen oder anderen gemeinsamen Kontakt mit einem der anderen auf der Liste hat.« Sie nannte Frau Nawratil die Namen, die diese sich sofort notierte. Andrea stand wieder auf und sah die neue Kollegin freundlich an. »Sie wissen, was zu tun ist?«

»Ja, weiß ich. Ich fang sofort damit an.« Frau Nawratil nahm ihre Notizen und verließ den Raum.

Andrea ging zurück zu ihrem Platz und rief in die inzwischen unruhig gewordene Versammlung: »Ich danke für Ihre Aufmerksamkeit.«

Die Kollegen standen auf. Stühlescharren war zu vernehmen, gemischt mit Murmeln und leisem Reden. Allmählich leerte sich der Besprechungsraum. Martin und Andrea warteten ab, bis alle gegangen waren.

Erst jetzt kam Andrea zu ihm. Ihre braunen Augen blitzten

gefährlich, als sie sagte: »Sog amoi? Wos denkst du dia dabei, mia so wos aufzdruckn? Leiter vo oana Sondakommission? I hob so wos no nia gmocht und ausgrechnet iatz …«

»Iatz hoit amoi de Luft on«, unterbrach sie Martin. »I hob des gmocht, weil i der Meinung bin, dass du des konnst. I woaß, dass du kompetent und fähig gnua bist, den Foi ois Leiterin vo dera SOKO zum lösen.«

»Du hättst mia des aba aa vurher song kinna! Wia steh i iatz do?«

»Gwieß nit wia a Schülerlotse. Wann a Problem auftaucha soydat, dann kimmst zu mia. Des kriang mer dann scho hi mia zwoa.«

»Und wos is mit dia?«, fragte sie. »Wos mochst nacha du?«

»I? I woart auf deine Anordnungen und dann dua i des, wo du mia soggst, wos i doa soy.«

Sie schüttelte den Kopf. »Woaßt Martin, bei oller Freindschaft und Kollegialität. Aba des geht zweit! Des konn i nit! Du bist mei Chef und do konn i nit drüba hupfn wia a Frosch. I konn doch dia koa Oarbat nit onschaffn.«

»Und wia du des konnst. Fang glei amoi damit on.«

Sie sah ihn verständnislos an. »Wia moanst iatz des?«

»So wia i des sog. Schaff ma a Oarbat on.«

»Ja und wos?«

Martin überlegte kurz. »Wia waars do damit? Herr Egger, räumen Sie den Saustall, den die Kollegen hier hinterlassen haben, auf.«

Wieder schüttelte sie den Kopf und sah ihn dabei bittend an. »Volang des nit vo mia. Nit so wos. I konn des nit.«

Wieder dachte Martin nach. »Und wia waars domit? Herr Egger, ordnen Sie die bisherigen Ergebnisse der Ermittlungen?«

»Des waar aba mei Oarbat.«

»Na und? Du muaßt lerna zu delegiern. Vostehst? Andane dei Oarbat mochn lossn. Du bist da Chef vo dera SOKO und nua du host zum song, wea wos mochn soy.«

Sie grinste ihn an, während sie gespielt streng sagte: »Guat, Herr Egger, dann bsurngs uns amoi a poar Braune. De bringas ins Büro bittschön.«

»Genau a so! Des is richtig! Dea Ton mocht de Musik. Wiafü Braune soyns denn sei?«

»Drei bittschön. Oan füa mi, oan füan Josef und oan füa … den Herrn Egger.«

»Guat und wea zoihts?«

»De Leiterin vo da SOKO Almgold! Quasi ois Einstand.«

»Is guat, da Braune kimmt glei«, bestätigte Martin und ließ sie stehen. Er ging zum Automaten und holte drei Becher Kaffee. Mit den Bechern in beiden Händen ging er zum Büro. Als er sich an der Türe abmühte, wurde sie von innen geöffnet.

Vor Martin stand Josef.

»Wos is iatz?«, fragte Martin. »Wo wüst du hi?«

»De Chefin hot gsogg, mia brauchan an Beschluss füa de Oim vo da Frau Eichelberger. Den hoy i iatz.«

Kapitel 8

Josef kam zurück und wedelte mit einem Blatt Papier. »Ich hab ihn!«, rief er aus. »Ich hab den Durchsuchungsbeschluss!«

Andrea sah ihn an. »Dann rufst du jetzt bei der Technik und der Spurensicherung an«, forderte sie ihn auf, »und sagst ihnen, dass wir uns auf der Alm treffen. Sie sollen alles mitbringen, was sie für die Durchsuchung brauchen.«

Josef erledigte den Anruf sofort und wartete ab, was Andrea noch für ihn zu tun hatte. Sie kontrollierte noch einmal die Schreibtischfläche, ob auch alles an seinem Platz lag.

»Auf geht's!«, sagte sie dann. »Pack mers.«

Gemeinsam fuhren sie hinauf zur Alm. Die Kollegen der Spurensicherung und der Technik waren noch nicht angekommen. Martin stellte den Wagen vor Ladurners Hütte ab. Als er ausstieg, sah er vor Frau Eichelbergers Hütte jemanden mit einem großen Holzhammer einen Pfahl in den Boden schlagen. Der Stiel des Hammers war beinahe so lang wie der Mann, der ihn immer wieder kreisen und auf den Pfahl niedersausen ließ. Erst beim Näherkommen bemerkte Martin, dass dieser Jemand kein Mann, sondern eine Frau war. Frau Eichelberger war gerade dabei, den Holzpflock, der für die Umzäunung gebraucht wurde, in den Boden zu treiben. Immer und immer wieder zog sie den Hammer über den Rücken hoch und ließ ihn mit Wucht auf den Kopf des Pfahles krachen.

Martin staunte über die Kraft der Frau. Dabei erhärtete sich der Verdacht, der ihn schon länger beschäftigte. War Frau Eichelberger in der Lage, jemandem mit diesem Werkzeug den Schädel einzuschlagen? Ja, auf jeden Fall. Jedenfalls wenn man den Holzhammer so benutzte, wie es Frau Eichelberger soeben tat. Martin trat auf sie zu, und als sie erneut Schwung holte, hielt er den Hammerstiel fest.

Frau Eichelberger protestierte sofort: »He! Was soll das? Sie halten mich von meiner Arbeit ab!«

Martin nahm ihr das schwere Werkzeug aus der Hand und besah es sich genauer. Auf dem hölzernen Hammerkopf waren ganz deutlich braune Flecken und Spritzer zu sehen. War das etwa Blut? Martin reichte den Hammer Josef, der mit Andrea herankam. »Da, zur SpuSi damit. Die sollen …«

»Nachschaun, ob das Blut ist, und wenn ja, von wem«, unterbrach ihn Andrea.

»Die kommen eh grad«, sagte Josef und zeigte zu der Stelle, wo der Weg im Wald verschwand. Martin blickte ebenfalls in diese Richtung und sah die beiden Kombis und den Streifenwagen, die den Weg entlangkamen.

Kurz darauf waren sie vor Frau Eichelbergers Hütte angekommen. Andrea schaute Frau Eichelberger an und sagte in befehlsmäßigem Ton: »Kommen Sie mit. Wir müssen eine Hausdurchsuchung durchführen.«

»Wozu? Was soll das werden? Ich hab nichts getan!«

»Das wird sich noch zeigen«, meinte Andrea kalt. Sie ging zu den Beamten, die noch ratlos vor der Türe standen. »Wir haben einen Beschluss. Das Haus muss komplett durchsucht werden. Die Anbauten, also der Schuppen und der Stall, ebenfalls.«

»In Ordnung, Andrea«, sagte Meiler und gab die nötigen Anweisungen.

Frau Eichelberger packte Andrea am Arm und riss sie herum. »Was soll das werden? Wieso durchsuchen Sie mein Haus?«

»Sie stehen unter dem Verdacht, Frau Kammerlander erschlagen zu haben, und vielleicht haben Sie ja auch Herrn Ladurner umgebracht.«

»Ich hab nichts dergleichen getan! Warum hätte ich das tun sollen? Ich hab den Bartl doch gernghabt, und außerdem ist er der Vater …«

»Vater?«, fragte Andrea.

»Ja Vater!« Frau Eichelberger schrie es heraus. »Er ist der Vater von meinem Sohn! Ich werd dem Buben doch nicht den Vater wegnehmen!«

»Aha«, meinte Andrea nachdenklich. »Dann haben Sie aber ein Motiv für den Mord an Frau Kammerlander. Sie wussten, dass die beiden heiraten wollten, und das wollten sie mit allen Mitteln verhindern.«

»Nein! Ich hab das nicht getan! Ich hab niemanden umgebracht!«

»Wir werden sehen«, antwortete Andrea mit kaltem Blick.

Einer der Beamten der Spurensicherung kam aus dem Schuppen. »Ich hab da was!«, rief er und hielt ein braunes Ledersäckchen hoch.

Andrea ging zu ihm, zog Gummihandschuhe aus der Tasche und streifte sie über. Dann nahm sie dem Kollegen das Säckchen ab, öffnete es und griff hinein. Als sie die Hand wieder herauszog schaute sie sich an, was sie zutage gefförtdert hatte. »Krügerrand!«, rief sie und kam zu Frau Eichelberger. »Das müssen Sie mir jetzt aber schon erklären. Woher kommen diese Münzen?«

»Die … die … die hat Bartl mir gschenkt. Für den Buben, hat er gsagt. Wenn er mal in die Lehre kommt, soll das sein Kapital sein, damit er nicht irgendeinen Beruf aussuchen muss, der ihm am End gar nicht gfällt.«

»Wann hat er Ihnen die Münzen gegeben?«

»Das war vor zwei Jahren.«

Andrea drehte eine der Münzen um und sagte: »Das kann

nicht sein. Diese Münze ist doch neu. Man sieht es auf der Prägung. Also? Woher haben Sie die Münzen?«

»Ich sag jetzt gar nichts mehr«, antwortete Frau Eichelberger trotzig.

»Gut, dann müssen wir Sie mitnehmen.« Andrea sagte zu Josef: »Herr Faltermeier. Nehmen Sie Frau Eichelberger fest.«

Josef trat auf Frau Eichelberger zu und zog seine Handschellen hervor. Gerti Eichelberger sträubte sich zwar heftig, aber mit Andreas Hilfe gelang es dann doch, ihr die Handschellen anzulegen. Um sie nicht allzu sehr zu quälen, legten sie die Fesseln so an, dass die Hände nach vorne gerichtet waren.

»Das können Sie nicht machen!«, protestierte Frau Eichelberger. »Die Küh kommen doch heut. Wer soll auf sie aufpassen?«

»Da wird sich schon eine Möglichkeit ergeben. Notfalls muss das eben ein anderer machen.«

»Wo ist ihr Bub?«, fragte Martin.

»Der ist unten beim Auftrieb. Er ist einer von denen, die die Kühe hier rauftreiben.«

»Ein Hüterbub also?«

»Nein, kein Hüterbub. Er ist bloß bei den Treibern dabei.«

»Wie heißt ihr Bub, und wie alt ist er?«, fragte Andrea, die offensichtlich langsam Bedenken hatte. Sie nahm schließlich dem Jungen seine Mutter weg.

»Der Bub heißt Bertram«, antwortete Frau Eichelberger. »Wir nennen ihn Bertl, und er ist jetzt zwölf Jahre alt.«

»Kann der Bub denn nicht …?«, fragte Martin, verwarf aber den Gedanken gleich wieder. Es war sicher unmöglich, einen Zwölfjährigen alleine hier oben zu lassen, damit er die Kühe hütete. Diese Arbeit war zu schwer für ihn. »Frau Eichelberger, haben Sie denn niemanden, der das hier oben übernehmen könnte? Ihre Eltern vielleicht? Geschwister oder andere Anverwandte?«

Frau Eichelberger schüttelte den Kopf. »Meine Eltern sind zwar noch da. Aber die müssen auf den Buben aufpassen, und die Arbeit hier oben ist viel zu schwer für sie. Die beiden sind schon weit über siebzig.«

Martin dachte kurz nach und fragte: »Können denn nicht ein paar der Treiber hierbleiben? Zumindest so lange, bis sich Ersatz für Sie gefunden hat?«

»Vielleicht. Aber ich glaub eher nicht. Die müssen ja wieder runter auf ihre Höfe. Die haben anderes zu tun, als hier die Kühe zu hüten.«

»Das ist jetzt egal«, sagte Andrea. »Sie kommen mit uns mit. Sie müssen sich eben selbst eine Lösung für Ihr Problem einfallen lassen.« Sie nahm Frau Eichelberger am Arm und führte sie hinüber zu dem Streifenwagen, vor dem zwei Beamte standen. »Hier, bringen Sie Frau Eichelberger zu uns nach Zell. Sie bleibt erst mal bei uns. Geben Sie ihr Gelegenheit, einen Anwalt anzurufen.«

»Frau Hauser!«, rief plötzlich einer von den Kollegen der Spurensicherung. »Ich hab noch was gefunden.« Er kam mit einem Gewehr in der Hand zu Andrea. »Hier, das haben wir im Stall gefunden. Es lag unter einem Haufen Heu.«

Andrea nahm das Gewehr und besah es sich genauer. Vor allem der Schaft schien für sie interessant zu sein. Am Schulterstück befanden sich rostbraune Flecken, die wie Blutspritzer aussahen. »Die Tatwaffe bei Herrn Ladurner«, vermutete sie und gab das Gewehr zurück. Auch den Beutel mit den Münzen, den sie noch in der Hand hielt, reichte sie dem Kollegen. »Untersuchen und dann Bericht zu mir. Fingerabdrücke und so weiter.«

Der Beamte ging zum Einsatzfahrzeug und verpackte alles in Plastikbeutel.

»So, und jetzt?«, fragte Josef.

»Jetzt fahren wir ins Büro und vernehmen die Frau Eichelberger«, antwortete Andrea.

»Das wird aber jetzt nicht gehen«, sagte Martin und zeigte zum Wald, von wo man bereits Kuhglocken hörte.

»Dann warten wir eben. Die Frau Eichelberger läuft uns schon nicht weg.«

Es dauerte nicht lange, da sah man sie kommen. Allen voran ein Treiber, der mit Rufen wie »Iatz geh, Liserl, geh, mia homs jo glei!« lockte. Gleich dahinter ein paar Pinzgauer Rinder, die deutlich an ihrer kastanienbraunen Farbe mit weißem Rücken, Kreuz und Bauch sowie weißen Stelzen zu erkennen waren. Sie trugen Glocken, die allesamt unterschiedlich tönten. Dazwischen wieder Treiber: junge Burschen, Buben und Männer, die mit langen Stöcken die Rinder immer wieder ein wenig antrieben. Auch Mädchen und Frauen waren natürlich mit dabei. Alles in allem machte das Ganze aber mehr den Eindruck, als ob die Tiere von selbst wussten, wo es langgeht. Sie schienen sich auch zu freuen, dass sie den Weg hierherauf endlich hinter sich hatten. Manche rannten förmlich den Pfad entlang, und die Treiber hatten alle Hände voll zu tun, um sie davon abzuhalten, schon jetzt auf den saftigen Wiesen zu grasen.

Martin, Josef und Andrea traten zur Seite, als die Herde näher kam. Ein paar der älteren Treiber lösten sich aus dem Pulk und kamen zu ihnen. Einer von ihnen schien der Wortführer zu sein. »Wo is de Gerti?«, fragte er Martin.

»Nit do«, war Martins kurze Antwort.

»Des hätt ma a Depp aa gsogg«, murrte der Mann. »Mia woartn auf unsa Jausn und unsan Schnops. Den kriang mer oiwei, wann mia auftreim.«

»Wie Sie sehen, ist Gerti nicht da, und sie wird auch so schnell nicht wiederkommen«, erklärte Andrea.

»Und wos is mit am Everl? Wo is de?«

»Frau Kammerlander ist tot«, informierte ihn Andrea. »Sie wurde ermordet.«

Der Mann machte ein betroffenes Gesicht. »Dot? Wia dot?«

»Tot eben. Toter kann man nicht sein.«

»Wea hot des doan?«

»Das wissen wir noch nicht sicher«, sagte Andrea.

»Woar des ebba de Gerti? Mia homs gsechn, wias im Schandiwong obigfoahrn wurn is.«

Der Mann schüttelte fassungslos den Kopf und sagte, als er wegging: »So a Sauerei. Erscht da Bartl und iatz aa no as Everl.« Martin hörte, wie er die anderen über die Neuigkeit informierte. Unruhe kam auf, und Martin befürchtete schon, dass es einen Tumult geben könnte.

Er flüsterte Josef zu: »Schau amoi eini, obst an Schnaps findst.« Josef ging in die Hütte und kam kurz darauf mit einer Flasche Marillengeist und einer Flasche Zirbenschnaps wieder heraus. Dazu brachte er etliche Schnapsgläser, die er auf dem grob behauenen Tisch vor der Hütte aufstellte.

Andrea ging zu ihm hin. »Bist du jetzt verrückt? Du kannst doch nicht …«

»Und ob ich kann. Wenn du einen Volksaufstand verhindern willst, dann lass mich nur machen.« Er goss den Schnaps in die Gläser.

Der Mann, mit dem sie gesprochen hatten, beobachtete ihn dabei und kam schließlich herüber. »Kriang mer unsan Schnaps iatz doch?«

»Jo, ausnahmsweis«, antwortete Josef und nahm sich ein Glas. Sofort kamen auch weitere Treiber hinzu und bedienten sich.

Als der Erste sein Glas ansetzte, rief der Vorredner: »Hoit! No nit! Mia trinkn mitanand auf 'n Bartl und as Everl!«

Josef ging noch mal in die Hütte, um mehr Gläser zu holen. Angesichts dessen, dass kaum mehr welche da waren, nahm er noch ein paar Wassergläser mit hinaus und goss ein. Die Treiber waren nun alle vor der Hütte versammelt, und nahezu jeder hatte einen Schnaps in der Hand.

Der Anführer hob sein Glas und rief laut: »Aufn Bartl und as Everl! Mögen sie in Frieden ruhn!«

Zustimmendes Gemurmel durchzog den Haufen, als alle gleichzeitig ausgetrunken hatten. Danach stellten sie ihre Gläser auf dem Tisch ab und kümmerten sich um die Tiere.

Endlich konnten Martin, Josef und Andrea zurück in die Dienststelle fahren.

Kapitel 9

»Und? Was machen wir jetzt?«, fragte Josef mit Unschuldsmiene.

»Was jetzt?«, entgegnete Andrea. »Wir warten auf den Bericht der SpuSi und dann machen wir die Vernehmung von Frau Eichelberger.«

»Das kann aber dauern«, bemerkte Martin. »Wir könnten doch gleich mit der Befragung anfangen.«

»Dann mach du das doch«, ordnete Andrea selbstbewusst an.

»Wenn du meinst?«, sagte Martin und stand auf. Er verließ das Büro. Draußen gab er einem der uniformierten Beamten die Anordnung, Frau Eichelberger in den Vernehmungsraum zu bringen.

Martin ging in den Keller. Während er alles vorbereitete und überprüfte, kamen auch Josef und Andrea herunter. Sie halfen ihm dabei, die Videoanlage und die Aufnahmegeräte einzustellen. Als Martin in den Vernehmungsraum ging, nahmen Andrea und Josef hinter dem venezianischen Spiegel Platz, um alles mitzuhören und zu sehen. Martin musste nicht lange warten, bis Frau Eichelberger in den Raum gebracht wurde. Sie setzte sich sofort, nachdem ihr Martin den Platz am Tisch angeboten hatte. Als Erstes legte er ihr ein Dokument hin, das sie unterschreiben musste. Darin bestätigte sie, dass sie damit einverstanden war, dass alles aufgezeichnet wurde.

»Wo ist Ihr Anwalt?«, fragte Martin.

»Ich brauch keinen. Mir wurde erklärt, dass dies nur eine Befragung sei und ich danach wieder gehen könne.«

»Wer hat Ihnen das erzählt?«

»Mein Anwalt. Er war hier und meinte, dass seine Anwesenheit hierbei nicht erforderlich wäre.«

Martin setzte sich nun ebenfalls. »Na gut«, sagte er. »Dann fangen wir mal an.« Er nickte zu der Glasscheibe als Zeichen, dass Andrea und Josef die Geräte einschalten sollten. »Gleich meine erste Frage, Frau Eichelberger: Wann haben Sie Frau Kammerlander das letzte Mal gesehen? Lebend meine ich.«

»Na gestern, als Ihre Kollegin Eva heraufgebracht hat.«

»Was ist dann passiert? Ist Frau Kammerlander zu Ihnen gekommen?«

»Zuerst ja. Ich wollt ihr auch gleich das Bettzeug geben, damit sie sich einrichten kann.«

»Und dann?«, fragte Martin.

»Sie wollte es nicht. Sie wollte unbedingt drüben in Bartls Haus schlafen.«

»Wissen Sie, warum sie das wollte?«

Frau Eichelberger hob die Schultern und meinte: »Na ja, sie sagte, dass sie noch einmal Bartl nahe sein wollte und das ginge nun mal nur in der Hütte drüben.«

»Haben Sie versucht, ihr das auszureden?«

»Natürlich! Ich weiß doch, dass man ein Haus nicht mehr betreten darf, das amtlich versiegelt ist. Das hab ich ihr auch gesagt. Aber sie hat nur gemeint, dass ihr das egal wäre. Bartl wäre ihr wichtiger.«

Martin ging auf Konfrontationskurs. »Haben Sie Frau Kammerlander erschlagen?«

Frau Eichelberger blieb erstaunlich ruhig, als sie antwortete: »Nein, ich habe Frau Kammerlander nicht erschlagen.«

»Sondern?«

»Sondern was?«

»Sondern wer?«, fragte Martin. »Wer hat sie Ihrer Meinung nach erschlagen und vor allem warum?«

»Ich weiß es nicht«, meinte sie schulterzuckend. »Das ist doch Ihre Aufgabe, dies herauszufinden.«

»Was ist mit dem Holzhammer? Haben Sie ihn benutzt, um Frau Kammerlander umzubringen?«

»Nein, der Holzhammer ist zum Einschlagen von Holzpfählen da und nicht, um jemandem damit den Schädel einzuschlagen.«

»Was ist mit den Goldmünzen? Woher haben Sie die?«

»Des hab ich doch schon gsagt«, entgegnete Frau Eichelberger. »Die hat mir der …«

»Vor zwei Jahren, haben Sie gesagt. Das ist schlichtweg gelogen. Die Münzen wurden erst heuer geprägt.«

»Da muss ich mich eben getäuscht haben.«

»Sie haben sich nicht getäuscht!«, sagte Martin. »Sie haben die Münzen bei Herrn Ladurner gestohlen, als Sie ihn umgebracht haben.«

»Hab ich nicht!«, rief Frau Eichelberger aus. »Ich hab die Münzen von ihm bekommen. Das können Sie sogar nachprüfen. Er hat sie bei der Bank gekauft.«

»Wann? Wann haben Sie die Münzen bekommen?«

»Na ja, bekommen hab ich sie nicht direkt. Ich hab …«

»Sie ihm gestohlen. Geben Sie es doch endlich zu!«

»Ich hab sie nicht gestohlen und den Bartl hab ich auch nicht umgebracht!«

»Aber Frau Kammerlander!,«, sagte Martin, »Nachdem Sie erfahren haben, dass Herr Ladurner Frau Kammerlander heiraten wollte, gab es für Sie nur eins: die Hochzeit um jeden Preis verhindern!«

»Nein!«, schrie sie und stand auf. Sie ging zur Türe.

»Wo wollen Sie hin?«

»Heim auf meine Alm.«

»Aber wir sind hier noch nicht fertig.«

»Doch, das sind wir. Ich sag jedenfalls nichts mehr, und solange kein Haftbefehl gegen mich vorliegt, kann ich gehen, wann immer ich will – hat mein Anwalt gsagt.«

Martin schnaufte tief durch. »Na gut, wenn Sie es nicht anders wollen. Sie sind vorläufig festgenommen. Den Haftbefehl bekomme ich aufgrund der Indizien sicher sofort.« Er nickte dem Beamten zu, der neben der Türe stand. Dieser nahm Frau Eichelberger am Arm und führte sie hinaus. Martin verließ den Raum ebenfalls.

Draußen traf er auf Andrea und Josef. »Das war aber nicht grad ein Erfolgserlebnis«, frotzelte Andrea.

»Mach's besser, wenn du so schlau bist«, brummte er. Zu Josef sagte er: »Kümmerst du dich bitte um den Haftbefehl?«

»Ja, mach ich«, antwortete Josef und eilte voraus.

Martin und Andrea gingen in ihr Büro. Kaum saßen sie, klopfte es an der Türe. Martin und Andrea antworteten unisono: »Herein.« Die Türe öffnete sich und Gerhard Meiler von der Spurensicherung betrat ihr Büro.

Er gab Andrea einen Ordner.

»Was ist das?«, fragte sie.

»Die Ergebnisse der Spurensicherung. Schau selber rein.«

Während Andrea den Ordner öffnete und dessen Inhalt las, fragte Martin: »Und? Habt ihr was gefunden?«

»Ja, Blutspritzer am Hammer und an der Waffe«, bestätigte Meiler. »Die Waffe gehörte übrigens Herrn Ladurner und der Hammer Frau Eichelberger.«

»Das steht zweifelsfrei fest?«

»Ja, wir haben noch die Nachbarn befragt. Für den Fall, dass uns Frau Eichelberger angelogen hat.«

»Also ist der Hammer die Tatwaffe?«

»Ja, ist er. Zumindest im Fall Kammerlander.«

»Fingerabdrücke?«, fragte Martin. »Hat Frau Eichelberger zugeschlagen?«

»Da haben wir ein kleines Problem. Der Hammerstiel ist beinahe so sauber, als wäre er neu. Aber das ist er sicher nicht. Es sind lediglich ein paar Fingerabdrücke am Hammerkopf und am Stiel, die von Frau Eichelberger und dir stammen.«

»Das verstehe ich aber jetzt nicht. Kannst du mir das erklären?«

»Natürlich kann ich das«, sagte Meiler. »Aber man muss dabei auch die Tatsache berücksichtigen, dass an dem Gewehr keinerlei Fingerabdrücke sind. Nichts, null, nada.«

»Was hat jetzt das eine mit dem anderen zu tun?«

»Nun, das Gewehr wurde tatsächlich als Tatwaffe im Fall Ladurner eingesetzt. Wir haben das gemeinsam mit Otto überprüft. Danach wurde die Waffe sauber geputzt. Nur winzige Blutspuren von Ladurner waren noch drauf.«

»Das heißt was? Mensch, lass dir doch nicht alles aus der Nase ziehen.«

»Also gut, noch mal zum Mitschreiben: Ladurner wurde mit dem Gewehr erschlagen. Danach hat der Täter die Waffe von Fingerabdrücken befreit. Er muss dabei Gummihandschuhe, wie wir sie auch verwenden, getragen haben. Deshalb waren noch ein paar Reste von Talkum auf der Waffe. Das Blut versuchte er sicher auch noch wegzuputzen, was aber nicht ganz gelang. Wir haben jedenfalls noch etwas gefunden. Es ist Ladurners Blut an der Waffe.«

Martin nickte. »Ich glaub, ich verstehe. Dann waren auch keine Fingerabdrücke von Ladurner auf der Waffe?«

»Nein, nicht ein einziger. Das hat uns schon etwas gewundert. Selbst wenn man eine Waffe penibel putzt, bleiben immer Fingerabdrücke zurück.«

»Was ist mit dem Hammer?«

»Da gestaltet sich die Sache etwas schwieriger«, meinte Meiler. »Der Hammer wurde ebenfalls von Fingerspuren bereinigt. Offenbar auch wieder mit Handschuhen.«

»Dann war der Hammer frei von Spuren, bevor ihn Frau

Eichelberger aus dem Schuppen geholt hat und den Pflock in den Boden schlug?«

»Du hast es erfasst. Die braunen Flecken auf dem Hammer sind Blutspuren von Frau Kammerlander. Sie wurde eindeutig damit erschlagen. Der Hammer wurde zwar gereinigt, aber es waren trotzdem noch kleine Blutreste vorhanden.«

»Dann haben wir jetzt keinerlei Beweise für die Schuld von Frau Eichelberger?«, wollte Martin wissen. »Sie hat es nicht getan?«

Meiler hob die Hände und sagte entschuldigend: »Tut mir leid. Du wirst sie wieder laufen lassen müssen. Die Beweise reichen jedenfalls für die Morde nicht aus.«

»Was ist mit den Münzen? Habt ihr da was?«

»Du meinst die Krügerrand?«

»Ja, natürlich«, sagte Martin.

»Die sind echt. Daran besteht kein Zweifel. Wie sie aber in den Besitz von Frau Eichelberger gekommen sind, müsst schon ihr herausfinden.«

Andrea rief herüber: »Herr Meiler?«

»Ja, was ist?«

»Ich muss da mal was klarstellen. Falls Sie es noch nicht mitbekommen haben, darf ich Ihnen mitteilen, dass ich die Leiterin der SOKO bin und nicht Herr Egger.«

»Natürlich weiß ich das, Frau Hauser. Darf ich jetzt wieder Du sagen?«

Andrea warf ihm einen bösen Blick zu und vertiefte sich wieder in die Akte.

Meiler verließ das Büro.

Martin wartete ab, was jetzt noch kommen würde. Er brauchte auch nicht lange zu warten, bis Andrea sagte: »Ich glaube, es wäre ganz gut, wenn du den Kollegen sagen würdest, wer hier die Leitung hat.«

»Das mach ich doch gerne.« Martin grinste und tippte auf der Tastatur des Computers. Kurz darauf surrte der Drucker, und Martin entnahm ihm ein Stück bedrucktes Papier. Er nahm eine Rolle Klebestreifen, riss ein paar Stückchen davon ab und klebte sie auf das Papier. Lächelnd trug er es zur Türe.

Andrea fragte misstrauisch: »Was wird das, wenn's fertig ist?«

Martin drehte sich um und zeigte Andrea die bedruckte Seite. »Das kommt draußen an die Türe«, erklärte er. »Dann weiß jeder gleich Bescheid.« Auf dem Papier stand zu lesen: »SOKO Almgold, Leitung: Frau Oberinspektor Andrea Hauser.« Er öffnete die Türe und klebte das Papier an das Türblatt.

Andrea schüttelte nur den Kopf und sagte leise: »Schuahbandlbügla.«

»Das hab ich gehört«, sagte Martin und ging zurück an seinen Platz.

»Kümmerst du dich bitte darum, dass die Frau Eichelberger wieder freikommt?«, ordnete Andrea an. »Am besten, du fährst sie dann gleich wieder rauf auf ihre Alm. Sonst schickt sie uns noch eine Taxirechnung.«

Martin stand auf und ging zur Türe. Er griff nach der Klinke, und im selben Moment klopfte es leise und zaghaft. Er drückte die Klinke herunter und öffnete. Vor ihm stand ein Stapel Ordner auf zwei Beinen.

»Hallo, Herr Egger«, begrüßte ihn eine Stimme, die hinter dem Stapel hervorkam.

»Hallo, Frau Nawratil«, grüßte Martin zurück.

»Halten Sie mir mal bitte die Türe auf?«, bat sie.

Martin öffnete sie weit und trat zurück, um Frau Nawratil eintreten zu lassen. Sie ging mit ihrem Stapel direkt zu Andrea und legte ihn auf den Schreibtisch.

Andrea zeigte darauf und fragte irritiert: »Was ist das?«

»Das sind die Ergebnisse unserer Recherchen«, entgegnete Frau Nawratil. »Sie wissen schon, wegen der drei Männer.«

»Ja, ja, ich weiß. Aber das sind so viele Akten?«

»Das sind noch gar nicht viele, gemessen an denen, die wir durchgeackert haben.«

»Haben Sie relevante Ergebnisse?«, fragte Andrea.

»Das will ich meinen. Sogar sehr überraschende Ergebnisse. Wir haben alles doppelt und dreifach überprüft, um ja alles richtig zu haben.«

Martin stand an der Türe und hörte zu. Er wollte wissen, was die Fahndung herausgefunden hatte.

Andrea schien dies nicht zu gefallen, denn sie sagte streng: »Worauf wartest du? Gemma gemma!«

»Ich bin ja schon weg!«, brummte Martin und verließ das Büro. Er ging hinunter in den Keller, wo sich die Zellen für kurzzeitig Inhaftierte befanden. Er wies den wachhabenden Beamten an, Frau Eichelberger unverzüglich freizulassen.

Es dauerte eine Weile, bis Frau Eichelberger endlich vor ihm stand. Sie lächelte ihn mitleidig an. »Habens keine Beweise gegen mich gefunden?«, fragte sie überfreundlich.

Martin gab darauf keine Antwort, sondern zeigte in Richtung Ausgang. »Bitte, nach Ihnen.«

»Wie komm ich jetzt heim?«, fragte sie, als sie auf dem Parkplatz standen.

»Ich habe die zweifelhafte Ehre, Sie nach Hause bringen zu dürfen.« Er ließ sie hinten einsteigen und fuhr los. Auf dem Weg sagte er: »Ich hab da noch ein paar Sachen, die mich interessieren würden. Darf ich Sie das fragen?«

»Ja, fragen Sie nur.«

»Es geht mir um das Verhältnis zwischen Ihnen und Herrn Ladurner. Sie sagten, Ihr Sohn sei jetzt zwölf Jahre alt und Herr Ladurner der Vater. Das ist doch richtig?«

»Ja«, antwortete sie kurz angebunden.

»Wie alt waren Sie damals? Herr Ladurner müsste so um die zwanzig gewesen sein, wenn ich richtig rechne?«

»Ja, und ich war grade mal achtzehn. Mein erstes Jahr auf der Alm. Jung und unschuldig war ich damals, und der Bartl war so … wie soll ich sagen? So fürsorglich. Er hat mir alles gezeigt, viel geholfen, und er war immer da, wenn ich ihn brauchte.«

»Dann ist es passiert?«, hakte Martin nach.

»Ja, es war im Almsommer, wissens, so wie jetzt. Wir sind am Abend vor seiner Hüttn gsessn und haben uns die Sterndl angschaut. Es war warm, und der Mond hat gschienen. So richtig romantisch. Dann hat der Bartl noch eine Kerzn angezündet, und wir haben uns noch unterhalten. Dabei sind wir uns nähergekommen. Irgendwie sind wir dann auf einmal in seinem Bett glandet.«

»Dabei ist dann Ihr Sohn entstanden?«

»Nein, nicht gleich«, sagte Frau Eichelberger. »Erst ein paar Wochen später. Ich hab immer gmeint, der Bartl und ich … na ja, wir ghören zusammen, hab ich gmeint.«

»Hat Ihnen Herr Ladurner irgendwelche Versprechen gemacht?«

»Nein, hat er nicht. Im Gegenteil. Er hat mich nie im Unklaren drüber glassen, dass es wohl nichts wird mit einer Hochzeit oder so.«

»Und das hat Ihnen nichts ausgemacht?«

»Doch, schon. Aber was hätt ich tun sollen? Abhaun hab ich ja nicht können.«

»Hat Herr Ladurner eigentlich Unterhalt bezahlt?«, wollte Martin wissen.

»Ja, hat er. Geizig war er nicht. Er hat sogar mehr bezahlt, als er hätt müssn. Tausend Euro im Monat hat er mir gegeben.«

»Wie war denn sonst Ihre Beziehung zu ihm? Sind Sie ihm aus dem Weg gegangen?«

Sie lachte kurz auf. »Aus dem Weg gegangen? Wie stelln Sie sich das vor? In über zweitausend Metern Höhe und ganz allein auf der Alm? Wie soll man da einem andern aus dem Weg gehen können?«

»Wie ist dann Ihre Beziehung weitergegangen?«

Sie überlegte lange, ehe sie antwortete: »Jetzt halten Sie mich bitte nicht für eine billige Schnoin. Ich war immer für ihn da. Wir hatten lange Zeit eine Affäre, aber nichts Ernstes.«

»Heißt das, dass Sie mit ihm …?«

»Ja, das heißt es. Aber ich hab nie was dafür verlangt.«

»Wie war das, als er Frau Kammerlander kennenlernte?«, fragte Martin.

»Ja, das war was Bsonderes. Für ihn jedenfalls. Da hat er mich nimmer besucht.«

»Wie war das für Sie? Was haben Sie dabei empfunden? Das muss Sie doch fürchterlich geärgert haben?«

»Geärgert?«, rief sie aus. »Gehasst hab ich sie dafür!«

Martin bremste abrupt. Er drehte sich zu ihr um und sah sie an. »Dann hätten Sie ja ein absolut musterhaftes Motiv. Das Mordmotiv schlechthin! Haben Sie Frau Kammerlander umgebracht?«

»Nein, hab ich nicht. Ich hätt's auch nie gekonnt. Sie war doch so ein liabs Maderl. Immer lustig, gut aufglegt und fleißig. Was haben wir zusammen gelacht und uns beim Arbeiten gegenseitig gholfn. Umbringen hätt ich sie nicht können.«

»Aber jetzt ist sie tot«, stellte Martin lapidar fest.

»Ja, jetzt ist sie tot«, bestätigte Frau Eichelberger, beugte sich zwischen den Lehnen nach vorne und setzte hinzu: »Ich zahl Ihnen zehntausend Euro, wenn Sie den finden, der das getan hat. Zehntausend Euro Belohnung für Sie. Findens den Saukerl, der das getan hat!«

Martin schnaufte tief durch. Das war eine Menge Geld, das sie als Kopfgeld aussetzte. Aber er antwortete ruhig: »Das geht nicht, Frau Eichelberger. Es ist mein Beruf, solche Leute zu fangen, und dafür darf ich keine Extrabelohnung annehmen. Aber ich mach Ihnen einen anderen Vorschlag: Gehens zum Staatsanwalt und setzen das als Belohnung für den aus, der sachdienliche Hinweise zur Ergreifung des Täters machen kann.«

»Ja, Sie haben recht. Das werd ich machen.«

»Was wissen Sie über das Gold, das Herr Ladurner angeblich gefunden hat?«

»Nichts. Jedenfalls nicht viel. Er hat immer ein großes Geheimnis drum gmacht.«

»Woher wussten Sie, dass Herr Ladurner und Frau Kammerlander heiraten wollten?«

»Die Eva hat's mir erzählt«, sagte Frau Eichelberger. »Mei, hat die sich gfreut. Wissens, sie hat mir alles erzählt. Von ihr und dem Bartl. Wir waren ja schließlich Freundinnen und da erzählt man sich so was.«

»Aber Sie haben sich nicht drüber gefreut?«

»Nein, das hab ich doch schon gesagt. Aber zum Everl hab ich nichts davon gsagt. Ich wollt ihr die Freude nicht verderben.«

»Können Sie sich vorstellen, wer Herrn Ladurner und Frau Kammerlander umgebracht haben könnte?«, fragte Martin.

»Nein, ich kann mir nicht vorstellen, wer die beiden so sehr gehasst hat.«

»Was glauben Sie, wäre Herr Ladurner wieder zu Ihnen gekommen, wenn er wieder allein gewesn wär?«

»Vielleicht?«, meinte Frau Eichelberger.

»Hätten Sie dann mit ihm …? Sie wissen, was ich mein?«

»Ja, ich versteh Sie schon. Ja, das hätt ich getan. Ich hab ihn doch …«

»Geliebt?«

»Ja, hab ich.«

Martin gab Gas und fuhr weiter. Von oben kamen ihnen ein paar Fahrzeuge entgegen. Auch ein Traktor mit Hänger war dabei. Auf diesem saßen ein paar offensichtlich nicht mehr ganz nüchterne Treiber. Martin erkannte ein paar von ihnen wieder.

»Die fahren jetzt heim«, bemerkte Frau Eichelberger.

»Sind das alle?«

»Nein, ein paar sind scheints oben geblieben.«

»Wieso fahren die denn mit Autos und Traktor? Wo kommen die Fahrzeuge her? Die sind doch alle zu Fuß raufgegangen.«

»Das schon, aber ein paar der Viecher mussten mit dem Hänger raufgebracht werden. Das sind die störrischen, die immer wieder ausbrechen auf dem Weg nach oben.«

»Und jetzt nutzen die Treiber die Fahrzeuge, um bequem wieder nach unten zu kommen?«

»Ja, das ist doch das Einfachste, oder?«

Sie kamen oben am Waldrand heraus, und das Tal öffnete sich vor ihren Augen. In der Ferne konnte man die schneebedeckten Gipfel der Berge erkennen, hinter denen Martin am frühen Morgen die Sonne hatte aufgehen sehen. Nun war der Himmel blitzblank und strahlte in seinem schönsten Blau. Die Sonne hatte längst ihren Zenit überschritten. Die saftigen Wiesen in ihrem dunklen Grün versprachen für die Kühe, die dort weideten, beste Nahrung. Ein paar von ihnen schienen bereits satt zu sein, denn als Martin an ihnen vorbeifuhr, lagen sie träge und wiederkäuend im Gras. Manche schienen zu dösen. Zwischen ihnen flitzten ein paar Murmeltiere umher, an denen sich die Kühe nicht im Geringsten störten. Zwischen Straße und Wiesen floss ein mit weißer Gischt schäumender Gebirgsbach, durch den an manchen Stellen eine Furt zu erkennen war.

Schon von Weitem erkannte Frau Eichelberger, dass vor ihrer Hütte ein paar Männer saßen. »De Hundsbuam, de miserablichn. Fressen mei gonze Speiskamma laar«, schimpfte sie, als sie näher kamen und sahen, dass die Männer Brotzeit machten. Sie stiegen aus. »Wo habts es de Jausn her? Hobts ma mein Vorrot aufgfressn?«

»Jo mei, mia hom an Hunga khob und du woast nit do«, antwortete einer von ihnen. »Do hom mer di nit frong kinna.« Es waren ausnahmslos junge Burschen, die wahrscheinlich oben geblieben waren, um auf die Kühe aufzupassen, bis jemand kam, der dies übernehmen konnte.

Martin stieg wieder in sein Auto und fuhr zurück in die Dienststelle.

Kurz darauf kam Josef ins Büro. Er trug eine große Tüte bei sich. Erstaunt sah er Martin an. »Du bist schon da?«

»Wie du siehst.«

»Das ist jetzt aber dumm. Ich hab Andrea und mir eine Brotzeit geholt. Wenn ich gewusst hätte …«

»Das macht nichts. Ich hab eh keinen Hunger.«

»Na dann«, sagte Josef und ging zu Andrea. Er legte ihr zwei Wurstsemmeln auf den Tisch und ging mit der Tüte an seinen Platz. Dort packte er drei weitere Wurstsemmeln aus und begann zu essen.

Ein verführerischer Duft nach Wurst und Speck durchzog das Büro. Nun begann Martins Magen zu knurren. Laut und unüberhörbar.

Andrea sah zu ihm herüber und zeigte auf ihre Semmel. *Möchst nicht doch was essen?*, schien sie zu sagen.

Martin schüttelte nur den Kopf. Er beobachtete die beiden aber weiter, wie sie genüsslich ihre Semmeln verspeisten. Andrea hatte eine davon bereits gegessen. Auch Josef biss bereits in die nächste.

Andrea ging zu Martin und legte die übrige Semmel vor ihm auf den Tisch. »Da. Sonst verhungerst du uns noch.«

»Ich hab doch gesagt …«

»Nichts da!«, meinte sie. »Du isst das jetzt und aus! Ich seh doch, dass du Hunger hast.«

»Und zu überhören ist es auch nicht«, sagte Josef dazu.

Martin nahm die Semmel und aß sie. Mit vollem Mund fragte er Andrea: »Was ist eigentlich bei der Fahndung herausgekommen? Was hat die Frau Nawratil gefunden?«

Andrea trank erst einen Schluck, ehe sie antwortete: »Das musst du sie schon selber fragen. Sie hat etwas erzählt von einem Kleine-Welt-Phänomen. Ich hab auch nicht so recht verstanden, was sie damit sagen wollte. Nur so viel, dass wir jetzt einige Verdächtige mehr haben.«

»Das ist ja interessant«, sagte Martin, der soeben das letzte Stückchen der Semmel hinunterschluckte.

Er nahm das Telefon und rief in der Fahndungsabteilung an. Er bat darum, dass Frau Nawratil zu ihm ins Büro kommen solle. Er musste nicht lange warten, bis jemand zaghaft an die Bürotüre klopfte.

»Ja bitte?«, rief Andrea.

Frau Nawratil trat ein und ging sofort zu Andrea. »Haben Sie noch irgendwelche Fragen? Ist etwas unklar? Wo kann ich helfen?«

Andrea zeigte zu Martin. »Mir nicht. Aber ihm.«

Frau Nawratil ging zu Martin und blieb vor ihm stehen. »Was kann ich für Sie tun?«, fragte sie ihn.

»Mich würden Ihre Ergebnisse interessieren. Frau Hauser sagte mir, Sie hätten etliche neue Verdächtige aufgetan.«

»Das stimmt. Einer von denen ist Südtiroler. Ich hab mich mit der dortigen Polizei in Verbindung gesetzt und alles Notwendige herausgefunden.«

»Sie können Italienisch?«, fragte Martin.

»Ja, natürlich. Nicht nur das. Ich kann auch Ladinisch.«

»Wie kommt das?«

»Nun, ich habe eine Cousine in einem kleinen Ort dort. Die besuche ich manchmal, und dabei lerne ich ein wenig diese Sprache.«

»Seltsam. Die Großeltern meiner Frau leben auch dort«, antwortete Martin ein wenig unsicher.

»Wie heißt der Ort?«, fragte Frau Nawratil. Martin nannte den Namen. Erfreut rief sie aus: »Sehen Sie? Das ist genau das Kleine-Welt-Phänomen. Das ist derselbe Ort, in dem meine Cousine wohnt. Ich wette mit Ihnen, sie kennt die Großeltern Ihrer Frau und ich vielleicht sogar auch!«

Martin war es irgendwie unangenehm, dass die Möglichkeit bestand, dass Frau Nawratil Julias Verwandtschaft dort kannte. Deshalb fragte er: »Also? Zu welchen Ergebnissen sind Sie gekommen?«

Sie begann zu erklären: »Also zunächst haben wir anhand der Daten von Herrn Ladurner herausgefunden, dass er aus Südtirol stammt. Dabei sind wir davon ausgegangen, dass es noch Verwandtschaft dort geben muss. Was natürlich auch zutraf. Es gibt dort noch einen Onkel und eine Tante von ihm. Diese wiederum haben einen Sohn, der …«

»Bitte nicht so ausführlich«, bat Martin. »Ich will nur die Ergebnisse.«

»Aber die hab ich doch Frau Hauser bereits genannt«, sagte Frau Nawratil ein wenig irritiert.

»Das schon, aber Frau Hauser war zu dem Zeitpunkt geistig nicht ganz …«

»Und ob ich auf der Höhe war!«, protestierte Andrea sofort. »Mir war das nur zu viel Durcheinander, als dass ich mir alles hätte merken können.«

»Dann würde ich vorschlagen, Sie lesen meinen Bericht. Da steht alles drin. Ich hab anderes zu tun, als hier Vorträge über das Kleine-Welt-Phänomen und die Ergebnisse daraus zu halten.«

Frau Nawratil machte auf dem Absatz kehrt und verließ das Büro grußlos.

»Man sagt auf Wiedersehen, hab ich gelernt!«, maulte Josef.

Frau Nawratil öffnete die Türe nochmals und sah herein. Dabei sagte sie überfreundlich: »Auf Wiedersehen, die Herrschaften. Sie können jederzeit über mich verfügen. Aber nur, wenn es Sinn macht.« Schon war sie weg.

»So, und jetzt?«, fragte Josef.

»Jetzt nimmst du dir den Bericht vor und sagst mir, was drinsteht«, meinte Martin.

»Kann das nicht die Andrea machen? Sie ist doch die …«

»Nein, die Andrea kann das nicht machen«, unterbrach ihn Andrea.

Josef sah Martin ratlos an. Dieser zuckte nur mit den Schultern und hob hilflos die Hände. »Na ja, dann mach ich das eben«, seufzte Josef und machte sich an seinem Computer zu schaffen. Es dauerte nicht lange, bis er den Bericht hatte. Er las ihn aufmerksam und machte sich dabei ein paar Notizen.

Martin begann damit, seine Berichte zu schreiben. Als er kurz zu Andrea blickte, glaubte er seinen Augen nicht zu trauen. »Was machst du da?«, fragte er vorsichtshalber.

»Das siehst du doch. Stricken.«

»Stricken? Wir arbeiten und du strickst?«

»Ja und? Schließlich bin ich die Chefin!«

»Jetzt, glaub ich, wird es hinten höher als vorne«, knurrte Martin.

»Was strickst du denn?«, fragte Josef.

»Einen Janker für meinen Beppi. Der muss im Herbst fertig sein.«

»Aha?«, meinte Josef. »Zwei links, zwei rechts, eine fallen lassen?«

»Depp«, sagte sie lachend. »Was verstehst du schon davon?«

»Mehr als du glaubst. Ich hab's in der Schule gelernt. Da hatte ich Hauswirtschaft als freiwilliges Fach gehabt. Meine Mama hat gmeint, dass mir das sicher nicht schaden würde, wenn ich so etwas könnte.«

»Und? Warum strickst du dir dann keinen?«

»Weil ich das verlernt hab. Ich weiß heute nicht einmal mehr, wie man eine Stricknadel richtig hält.«

»Aha? Soll ich dir zeigen, wie das geht?«

Josef winkte ab. »Nein, lieber nicht. Sonst erwartet Martin noch, dass ich ihm einen Janker stricke.«

Martin hatte dem Geplänkel ein wenig zugehört und meldete sich zu Wort. »Das wäre gar keine schlechte Idee. Andrea? Könntest du für mich nicht auch …«

»Nein, vergiss es. Sag das deiner Frau. Die kann das sicher auch.«

»Die hat aber keine Zeit für …«

»Herrschaftszeiten«, schimpfte Andrea los. »Jetzt ist mir eine Masche heruntergefallen. Das kommt nur …«

»Soll ich sie dir aufheben?« Josef grinste.

»Droddl!«, war Andreas kurze Antwort.

»Wie wäre es mit arbeiten?«, fragte Martin. »Da kann dir nichts runterfallen.«

»Und? Was soll ich tun? Du schreibst deine Berichte, da kann ich dir nicht helfen, und Josef …«

»Macht deine Arbeit«, sagte Josef darauf.

»Ich wüsste schon etwas«, begann Martin. »Wie wäre es, wenn du die Berichte der Pathologie durchgehen würdest? Die von der SpuSi haben wir ja schon.«

»Du brauchst mir nicht zu sagen, was ich zu tun hab. Das weiß ich selbst.« Sie legte das Strickzeug beiseite und begann am Computer zu arbeiten. Martin schrieb seine Berichte weiter, und Josef notierte sich laufend irgendwelche Daten. »Des deaf ja nit woahr sei!«, schrie Andrea plötzlich auf.

»Was ist?«, fragte Martin und ging zu ihr hinüber.

Sie zeigte auf den Bildschirm und sagte mit zitternder Stimme: »Da, lies das. Das muss ein Vieh gewesen sein, der das getan hat.«

Martin schaute ebenfalls auf den Bildschirm und las halblaut vor: »Frakturen sämtlicher Knochen. Außer der Fuß- und Handknochen … So a Hundsfott!«

»Was ist?«, fragte nun auch Josef.

»Stell dir vor«, sagte Martin. »Der Täter hat das Mädchen wie ein Schnitzel behandelt. Mit dem Holzhammer immer wieder auf sie eingeschlagen. Stück für Stück. Kein Knochen ist ganz geblieben. Alle Rippen, alle Arm- und Beinknochen sind zertrümmert und das Gesicht und der Kopf auch.«

Josef schüttelte angewidert den Kopf. »Wie kann jemand nur so brutal sein? War sie wenigstens schon tot?«

»Ja, Gott sei Dank«, sagte Martin. »Davon hat sie nichts mehr gespürt.«

»Was war dann beim Ladurner? Haben wir da auch einen Bericht?«

»Ja, haben wir«, bestätigte Andrea und zeigte auf den Bildschirm.

»Ob das derselbe Täter war?«, fragte Martin.

»Es sieht nicht danach aus«, antwortete Andrea. »Jedenfalls hat der Herr Ladurner nicht so viel abbekommen wie die Eva.«

»Also wahrscheinlich zwei Täter«, sagte Martin und sah Josef an. »Wie weit bist du mit dem Bericht von der Fahndung?«

»Fast fertig. Du glaubst gar nicht, was da alles zutage kommt.«

Kapitel 10

»Kann ich helfen?«, fragte eine weibliche Stimme hinter ihnen. Martin und Josef fuhren herum. Da stand Frau Nawratil und lächelte sie an. »Ich glaub, ich muss mich entschuldigen. Ich war vorhin wohl etwas zu forsch.«

»Schon gut, Frau Nawratil. Wir waren ja auch nicht gerade höflich«, entschuldigte sich nun Martin seinerseits. »Aber Sie haben recht. Sie könnten uns helfen. Es ist schon etwas mühsam, die ganzen Daten und Namen auf die Reihe zu kriegen.«

»Wo hängt's denn?«, fragte sie.

»Eigentlich nirgends, aber es dauert halt alles so lange.«

»Gut, dann will ich mal eine Ausnahme machen. Eine Fahndung nach einem der Verdächtigen läuft eh schon.«

»Sie haben bereits einen Verdächtigen?«, fragte Martin.

»Ja, habe ich. Aber laut meinen bisherigen Ermittlungen ist der Mann spurlos verschwunden.«

»Und wer ist es?«

»Das ist ein Anverwandter des toten Ladurner. Er heißt Lillo Trentini,«, sagte Frau Nawratil. »Ein Cousin. Er ist spurlos verschwunden, sagten mir die Kollegen der Carabinieri. Aber sie kümmern sich darum. Der geht uns also nichts an.«

»Woher wissen die das? War der Mann unter Beobachtung?«

»Nein, erst auf meine Anfrage hin hat man nach ihm gesucht.«

»Braucht man da nicht eine offizielle Anfrage?«, hakte Martin nach. »Ein Amtshilfegesuch?«

»Ich nicht«, verkündete Frau Nawratil stolz. »Ich war ein paar Monate dort zur Weiterbildung und hab da so meine Kontakte geknüpft.«

»Was dann auch zur gegenseitigen Zusammenarbeit führt«, sagte Martin und schmunzelte. »Hab ich recht?«

»Richtig, auch bei uns wäscht eine Hand die andere.«

»Gut, und weiter? Was haben Sie noch?«

»Dann war da noch der tote Herr Klausner, der mit den Drogen, Sie wissen?«

»Ja, der Junkie, der sich den goldenen Schuss gesetzt hat«, antwortete nun Josef. »Was ist mit dem?«

»Nun, auch der hatte Verwandte, aber nicht in Italien, sondern in Salzburg.«

»Gut, was noch?«, drängte Andrea.

Frau Nawratil sah sie vorwurfsvoll an und meinte: »Nun mal langsam, Frau Kollegin. Wien ist auch nicht an einem Tag gebaut worden.«

»Soweit ich weiß, war das doch Rom?«

Frau Nawratil winkte ab. »Egal. Sie wissen, was ich meine?«

Andrea nickte nur.

»Also die Verwandten in Salzburg. Das war eine seltsame Sache, aber typisch für das Kleine-Welt-Phänomen. Diese Verwandten hatten wiederum Freunde in Italien. Diese Freunde waren auch Freunde von unserem Flüchtigen. Und jetzt kommt's! Einer dieser Freunde ist seit Jahren verschwunden. Weg! Einfach weg. Von heut auf morgen. Keiner weiß, wo er steckt.«

»Ist der auch auf der Liste der Verdächtigen, und wenn ja, warum?« fragte Andrea.

»Ob er nun verdächtig ist, an den Morden beteiligt zu sein, vermag ich im Moment nicht zu sagen. Aber jedenfalls ist er vorbestraft, und zwar wegen Einbruch und mehrfachem Raub.«

»Sitzt er dann nicht noch?«

»Nein«, sagte Frau Nawratil. »Der wurde vor einigen Jahren vorzeitig entlassen und war auf Bewährung. Nach der Bewährungszeit ist er verschwunden.«

»Gut, dieser Lillo Trentino ist also weg«, sagte Martin. »Was ist mit den anderen?«

»Sie meinen Zöllner und Summerer?«

»Ja, die beiden mein ich. Welche Verbindungen gibt es da?«

»Also Summerer saß bis vor Kurzem noch im Häfn. Zöllner dagegen hat eine friedliche Karriere eingeschlagen. Er ist jetzt – man höre und staune – Bereichsleiter einer Sicherheitsfirma.«

»Bitte was?«, rief Andrea aus.

»Ja, Sie hören richtig. Er hat also einen ganz biederen Berufsweg gewählt. Nichts Gewalttätiges oder so. Er ist nicht verheiratet und lebt in einer Mietswohnung in Mittersill.«

»Aber das heißt doch nicht, dass er nicht doch etwas mit Ladurners oder Frau Kammerlanders Tod zu tun hat?«, merkte Josef an.

»Auch da haben Sie recht, Herr Faltermeier. Er hat zu seinem Leidwesen Verwandte, die wiederum entfernte Verwandte zu Summerer sind. Da schließt sich der Kreis für mich.«

»Aber das heißt doch immer noch nichts«, warf Martin ein. »Das sind Namen, Personen und noch lange keine Mörder.«

»Falsch, Herr Egger. Ich hab da nämlich noch etwas rausgefunden, das für die Mordmotive nicht unerheblich sein dürfte.«

»Das wäre?«

»Die Familie Ladurner stammt eigentlich aus Sizilien. Frau Ladurner hieß schon immer so. Bei der Hochzeit, die übrigens einer königlichen Hochzeit ähnlich gewesen sein soll, nahm er den Namen seiner Frau an. Er zog auch zu ihr. Sie hatten einen Bauernhof in der Nähe von Bozen. Ein kleiner Hof zwar, aber immerhin. Irgendwann passierte etwas, das die Familie dazu zwang, von dort wegzugehen. Sie mussten letztendlich den Hof verkaufen und haben sich dann hier niedergelassen. Der Hof, zu dem auch die Alm gehört, hatte damals einen Wert von neun

Millionen Schilling. Angeblich hat er ihn äußerst günstig, also weit unter Wert, bekommen Für den alten Hof bekamen sie nur ein paar hunderttausend Schilling. Merken Sie was?«

»Woher kam die Differenz, das Geld? Hat das niemand überprüft?«

»Nein, das war auch gar nicht nötig. Die Familie Ladurner konnte bis auf den letzten Schilling nachweisen, woher das Geld kam.«

»Nämlich?« Andrea war angespannt wie selten.

Frau Nawratil machte es noch spannender, als sie sagte: »Was glauben Sie?«

Martin wurde es jetzt zu dumm. »Wissen Sie was, Frau Kollegin? Geben Sie uns einfach die Namen, die für die Morde in Frage kommen und den Rest erledigen wir dann schon.«

»Aber ...«

»Nichts aber. Diese Rumrätselei und diese Verknotungen sind uns einfach zu viel. Wir hatten erwartet, dass uns die Fahndungsabteilung die Namen der Täter präsentiert und wir dann den Rest erledigen.«

»Das geht aber nicht so einfach, wie Sie sich das denken, Herr Egger. Einer der Hauptverdächtigen wird soeben von der Abteilung Organisierte Kriminalität verhaftet. Zwei weitere wurden bereits gestern in Bozen festgesetzt.«

»Und das heißt?«, fragte Martin.

»Dass der Hauptverdächtige der Vater von Herrn Ladurner und eigentlich ein Pate der Cosa Nostra ist. Er heißt mit richtigem Namen Giorgio Calabrese.«

»Aha! Und weiter? Wer sind die anderen Verdächtigen?«

»Wie gesagt, zwei wurden gestern festgesetzt. Übrigens nicht ganz ohne unser Zutun. Die Kollegen waren äußerst dankbar für meine Hinweise.«

»Aha? Da hat wohl wieder eine Hand ...«

»Die andere gewaschen«, sagte Frau Nawratil. »Das ist richtig, Herr Egger.«

»Was ist jetzt mit den Namen? Beispielsweise mit dem Namen des verschwundenen Mannes?«

»Der Mann heißt Alfonso il Bavarese. Eigentlich heißt er ja Alfons Kugler. Er stammt aus Bayern und hat deshalb diesen inoffiziellen Namen von der Familie bekommen.«

»Und weiter!«, drängte Martin. »Welche Namen haben Sie noch für uns?«

Sie überlegte kurz und begann aufzuzählen: »Also da wäre Franz Leitner, der stammt aus Graz und hat hier in der Gegend ein paar Lokale aufgemacht. Es heißt, dass er in einige Raubüberfälle auf Geldtransporte verwickelt sein soll. Seltsamerweise wurden alle Überfälle auf Fahrzeuge der Firma verübt, für die Herr Zöllner arbeitet. Beweise haben wir dafür leider noch keine, aber wir sind dran.«

»Und wer noch?«

»Ja, da wäre noch ... aber nein, der sicher nicht.«

»Wer? Raus mit der Sprache!« Martin wurde langsam, aber sicher ungenießbar.

»Na gut, wenn Sie es so wollen«, sagte Frau Nawratil. »Wir haben da noch einen kleinen Bauern. Es ist der Vater von Frau Kammerlander. Aber wir sind uns da nicht sicher. Wir wissen nur, dass die Eltern von Frau Kammerlander zurzeit in Graz sind und die Familie Leitner besuchen.«

»Haben Sie noch irgendwelche relevanten Ergebnisse für uns? Ich meine solche, die Sie uns in Kurzform mitteilen könnten?«

»Nein, im Moment leider nicht. Aber ich gebe Ihnen gerne Bescheid, wenn sich da was tun sollte.«

Martin ging auf und ab. Er dachte angestrengt nach und hielt dabei wie so oft einen Finger an seinen Mundwinkel. Plötzlich blieb er vor Frau Nawratil stehen und fragte: »Dieser verschwundene Mann? Kann es sein, dass er mit einem Betonblock an den Beinen irgendwo im Wasser liegt?«

»Auszuschließen ist das nicht. Aber wir suchen trotzdem weiter. Wenn er noch lebt, finden wir ihn sicher.«

»Ich komm immer noch nicht ganz klar damit«, sagte Josef »Wer von denen kommt denn nun für die Morde in Frage? Dieser – wie heißt er noch mal?«

»Calabrese«, half ihm Andrea.

»Ach ja, dieser Calabrese also sicher nicht«, überlegte Josef laut. »Schließlich ist er ja der Vater von Herrn Ladurner.«

»Für den Mord an Frau Kammerlander aber eher doch, wenn man bedenkt, dass sie alles erben sollte«, widersprach Frau Nawratil.

»Aber er hätte doch sicher den Mindestanteil bekommen?«, warf Andrea ein.

»Das ja, aber vielleicht war ihm das nicht genug?«, erwiderte Frau Nawratil.

»Was wir brauchen, ist ein Motiv«, sinnierte Andrea. »Wer könnte warum Herrn Ladurner umgebracht haben?«

»Ist es überhaupt sicher, dass hier die Mafia involviert ist?«, sagte Josef. »Ich mein, wenn die Mafia mordet, geht sie doch anders vor. Auch das Motiv scheint mir hier nicht vorhanden zu sein.«

»Ein Motiv ist zwar nicht klar erkennbar, aber es könnte ja schließlich sein, dass er seine Steuern bei der Mafia nicht bezahlt hat«, wandte Frau Nawratil ein.

»Du meinst wohl das Schutzgeld?«, merkte Andrea an.

»Ham mia scho amoi Sau ghüat mitanand?«, fragte Frau Nawratil gereizt. Das Du passte ihr offenbar nicht.

Deshalb wiederholte Andrea, nachdem sie sich geräuspert hatte: »Sie meinen wohl das Schutzgeld?«

»So könnte man es sicher auch nennen«, antwortete Frau Nawratil, während sie Andrea abschätzig ansah.

»Also ich weiß nicht«, sagte Josef zweifelnd. »Die Mafia? Das Ganze kommt mir doch ganz nach einem Streit unter Freunden vor.«

»Freunde?«, fragte Martin. »Welche Freunde? Hatte Bartl überhaupt so etwas wie Freunde?«

Andrea zuckte mit den Schultern. »Freunde in diesen Kreisen? Gibt es das überhaupt?«

»Na ja, er kannte doch Kugler, Zöllner, Summerer und Leitner. Die sind doch auch Mitglieder bei …«

»Bei dieser Mafiafamilie meinen Sie?«, unterbrach ihn Frau Nawratil.

»Nicht so ganz, aber astrein sind die auch nicht«, ergänzte Martin.

»Wozu halten wir uns eigentlich mit diesem Verdacht auf, dass das jemand von der Mafia gewesen ist?«, wollte Josef wissen. »Können wir nicht ganz normal wie immer ermitteln? Können wir nicht einen nach dem anderen vorladen und befragen?«

»Das geht nicht, und das weißt du auch«, sagte Martin. »Solange wir keinen handfesten Verdacht haben, bringt uns das gar nichts. Außerdem weiß im Moment eh keiner, wo die alle sind.«

»Doch, von Calabrese wissen wir es«, erklärte Andrea.

»Von Kugler allerdings nicht«, widersprach Josef. »Der ist wahrscheinlich sonst wo untergetaucht.«

»Also ich fahr erst mal zu Calabrese alias Ladurner senior«, sagte Martin und zog seine Jacke an. »Der muss der Schlüssel zu dem Ganzen sein, und er kann uns sicher mehr erzählen.«

»Ich komm mit«, bot Frau Nawratil an.

»Wenn Sie unbedingt wollen. Ich glaub aber, Frau Hauser braucht Sie hier dringender.« Martin schaute Andrea eindringlich an.

Diese verstand sofort und sagte zu Frau Nawratil: »Martin hat recht. Ich brauch Sie hier.«

»Wozu?«, fragte Frau Nawratil knapp.

»Wir müssen unsere Ergebnisse noch einmal zusammenfassen und überprüfen. Vielleicht haben wir etwas übersehen.«

»Ich bin dann weg«, verkündete Martin und verließ das Büro.

»Fährst du nicht mit ihm?«, fragte Andrea Josef.

»Ich? Wieso denn? Ich denk, wir haben hier …«

»Das schaffen wir auch ohne dich, nicht wahr Emi…«, wollte

Andrea sagen, aber Frau Nawratils eiskalter Blick, der sie wie ein Pfeil traf, ließ sie verstummen.

»Gut, wie du meinst«, gab ihr Josef recht und verließ ebenfalls das Büro. Draußen auf dem Flur rannte er hinter Martin her, der sich verwundert umdrehte, als er Josef kommen hörte.

»Wos wüst du do?«

»I foahr mit. De Andrea hot des so ongschafft.«

»Du foahrst nirgendwo hi. Du bleibst do.«

»Naa, i foahr mit. Erschtens is de Andrea iatz de Chefin vo dera SOKO und damit is se zwoatens weisungsberechtigt. I loss mi doch nit zum Deppn mochn!«

Schließlich gab Martin nach. Josef folgte ihm zum Parkplatz.

Als sie auf den Hof der Ladurners einbogen, fiel ihnen sofort ein silberfarbenes Cabrio auf, das vor dem Haus stand. Martin stellte den Wagen daneben ab und sie stiegen aus.

Plötzlich hörten sie drei Schüsse aus einer großkalibrigen Waffe. Martin und Josef zogen sofort ihre Dienstwaffen. Martin sah sich vorsichtig um und lugte über den Kofferraum des Cabrios, hinter dem sie Schutz gesucht hatten.

»Wea hot do gschossn?«, fragte Josef.

»Wos woaß i?«, entgegnete Martin.

Kurz darauf ertönte wildes Geschrei: »Hau ab, du Erbschleicha! Vaschwind! Vaschwind sofurt, bevur i dia oane aufn Pölz brenn!«

Wieder krachte ein Schuss und jemand lud eine Waffe durch.

»Des is da oide Ladurna«, vermutete Josef.

Sie duckten sich weiter hinter den Wagen, dessen Türe aufgerissen wurde. Kurz darauf ließ jemand den Motor an. Der Wagen fuhr weg, ohne dass die beiden Gelegenheit hatte, sich die Nummer zu merken. Ehe sie sich versahen, saßen sie in der Hocke ohne jede Deckung mitten auf dem Hof. Unweit von ihnen stand Ladurner senior mit einer abgesägten Schrotflinte in den Händen, die er soeben wieder durchlud. Eine Schrotpatrone flog heraus und kullerte neben eine leere Hülse, die auf dem Boden vor ihm lag. Er hob die Waffe hoch und wollte augenscheinlich abdrücken, als er erkannte, wer da vor ihm war. Er ließ die Waffe sinken und lächelte Martin an. »Dem hob i's aba zoagt, dem Hodalumpn«, meinte er.

Martin ging vorsichtig auf ihn zu und nahm ihm die Waffe ab. »Wer war das?«, fragte er den Alten.

»Des? Des woar angeblich a Kusa vom Bartl! So a daherglaffana Hodalump. Behaupt oafach, ea war da Kusa vom Bartl und mecht sei Göd, wo eahm da Bartl schuidig woar, obhoin!«

Martin hielt die Waffe hoch und betrachtete sie genauer. Leise murmelte er vor sich hin: »A Rasenmäher. A oids Modell. Obgschnittner Lauf und obgschnittna Koim.« Er hielt sie Ladurner hin. »Woher haben Sie das Gewehr?«

»Des? Des hot am Bartl ghert. Des hot ea mia dolossn, fois wos waar.«

»Warum haben Sie das Gewehr nicht abgegeben? Sie haben doch sicher keinen Waffenpass?«

»Naa, hob i nit und brauch i nit.«

Josef trat hinzu und nahm Martin das Gewehr aus der Hand. Er begutachtete es noch genauer als Martin, und es fiel ihm etwas auf: »Die Seriennummer ist herausgefeilt. Wieso das denn?«

»Des woaß doch i nit. Des is mia a wurscht.«

Josef zog am Schaft und lud somit die Waffe durch. Wieder flog eine Patrone heraus. »So eine benutzt doch die Mafia. Das ist eine Repetierflinte mit abgesägtem Lauf und Schulterstütze. Das nennt man eine Pumpgun. Die sind doch verboten, oder etwa nicht?«

Martin nahm die Waffe wieder an sich und erklärte Ladurner: »Das Gewehr ist beschlagnahmt. Sie werden sich wegen unerlaubten Waffenbesitzes verantworten müssen. Haben Sie sonst noch irgendwelche Waffen im Haus?«

Ladurner schüttelte den Kopf, wobei Martin nicht entging, dass er dabei zur Seite schaute.

»Ich denk, da müssen wir eine Hausdurchsuchung veranlassen«, meinte Martin wie beiläufig zu Josef.

»Soll ich gleich anrufen?«

»Ja, mach das. Die sollen das volle Programm mitbringen.«

Ladurner wurde sichtlich nervös. »Eine Hausdurchsuchung?«, fragte er mit zitternder Stimme überraschenderweise in Hochdeutsch. »Was wollen Sie da denn finden? Wir sind arme Leut und haben nichts, was wir verstecken müssten.«

»Das wird sich zeigen«, sagte Martin darauf.

Während Josef telefonierte, nahm Martin Ladurner an der Schulter und schob ihn ins Haus. Im Hausflur blieben sie stehen. Ladurner schaute Martin fragend an. »Wos woins iatz vo mia?«

»Ich will wissen, ob Sie nicht doch noch irgendwo eine Waffe haben. Eine Beretta zum Beispiel?«

»Eine Beretta? Was soll ich mit einer Beretta?«

Martin hob die Schultern, während er antwortete: »Ach, das ist mir nur so eingefallen. Ihr Typen von der Mafia habt doch solche Waffen.«

»Mafia? Ich? Ich soll ein Mafioso sein? Guter Mann! Lassen Sie sich mal auf Ihren Geisteszustand untersuchen.« Ladurner lachte.

»Uns liegen aber entsprechende Informationen aus Ihrer Heimat vor«, bluffte Martin.

»Informationen? Welche Informationen? Etwa die, die von meiner Familie in die Welt gesetzt wurden? Ich sei ein Mafioso? Dass ich nicht lache! Wenn ich einer wäre, würde ich sicher nicht hier am Ende der Welt leben.«

»Sie haben damals den Hof billig gekauft. Habe ich recht?«

»Ja, haben Sie. Das hab ich Ihnen auch schon gesagt.«

»Obwohl der Hof wesentlich mehr wert ist. Wie haben Sie das geschafft?«

»Das geht Sie nichts an!«, antwortete Ladurner unwirsch und ging weg.

»Herr Ladurner, wir sind noch nicht fertig!«, rief ihm Martin nach.

»Sie vielleicht nicht, aber ich!«, entgegnete der Alte und ging weiter zur Haustüre. Im selben Moment kam Josef herein. Ladurner blieb stehen und starrte ihn an. »Gehns mir aus dem Weg!«, fuhr er Josef an, schob ihn beiseite und ging hinaus.

Josef sah ihm fassungslos nach.

»Und? Kemmans?«, fragte Martin.

»Jo, aba es wead no a wengal dauan. De Kollegn sand grod bei oana andern Durchsuchung.«

»Guat, na woart mer.« Martin gab Josef einen Wink und ging in den Hof hinaus. Josef folgte ihm. Draußen sah sich Martin suchend um. »Wo steckt dea oide Krauderer iatz?«

»Wos wüst vo eahm no? Dea sogg dia eh nix.«

»Des wearn mer glei hom«, sagte Martin und ging Richtung Stall, von wo er Geräusche hörte. Augenscheinlich fütterte der Alte soeben seine Tiere. Als Martin die Stalltüre öffnete, sah er, dass er recht hatte. Ladurner senior stand im Gang zwischen den Tieren und verteilte mit einer Mistgabel Heu. Offenbar hatte er die Türe im Augen behalten, denn er sah auf, als Martin eintrat.

»Was wollen Sie noch von mir? Ich hab Ihnen nichts zu sagen.«

»Ich denke doch«, sagte Martin und trat auf ihn zu.

Der Alte hob die Mistgabel und hielt sie so, dass die Zinken bedrohlich auf Martin zeigten. Unbeirrt ging Martin weiter. Als er nahe genug war, griff er den Stiel und entzog dem Mann die Gabel. Martin hatte eigentlich damit gerechnet, dass er sich widersetzen würde, aber nichts dergleichen geschah.

Josef stand halb hinter Martin und hielt die Hand am Pistolengriff. Notfalls hätte er sofort ziehen und schießen können. Erleichtert atmete er durch und nahm die Hand von der Waffe, als er sah, dass keine Gegenwehr zu erwarten war.

Plötzlich wirkte Ladurner müde und erschöpft. Von der

Agilität und dem Schwung, den er vorhin noch gehabt hatte, war nichts mehr zu sehen. Er winkte Martin zu und sagte leise: »Kommen Sie. Ich zeig Ihnen was. Aber dann verschwinden Sie.«

Martin lehnte die Gabel an ein Stallbrett und folgte ihm. Josef ging hinterher. Wieder hielt er die Hand an der Waffe. Man konnte ja nicht wissen, was der Alte vorhatte.

Ladurner ging zu einer großen Holzkiste. Er bückte sich und hob den Deckel. Dann hob er eine blecherne Werkzeugkiste heraus. Sie war augenscheinlich sehr schwer, Ladurner ächzte und stöhnte. Vermutlich lagen da ein paar massive Hämmer drin. Er stellte sie auf den Boden und öffnete sie weit. Danach trat er beiseite und zeigte hinein. »Das hier hab ich in den letzten Tagen von der Hütte geholt. Bartl meinte, bei mir sei es sicherer.«

Martin bückte sich und holte einen der kleinen Leinenbeutel heraus, die darin lagen. Er war schwer, sehr schwer. Martin löste die Schnur, mit der der Beutel verschlossen war und griff hinein. Es knirschte ein wenig, dann zog Martin die Hand wieder heraus und zeigte sie Josef.

Josef nahm ein Stück des golden schimmernden Metalls, das auf Martins flacher Hand lag. Fachmännisch biss er darauf und stellte fest: »Das ist Gold. Reines Gold!«

»Na, so rein wird es nun auch wieder nicht sein«, zweifelte Martin. Er sah Ladurner misstrauisch an. »Woher stammt das Gold?«

»Aus der Mine natürlich. Woher sonst?«

»Halten Sie mich nicht für blöd, Herr Ladurner. Dieses Gold stammt nie und nimmer aus einer Mine. Ich vermute eher, dass es eingeschmolzenes Diebesgut ist.«

»Denken Sie, was Sie wollen«, sagte Ladurner. »Das Gold hat mein Sohn aus der Mine geholt und selber in einem Ofen aus dem Erz geschmolzen.«

»Gut, unsere Leute werden das nachher mitnehmen und

überprüfen«, erwiderte Martin. »Ich rate Ihnen, uns jetzt gleich zu sagen, woher das Gold wirklich stammt.«

»Das sag ich doch! Aus unserer Mine oben an der Alm!«

»Ach, Herr Ladurner. Jetzt sind Sie schon so alt geworden und immer noch nicht schlauer? Wir können Ihnen mit Sicherheit nachweisen, dass es eine andere Herkunft hat, als Sie uns weismachen wollen.«

»Glaubn Sie, was Sie wollen! Das ist Gold aus unserer Mine und damit basta!«

»Wie viel Gold ist das denn?«, fragte Josef.

»Was weiß ich! Ich hab's nicht gewogen. Ein paar Pfund werden's schon sein.«

Martin zeigte mit dem Daumen über den Rücken nach draußen. »Der junge Mann vorhin. Wer war das?«

»Das hab ich Ihnen doch schon gesagt! Er behauptet, er sei ein Cousin Bartls. Aber das kann nicht stimmen. Ich kenn doch unsere Verwandtschaft.«

»Was glauben Sie dann, wer er ist?«

»Was weiß ich! Irgend so ein daherglaufner Gauner, der glaubt, dass vom Bartl noch was zu holen ist.«

»Glauben Sie das auch?«

»Das interessiert mich nicht. Was dem Bartl ghört hat, ghört jetzt sowieso mir.«

»Glauben Sie?«

»Nein, das weiß ich. Schließlich war er mein Bub.«

Von draußen waren Motorengeräusche zu hören. Martin ging hinaus. Es waren die Kollegen von der Spurensicherung. Martin schritt auf Gerhard Meiler zu, der ihm gleich die Hand entgegenstreckte. »Servus, Gerhard«, begrüßte ihn Martin.

»Servus, Martin«, grüßte dieser zurück. »Was sollen wir alles durchsuchen? Vielmehr, wonach suchen wir?«

Martin zeigte auf das Haus und das Stallgebäude und gab Meiler die Waffe. »Hier, nimm die mit zur Ballistik. Vielleicht wurde damit ja auch mal einer mit einem Sauposten, also einem schweren Bleigeschoss, erschossen. Ansonsten alles durchsuchen. Von oben bis unten. Ich vermute, dass hier sowohl Waffen als auch Diebesgut versteckt sind.«

»Gut, machen wir«, antwortete Meiler und fügte noch hinzu: »Wir haben in der Hütte vom Ladurner ein Handy gefunden. Warum das Handy dort oben war, weiß ich auch nicht. Dort gibt's keinen Empfang. Vermutlich hat er nur im Tal damit telefoniert, es aber mit hinaufgenommen, damit niemand es in seiner Abwesenheit in die Hände bekommt. Da sind etliche Nummern abgespeichert. Anrufe natürlich auch. Aber wir haben da ein kleines Problem.«

»Und das wäre?«

»Dass wir nicht alle Anrufe überprüfen können. Von den meisten kennen wir die dazugehörigen Nummern. Aber da sind zwei drauf, die können wir nicht zuordnen. Prepaid, du verstehst?«

»Ja, verstehe. Gib die Nummern Andrea und Frau Nawratil. Die finden das schon heraus.«

»Wir fangen mal an«, sagte Meiler und ging zu den Leuten, die vor dem Wohnhaus herumstanden. Er erteilte Befehle und schickte die Beamten los.

Josef trat zu Martin. »Wos moanst? Soydatn mia uns de sagenhafte Mine nit aa amoi onschaun?«

»Du host recht. Frog amoi den Ladurner, wo de genau is.«

Josef ging zu Ladurner, der dem Treiben ohnmächtig zusehen musste. Zunächst hatte der Alte sich ja bei Meiler beschweren wollen, als dieser mit ein paar Männern das Heu durchsuchte. Sie gingen dabei nicht gerade zimperlich vor, denn sie warfen das Heu mithilfe von Mistgabeln von oben, wo es gelagert wurde, einfach auf den Mittelgang im Stall. Doch letztlich fand er sich mit der Situation ab. Josef redete kurz mit ihm und kam zurück. »I woaß iatz, wo de Mine is. Mia kennan foahrn.«

Kapitel 11

Martin stellte den Wagen vor Bartls Hütte ab. Josef zeigte zu der steilen Felswand, die unweit des Waldes in die Höhe ragte. »Do miaß ma hi. De Mine liegt ganz unten, wo de Föswand onfangt.«

»No, dann gehng mer amoi«, meinte Martin. Da er sich angewöhnt hatte, stets Bergschuhe im Kofferraum für sich und Josef mitzuführen, zogen sie diese an. Danach gingen sie los. Der Weg führte steil nach oben, vorbei an Alpenrosenstauden, die bereits ihre ersten Knospen zeigten. Dann kam ein großer Fleck mit Enzian, der in strahlendem Blau blühte. Auf einer Geröllhalde mussten sie aufpassen, dass sie nicht ausrutschten. Kurz darauf sahen sie den Eingang zu einer Höhle.

»Des muaß se sei«, meinte Josef und ging darauf zu.

Vor dem Eingang befand sich ein großer Felskegel, der innen hohl war. Martin sah sich suchend um. »Do muaß doch a Schlackn rumlieng?«, fragte er laut.

»Jo, wenn da Bartl do Goid ausm Berg gschmoizn hot …?«

»Hot ea aba nit«, sagte Martin und ging zu der Öffnung. In der Höhle, von außen nicht sichtbar, war eine Gittertüre angebracht, an der ein Vorhängeschloss hing, das offensichtlich aufgebrochen worden war. Martin drückte die Türe nach innen auf. Sie quietschte laut und ließ sich nur schwer öffnen. Es war stockfinster hier drinnen. »Geh, hoy doch amoi de Taschnlampn aus unsam Auto. Do herin siecht ma ja nit amoi de Hand vur de Aung.«

Josef brummte etwas wie: »Oiwei i. Hoy da doch dei Lampn söba«, ging aber dann trotzdem los, um die Lampe zu holen.

Da es sicher etwas länger dauern würde, bis Josef zurückkam, sah sich Martin ein wenig draußen um. Er betrachtete den Schmelzofen genauer. Er war aus Steinen, die es hier ja zuhauf gab, aufgebaut und gründlich vermauert worden. Als richtiger Schmelzofen zur Verhüttung von Metall war er sicher nicht geeignet. Daneben lag eine Art große Kanne, in der man das Gold offensichtlich schmelzen konnte, um es dann irgendwie in Form zu bringen. Sie passte genau in die obere Öffnung des Ofens. Martin sah sich auch auf dem Boden um. Da lagen doch tatsächlich ein paar von den kleinen Nuggets, die er in dem Säckchen bei dem alten Ladurner gesehen hatte. War Bartl wirklich so nachlässig gewesen, dass er die so einfach hatte liegen lassen? Wohl kaum. Es hatte auch den Anschein, als ob sie verstreut worden waren, als ob sie jemand verloren hätte. Eine kaum sichtbare Spur von einzelnen Körnern führte zum Eingang des Stollens. Martin hob sie alle auf und hatte schließlich etliche Gramm in den Händen, als Josef zurückkam. »Do bist ja endlich!«, begrüßte ihn Martin nicht gerade freundlich.

»Wos hoaßt do endlich? Waarst söba ganga, nacha hättst nit woatn miassn.«

Martin zeigte ihm seinen Fund. »Wos moanst? Hot de da Bartl valurn?«

»Wo host de her?«, fragte Josef erstaunt.

»De sand do aufm Bodn rumgleng. Wia wenn's oana valurn hätt.«

»Gehng mer eini?«, fragte Josef und zeigte auf die Mine.

Martin nickte.

Josef ging voraus und schaltete die Lampe ein. Im fahlen Lichtkegel zeigte sich bald, dass es sich nicht gerade um einen großen Stollen handelte. Zu schmal und zu niedrig war der

Gang, durch den sie sich quälten. »Herrschaftszeitn no amoi!«, schimpfte Josef, als er sich den Kopf an der Decke anschlug.

»Muaßt de hoit bessa buckn«, feixte Martin und zog den Kopf ein, als er ihn sich ebenfalls an einem hervorstehenden Stein stieß.

»Mia sand oafach zgroß füa so wos«, stellte Josef fest. »Woaßt, wos mia auffoit? Do sand jo koane Spinnawem do. De miassats eigentli haufaweis do gem.«

»Itz hoit koan Voiksredn. Geh weida«, murrte Martin, der auf ihn aufgelaufen war.

Der Stollen war nun doch tiefer, als man zuvor hatte erahnen können. Nach etwa fünfzig Metern tat sich ein Raum vor ihnen auf. Etwa so groß wie ein Heustadel, groß genug, um darin notfalls zu nächtigen. Dies zeigte auch ein altes Feldbett, das in einer Ecke des Raumes stand. An der Decke hing eine Petroleumlampe, die allerdings von Spinnweben eingehüllt war. In einer anderen Ecke lag eine verrostete Schaufel und ein ebenso rostiger Pickel. Josef ließ den Lichtkegel der Lampe über die Wände wandern. Rechter Hand hing ein Regal, in dem sich ein paar alte emaillierte Kaffeebecher befanden. Gleich daneben stand eine geschnitzte Holzfigur.

»De heilige Barbara«, vermutete Josef, der sich ein wenig mit den Bräuchen auskannte.

Die heilige Barbara war die Schutzpatronin der Bergleute. Deshalb stand sie wohl hier. Feucht war es in der Höhle, kalt und muffig. Der Raum war aber groß genug für Josef und Martin, um sich aufrichten zu können. Sie sahen sich weiter um. Vor dem Feldbett fanden sie eine alte Munitionskiste, an der ein Vorhängeschloss angebracht war, das ebenfalls aufgebrochen worden zu sein schien. Martin ging hin und hob den Deckel hoch. Josef leuchtete hinein. Die Kiste war, bis auf ein paar kleine Goldbrösel am Boden, leer.

»Do hot da Bartl woih sei Goid drin aufghebt«, mutmaßte Martin.

Sie suchten weiter die Umgebung ab, in der Hoffnung, ein paar persönliche Gegenstände Bartls zu finden. Aber hier war nichts.

»Hoit!«, rief Josef und bückte sich. Er hob etwas auf, das er Martin zeigte. »Wos des woih is? A rouda Stoa? Kunnt des a Rubin sei?«

Martin nahm ihm den kleinen Stein aus der Hand. »Leicht amoi drauf«, sagte er. Josef leuchtete mit der Lampe auf den Stein, der rötlich funkelte und im Lichtschein aussah, als bestünde er aus reinem Feuer. »Des kanntat scho sei. Aba wenn des a so is, nacha hom mia recht. Do is Diebesguat vooabat wurn. Do hot oana gstoihne Schmuckstück zlegt und as Goid eigschmoizn. De Stoana hot ea woahrscheinli a so vokafft. Do muaß iatz de SpuSi her. De miassn do und in da Hüttn untn no amoi ois genau obsuacha. Gehng mer wieda.«

Genauso kriechend und gebückt, wie sie gekommen waren, verließen sie die Mine wieder.

Als sie draußen ankamen, blieben sie erst einmal stehen. Martin hielt sich die Hand schützend über die Augen und sah sich um. Nur langsam gewöhnte er sich wieder an das grelle Tageslicht. Er sah weit drüben auf einer Wiese Kühe grasen, und ein paar davon lagen im Gras.

Martins Handy klingelte. Er schaute Josef verwundert an.

»I denk, do gibt's koan Empfang nit?«, fragte ihn Josef.

Ohne zu antworten, nahm Martin den Anruf an. »Egger? Was gibt's, Andrea?« Er hatte auf dem Display erkannt, dass es Andrea war, die ihn anrief.

»Wo seid ihr denn? Ich versuch schon seit einer halben Stunde, dich zu erreichen!«

»Wir waren in der Mine drin. Was gibt es denn?«

»Der Meiler hat uns zwei Handynummern gegeben, die wir überprüfen sollen. Er sagte, dass du der Meinung bist, dass die Frau Nawratil und ich das sicher hinkriegen.«

»Und? Habt ihr es hingekriegt?«

»Haben wir«, sagte Andrea. »Was denkst du denn?«

»Und? Wem gehören die Nummern?«

»Ob du das jetzt glaubst oder nicht. Die eine gehört dem vermissten Alfonso il Bavarese und die andere …«

»Bavarese?«, unterbrach sie Martin. »Das ist doch der Kugler?«

»Ja, das ist er. Aber er meldet sich am Telefon als il Bavarese.«

»Und die andere Nummer? Wem gehört die?«

»Dem Zöllner. Dem Johannes Zöllner.«

»Das ist doch der, der als Sicherheits…«

»Ja, genau der«, sagte Andrea.

»Was macht denn dem seine Nummer auf dem Handy vom Bartl?«

»Ich hab das genau überprüft. Der wurde beinahe jeden Tag von Bartl angerufen.«

»Gut, wir kommen eh gleich ins Büro. Ist Frau Nawratil noch da?«

»Ja, die ist noch da. Sie sitzt bei mir am Tisch.«

Martin beendete das Gespräch. »So«, sagte er zu Josef, »mia zwoa foahrn zruck ins Büro.«

Der Abstieg zur Hütte gestaltete sich schwieriger als der Weg hinauf zur Mine. Ständig rollten Steine unter ihren Füßen weg, und sie kamen ab und zu ins Rutschen.

Endlich erreichten sie die Alm. Frau Eichelberger stand davor und begrüßte sie mit einem spöttischen Lächeln. »Na? Haben die Herren gefunden, wonach sie gesucht haben?«

»Wonach sollen wir denn gesucht haben?«, fragte Martin zurück.

»Was weiß ich? Gold und Silber? Vielleicht ein paar Edelsteine? Man weiß ja nie, was so ein Senner alles versteckt hat.«

»Wie kommen Sie jetzt darauf?«

»Na ja, die Leute reden«, meinte Frau Eichelberger.

Josef trat nah an sie heran und blickte ihr streng ins Gesicht. »Was wissen Sie, was Sie uns nicht sagen wollen, aber sagen sollten?«

»Nichts! Rein gar nichts! Und überhaupt! Sagen Sie Ihren Kollegen, dass sie meine Hütte wieder aufräumen sollen! Die haben einen ganz schönen Saustall hinterlassen!«

Martin sah sie verwundert an und fragte: »Saustall? Unsere Kollegen? Das kann nicht sein.«

»Kommen Sie und schaun Sie sich das selber an! So eine Sauerei! Sogar meine Unterwäsche haben sie rausgeräumt und am Boden liegengelassen! Unverschämtheit so was!«

»Das glaub ich Ihnen nicht«, rief Josef aus. »Unsere Leute hinterlassen keinen Saustall.«

»Nein? Na, dann kommen Sie mal mit«, sagte sie und packte Josef am Ärmel. Sie zog ihn zu ihrer Hütte und zeigte hinein.

Martin, der alles mitbekommen hatte, war ihnen gefolgt und warf ebenfalls einen Blick hinein. »Das gibt's nicht, das waren nicht unsere Leute. Bei Ihnen wurde eingebrochen. Lassen Sie alles so, wie es ist. Fassen Sie nichts an!« Er wollte sein Handy hervorholen, um zu telefonieren. Schnell wurde ihm aber bewusst, dass es hier nicht funktionieren würde. »Josef, du bleibst hier. Ich fahr runter, bis das Handy wieder Empfang hat. Ich komm gleich wieder.«

Er stieg ins Auto und versuchte, während er den Weg nach unten fuhr, das Handy im Auge zu behalten. Natürlich gestaltete sich das aufgrund der Serpentinen etwas schwierig. Schließlich hielt er alle paar Hundert Meter an und versuchte, ein Netz zu bekommen. Endlich zeigte das Handy einen Balken an. Martin nahm es und rief Meiler an. »Gerhard? Ihr müsst so schnell wie möglich noch mal zur Alm rauffahren. Wir haben den Stollen gefunden, und außerdem ist bei der Nachbarin eingebrochen worden. Wahrscheinlich zu der Zeit, als sie bei uns in der Inspektion war. Ihr untersucht also den Stollen, aber zuerst geht ihr zu Frau Eichelberger. Sie war der Meinung, ihr hättet den Saustall verursacht.«

Nach dem Gespräch drehte er um und fuhr wieder hinauf. Frau Eichelberger und Josef warteten vor der Hütte auf ihn.

Martin stieg aus und ging zu ihnen. Er sagte zu Frau Eichelberger: »Also, ich hab die Kollegen benachrichtigt. Es kann eine Weile dauern, denn sie haben noch eine andere Durchsuchung zu erledigen. Sie können mitkommen, wenn Sie wollen.«

»Nein, danke. Ich muss auf meine Tiere aufpassen«, antwortete sie und zeigte auf die Wiese gegenüber.

»Sie gehen aber nicht in die Hütte?«

»Nein, Herr Faltermeier hat mir genau erklärt, warum ich da jetzt nicht hineindarf.«

Martin nickte Josef zu. »Wir fahren.«

Josef war in Gedanken versunken, während sie nach unten fuhren. »Woaßt, wos i nit vosteh?«, fragte er unvermittelt.

»Des is doch nix Neichs, dass du wos nit vostehst«, erwiderte Martin lapidar.

»Dodel«, bekam er als Antwort. »De Frau Eichelberger hot auf oamoi genau gwusst, wos durt om gmocht wurn is. Se hot ma vozöht, dass da Bartl oft a Brennhoiz vo ihra ghoit hot, weils eahm ausganga is.«

»Hots aa gwisst, füa wos ea des braucht hot?«

»Jo, des is es jo. Ea hot ihra vozöht, dass ea sei Hoiz drom in da Mine vabraucht hot und iatz koans meah füa de Hüttn hot.«

»Wos hot ea ihra nacha gem dafüa?«, fragte Martin.

»Dafüa hot ea ihra ghoifn, wias wieda a Hoiz braucht hot. Des homs nacha mitanand gmocht.«

»Des is ois?«

»Jo, mia is bloß so komisch vua kemma, weils doch gsogg hot, dass se vo nix wos woaß.«

Im Büro fand Martin sowohl Andrea als auch Frau Nawratil vor. Seltsamerweise saß Frau Nawratil auf Andreas Platz, und Andrea hatte es sich auf Martins Stuhl bequem gemacht. »Was ist denn hier los?«, fragte er, als er sich ein wenig gefangen hatte.

»Ich hab mir erlaubt, mich auf deinen Platz zu setzen«, sagte Andrea.

»Und wo setz ich mich jetzt hin?«, wollte Martin wissen. »Schließlich bin ich der Dienstgruppenleiter. Ich brauch auch meinen Arbeitsplatz.«

»Du kannst dich ja derweil auf meinen Platz setzen«, bot ihm Josef an.

»Das ist ja sehr nett von dir. Aber was machst du dann?«

»Ich mach Urlaub. Verstärkung hast du ja jetzt genug.«

»Das kommt gar nicht in Frage!«, widersprach Andrea. »Auch wenn wir jetzt Verstärkung haben, lass ich dich nicht einfach so in den Urlaub gehen. Ich brauch dich bei der SOKO.«

»Aber wo soll ...?«

»Das werden wir gleich haben. Martin, du kommst auch mit«, sagte Andrea, packte Josef am Arm und zog ihn mit sich. Sie gingen hinüber in den Besprechungsraum. Dort zeigte sie auf einen Tisch und befahl: »So, ihr beiden. Nehmt den Tisch und bringt ihn hinüber ins Büro. Einen Stuhl nehmt ihr auch gleich mit.«

»Ja spinnst jetzt ganz?«, rief Martin aufgeregt. »Ich kann mich doch nicht einfach ...«

»Red nicht! Pack mit an!«, befahl Andrea ungerührt und nahm einen Tisch an einer Ecke. Gemeinsam mit Josef trugen sie den Tisch ins Büro.

Als sie dort ankamen, sah sich Martin hilflos um. »Und wohin jetzt mit dem Teil?«

»Stellt ihn einfach dort drüben auf die Seite. Da passt er dann schon.« Andrea zeigte auf eine freie Stelle an der Wand neben dem Sideboard.

Martin und Josef stellten den Tisch ab, wie Andrea es angeordnet hatte. Josef ging noch einmal in den Besprechungsraum. Kurz darauf kam er mit einem Drehstuhl zurück und stellte ihn an den Tisch.

»Da soll ich mich jetzt hinsetzen?«, protestierte Martin und lief puterrot an. »Bist du ganz verrückt geworden? Da kann ich nicht arbeiten. Ich brauch meinen Computer, mein Telefon und meine Sachen in den Schubladen.«

»Jetzt reg dich nicht auf«, sagte Andrea in besänftigendem Ton. »Niemand sagt, dass du dich da hinsetzen sollst. Du darfst ja wieder an deinen Tisch und dort weiter Chef spielen. Ich setz mich hierher.«

»Aber wie …?«

»Wie ich so arbeiten kann? Das wirst du gleich sehen.« Sie ging zu ihrem Tisch, bückte sich und holte einen silbernen Alukoffer hervor. Mit diesem ging sie zurück, stellte ihn auf den anderen Tisch und packte einen Laptop aus. Sie klappte ihn auf und schaltete ihn ein. Triumphierend zeigte sie darauf. »Bitte schön. Das ist mein Computer und das ist mein vorläufiger Arbeitsplatz. Telefonisch bin ich über mein Handy erreichbar.«

»Aber wieso ist Emi… – Entschuldigung – Frau Nawratil noch hier? Sie gehört …«

»Übergangsweise zu uns. Bis der Fall abgeschlossen ist.«

»Aber du kannst doch die SOKO nicht so einfach …«

»Wer sagt, dass ich meine Leute nicht in meiner Nähe haben darf?«, fragte Andrea und stemmte beide Fäuste in die Hüften. »Noch dazu so qualifizierte Leute wie Emily?«

»Ich versteh bloß noch Bahnhof«, sagte Josef. »Erst faucht sie dich an und jetzt seid ihr Freundinnen?«

Frau Nawratil stand auf und stellte sich neben Andrea. »Freundinnen sind wir noch lange nicht. Aber wir haben uns gedacht, dass man unter Kollegen auch ruhig Du sagen sollte.«

»Außerdem war sie es, die auf die Idee kam, wie wir die Namen der Handybesitzer rausbekommen können«, ergänzte Andrea.

Martin ging zu seinem gewohnten Platz und setzte sich. »Wie seid ihr da eigentlich draufgekommen?«

»Das war die einfachste Sache der Welt«, begann Frau Nawratil zu erklären. »Ich hab einfach die Nummern angerufen und gefragt, wer da denn dran sei. Jetzt haben wir zumindest die Namen der beiden.«

»Und die Adressen? Haben wir die auch?«

»Natürlich. Was denken Sie denn? Natürlich haben wir die«, antwortete Frau Nawratil, süffisant lächelnd. »Und nicht nur das. Herr Zöllner wird uns gleich besuchen kommen.«

»Was ist mit diesem Alfonso il Bavarese?«, fragte Josef. »Also ich mein Herrn Kugler?«

»Die Adresse krieg ich sicher auch noch raus«, begann Frau Nawratil. »Ich hab ihm einfach gesagt, dass ich seine Nummer von Herrn Ladurner bekommen hab und ich ihn treffen möchte. Zunächst war er misstrauisch, aber dann hab ich ihm erzählt, dass ich gewisse Probleme habe und er mir von Bartl empfohlen wurde.«

»Probleme? Welche Probleme?«

»Na ja, dass ich zum Beispiel ein paar Schmucksachen hätte, die ich gewissermaßen geerbt habe und die ich nun zu Geld machen möchte.«

»Da ist er drauf angesprungen?«, fragte nun Martin

»Ja und wie. Er konnte es gar nicht mehr erwarten, mich zu treffen. Wir sehen uns heut Abend um acht im Il Centro in Mittersill.«

»Da gehen Sie nicht hin!«, widersprach Josef. »Auf keinen Fall und alleine schon zweimal nicht!«

»Warum denn nicht? Ich hab keine Angst vor dem.«

»Das ist wahrscheinlich ein Mafioso«, warf Martin ein. »Ein Killer, ein was weiß ich noch! Sie gehen da nicht hin!«

»Wer sagt denn, dass sie alleine dorthin geht?«, fragte Andrea. »Ich begleite sie natürlich.«

»Du? Nein! Nein, das lass ich nicht zu! Du bist Mutter und hast eine Familie. Was ist, wenn der euch durchschaut und euch beide umbringt?« Martin sprang auf. Ruhelos lief er im Büro auf und ab. »Nein, das geht nicht! Josef und ich werden Sie begleiten.«

»Und du meinst, das fällt nicht auf?«, hakte Andrea nach.

»Wieso soll das auffallen? Frau Nawratil geht da rein, trifft sich mit ihm, und wir beobachten das alles aus der Nähe. Irgendwo an einem Nebentisch wird wohl ein Platz frei sein.«

»Das funktioniert doch alles nicht«, mischte sich Josef ein.

»Wenn der wirklich kommt, was ich sehr stark bezweifle, wird er wohl das eine oder andere Schmuckstück sehen wollen«, meinte Martin. »Woher sollen wir das nehmen? Aus der Asservatenkammer bekommen wir das sicher nicht.«

Frau Nawratil sah ihn nachdenklich an. »Was ist, wenn ich von meinem Schmuck etwas mitnehme? Ich hab da ein paar Stücke, auf die ich gut verzichten kann. Von früheren Freunden, ihr versteht?«

»Außerdem haben wir noch ein Problem«, sagte Josef. »Wie wollen wir das mithören? Wenn Martin und ich an einem Nebentisch sitzen, können wir die Sache zwar beobachten und notfalls einschreiten, aber wir hören nichts davon, was er sagt.«

»Wir müssen sie einfach verkabeln«, meinte Andrea. »Die Kollegen von der Fahndung haben sicher so ein Gerät.«

Frau Nawratil grinste nur. »Verkabeln? Hört sich gut an. Aber wenn er was merkt, ist gleich alles vorbei. Dann ist der weg, und wir sehen ihn sicher nie wieder.«

»Hm«, meinte Martin. »Aber immer noch besser, als wenn er dich – entschuldigen Sie – Sie umbringt.«

»Mich bringt keiner so schnell um«, sagte sie zu Martin. »Das haben schon ganz andere versucht. Vergiss nicht, ich bin bei der Fahndung.«

Martin fiel auf, dass ihn Frau Nawratil jetzt ebenfalls duzte. Er sagte aber nichts weiter dazu. »Hast du eine Familie?«, gab er zu bedenken. »Ich mein, hast du Kinder? Einen Mann?«

»Nein, hab ich nicht. Aber ich würde so etwas auch tun, wenn ich eine hätte.« Sie fügte noch hinzu: »Übrigens, das Du hört sich gut an, wenn *du* es zu mir sagst.«

»Obacht! Er hat eine Frau und drei Kinder!«, klärte sie Andrea auf.

»So war das doch nicht gemeint«, erwiderte Emily.

Es klopfte an der Türe. Martin rief: »Herein.«

Die Türe öffnete sich und ein Mann in einer seltsamen Uniform und mit einem Revolver im Holster betrat das Büro. Er war von oben bis unten schwarz gekleidet und hielt eine ebenso schwarze Uniformmütze in den Händen, die er verlegen drehte, während er sagte: »Ich wurde herbestellt. Von einer Frau Nawratil. Sie hat gemeint, sie bräuchte von mir ein paar Auskünfte und ich solle herkommen. Ich hab zufällig grad in der Gegend zu tun und da dachte ich, es wäre sicher nicht verkehrt, gleich herzufahren.«

Emily ging auf ihn zu und streckte ihm die Hand hin. »Sie sind sicher Herr Zöllner.«

»Ja, das bin ich«, bestätigte er.

»Bitte nehmen Sie doch Platz«, sagte Emily und zeigte auf den Drehstuhl vor dem Tisch. Sie stellte alle vor. »Nehmen Sie bitte Ihre Waffe ab«, sagte Martin und streckte die Hand aus. »Es ist nicht üblich, dass Besucher bei uns Waffen tragen. Außerdem macht mich das nervös.« Ohne Widerspruch schnallte Zöllner die Waffe ab und gab sie Martin. Dieser sperrte sie in seiner Schublade ein. »Sie bekommen das Ding wieder, wenn Sie uns verlassen.«

»Ist gut«, sagte Zöllner, setzte sich und schaute Emily fragend an. »Was wollen Sie von mir wissen?«

Emily holte sich nun ihrerseits einen Stuhl und setzte sich Zöllner gegenüber. »Nun, sagt Ihnen der Name Bartl Ladurner etwas?«

»Ja, natürlich! Wir sind alte Schulfreunde. Ist was mit ihm?«

»Ja, er ist tot.«

Zöllner ließ zischend den Atem aus. »Tot? Wieso das denn? Ich hab doch vorgestern noch mit ihm telefoniert.«

»Das mag ja sein, aber jetzt ist er tot. Er wurde umgebracht. Erschlagen mit …«

Martin räusperte sich laut.

Emily verstand sofort, was er damit meinte. Beinahe hätte

sie Täterwissen preisgegeben. Sie verbesserte sich: »Also Herr Ladurner wurde auf perfide Art und Weise umgebracht. Hatten Sie sonst noch Kontakt zu ihm?«

»Ja, natürlich«, entgegnete Zöllner. »Wir haben oft miteinander telefoniert. Die Zeitpunkte dafür haben wir vorher festgelegt, da er ja keinen Empfang auf der Hütte hatte. Er musste eben immer nach unten ins Tal oder nach oben zur großen Hütte.«

»Worum ging es bei diesen Telefonaten?«, fragte Martin dazwischen, was ihm wiederum ein Räuspern seitens Andrea einbrachte.

Sie fragte nun ihrerseits: »Welchen Zweck hatten die Telefonate mit Herrn Ladurner?«

»Nun, wie Sie wissen, hab ich einen gefährlichen, aber gut bezahlten Job«, antwortete Zöllner. »Ich wollte Bartl dazu überreden, bei uns mitzuarbeiten. Diese Rumhockerei auf einer Alm ist doch nichts für ein gestandenes Mannsbild.«

»Herr Ladurner hatte also Interesse, eine andere Arbeit anzunehmen?«, hakte Andrea nach.

»Nein, eigentlich nicht. Aber ich wollte ihm einfach keine Ruhe lassen. Ich verdiene gutes Geld und brauch …«

»Haben Sie Familie?«, fragte Emily dazwischen.

»Nein, hab ich nicht. Das geht auch nicht. Ich könnt ja jeden Tag ums Leben kommen.«

»Das war der einzige Grund, warum Sie mit Herrn Ladurner telefoniert haben?«, fragte Andrea weiter.

»Ja, im Grunde genommen schon. Aber sehr oft hat er mich angerufen, wenn er Hilfe in gewissen Dingen brauchte.«

»Was waren das für Dinge?«, wollte Andrea wissen.

»Na ja, er sagte mir, dass manchmal Touristen wertvolle Gegenstände verlieren und ich …«

»Hören Sie doch auf«, mischte sich Josef ein. »Er hat Sie angerufen, weil er Sie brauchte, um das Gold wegzubringen. Sie haben die Möglichkeiten und kennen die richtigen Leute.

Er hat Ihnen das Gold gegeben, und Sie haben es für ihn verkauft.«

Zöllners Blick wanderte unstet von einem zum andern. Offenbar wusste er nicht, wer der richtige Ansprechpartner war. Er rutschte unruhig auf dem Stuhl hin und her. »Was wollen Sie eigentlich von mir? Ich bin auf Ihre Bitte hierhergekommen, und Sie machen mir irgendwelche haltlosen Vorwürfe! Wenn Sie so weitermachen, gehe ich!«

»Woher stammte das Gold, das Sie für Herrn Ladurner weggebracht haben?«, fragte Andrea.

»Ich hab kein Gold für ihn transportiert, und falls er welches hatte, weiß ich nicht woher.«

»Sie wissen also nichts von einer Goldmine?«, fragte Andrea.

»Goldmine? Hier im Tauerngebirge? Dass ich nicht lache! Hier hat es vielleicht vor Ewigkeiten mal Gold gegeben, aber doch heute nicht mehr!«

»Haben Sie vielleicht Edelsteine transportiert und für ihn verkauft?«

»Was zum Teufel noch mal wollen Sie von mir? Erst fragen Sie, ob ich …«

»Haben Sie oder haben Sie nicht?«, fragte Josef dazwischen.

»Ich hab nichts, aber auch gar nichts dergleichen getan!«, sagte Zöllner laut. »Jetzt gehe ich, und Sie können mich nicht aufhalten!« Er reckte Martin seine Hand hin. »Meine Waffe, bitte!«

»Haben Sie überhaupt einen Waffenführerschein?«, fragte ihn Josef überflüssigerweise.

»Natürlich hab ich den. Sonst dürfte ich die Waffe gar nicht bei mir tragen. Das ist Vorschrift in unserer Firma.« Er nahm die Waffe, schnallte sie um und verließ das Büro grußlos.

»Was sagt ihr dazu?«, fragte Andrea.

Schulterzuckend meinte Martin: »Viel gebracht hat das ja nicht. Aber wenigstens hat er zugegeben, dass er Kontakt mit Ladurner hatte.«

»Ihm ist wohl auch nichts anderes übrig geblieben«, sagte Emily dazu.

»Ich bin mal gespannt, was jetzt passiert«, meinte Josef.

»Was soll schon groß passieren? Er weiß, dass wir einen Verdacht haben und wird sich entsprechend verhalten.«

»Ob er Ladurner auf dem Gewissen hat?«, fragte Martin.

»Das könnte durchaus sein«, antwortete Andrea. »Schließlich wusste er von dem Gold.«

»Was er uns aber nicht bestätigt hat«, wandte Emily ein.

»Muss er auch nicht«, sagte Josef. »Er weiß, dass wir es wissen.«

»Wir haben einen Fehler gemacht«, stellte Andrea fest.

»Welchen?«, fragten die anderen unisono.

»Wir hätten die Befragung mitschneiden sollen. Dann hätten wir etwas in der Hand.«

»Und was bitte soll das sein?«, fragte Josef.

»Zum Beispiel, dass er den Kontakt zu Ladurner zugegeben hat«, entgegnete Andrea.

»Und was soll uns das bringen?«

»Dass wir nicht blöd dastehen, wenn uns einer fragt, woher wir diese Information haben.«

»So, jetzt aber genug von diesem Thema«, sagte Martin. »Ich will jetzt wissen, was wir heute Abend konkret machen, wenn Emily sich mit Kugler trifft.«

»Ich stimme Martins Vorschlag zu, dass wir mitgehen«, sagte Josef.

»Ich halte davon nichts«, meinte Andrea. »Ich denke, dass wir Emily verkabeln sollten.«

»Ich bin der Meinung, dass wir uns im Lokal aufhalten und die Angelegenheit beobachten sollten«, erwiderte Martin.

»Und ich bin dafür, dass ich da alleine hingehe und die Sache auf die Reihe bringe.«

»Spinnst du komplett?«, sagte Andrea zu Emily.

»Wieso spinn ich? Ich bin bei der Fahndung und ich weiß,

wie man das macht. Im Gegensatz zu euch hab ich so etwas schon öfter durchgezogen.«

»Das glaub ich dir gerne. Aber für uns ist das Neuland. Ich kann und darf dich nicht alleine gehenlassen. Außerdem sind wir Kollegen. Wir machen das gemeinsam.«

»Was spricht denn dagegen, dass ich das alleine mache?«

»Ich leite diese SOKO und darf und möchte dich nicht in unnötige Gefahr bringen. Ich trage dieVerantwortung, nicht nur für Martin und Josef, sondern auch für dich.«

»Ich kann auf mich selber aufpassen. Ich hab das schon sehr oft gemacht. Ich weiß, worauf es ankommt. Außerdem, und das darfst du auch nicht vergessen, hab ich den Kontakt hergestellt.«

Martin schritt ein. »Kinder. Nun streitet euch doch nicht um Zuständigkeiten. Wir vier sind ein Team, und wir müssen diesen Fall gemeinsam lösen. Ich schlage Folgendes vor: Emily geht wie geplant in die Pizzeria. Andrea geht mit ihr, und wir beide, Josef und ich, warten draußen. Andrea setzt sich aber an einen anderen Tisch. Dass Emily verkabelt wird, steht außer Frage. Auch Andrea wird verkabelt, so dass wir vier untereinander Kontakt halten können. Wir hören mit, und wenn's gefährlich werden sollte, schreiten wir ein.«

Emily grinste ihn an. »Hättest du nicht Lust, zu uns in die Fahndung zu wechseln? So einen Planer wie dich könnten wir dort sicher gut gebrauchen.«

»Nein, danke. Mir gefällt's hier sehr gut«, lehnte Martin ab. Er sah auf die Uhr. »Halb fünf. Wir müssen uns beeilen, wenn wir rechtzeitig fertig sein wollen. Du, Andrea, gehst zu den Kollegen von der Technik und klärst das mit den Abhörgeräten ab. Emily, du fährst nach Hause und holst dort die Sachen, die du loswerden willst. Josef und ich warten hier auf euch.«

Die beiden Frauen verließen das Büro.

»Moanst nit, dass du da Andrea iatz de gonze Oabat obnimmst?«, fragte Josef. »Wia kimmt se de vur, wenn du ois alloa regelst? Schließli is jo se de Leiterin vo da SOKO.«

»Ois hoib so wüd«, wiegelte Martin ab. »I hob ihra vosprocha, dass i ihra hüf, wenn's eng werd.«

»Und iatz werd's eng, moanst?«

»I denk scho. So wos hot se no nia nit gmocht.«

»Aba du?«, meinte Josef spöttisch.

»Aa nit. Aba des mocht nix. Wenn se an Fehla mocht, spanns i, und wenn i oan moch, spanns de Andrea. Teamwork, vostehst?«

»Moanst nit, du soydats amoi dahoam onruafn und Bescheid gem, dass heit wieda amoi späta werd?«

»Host recht. I ruaf de Julia on.« Martin nahm sein Handy und rief zu Hause an.

»Egger?«, hörte er Julias Stimme.

»Sers, Julchen. I woidat da bloß song, dass heit wieda amoi späta werd. Konn leicht sei, dass i erscht um zwöfe dahoam bin.«

»Naa, nit scho wieda!«, hörte er seine Frau verzweifelt sagen.

»Worum? Is wos Bsundas?«

»Des konnst laut song. Do is a Briaf vo da Schui kemma. Mia miassn zum Lehrer kemma. Dea hot uns wos zum mitteiln wecha am Moritz.«

»Wos hot ea denn scho wieda ongstöt?«

»Nix, sogg ea wenigstns, und da Max sogg aa, dass se nix ongstöt hom. I glaub, es geht ums Gymnasium. Mia hom doch gsogg, dass ea auf Soizbuag in de Musikschui deaf, wann's so weit is.«

»Muaß i denn do dabei sei?«, fragte Martin.

»Mia waars liaba, wennst Zeit hättst. Aba des ist scho murng.«

»I schau, dass is eirichtn kon.«

»Oiso«, sagte Julia, »nacha woart i nit auf di und geh ins Bett, wanns an da Zeit is.«

»Naa, passt scho. Guat Nocht und gib am Lenerl no a Busserl vo mia.«

»Guat Nocht und … pass auf di auf.«

Kapitel 12

Max und Moritz waren Zwillinge, aber so unterschiedlich, wie sie nur sein konnten. Die beiden stammten aus Martins erster Ehe. Seine damalige Frau war tödlich verunglückt, und so hatte er versucht, die beiden alleine großzuziehen. Bis er bei einem Fall Julia kennengelernt hatte. Er hatte zu der Zeit nur Affären gehabt, was ihm von seinen Bekannten angekreidet worden war. In Julia aber hatte er sich verliebt und sie geheiratet, nachdem klargeworden war, dass sie schwanger war. Sie hatte eine schreckliche Zeit durchmachen müssen, war vergewaltigt worden, und das Kind war das Ergebnis davon. Martin nahm das Kind als das seine an, und es wurde nach seiner ersten Frau, Helene, also Leni genannt.

Moritz hatte das musikalische Talent seiner Mutter geerbt und würde vielleicht einmal ein Musikstudium in Salzburg beginnen. Max dagegen war ein eher träger und ruhiger Typ, der es sich lieber daheim in seinem Zimmer gemütlich machte und las, während sein Bruder sich auf Sportplätzen aufhielt und mit Freunden so mancherlei Unfug trieb.

Alles in allem war Martin Teil einer sehr glücklichen Familie, was sich auch auf seine Arbeit auswirkte. So war er im Gegensatz zu früher wesentlich vorsichtiger und ausgeglichener geworden, was seine Einsätze betraf, und er verhielt sich auch den Kollegen gegenüber mehr und mehr loyal. Er bemühte sich, ihnen ein gutes Vorbild und ein Vorgesetzter zu sein, auf den man sich verlassen konnte. Andrea hatte eigentlich ihre Versetzung beantragen wollen, da sie in Martins Dienststelle keine Chance gesehen hatte, befördert zu werden. Martin aber hatte sich für sie eingesetzt, sie wurde befördert und war seitdem ein zuverlässiges Mitglied in seinem Team. Manchmal wurde es auch eng für ihn, aber dafür hatte er seinen Vorgesetzten, Hofrat Gmeiner in Salzburg, an den er sich in schwierigen Situationen wenden konnte. Sein Team dankte ihm dies mit ebenso viel Loyalität und Kameradschaft, wie er sie ihnen gegenüber zeigte.

Es dauerte etwa eine Stunde, bis Emily und Andrea wieder zurückkamen. Emily hatte einen Beutel dabei, den sie auf Martins Tisch entleerte. Andrea brachte einen Kollegen mit, den Emily offenbar von ihrer Arbeit bei der Fahndung kannte. Sie begrüßte ihn: »Hallo, Helmut! Wie geht's dir und wie geht's der Familie?«

»Ach, so weit ganz gut. Die Kleine hat das Zahnen begonnen. Du kannst dir gar nicht vorstellen, was in der Nacht bei uns los ist. Einmal muss Amalie raus und dann wieder ich. Ich weiß schon bald nicht mehr, wie das ist, wenn man mal richtig schlafen kann.«

»Was hast du uns denn Schönes mitgebracht?«, fragte ihn Emily.

»Alles, was du brauchst. Ein Set für dich, ein Set für deine Kollegin und je ein Set für die Herren der Schöpfung.«

»Hilfst du mir beim Anlegen?«, fragte sie mit einem breiten Grinsen.

»Sonst gerne, aber ich muss zurück in die Abteilung. Du weißt ja eh, wie das geht.« Er lächelte kurz und meinte dann: »Servus dann alle miteinander und viel Erfolg.« Helmut verließ das Büro wieder.

Andrea ging zu Martins Schreibtisch und bestaunte den Schmuck, der dort wild durcheinanderlag. »Schöne Sachen sind das. Du willst das alles weggeben? Du weißt schon, dass du das verlieren könntest?«

»Wenn's weg ist das Zeug, ist es mir auch recht«, meinte Emily. »Ich mag diese Art von Erinnerungsstücken nämlich nicht. Wenn dir was gfällt, nimm's ruhig. Dann ist das wenigstens aus meiner Kommode und hat einen Platz gefunden, wo es auch geschätzt wird.«

»Ist das dein Ernst?«, fragte Andrea und sah sie verwundert an.

»Mein voller Ernst. Bedien dich!«

»Na gut, wenn du meinst.«

»Ich meine nicht. Das ist meine Überzeugung.«

Nun wagte es Andrea, sich das eine oder andere Stück genauer anzusehen. Was ihr gefiel, legte sie beiseite. Allmählich wuchs der zunächst noch kleine Haufen beträchtlich an.

Martin versuchte, Andrea zu bremsen. »Wenn du so weitermachst, haben wir kein Lockmittel mehr.«

Emily beruhigte ihn: »Ach, lass sie doch. Du siehst doch, dass es ihr gefällt.«

»Gut, wenn du es sagst«, meinte Martin. »Jetzt schlag ich aber vor, dass wir uns fertig machen. Emily, du kennst dich doch mit den Dingern aus? Könntest du uns …«

»Na klar«, unterbrach sie ihn. »Fangen wir gleich bei dir an.« Es dauerte wiederum eine Stunde, bis jeder sein Gerät angelegt und Emily sie überprüft hatte. Die Sender und Empfänger funktionierten einwandfrei.

»Gehen wir das Programm noch einmal durch«, sagte Andrea.

»Wie gehen wir vor?«, fragte Josef, der mit dem Ohrstecker Probleme hatte.

»Ich erklär euch, wie ich mir das gedacht habe«, begann Andrea. »Emily und ich fahren getrennt dorthin. Wir stellen unser Auto beim Supermarkt ab. Dann geht zunächst Emily in die Pizzeria und sucht sich einen Platz. Kurz danach gehe ich rein und setz mich in Emilys Nähe.« Sie sah Martin und Josef an und erklärte ihnen: »Ihr zwei sucht euch auch draußen einen Parkplatz, aber nicht zu weit weg. Ihr hört das Gespräch mit, und wenn's an der Zeit ist, kommt ihr rein.«

»Wann ist es an der Zeit?«, fragte Josef.

»Sobald ihr mitgekriegt habt, dass der Handel in Ordnung geht.«

»Dann festnehmen, oder was?«

»Nein, nicht festnehmen«, meinte Andrea. »Wir haben doch gar nichts gegen ihn in der Hand. Der Ankauf von Schmuck und Edelmetallen ist schließlich nicht strafbar. Wir brauchen ihn nur für eine Befragung. Ihr nehmt seine Daten auf und ladet ihn vor. Zu einer Zeugenbefragung quasi.«

»Wozu machen wir dann den ganzen Aufwand?«, fragte Josef zweifelnd. »Abhören, beobachten, wozu das Ganze?«

»Willst du da einfach reingehen und jemanden mitnehmen zur Befragung?«, entgegnete Andrea. »Wir kennen ihn doch gar nicht, und wie er aussieht, wissen wir erst recht nicht. Ihr seid jedenfalls nur zu Emilys Sicherheit dabei. Ich weiß leider nicht, wie er reagieren wird, wenn er erfährt, dass Emily von der Polizei ist.«

Martin sah auf die Uhr. »Ich glaub, wir sollten los. Es ist schon bald sieben. Bis wir unsere Plätze ...«

»Halt!«, rief Andrea und wandte sich Emily zu. »Wie erkennt er dich, wenn er kommt? Woher weiß der, wer du bist?«

»Ganz einfach. Ich hab ihm beschrieben, wie ich aussehe und dass ich ein Buch lese.«

»Ein Buch?«, fragte Andrea.

»Ja, ein Buch. Ich hab mir da ein ganz bestimmtes rausgesucht. Eins, das nicht jeder liest, und schon gar nicht in einer Pizzeria.«

»Welches?«, fragte Martin.

Emily grinste ihn an und fasste in ihre Tasche. »Das hier. Sinnigerweise ein Buch, das von der Mafia handelt. *Der Pate.*« Sie zog das Buch heraus.

»Na gut, dann los«, sagte Andrea.

Jeder überprüfte noch den Sitz seiner Waffe. Andrea griff in ihre Handtasche und zog die Pistole schnell heraus. Auch Emily hatte ihre Dienstwaffe dabei.

In Mittersill fand Martin einen Parkplatz ganz in der Nähe der Pizzeria. Gleich schräg gegenüber befand sich ein Supermarkt und davor einige Parkplätze. Andrea und Emily, die etwas später mit ihren Autos kamen, mussten ihre Wagen bei der Kirche abstellen.

»I hob an Hunga«, monierte Josef. »Moanst, i konn in de Pizzeria neigeh und mia oane hoin?«

»Nix do«, antwortete Martin gereizt. »Du bleibst do bei mia. Essn konnst späta aa no.« Er zeigte hinüber zum neu angelegten Kreisel. »Do schau. De Emily kummt.«

Emily sah sich vorsichtig um, und als sie den Wagen von Martin erkannte, nickte sie verstohlen zu ihnen herüber. Martin winkte zurück. Plötzlich knackte das Abhörgerät und Emilys Stimme ertönte: »Hallo? Martin? Hallo, Josef? Hört ihr mich?«

»Wir hören dich laut und deutlich«, sagte Martin. »Geh rein, und ab jetzt ist Funkstille.«

Emily betrat die Pizzeria. Kurz darauf kam Andrea. Auch sie überquerte die Straße am Kreisel. Sie schaute stur geradeaus und schien Martin und Josef nicht zu sehen. Nur wenige Augenblicke später hörten sie Emily sagen: »Ein Wasser bitte.« Sie gab offensichtlich ihre Bestellung auf. Dummerweise war der Kellner nicht zu hören.

»So a Scheißdreck!«, schimpfte Martin. »De Dinger sand foisch eigstöt. I her den Köllner goar nit.«

»Weil's dia aa oiwei a so pressiert!«, sagte Josef dazu. »Wos moch mer iatz?«

»Nix. Mia woartn ob.«

Sie beobachteten Andrea, wie sie in die Gaststätte hineinging. Auch hier war es so, dass nach nur wenigen Minuten Andreas Stimme zu hören war: »Einen gspritztn Apfelsaft bitte.« Wieder war der Kellner nicht zu verstehen.

Josef öffnete die Beifahrertüre und wollte aussteigen. »I geh iatz do eini und hoi de zwoa raus. Des kennan mia nit riskiern, dass …«

Martin packte ihn am Ärmel und zog ihn wieder ins Auto. »Du bleibst iatz do! Es wead scho nit schiafgeh!«

»Obschwächla!«, murrte Josef und blieb sitzen.

Es dauerte nicht lange, da kam ein silbernes Cabrio angefahren. Der Fahrer stellte den Wagen vor der Buchhandlung Ellmauer ab und stieg aus.

Martin gab Josef einen Rempler. »Do schau, denn kenna mia doch!«

Josef blickte nun ebenfalls hinüber zu dem Mann, der soeben den Kreisel überquerte. »Du host recht. Des is doch dea vom Ladurner«, flüsterte er so, als ob er Angst hätte, der andere könnte ihn hören. Wieder öffnete Josef die Beifahrertüre. »Den pack i mia iatz.«

»Nix do! Du bleibst hocka! Mia woartn ob. Des konn aa a Zuafoi sei, dass dea iatz do auftaucht. Wenn des da Kugler is, nach woar dea des, dea wo se ois Kusa beim Ladurner ausgem hot!« Martin hielt Josef an der Jacke fest.

Der Mann verschwand in der Pizzeria. Es dauerte nur wenige Augenblicke, bis sie Andrea hörten: »I glaub, ea ist iatz do. Ea geht grod zu da Emily nüba«

Auch Emily war jetzt zu hören: »Grüß Gott, Sie sind sicher der Herr Kugler?«

Unverständliches Gemurmel war die Antwort.

Emily sagte: »Hier hab ich den Schmuck. Ich hab ihn sozusagen geerbt. Ich möchte ihn zu Geld machen. Herr Ladurner sagte mir, dass Sie der Richtige dafür wären. Er hat mir auch Ihre Telefonnummer gegeben.«

Dann wieder nur Gemurmel. Offenbar antwortete Kugler etwas.

»Nein, wo denken Sie hin?«, war Emilys Stimme zu vernehmen. »Das ist kein Diebesgut. Was können Sie mir dafür bieten?«

Erneut verstand man nichts von Kuglers Antworten.

»Aber das ist doch … Also nein, verschenken wollte ich den nicht. Nennen Sie mir einen vernünftigen Preis.«

Diesmal war es eher ein Nuscheln, das man aber ebenfalls nicht verstand.

»Gut, das Angebot nehme ich an. Zahlen Sie sofort?«

»Ea geht iatz«, beschrieb Andrea die Situation.

»So, iatz pack mer eahm«, sagte Martin und stieg aus.

Josef folgte ihm, als er die Straße überquerte. Bremsen quietschten, und jemand hupte laut. Martin hob entschuldigend die Hände und lächelte die Fahrerin, die eine Vollbremsung gemacht hatte, an. Im Grunde hatte die Frau ja recht. Hier war kein Fußgängerübergang.

Kugler trat aus der Türe der Pizzeria. Martin und Josef gingen auf ihn zu. Martin zog seinen Dienstausweis und blieb so vor ihm stehen, dass Kugler ebenfalls stoppen musste. Martin hielt ihm den Ausweis hin. »Herr Kugler? Chefinspektor Egger, Mordkommission Zell am See. Ich muss Sie bitten, mitzukommen.«

Kugler sah ihn erschrocken an. In seinen Augen spiegelte sich die blanke Angst wider. Er blickte sich wie gehetzt um. Der Mann wollte tatsächlich fliehen. Aber wovor und warum? Es gab eigentlich kaum einen Grund dafür. Während er seinen Ausweis hervorholte, sah er immer wieder um sich. »Ich heiße nicht Kugler. Mein Name ist il Bavarese. Alfonso il Bavarese. Es muss sich um einen Irrtum handeln.«

Martin nahm den Ausweis und betrachtete ihn genau. Tatsächlich stand der Name Alfonso il Bavarese darin. »In Ordnung. Wir müssen Sie aber trotzdem mitnehmen, Herr … il Bavarese«, sagte Martin. Wahrscheinlich war der Ausweis gefälscht. Dies konnte Martin aber an Ort und Stelle nicht überprüfen. Deshalb steckte er il Bavareses Papiere vorsorglich ein.

Gemeinsam kamen nun Andrea und Emily aus dem Lokal.

Il Bavarese sah sie entgeistert an, denn nun bemerkte er, dass er augenscheinlich aufs Kreuz gelegt worden war. Schließlich hatte er sich Emily gegenüber als Kugler ausgegeben.

»Brauchst du uns noch?«, fragte Andrea.

»Dich schon, aber Emily kann heimfahren«, antwortete Martin.

Josef führte den Mann, der sich il Bavarese nannte, zu ihrem Auto und setzte ihn auf die Rückbank.

Als auch Martin kam und sich hinter das Lenkrad klemmte, fragte il Bavarese: »Was wollen Sie eigentlich von mir? Wozu muss ich mitkommen?«

Martin ließ den Motor an. »Wir ermitteln im Mordfall Ladurner. Wir haben da ein paar Fragen an Sie.«

»Wieso ich? Ich kenne keinen …«

»Doch, Sie kennen ihn. Sie waren doch heute bei seinem Vater und haben behauptet, Sie wären ein Cousin von ihm. Sie behaupteten sogar, dass Herr Ladurner Ihnen noch Geld schulde. Sie wissen auch, dass er tot ist.«

»Das muss ein Irrtum sein. Ich war nicht bei Herrn Ladurner. Ich wusste auch nicht, dass er tot ist.«

»Wir haben Sie gesehen. Wir waren ebenfalls dort.«

»Aber ich nicht!«

Josef wandte sich zu il Bavarese um und sagte in gütigem Ton: »Herr il Bavarese, oder Herr Kugler, wie immer Sie auch heißen mögen, wir waren dort und haben gesehen, wie Herr Ladurner mit einer Schrotflinte geschossen hat. Sie sind dann mit Ihrem Cabrio abgehauen.«

»Ich war nicht dort! Verdammt noch mal! Wie oft soll ich das noch sagen?«

»Wir haben aber Ihr Auto gesehen!«

»Mein Auto?«, fragte il Bavarese. »Dieses Modell gibt es hunderttausend Mal. Wenn Sie so ein Auto gesehen haben, heißt das noch lange nichts.«

»Dann fahren wir eben gemeinsam zu Herrn Ladurner«,

meinte Martin. »Er wird uns sicher sagen können, ob Sie es waren, auf den er geschossen hat.«

»Meinetwegen. Sie werden sehen, dass Sie den Falschen haben.«

Anders als angesagt, fuhr Martin jedoch zunächst nicht zu Ladurner, sondern ins Büro. Dort trafen sie auf Andrea.

»Wo bleibt ihr so lange?«, fragte sie.

»Wir sind eben ordnungsgemäß gefahren und nicht gerast«, antwortete Martin darauf.

»Wer sagt, dass ich gerast bin?«, erwiderte Andrea.

»Niemand. Aber du warst eher da, also musst du schneller gefahren sein.« Martin zeigte auf einen Stuhl und sagte zu il Bavarese: »Setzen Sie sich.«

Il Bavarese sah Martin an und erkannte, dass Widerspruch zwecklos war. Er nahm Platz. Martin blieb stehen und lief auf und ab. Er dachte nach.

Schließlich setzte sich auch Martin und schaute il Bavarese wortlos an. Der Mann wurde sichtlich nervös. Martin schaltete sein Diktiergerät ein. Immer noch wartete er ab. Er nahm sein Telefon und stellte es vor il Bavarese auf den Tisch. Er zeigte darauf. »Ich schlag vor, Sie rufen Ihren Anwalt an.«

»Ich brauch keinen Anwalt. Ich hab mir nichts zuschulden kommen lassen!«

»Wie Sie wollen«, antwortete Martin und nahm das Telefon wieder weg. Er spielte auf Zeit, um il Bavarese mürbe zu machen und ihn zu verunsichern. Endlich sagte er: »Wenn Sie nicht bei Ladurner waren, wo waren Sie dann?«

»Ich war zu Hause.«

»Alleine oder war jemand bei Ihnen?«

»Ich war alleine«, sagte il Bavarese.

»Also haben Sie niemanden, der das bestätigen kann?«

»Nein, hab ich nicht. Aber was soll diese Fragerei? Glauben Sie, ich hätte jemanden umgebracht?«

»Das weiß ich noch nicht. Aber mich würde interessieren,

warum Sie sich einen anderen Namen zugelegt haben … Herr Kugler.« Martin gab Andrea den Ausweis, den er zuvor eingesteckt hatte. »Da, lass ihn überprüfen, ob er echt ist. Ich hab jedenfalls meine Zweifel daran.« Andrea nahm den Ausweis und ging hinaus. »So, jetzt wieder zu uns, Herr Kugler. Was hatten Sie mit dem Schmuck vor, den Sie unserer Kollegin abkaufen wollten?«

»Ich hätte ihn auf einem Flohmarkt verscherbelt.«

Martin nahm zur Kenntnis, dass Kugler auch auf diesen Namen reagierte. Er fragte: »Wo waren Sie vorletzte Nacht?« Il Bavarese alias Kugler schien zu überlegen. Er legte einen Finger an den Mundwinkel und blickte angestrengt nach oben. Martin dauerte dies zu lange. Er fragte noch einmal: »Also? Wo waren Sie?«

»Nun lassen Sie mich doch mal nachdenken. Ich war … warten Sie mal. Ich glaub, ich war …? Jetzt hab ich's! Ich war im Saunaclub Sunshine. Da müssen Sie auch mal hingehen. Tolle Weiber, sag ich Ihnen. Sie werden …«

»Wir werden das überprüfen, Herr Kugler!«

»Il Bavarese, wenn ich bitten darf.«

Martin wandte sich Josef zu, der wie unbeteiligt an seinem Schreibtisch saß. »Überprüfst du das gleich mal?«

»Ja, mach ich.«

»Wo waren Sie letzte Nacht?«, fragte Martin.

»Letzte Nacht? Da war ich in meinem Bett. Ich war noch müde von vorletzter Nacht.«

»Gibt es dafür Zeugen? Oder eine Zeugin?«

»Nein, gibt es nicht. Ich habe doch gesagt, dass ich müde war.«

Nun ging Martin zum Frontalangriff über: »Wie ist Ihre Beziehung zur Mafia?«

»Mafia? Ich? Dass ich nicht lache! Jetzt übertreiben Sie aber wirklich, Herr Kommissar!«

»Chefinspektor!«, verbesserte ihn Martin.

»Also gut, Herr Chefinspektor. Ich habe keine Beziehung zur Mafia. Ich kenne niemanden von denen!«

»Was haben Sie mit dem Gold aus Herrn Ladurners Hütte gemacht?«

»Jetzt reicht's aber wirklich, Herr Chefinspektor. Demnächst behaupten Sie noch, ich hätte die Nationalbank ausgeraubt!«

Martin blieb unbeeindruckt. »Warum musste Frau Kammerlander sterben?«

Kugler alias il Bavarese sprang auf. »Halten Sie mich für einen Massenmörder? Ich soll auch noch diese … Wie heißt sie noch gleich?«

»Eveline Kammerlander. Also? Warum musste sie sterben?«

Andrea kam zurück ins Büro.

Martin sah sie an. »Und? Was ist mit dem Ausweis?«

»Das ist seltsam, Martin. Der Ausweis ist echt. Er ist nicht gefälscht.«

»Er heißt also wirklich il Bavarese?«

»Ja, ich hab auch versucht, seine Vita zu überprüfen. Aber da geht nichts. Die Akte hat einen Sperrvermerk.«

Il Bavarese sah Martin triumphierend an. »Sehen Sie? Mein Name ist il Bavarese. Alles andere spinnen Sie sich nur zusammen.«

»Warum ist Ihre Akte gesperrt?«, fragte Martin. »Wer sind Sie wirklich?«

»Ich sagte doch schon: Mein Name ist Alfonso il Bavarese.«

Martin kamen ernsthafte Zweifel. Eine gesperrte Akte? Das konnte doch nur heißen, dass er einen verdeckten Ermittler oder jemanden aus einem Zeugenschutzprogramm vor sich hatte. Warum nur rückte er nicht mit der Wahrheit heraus?

»Also gut, Herr il Bavarese, oder wie auch immer Sie heißen«, sagte Martin. »Ich denke, es ist an der Zeit, sich uns zu offenbaren. Sie kosten uns nur unnötig Zeit und Nerven.«

»Herr Chefinspektor, was soll ich offenbaren? Ich bin nur ein kleiner Angestellter in einer Galvanisierungsanstalt. Ich hab nichts zu verbergen, also auch nichts zu offenbaren.«

Martin blickte auf die Uhr, die über der Türe hing. Es war schon beinahe zehn Uhr. Also höchste Zeit, Feierabend zu machen. »So, Herr il Bavarese. Sie werden heut Nacht unser Gast sein. Ich nehme Sie vorläufig fest wegen des Verdachts auf Zugehörigkeit zu einer kriminellen Organisation.«

»Aber das können Sie nicht machen! Sie haben weder einen Beweis noch ein Indiz dafür, dass ich mit der Sache etwas zu tun habe.«

»Ich habe den Verdacht, das reicht mir. Alles andere wird der Haftrichter morgen entscheiden.«

Josef kam zurück. »Es stimmt, Herr il Bavarese war in dem Saunaclub. Bis in der Früh um vier.«

»Sehen Sie?!«, rief il Bavarese aus. »Ich habe ein Alibi, und das können Sie mir nicht nehmen. Ich kann also diesen Herrn Ladurner – so hieß er doch – nicht umgebracht haben. Ich gehe jetzt.«

»Sie gehen nirgendwohin«, befahl Martin. »Ich habe gesagt, dass Sie unser Gast bleiben und dass Sie vorläufig festgenommen sind.«

»Ich will sofort einen Anwalt haben! Auf der Stelle! Das ist mein gutes Recht!«

Martin nickte Josef zu. »Bring ihn raus, bevor ich noch kotzen muss.«

»Nein, ich gehe nicht mit! Lassen Sie mich telefonieren!«

Martin nahm das Telefon und stellte es vor il Bavarese auf den Tisch. »Bitte schön. Aber ich bezweifle, dass Sie um diese Zeit einen Anwalt bekommen.«

Il Bavarese nahm das Telefon und zog es näher zu sich. Dann wählte er eine Nummer. Martin versuchte, die Zahlen zu erkennen, aber das war zwecklos. Im Grunde genommen war es auch egal, denn er konnte zum einen feststellen lassen, welche Nummer er gewählt hatte, und zum anderen würde il Bavarese um diese Zeit eh niemanden mehr erreichen.

Seltsamerweise bekam il Bavarese doch noch jemanden an die Strippe. Martin verfolgte das Telefonat aufmerksam. Er hörte ihn sagen: »Il Bavarese hier. Ich bin in der Polizeiinspektion Zell am See. Ich sitz hier fest. Dieser Chefinspektor ist ein hartnäckiger Bursche. Der lässt mich nicht gehen. Sie müssen mich hier rausholen.«

Die Person am anderen Ende der Leitung sagte irgendetwas, das Martin natürlich nicht verstand. Er hörte nur, wie il Bavarese erwiderte: »Ja, mach ich. Morgen früh dann?« Er legte auf und sagte großmütig: »Also, nehmen Sie mich fest und bringen Sie mich in eine Zelle. Morgen früh bin ich eh raus.«

Martin gab Josef einen Wink, den der natürlich sofort verstand. Er ging zu il Bavarese und sagte: »Kommen Sie bitte.« Il Bavarese folgte Josef nach draußen.

»Ich würd gern mal wissen, was mit dem los ist«, sagte Martin zu Andrea.

»Du meinst, weil er einen Sperrvermerk hat?«, antwortete sie darauf.

»Ja, das kann nur zwei Gründe haben. Entweder er ist ein verdeckter Ermittler oder er ist in einem Schutzprogramm.«

»Du kannst das doch rausbekommen?«

»Ja, ich ruf gleich morgen früh den Herrn Hofrat an«, meinte Martin. »Der kann mir sicher weiterhelfen.«

»Müssen wir jetzt noch unseren Bericht schreiben?«

»Ja, mach du das. Du bist schließlich die Leiterin der SOKO.«

Andrea, die sich inzwischen gesetzt hatte, sprang wieder auf. »Ich? Ich soll den Bericht schreiben? Ich bin die Leiterin der SOKO? Davon hab ich heute Abend noch nicht viel bemerkt! Du hast doch die Befragung geführt! Der Bericht ist deine Sache und nicht meine! Ich will jetzt heim! Schau mal auf die Uhr!«

Martin hob die Schultern. »Was hätte ich denn deiner Meinung nach machen sollen? Ich hab gesagt, dass ich dir helfe, wenn du nicht weiterkommst. Das hab ich getan und sonst nichts.«

»Aber ich soll jetzt den Bericht schreiben, oder was?«

Martin meinte darauf nur lapidar: »Ja«

»Den Bericht schreiben wir morgen und damit basta!«

Schließlich gab Martin nach. »Also gut. Dann gehen wir alle heim und erledigen das morgen früh.«

»Gute Nacht, Martin. Bis morgen früh dann«, verabschiedete sich Andrea.

Martin wartete noch auf Josef, der auch bald zurückkam.

Josef grinste ihn an. »Den ham mer iatz sauba vopacklt. Hunga hätt ea no khob. Stö da vur! Hunga und des um de Zeit. A Pizza hätt i eahm bsurng soyn. Wos glaubst, wos i dem vozöht hob?«

»I konns ma denkn. Aba iatz is Feieromd. Mia foahrn hoam.«

Zu Hause schlich Martin durch den Flur. Nur ja niemanden aufwecken. Es war schon Mitternacht, und am Morgen mussten die Buben zur Schule.

Als er die Schlafzimmertüre öffnete, sah er, dass auf Julias Seite noch das Nachtlicht brannte. Julia selbst schlief tief und fest. Sie hatte ein Buch in der Hand. Sie schnarchte leise, und ihr Mund zuckte ein wenig. Wahrscheinlich träumte sie gerade irgendetwas. Er hörte ihre kleinen Kiekser, die er so an ihr liebte. Vorsichtig zog er ihr das Buch weg und legte es auf das Nachttischchen. Julia gab einen unwilligen Laut von sich und drehte sich zur Seite. Als er die Lampe ausmachte, klickte es leise.

»Martin?«, fragte Julia verschlafen.

»Ja, i bin's. Schlof weida.«

»Gib ma no a Guatnochtbusserl«, verlangte sie.

Martin gab ihr den gewünschten Kuss und begann sich auszuziehen. Als er in sein Bett kletterte, schnarchte Julia bereits wieder leise.

Obwohl er hundemüde war, versuchte er, noch ein wenig

über den Fall nachzudenken. *Was hab ich jetzt alles? Einen toten Bartl, eine tote Eveline, nein, eigentlich wurde sie ja Everl genannt. Dann hab ich noch den Vater von Bartl, den alten Ladurner. Ein paar Namen hab ich auch, aber die nützen mir im Moment nicht viel. Was ist mit diesem il Bavarese? Mit dem stimmt irgendwas nicht. Ist der Ausweis nur eine gute Fälschung? Kugler? Il Bavarese heißt doch eigentlich Kugler. So sind meine Infos bis jetzt. Was ist mit diesem Summerer? Josef Summerer? JS? War da nicht was in diesem Bücherl vom Bartl? Ist dieser JS Josef Summerer? Passen würden die Initialen. An den müssen wir uns auch noch halten. Franz Leitner? Was ist mit dem? Er ist …*

Martin war noch todmüde, als ihn Julia am nächsten Morgen aufweckte. »Martin? Martin, wach auf. Du muaßt zum Dienst. Es is glei ochte. Du host voschloffn.«

»Bloß no a viertel Stündal«, bat er.

»Nix do! Raus aus de Federn! Du muaßt zum Dienst!«

Mühsam quälte er sich aus dem Bett. Zunächst ging er unter die Dusche, dann zog er sich an. »Wos is mit Frühstück?«, fragte er missgelaunt, als er in die Küche kam.

»Nix! Heit gibt's koans. Du bist eh spät dron.«

»Host ma wenigstns a Jausn hergricht?«

»Jo, hob i. Do host und iatz ab in dei Oabat.« Sie drückte ihm einen Brotzeitbeutel in die Hand und schob ihn aus der Türe.

Martin drehte sich noch einmal um und sagte: »Und wos is mit meim Guatmurngbusserl?«

Sie gab ihm einen Kuss auf die Wange. »Do host. Aba iatz schleich di!«

Im Büro warteten bereits Andrea und Josef auf ihn. Josef feixte: »Hot di dei Bettzipfe nit loslossn?«

»Red koan Schmoarrn. Es woar hoit a bisserl spat gestern auf d'Nocht.«

»Ah, ja?«, meinte Andrea. »Für uns aber auch.«

»Trotzdem waren wir pünktlich hier«, warf Josef ein.

»Ich hab noch einmal ein wenig über den Fall nachgedacht«, sagte Martin. »Da sind mir ein paar Sachen eingefallen, die wir noch klären müssen. Holt mir doch den il Bavarese, oder wie er heißt, rauf.«

»Das geht nicht«, entgegnete Andrea.

»Wieso nicht? Ist er ausgebrochen?«

»Nein, viel schlimmer. Der Richter hat ihn gehen lassen. Er hat gesagt, das sei eine Anordnung von ganz oben. Der Herr il Bavarese steht unter einem ganz besonderen Schutz.«

»Unter welchem Schutz?«, fragte Martin verdutzt.

»Das wissen wir auch nicht. Das hat uns keiner gesagt.«

Martin setzte sich erst mal. »So eine Sauerei!«, schimpfte er. »Der hätte uns sicher noch so einiges erzählen können. Wer ist der Typ eigentlich, dass er auf höhere Anordnung freigelassen wird? Einer von uns?«

Josef meinte: »Vielleicht? Vielleicht aber auch nicht.«

»Was hat dir eigentlich dein Nachdenken gebracht?«, fragte Andrea. »Ist dir noch etwas eingefallen?«

»Wir brauchen den Summerer. Wo ist der Summerer? Der könnte noch etwas wissen. Der war doch ein Freund vom Ladurner.«

»Was willst du mit dem?«, fragte Josef.

»Du erinnerst dich doch noch an das Bücherl vom Bartl?«

»Ja, und was ist damit?«

»Da sind ein paar Dinge dringestanden«, meinte Martin, »von denen ich wissen möchte, was sie bedeuten.«

»Und du glaubst, der Summerer weiß das?«

»Was ich glaube oder nicht, ist jetzt wurscht. Bringt mir den Summerer, und zwar schnell.«

»Erst sagst du mir, was du von ihm willst«, sagte Andrea streng.

»Das wirst du dann schon noch erfahren«, gab Martin zurück.

»Also, weißt du? Langsam reicht's mir! Zuerst heißt es, ich

soll die Leitung der SOKO Almgold übernehmen, und dann kochst du dein eigenes Süppchen! Ich hab zu sagen, was läuft, und nicht du!«

»Entschuldige. Aber ich hab mir heut Nacht einen Kopf gemacht und nicht du.«

»Jetzt sagst du mir erst, was du von dem Summerer willst.«

»Ist gut«, gab Martin nach und erklärte: »Also in dem Bücherl stand was drin, dass ein gewisser JS eine beträchtliche Summe an Geld vom Bartl bekommen hat. Jetzt möchte ich wissen, ob dieser JS vielleicht der Josef Summerer ist. Reicht das als Erklärung?«

»Ja, das reicht mir«, sagte Andrea. »Wir suchen ihn jetzt. Aber die Vernehmung führe ich. Hast du mich verstanden?«

»Ja, hab ich.« Erst jetzt fiel Martin auf, dass jemand fehlte. »Wo steckt eigentlich die Emily? Ist sie krank, oder was?«

»Nein, die ist schon da«, sagte Andrea. »Aber sie ist im Moment mit einem Kollegen von der Fahndung unterwegs. Sie hätten einen wichtigen Fall hereinbekommen, sagte sie mir.«

»Was ist jetzt?«, fragte Martin gereizt. »Sucht ihr den Summerer, oder soll ich das selber machen?«

»Du suchst gefälligst auch mit«, ordnete Andrea an. »Schließlich bist du nicht mehr als ein Mitglied der SOKO.«

»Ja und du bist die Chefin«, gab Martin schließlich zu.

»Oiso dann, pack mers on!«, sagte Andrea stolz.

Zu dritt saßen sie nun an ihren Rechnern.

»Hoit!«, rief Martin plötzlich. Die Köpfe der beiden anderen ruckten zu ihm herum.

»Wos is iatz?«, fragte Josef. »Spinnst iatz?«

»Wir haben was vergessen«, meinte Martin.

»Und was wäre das?«, wollte Andrea wissen.

»Kannst du dich noch erinnern, was wir gestern noch machen wollten?«.

Andrea schlug sich mit der flachen Hand an die Stirn. »Der Bericht! Wir müssen ja noch den Bericht schreiben.«

»Nicht wir. Du musst ihn schreiben«, verbesserte sie Martin.

Andrea sah ihn vorwurfsvoll an. »Ich denke, wir beide hatten das geregelt? Wer ist der Chef dieser SOKO?«

»Du, aber ...«

»Nichts aber. Du schreibst den Bericht, und zwar sofort.«

Martin gefiel dies ganz und gar nicht. Er hasste nichts mehr, als Berichte zu schreiben. Schließlich war er ja Gruppenleiter dieser Dienststelle und konnte solche Tätigkeiten normalerweise delegieren. Aber er war ja selbst schuld. Warum hatte er ausgerechnet Andrea zur Leiterin der SOKO machen müssen? Diese Aufgabe hätte Josef oder er selbst genauso gut erledigen können. Welcher Teufel hatte ihn da nur geritten? Er wollte Andrea doch nur etwas Gutes tun, ihr die Möglichkeit geben, sich zu profilieren. Aber all dies Sinnieren half jetzt auch nichts. Er hatte sich in diese Abhängigkeit begeben und musste das jetzt eben ausbaden. Seufzend begann er zu schreiben.

»Himmelherrgottkreizkruzifix no amoi!«, fluchte er, als er sich zum zehnten Mal vertippte.

»Wos is los?«, fragte Josef, scheinheilig grinsend.

»A dea Schmoarrn do! I bin doch koa Schreiberling nit. I konn des oafach nit!« Insgeheim hoffte Martin, dass Andrea nun doch Mitleid mit ihm bekam und für ihn den Bericht schrieb. Schließlich hatte sie das ja schon einmal getan. Aber das war mal. Jetzt war sie zu Höherem bestimmt und sicher nicht bereit, ihm die Arbeit abzunehmen.

Schweren Herzens schrieb er weiter. Aber ab und zu wagte er doch einen Hilfe suchenden Blick zu Andrea hinüber, die dies nicht zu bemerken schien. Immer wieder musste er die Löschtaste betätigen. Er war mittlerweile so vertieft in seine Arbeit, dass er gar nicht mitbekam, wie jemand hinter ihn trat. Erst als ihm jemand die Hand auf die Schulter legte und ihm ins Ohr flüsterte: »Hock dich auf meinen Platz, ich mach das schon«, zuckte er zusammen und sah Andrea hinter sich, die ihn nachsichtig anlächelte.

Ungläubig starrte er sie an und stammelte: »Du? Du willst …? Du willst wirklich …?«

»Ich kann nicht mehr zusehen, wie du dich plagst. Geh, lass mich her da. Ich schreib weiter.«

Scheinbar – aber nur scheinbar – widerwillig stand Martin auf und sah Andrea an. »Aber du hast doch gesagt, dass ich …«

»Ich weiß, was ich gesagt hab. Aber bis du damit fertig bist, ist Feierabend, und so viel Zeit haben wir nicht!«

Martin ging hinüber zu Andreas Tisch und drehte sich noch mal zu ihr um. »Aber ich …«

»Sei still!«, sagte Andrea scharf. »Setz dich hin und such den Summerer!«

Neidvoll beobachtete Martin, wie Andrea schrieb. Mühelos tippte sie den Bericht. Augenscheinlich sogar, ohne dabei einen Fehler zu schreiben.

Plötzlich klingelte das Telefon auf Martins Tisch. Andrea nahm den Anruf an und meldete sich kurz. Sie hörte ein paar Sekunden lang zu, dann sagte sie: »Ja, er ist da. Einen Moment. Ich geb ihn Ihnen.« Sie hielt Martin den Hörer hin. »Hier, ein Anruf für dich. Es scheint wichtig zu sein.«

»Wer ist es denn?«, flüsterte Martin, als er den Hörer nahm.

»Der Herr Hofrat Gmeiner. Er will dich dringend sprechen. Worum es geht, hat er nicht gesagt.«

Martin hielt das Telefon an sein Ohr und meldete sich: »Egger? Herr Hofrat! Welche Ehre! Was kann ich für Sie tun?«

»Nichts, Herr Egger«, entgegnete Gmeiner. »Gar nichts. Am besten, Sie tun gar nichts mehr in Ihrem momentanen Fall. Lassen Sie die Finger davon!«

»Aber warum? Wir sind schon ziemlich weit.«

»Das habe ich bemerkt, Herr Egger. Sie sind viel zu weit. Deshalb lassen Sie ab sofort die Finger von diesem Fall.«

»Aber ich verstehe nicht …?«, meinte Martin.

»Das müssen Sie auch nicht. Ich sage nur eins: Sie haben gestern den Herrn il Bavarese festgenommen?«

»Ja, hab ich.«

»Wir haben ihn heute wieder rausgeholt. Wissen Sie überhaupt, was Sie da angestellt haben? Da geht es um einen größeren Fall. Ein Fall, an dem die Salzburger Kollegen schon seit Langem dran sind. Sie mischen sich da in etwas ein, von dem Sie nicht die geringste Ahnung haben. Das stellt den ganzen Erfolg der Kollegen in Frage!«

»Aber wir …«

»Keine Widerrede«, sagte Gmeiner. »Sie stellen sofort die Nachforschungen über Herrn il Bavarese, Herrn Summerer und Herrn Zöllner ein. Die haben mit Ihrem Fall nichts zu tun.«

»Aber wir haben Hinweise darauf, dass …«

»Hinweise? Schön und gut, der Fall mag Ihren Fall an der einen oder anderen Stelle tangieren. Aber ich befehle Ihnen jetzt, diese Herren nicht mehr anzugehen. Haben Sie mich verstanden?«

»Und was mach ich mit den Morden an Herrn Ladurner und Frau Kammerlander?«, wollte Martin wissen.

»Ermitteln Sie weiter und suchen Sie die Täter. Aber lassen Sie die Finger von den genannten Männern.«

Der Ton in Gmeiners Stimme war scharf und ließ keinerlei Widerspruch zu. Martin kannte ihn schon lange. Auf jeden Fall lange genug, um zu wissen, dass mit ihm nicht zu spaßen war. Vor allem dann, wenn er Befehle anstatt Anordnungen gab, war die Sache mit äußerster Vorsicht zu behandeln. »Das geht in Ordnung, Herr Hofrat. Wir ermitteln ab sofort in anderer Richtung weiter.«

»Das will ich hoffen! Auf Wiedersehen!« Gmeiner legte auf.

Kapitel 13

Martin gab Andrea den Hörer zurück und blies die Luft aus.

»Was ist?«, fragte Josef.

»Scheiße ist! Wir müssen sofort alle unsere Ermittlungen einstellen, was den il Bavarese, den Summerer und den Zöllner betrifft. Wir sind da anscheinend jemandem arg auf die Füße getreten.«

»Und jetzt?«, fragte Andrea.

»Wir stehen da wie die letzten Deppen! Wir können von vorn anfangen!«

»Dann war alles für die Katz?«, fragte Andrea mit einer Traurigkeit in der Stimme, die Martin fast weh tat.

Er ging zu ihr und legte ihr eine Hand auf die Schulter. »Nichts war für die Katz. Wir packen das auch so.«

»Und meine Aufgabe als SOKO-Leiterin? Was ist damit?«

»Die behältst du natürlich. Du bist und bleibst die Leiterin der SOKO Almgold. Daran hat sich nichts geändert.«

»Und was ist jetzt mit dem Bericht?«, fragte Andrea noch. »Ist der auch für nichts?«

»Doch, den schreibst du fertig, und der kommt auch in die Datenbank. Da soll uns keiner etwas nachsagen können.«

Andrea schnaufte erleichtert durch und schrieb an dem Bericht weiter.

Josef sah Martin fragend an, als dieser an den Tisch zurückkam. »Was machen wir dann jetzt? Wo machen wir weiter?«

»Ich schlag vor, wir behalten die drei trotzdem im Auge«, sagte Martin und zwinkerte Josef zu. »Vielleicht sind es ja wichtige Zeugen?«

Josef verstand sofort. »Dann such ich jetzt weiter nach dem Summerer?«

»Ja, mach das. Ich suche auch weiter.«

»Ich hab ihn!«, rief Josef kurz darauf.

Martin stand auf und ging zu Josef hinüber. »Und? Wo ist er?«

»Er wohnt in Mittersill drüben. Der hat da eine … Ich glaub's nicht! Der hat da eine Firma! Eine Schlosserei! Feuervergoldung steht da, macht er auch!«

»Lass mich mal sehen«, sagte Martin und beugte sich über Josef zum Bildschirm. Er las weiter: »Galvanik, Restaurierung von Schmiedearbeiten und handgefertigte Grabkreuze.« Er schaute Josef nachdenklich an. »Hat nicht auch Bavarese etwas davon gesagt, dass er so etwas beruflich macht?«

»Ja, du hast recht! Er sagte, dass er Angestellter in einer Galvanisierungsanstalt sei.«

»Das passt!«, sagte Martin.

»Was passt?«, fragte Andrea, die zu ihnen gekommen war.

Martin zeigte auf den Bildschirm. »Da, lies selber. Der hat eine Firma, in der man Gold durchaus gebrauchen kann.«

Andrea überflog den Text. Dann sah sie Josef und Martin der Reihe nach an. »Also? Worauf warten wir?«

»Aber immer dran denken«, ermahnte sie Martin. »Der ist nur ein Zeuge.«

Gemeinsam fuhren sie nach Mittersill. Die Werkstatt Summerers war leicht zu finden. Sie lag etwas außerhalb der Stadt. Andrea, die diesmal fuhr, stellte den Wagen vor der Werkstatt ab. Sie gingen hinein. Drinnen fanden sie einen Mann vor, der an einer großen Esse stand, in der die Kohle weißrot glühte. Er entnahm ihr soeben eine Art Hufeisen mit einer Zange und ging damit zu einem Amboss. Dort nahm er einen schweren Hammer und schlug damit auf das Eisen ein. Er machte dabei einen gewaltigen Lärm, so dass Martin ein paar Mal rufen musste: »Herr Summerer! Hallo, Herr Summerer!«

Schließlich schien Martins Ruf angekommen zu sein, denn Summerer ließ den Hammer sinken und sah ihn an. »Was wollen Sie? Ich hab jetzt keine Zeit. Das Grabkreuz muss fertig gemacht werden. Es ist für einen alten Freund von mir!«

»Wir brauchen auch nicht lange, Herr Summerer«, sagte Martin und zückte seinen Dienstausweis. »Chefinspektor Egger, Kripo Zell«, stellte er sich vor und zeigte auf Josef und Andrea. »Das sind meine Kollegen Frau Hauser und Herr Faltermeier. Wir haben nur ein paar Fragen an Sie.«

»Und? Was wollen Sie von mir?«

Martin zeigte auf das immer noch glühende Eisen und bat: »Könnten Sie das mal beiseitelegen?«

»Das wird mir aber dann kalt.«

»Das macht nichts. Sie haben sicher noch andere Eisen im Feuer.«

»Ja, hab ich«, bestätigte Summerer und steckte das Eisen in einen Eimer mit Wasser. Es zischte laut. »Also? Was wollen Sie?«, fragte er noch einmal.

»Es geht um Ihren Freund, Herrn Ladurner. Sie wissen, dass er tot ist?«

»Ja. Was glauben Sie, für wen ich das Kreuz mach?«

»Was können Sie uns über ihn sagen?«, wollte Martin wissen. »Wie war er so als Mensch? Was hat er zuletzt gemacht? Man sagte uns, dass er oben bei seiner Alm Gold gesucht hätte. Wissen Sie etwas darüber?«

»Nein, ich weiß eigentlich gar nichts darüber.«

»Was heißt eigentlich?«, hakte Andrea nach.

»Eigentlich heißt, dass mir Bartl mal Gold angeboten hat zum Vergolden von meinen Arbeiten. Aber das hab ich nicht gebrauchen können. Für solche Sachen benötige ich reines Blattgold und das hatte er nun mal nicht.«

»Wie funktioniert das eigentlich mit dem Blattgold?«, fragte Andrea und tat naiv.

»Ach, junge Frau, das ist eine komplizierte Sache. Das kann nicht jeder. Das Gold bezieh ich aus einer Scheideanstalt. Dort nehm ich es als Ganzes und bringe es zu einem Freund von mir, der mir dann das Blattgold daraus schlägt.«

»Das kostet doch sicher eine Menge Geld?«

»Was?«, meinte Summerer. »Das Blattgold?«

»Nein, ich mein, wenn Sie das Gold von der Scheideanstalt holen.«

»Das ist halb so wild. Ich bekomm das Geld ja von meinen Kunden wieder.«

Andrea stellte sich immer noch dumm, als sie fragte: »Wie ist das eigentlich, wenn ich zum Beispiel ein altes schmiedeeisernes Tor hab und ich will es vergolden lassen ...?«

»Dann bringen Sie es am besten zu mir. Ich mach Ihnen das, und weil Sie von der Polizei sind, mach ich Ihnen sogar einen guten Preis.«

»Danke, das brauch ich jetzt nicht. Ich wollte auf etwas anderes hinaus. Kann ich das Blattgold selber machen lassen? Ich mein, ich hab alte Schmuckstücke daheim, die noch von meiner Urgroßmutter sind. Kann ich die zu Ihrem Freund bringen und der macht dann das Blattgold draus?«

Summerer nickte. »Natürlich können Sie das. Da gibt es keine Probleme.«

»Wie macht er das? Wird das Gold eingeschmolzen und dann verarbeitet?«

»Ja, so ungefähr. Das ist ihm sogar lieber als die dicken Goldbrocken von der Scheideanstalt. Da kann er es so gießen, wie er es braucht. Dann kann er es besser schlagen. Verstehen Sie?«

Martin unterbrach die Unterhaltung. »Was glauben Sie, wer Herrn Ladurner umgebracht hat?«

»Was weiß ich? Er hat doch so eine junge, hübsche Freundin ghabt. Vielleicht war da einer eifersüchtig?«

»Kann es nicht auch sein, dass jemand ihn ausrauben wollte?«

»Ausrauben?«, meinte Summerer. »Den Bartl? Das wär doch nie gangen. Der hat einen alten Wehrmachtsrevolver ghabt und ein Gwehr. Da hätt sich einer arg die Zähne ausgebissen, wenn er ihn ausrauben hätt wollen.«

»Als wir die Hütte von Bartl untersucht haben, mussten wir feststellen, dass sein Gold, sein Geld und alle anderen Wertsachen weg waren. Wie denken Sie darüber?«

»Das war sicher der Alte. Wissens, der Vater vom Bartl. Der hat immer das Gold runtergeholt.«

»Und das Geld auch?«

»Ja, natürlich. Der ist oft da rauf und hat das Zeug gholt. Damit's keiner stehlen kann, hat er gsagt.«

»Zu Ihnen?«, fragte Martin.

»Nein, natürlich nicht«, erwiderte Summerer. »Zum Bartl hat er es gsagt. Dabei hat er das alles daheim aufghoben und immer gschaut, dass ja keiner der Kiste zu nahe kommt.«

»Woher wissen Sie das?«

»Vom Bartl. Der war oft da, und wir haben gratscht über alte Zeiten und so manche Halbe miteinander getrunken.«

»Woher hatte Bartl eigentlich das Gold? Aus der Mine doch sicher nicht.«

»Ich hab ihn das auch ein paarmal gfragt. Aber er hat's mir nie erzählt. Er hat nur gmeint, ich soll mir halt auch ein paar Venedigermandl zulegen.«

Nun mischte sich auch Josef ein, dem offenbar etwas aufgefallen war. »Sie haben vorhin gesagt, dass Sie das Gold von der Scheideanstalt holen und dann zu Ihrem Freund bringen. Dann haben Sie auch noch gesagt, dass man das Gold auch so zu Ihrem Freund bringen kann, damit er Blattgold draus macht. Ist das so weit richtig?«

»Ja, das ist es«, bestätigte Summerer.

»Dann frage ich mich, warum Sie das Gold von Herrn Ladurner nicht angenommen haben. Er hatte es Ihnen doch auch angeboten?«

»Ja, das hat er. Aber das Gold war für meine Arbeiten nicht zu gebrauchen. Das war zum größten Teil Schmuckgold. Also geringere Qualität.«

»Und das haben Sie einfach so erkannt?«, wollte Josef wissen.

»Ja, dazu braucht es nur ein wenig Erfahrung. Da muss ich kein Juwelier oder so etwas sein.«

»Trotzdem kann ich meinen Schmuck zu Blattgold verarbeiten lassen?«, fragte nun Andrea nach.

»Ja, sicher. Sie können es nur nicht für Vergoldungen verwenden. Was Sie damit machen, ist dann Ihre Sache.«

»Das wäre dann auch unverkäuflich?«

»So würde ich es nicht sagen. Es gibt durchaus Vergolder und Restaurateure, die solches Zeugs verwenden und dann den Preis für Reingold berechnen.«

»Also Betrug am Kunden?«

»Wenn Sie so wollen, ja«, sagte Summerer.

»Gut, danke, das reicht uns vorerst. Auf Wiedersehen«, sagte Andrea. Sie verließ die Werkstatt mit Josef und Martin im Schlepptau.

Als sie im Büro ankamen, meinte Andrea: »Also irgendwie gefällt mir die Sache nicht. Der hat so viel Schmarrn erzählt. Ich hab mir das mal angeschaut. Das war noch in der Schulzeit. Das war bei einer Besichtigung. Unser Physiklehrer hat gmeint, dass wir das auch mal sehen sollten. Da hab ich das mit dem Blattgold ganz anders in Erinnerung.«

»Na ja, uns kann man so etwas schon erzählen, weil wir haben ja keine Ahnung davon«, meinte Josef.

»Für mich ist klar«, sagte Martin, »der Summerer hat von Bartl Gold angekauft. Wenn ich jetzt dürfte, wie ich wollte, würde ich mir den schon zur Brust nehmen.«,

Ohne zu klopfen, kam jemand ins Büro. »Hallo, die Herrschaften!«, war Emilys Stimme zu vernehmen.

»Wo kommst du jetzt her?«, fragte Andrea verdutzt.

»Ich hab gestern meine Tasche hiergelassen«, sagte Emily. »Die wollt ich jetzt holen. Ihr habt mich ja nach Hause geschickt.«. Die Tasche lag unter dem Tisch, den Martin und Josef am Vortag ins Büro gebracht hatten. Emily nahm sie und kramte ein wenig darin herum.

Andrea nutzte die Gunst der Stunde und fragte Emily: »Sag mal, was ist das für eine Fahndung, wegen der du uns im Stich gelassen hast?«

»Ich hab euch im Stich gelassen? Davon kann keine Rede sein. Man hat mich eben gebraucht bei der Fahndung. Eine ganz heiße Sache, sag ich euch.«

»Worum geht's da?«, fragte Martin.

»Das darf ich euch leider nicht sagen. Streng vertraulich das Ganze. Nur so viel: Es geht um OK, also um organisierte Kriminalität. Die Salzburger sind da schon eine Weile dran und haben uns um Unterstützung gebeten.«

»Geht es dabei vielleicht um Rauschgift oder so?«

»Nein, weit daneben«, entgegnete Emily. »Da geht's um Mafiakontakte, die es hier bei uns geben soll. Wir haben da einen verdeckten Ermittler. Aber die sagen nicht mal mir, wer das ist. Wir sind so nahe dran!« Sie zeigte mit Zeigefinger und Daumen einen kleinen Abstand.

»Sonst kannst du uns nichts sagen?«, fragte Andrea vorsichtig. »Wie der Ermittler heißt, weißt du auch nicht, oder?«

»Nein, ich sag doch, die verraten mir nichts. Ich darf bei denen nur die Drecksarbeit machen.«

»Was soll ich darunter verstehen?«, fragte Andrea.

»Na ja, die lassen mich die Berichte schreiben, Akten suchen, telefonische Abfragen machen und all den Kram eben. Ach ja, Kaffee kochen darf ich auch.«

»Also kein Außendienst oder so?«

»Nein, kein Außendienst«, sagte Emily. »Ich kann euch sagen, befriedigende Arbeit sieht anders aus.«

»Willst du nicht lieber wieder zu uns kommen?«, fragte Andrea.

»Zu euch? Liebend gerne. Sofort würd ich zu euch kommen. Aber die lassen mich sicher nicht gehen. So einen Idioten wie mich finden die nicht so leicht wieder.«

Martin kam eine Idee. »Sag mal Emily, wer ist eigentlich dein Chef dort?«

»Mein Chef? Das ist der Kürzinger. Oberleutnant Kürzinger heißt der. Der ist eigentlich in Salzburg. Aber für diesen Fall wurde er hierher ausgeliehen.«

Martin dachte nach. Kürzinger. Mit dem hab ich doch schon mal zu tun gehabt. Was war das damals? Auch so eine Sache. Eine OK-Angelegenheit. Der ist Spezialist für diese Dinge. Ich glaub, ich muss mal mit dem Hofrat reden. Laut sagte er: »Ich werd mich mal drum kümmern. So geht das ja nicht. Eine wertvolle Kommissarin Laufarbeit machen zu lassen. Dafür gibt es doch Anwärter. Wir brauchen dich dringender.« Er nahm sein Telefon und rief bei Hofrat Gmeiner an.

Dieser meldete sich sofort, da Martin seine Durchwahl hatte: »Hofrat Gmeiner? Was gibt's?«

»Herr Hofrat, Egger hier.«

»Ach, mein lieber Herr Egger. Was kann ich für Sie tun? Ich hab mir schon gedacht, dass Sie anrufen, wahrscheinlich wegen Ihres Falls. Und ich hab da was für Sie.«

»Das wäre?«, fragte Martin interessiert.

»Ich hab da eine neue Assistentin für Sie. Eine Inspektorin. Da sie ja bestens geeignet sind, solche Leute weiterzubilden, dachte ich mir …«

»Herr Hofrat. Entschuldigen Sie, wenn ich Sie unterbreche, aber ich habe …«

»Keine Ursache, Herr Egger. Ich schick Ihnen die junge Dame gleich morgen in die Dienststelle. Sie soll sich bei Ihnen melden.«

»Wer ist es denn? Um wen handelt es sich bei dieser Kollegin?«

»Sie ist, na ja, sagen wir mal, sehr ambitioniert und eifrig. Sie hat den Abschluss mit Bestnoten gemacht. Feilen Sie an ihr, raspeln und schleifen Sie sie. Aus ihr soll mal was ganz Besonderes werden, wenn sie das nicht schon ist.«

»Sie ist nicht zufällig mit Ihnen verwandt?«, fragte Martin vorsichtig.

»Wo denken Sie denn hin? Bei mir gibt es keine Vetternwirtschaft. Das sollten Sie eigentlich wissen.«

»Ja, das weiß ich, Herr Hofrat.«

»Dann ist es ja gut. Also ich schick Ihnen Frau Bieringer. Geben Sie gut auf sie Acht. Die Personalakte finden Sie in Ihrem System.« Gmeiner legte auf.

Martin sah den Hörer kopfschüttelnd an. »Habt ihr das mitgekriegt? Ich bin gar nicht zu Wort gekommen. Wir bekommen eine neue Kollegin. Morgen soll sie bei uns anfangen.« Zu Emily sagte er: »Tut mir leid, aber du hast gesehen, ich hab's zumindest versucht.«

»Schon gut. Macht ja nichts. Vielleicht klappt's ja ein andermal.« Emily verließ das Büro.

»Wir bekommen eine Neue?«, fragte Andrea

»Ja, Inspektorin Bieringer heißt sie«, erklärte Martin. »Ich bin gespannt, was das für eine ist. Wenn sie der Herr Hofrat schickt, kann sie so schlecht nicht sein.«

»Wo machen wir jetzt weiter?«, fragte Josef, sichtlich genervt.

»Mach einen Vorschlag«, bat ihn Andrea.

»Also ich glaube, wir sollten noch einmal mit der Frau Eichelberger reden«, meinte er. »Irgendetwas ist mit ihr. Ich könnte mir gut vorstellen, dass sie den Bartl aus Eifersucht umgebracht hat.«

»Und was ist mit Eveline?«, warf Andrea ein »Wer hat die umgebracht?«

»Was weiß ich? Vielleicht ein Angehöriger von Bartl, der Angst um sein Erbe hat?«

»Wer wusste von dem Testament, was meint ihr?«, fragte Martin.

»Seine Eltern?«, vermutete Andrea. »Geschwister hat er ja keine.«

»Vielleicht gibt's auch ein anderes Motiv bei der Eveline«, sagte Martin.

»Was soll das denn sein?«

»Vielleicht hat sie zu viel gewusst.«

»Was soll sie denn gewusst haben?«, fragte Andrea. »Das mit der Mine war eh klar. Aber sonst?«

»Aber vielleicht ist da einer, der Geschäfte mit Bartl gemacht hat, die nicht ganz sauber waren«, warf Josef ein.

»Du meinst solche wie den Summerer und den Zöllner?«, hakte Andrea nach.

»Zum Beispiel.«

»Was ist eigentlich mit dem Leitner? Was hat Everls Familie mit dem Leitner zu tun?«

»Stimmt, die Eltern waren doch bei dem in Graz zu Besuch.« Martin grinste. »Das is guat. Das ist ganz gut! Vom Leitner hat der Herr Hofrat nicht gesagt, dass wir den nicht im Auge behalten dürfen. Kümmert euch drum ...«

»Hoit! I gib do de Anordnunga!«, unterbrach ihn Andrea.

Martin gab ihr ein Handzeichen. »Oiso guat. Nacha gib deine Anordnunga.«

Andrea reckte ihren Rücken und sagte in befehlsmäßigem Ton: »Also, Herr Egger, Sie kümmern sich um diesen Leitner, und Sie, Herr Faltermeier, kümmern sich um die Familie Kammerlander. Finden Sie alles heraus, was für den Fall wichtig sein könnte. Die Berichte auf meinen Rechner, bitte.«

Martin sah sie fassungslos an und begann zu applaudieren. »Bravo, Andrea! Des hätt i nit bessa formuliern kenna.«

Andrea grinste ihn an und meinte: »Keinen Applaus bitte, die Künstlerin weiß, was sie kann.« Dazu verbeugte sie sich leicht.

»Oiso, pack mers!«, sagte Josef und setzte sich an seinen Schreibtisch.

»Wir wissen doch schon etwas von dem«, stellte Andrea fest. »Ist das nicht der, der ein paar Lokale aufgemacht hat und der in ein paar Überfälle verwickelt gewesen sein soll?«

»Stimmt! Du hast recht. Der ist sicher in unserer Datenbank.« Josef suchte nach dem entsprechenden Eintrag. »Ich hab ihn!«, rief er nach wenigen Minuten. Martin und Andrea gingen zu ihm.

Andrea schaute ihm über die Schulter und las. Sie murmelte leise vor sich hin. »Franz Leitner, wohnhaft in …« Auf einmal wurde sie lauter: »Des gibt's doch goar nit! Des konn doch goar nit sei! Do hockt dea quasi vur unsana Nosn und mia kriang des nit mit!«

Martin war neugierig geworden und trat näher. Auch er las den Text. »Du hast recht! Dass wir da nicht schon früher draufgekommen sind!«

»Fährst du hin?«, fragte Andrea Martin.

»Ja, ich fahr sofort los«, sagte er und verließ das Büro.

Während Martin fuhr, überlegte er. *Das hätt uns nicht passieren dürfen. Da hockt der vor unserer Nase und lacht uns vielleicht noch aus. Warum sind wir da nicht eher draufgekommen? Das war doch naheliegend, dass der was damit zu tun haben könnte.*

Er fuhr die Serpentinen auf den Berg langsam hoch, da man nie wissen konnte, ob nicht ein Fahrzeug von oben herunterkam. Ladurners hatten ihm ja gesagt, dass die Bauern ihre Milch oben abholten, um sie unten im Tal weiterzuverarbeiten.

Er hielt vor Frau Eichelbergers Hütte an und stieg aus. Offenbar hatte sie ihn kommen hören, denn sie kam sofort aus der Türe. »Haben Sie was vergessen, Herr Chefinspektor?«

»Gewissermaßen ja. Frau Eichelberger, können Sie mir sagen, wie der Wirt dort oben heißt?« Martin zeigte zu der Gaststätte, die sich am Gipfel des Berges befand.

»Ja freilich. Des ist der Leitner Franz. Der hat die Hütte schon eine ganze Weile. Zuerst wurde sie ja von einem Pächter bewirtschaftet, aber vor ein paar Jahren ist er dann selber raufgekommen, weil der alte Pächter in Pension gegangen ist und einen neuen hat er nicht gefunden.«

»Aha. Haben sich der Herr Ladurner und der Herr Leitner gut gekannt?«

»Das möchte ich meinen«, sagte Frau Eichelberger. »Der Franz ist fast jeden Abend heruntergekommen und hat den Bartl besucht.«

»Und kannte der Herr Leitner auch Frau Kammerlander?«

»Und ob! Der Franz hat sich sogar Hoffnungen gmacht. Er hat gmeint, dass sie die richtige Wirtin für die Hütte oben wär und er sie mit ihr gemeinsam bewirtschaften hätt können.«

»Aber die Frau Kammerlander wollte nicht?«, hakte Martin nach.

»Nein, sie hat gsagt, dass so eine Wirtschaft nichts für sie wär. Sie bleibt lieber Bäuerin und arbeitet hier unten auf der Alm.«

»Was hat Herr Leitner dazu gesagt?«

»Was soll er schon groß gesagt haben? Hinnehmen hat er's halt müssen.«

»Und was hat Herr Ladurner zu dem Angebot gemeint?«

»Der war richtig bös, weil ihm der Franz die Eva ausspannen wollt«, sagte Frau Eichelberger. »Er hat ihn sogar rausgschmissn und ihm gsagt, dass er gar nimmer kommen braucht.«

»Danach ist der Herr Leitner auch nicht mehr gekommen?«

»Doch, schon, aber die zwei haben sich mächtig gestritten. Ich hab's nicht genau ghört, aber da ist es anscheinend um Geld gegangen.«

»Wie kommen Sie darauf?«, fragte Martin.

»Na ja, der Bartl hat halt gsagt, dass er sein Geld haben will und der Franz endlich seine Schulden bei ihm bezahlen soll.«

Martin wurde stutzig. »Sagen Sie mal, Frau Eichelberger, Sie wissen über alles so gut Bescheid. Wie kommt das? Waren Sie dabei?«

»So gut wie«, gab sie lächelnd zur Antwort. »Ich hab Ihnen doch schon gsagt, dass der Bartl und ich ein bsonderes Verhältnis ghabt haben.«

»Ja, das stimmt. Er hat Ihnen also alles erzählt?«

»Na ja, nicht alles. Es gibt da schon so gewisse Sachen, die ihr Männer lieber für euch behaltet. Vor allem, wenn's um Frauen geht.«

»Sie meinen sein Verhältnis zu Eva?«

»Ja, aber was mir da der Bartl nicht erzählt hat, hat mir das Everl erzählt.«

»Sie sind anscheinend so etwas wie eine Beichtschwester hier oben«, stellte Martin fest.

»Ich würd nicht grad sagen, dass ich eine Beichtschwester bin. Ich bin eher so etwas wie eine – sagen wir mal – Beraterin.«

»In allen Lebenslagen?«

»Fast, Herr Chefinspektor, fast«, meinte Frau Eichelberger.

»Dann können Sie mir vielleicht raten, wo ich nach dem Mörder Bartls suchen soll?«

»Da kann ich Ihnen leider nicht helfen. Das ist sozusagen ein Beichtgeheimnis.«

Nun wurde Martin ernst. Aus dem Geplänkel wurde beinahe so etwas wie ein Verhör. Er sagte: »Frau Eichelberger, wenn Sie etwas wissen, das mit dem Mord zu tun hat, machen Sie sich strafbar, wenn Sie uns das nicht sagen. Sie sind dann zumindest eine Mitwisserin.«

»Dann müssen Sie mir aber erst einmal beweisen, dass ich was weiß.«

»Das wird sich spätestens herausstellen, wenn wir den Fall geklärt haben«, sagte Martin und ließ sie stehen.

Er sah nach oben, wo sich Leitners Hütte befand. *Da brauch ich festes Schuhwerk, sonst komm ich da nicht heil rauf*, dachte er, ging zum Auto und zog seine Bergstiefel an.

Kapitel 14

Vorsichtig, bei jedem Schritt darauf achtend, wo er hintrat, kletterte Martin nach oben. Manchmal trat er auf einen losen Stein, der sich unter seinen Füßen löste und andere mit sich reißend nach unten kullerte.

Endlich war er oben. Er sah sich um und bewunderte die Aussicht. Man konnte von hier aus hinüber zum Großvenediger sehen, zum Kleinvenediger gleich daneben und noch zu etlichen anderen Bergen ringsherum, von denen ihm im Moment die Namen nicht einfielen. Aber da! Ganz weit hinten, einige Kilometer entfernt, erkannte er das Kaisergebirge mit seinen schneebedeckten Gipfeln. Da an diesem Tag die Luft klar war und die Sicht weit ging, glaubte er in der anderen Richtung, etwas weiter links, das Karwendelgebirge zu erkennen. Herrlich war es hier oben. Kein Lärm, kein Staub, kein Ruß. Nur frische Luft. Ihn fröstelte leicht. Unbewusst zog er die Schultern zusammen und schaute weiter in die Ferne. Sein Blick wanderte von den Gipfeln hinunter ins Tal. Wie kleine Spielzeugkühe standen die Rinder auf den Wiesen unten. Bis hierherauf glaubte er die Kuhglocken zu hören, die in den verschiedensten Tonlagen erklangen.

»Kann ich Ihnen helfen?«, fragte ihn plötzlich jemand hinter seinem Rücken.

Erschrocken fuhr Martin herum und sah einen stämmigen

Mann in rot-weiß kariertem Hemd und einer für diese Kälte hier oben ungewöhnlich kurzen Lederhose vor sich. »Wie? Ja, nein, oder sind Sie Herr Leitner?«

»Ja, der bin ich. Franz Leitner heiß ich und ich bin der Wirt hier heroben. Kann ich was für Sie tun?«

»Ja, vielleicht«, antwortete Martin und ging ein paar Schritte weiter.

Leitner folgte ihm. »Und was kann ich nun für Sie tun?«, fragte er Martin.

Martin blieb stehen. »Sie kennen doch Herrn Summerer und Herrn Zöllner?«

»Ja, die kenn ich. Das sind alte Schulfreunde von mir.«

»Besuchen die Sie manchmal?«

»Ja, ab und zu sind sie schon bei mir heroben«, sagte Leitner.

»Dann kannten Sie sicher auch Herrn Ladurner?«

»Den Bartl? Ja sicher. Wir haben hier bei mir und auch bei ihm unten so mancher Flasche Bier den Kopf abgschlagen. Aber ... warum fragen Sie? Was wollen Sie?«

Martin zückte seinen Dienstausweis und zeigte ihn Leitner. »Mein Name ist Martin Egger. Ich bin Chefinspektor bei der Mordkommission in Zell. Ich bearbeite den Mordfall Ladurner.«

»Aha? Da kommen Sie zu mir und wollen Antworten haben?«

»Ja. Sie sind doch sozusagen sein Nachbar und kennen ihn schon jahrelang.«

»Ja, das ist richtig. Aber was wollen Sie von mir? Ich hab mit seinem Tod nichts zu tun.«

»Aber vielleicht kennen Sie den Täter«, mutmaßte Martin.

Leitner hob die Schultern. »Kann sein. Vielleicht war er mal Gast bei mir.«

»Können Sie sich vorstellen, wer ihn umgebracht haben könnte?«

»Nein. Der Bartl war ein prima Kerl. Er hat niemanden etwas

getan, und ich sehe absolut keinen Grund, warum ihn jemand hätte umbringen sollen.«

»Sie auch nicht?«, hakte Martin nach. »Mir wurde gesagt, dass Sie bei Bartl Schulden hatten. Wie hoch waren die denn?«

»Das geht Sie eigentlich nichts an. Ich hab mir vom Bartl zweihundertfünfzigtausend Euro geliehen, weil ich in die Gaststätte investieren musste. Der vorherige Pächter hat alles ziemlich verkommen lassen.«

Martin schürzte die Lippen und pfiff leise durch die Zähne. »Zweihundertfünfzigtausend? Das ist aber eine Menge Holz. Warum sind Sie nicht zur Bank gegangen? Dort hätten Sie das Geld doch sicher auch bekommen. Die Hütte hier oben ist doch wesentlich mehr wert.«

»Nein, leider nicht«, meinte Leitner. »Sie wissen doch sicher schon, dass ich ein paar Vorstrafen hab, und so jemandem gibt man kein Geld auf Pump.«

»Aber Herr Ladurner schon?«

»Ja, da hab ich das Geld sofort bekommen. Zinslos. Verstehen Sie?«

Martin nickte. »Aber jetzt wollte er das Geld zurückhaben?«

»Ja, ich war ein paar Monate in Verzug, und er hat gmeint, jetzt wo er heiraten wollt, bräuchte er das Geld. Er wollte sich ein Haus bauen unten in Mittersill.«

Martin sah ihn nachdenklich an. »Heiraten? Ja, stimmt. Ich hab davon gehört. Er wollte die Frau Kammerlander heiraten. Ist das richtig?«

»Ja, das stimmt. Ich wollt's ihm ja ausreden, das Everl war doch nicht die Richtige für ihn. Er als Einzelgänger und heiraten …«

»Aber *Sie* hätten sie genommen?«

»Ja sicher. Ich hab ihr auch einen Antrag gemacht. Aber sie wollte nicht. Sie wollt lieber Bäuerin bleiben, hat sie gsagt.«

»Und daraufhin hat Sie der Herr Ladurner rausgeschmissen?«

»Ja, aber das ist schon eine Weile her«, sagte Leitner. »Inzwischen hatten wir uns wieder vertragen.«

»Wie ist das mit dem Herrn Summerer? War der auch bei Herrn Ladurner unten?«

»Ja, zwei- oder dreimal hab ich ihn unten gesehn. Aber ich hab keine Ahnung, was der vom Bartl wollte.«

»Und der Herr Zöllner? War der auch dort?«

Leitner schien nachzudenken. Dann schüttelte er den Kopf. »Ich weiß nichts davon. Kann sein, dass er mal dort war, aber mit Sicherheit kann ich das nicht sagen.«

»Was wissen Sie von Herrn Ladurners Goldgeschäften? Er hat doch erfolgreich damit Handel betrieben.«

»Ha! Sie meinen das angebliche Gold aus der Mine? Damit hat er die Leut bloß gefoppt. Wo er das wirklich herhatte, weiß keiner. Ich weiß nur sicher, dass es nicht aus der Mine gekommen ist.«

»Was glauben Sie, warum Frau Kammerlander ebenfalls umgebracht wurde?«, fragte Martin.

Leitner zeigte auf seine Gaststätte und meinte: »Gehn wir doch hinein, da redet's sich leichter, und so kalt wie hier heraußen ist es auch nicht.«

Martin folgte der Einladung nur zu gerne. Er fror inzwischen wirklich gottserbärmlich. Drinnen in der Gaststube war es wohlig warm, und Martin fragte sich, womit Leitner die Hütte beheizte.

Dieser schien seine Frage erraten zu haben, denn er erklärte: »Wissen Sie, wir haben hier oben so etwas wie eine Biogasanlage. Ich bekomm den Mist von den Sennern unten im Tal und damit befeuere ich meine Heizung.«

Martin lachte kurz auf. »So wie in alten Zeiten, als man Kuhfladen trocknete und sie verheizte?«

»Ja, so ähnlich. Eine Solaranlage hab ich natürlich auch, und eine Photovoltaik steht drüben am anderen Hang.«

Martin versuchte, zu seiner Frage zurückzukommen. »Wie

ist das nun? Was glauben Sie, warum Frau Kammerlander umgebracht wurde?«

»Wollen Sie was trinken?«, lenkte Leitner ab, was das Misstrauen in Martin nur steigerte. »Einen Braunen oder einen Tee?«

»Einen Braunen bitte. Aber ohne Zucker.«

Leitner rief zur Theke, hinter der eine junge Frau stand: »Geh, Marie! Mach dem Herrn Chefinspektor doch einen Braunen.«

»Kommt sofort!«, antwortete Marie und machte sich an der Kaffeemaschine zu schaffen.

»Wie war Ihre Frage noch mal?«, erkundigte sich Leitner.

»Ich habe gefragt, wer Interesse am Tod von Frau Kammerlander haben könnte. Wer profitiert davon?«

»Profitieren tut eigentlich …«

»Eigentlich?«, unterbrach ihn Martin.

»Na ja, im Grunde genommen keiner. Aber es ist halt mal so, dass der Bartl doch über ein nicht unbeträchtliches Vermögen verfügt hat, und da kann man sich doch vorstellen, dass jemand erreichen wollte, dass das Everl das Geld nicht kriegt.«

»Sie meinen seine Eltern?«

Leitner hob die Schultern und sagte zweideutig: »Wer weiß? Vielleicht?«

»Trauen Sie denen so etwas zu?«

»Der Mutter nicht. Die auf keinen Fall. Aber der Alte? Da könnt ich mir das schon vorstellen.«

»Was ist eigentlich mit Herrn Kugler?«, fragte Martin. »Kennen Sie den?«

»Ja, der Alfons«, erwiderte Leitner. »Der ist schon ein paar Jahre tot.«

»Tot? Wie das denn? Davon stand nichts in unseren Akten.«

»Das glaub ich Ihnen gern. Den hat einer von euch ins Jenseits befördert. Auf der Flucht erschossen, hat's gheißn.«

Martin war nun völlig durcheinander. Damit hatte er nicht gerechnet. Warum stand das nicht in den Akten? Er fragte deshalb: »Wie ist das mit dem Herrn il Bavarese? Sagt Ihnen der Name etwas?«

»Bavarese? Alfonso il Bavarese?«

»Ja, den mein ich.«

»Ha!«, rief Leitner aus. »Das war auch so ein Scherz vom Alfons. Der hat sich manchmal so genannt. Als Pseudonym, oder wie man auch sagt als Alias.«

»Also gibt es den Herrn gar nicht mehr?«

Leitner schüttelte bedauernd den Kopf. »Nein, den gibt's nicht mehr. Der ist genauso tot wie der Alfons.«

Die Kellnerin brachte den Kaffee und stellte ihn vor Martin. »Danke«, sagte er und rührte ihn gedankenverloren um.

»Haben Sie sonst noch Fragen?«, meinte Leitner. »Ich muss in die Küche. Das Mittagsgeschäft geht gleich los.«

»Nein, nein, gehen Sie nur«, sagte Martin und blickte aus dem Fenster.

Leitner stand auf und entfernte sich.

Von der Hütte aus hatte Martin einen ebenso prächtigen Blick auf die umliegenden Berge wie von draußen. Nur war es hier wesentlich angenehmer zu sitzen. Er sah, dass bereits einige Wanderer den Berg heraufkamen. Allerdings auf anderem Weg, wie er hergekommen war. Offensichtlich führte ein gut ausgebauter Steig auf der anderen Seite des Berges herauf. Da waren sogar Kinder dabei, nicht viel älter als Max und Moritz. *Vielleicht sollte ich mit den beiden auch mal hier raufgehen. Das wär sicher ein schöner Sonntagnachmittagsausflug.* Martin legte einen Fünfeuroschein auf den Tisch und verließ die Gaststätte.

Mittlerweile war es draußen warm geworden. Die Sonne brannte herunter, als ob sie dafür bezahlt werden würde. Er rutschte mehr, als er ging, den gleichen Weg hinunter, den er heraufgekommen war.

Plötzlich trat er auf einen lockeren Stein. Er rutschte aus und landete auf seinem Hintern. Es tat weh, sehr weh. Aber das war nicht das Schlimmste. Viel mehr ärgerte ihn, dass er sich bei dem Sturz seine Hose zerrissen hatte. Unten ging er gleich zu seinem Wagen, denn er wollte nicht, dass ihn jemand so sah. Zumal nun auch Wanderer die Straße heraufkamen.

»Herr Chefinspektor!«, hörte er jemanden hinter sich rufen. Er wandte sich um und sah Frau Eichelberger auf sich zukommen. Sie blieb vor ihm stehen und lachte beinahe verschämt. »Ich hab gsehn, dass Ihre Hose am Hintern einen Riss hat. Kommens mit, ich flick Ihnen das schnell.«

»Das braucht's nicht. Ich fahr eh gleich wieder runter«, versuchte er, sie abzuwehren.

Frau Eichelberger ließ aber nicht locker, sondern nahm ihn bei der Hand und zog ihn mit sich. »Jetzt kommens schon. Stelln Sie sich nicht so an. So könnens doch nicht mehr unter die Leut.«

Schließlich gab er dann doch nach und ging mit ihr in die Hütte. Drinnen sah er sich um. Sauber und ordentlich war es hier. Wenn man von dem Ruß an der Decke einmal absah, der wahrscheinlich vom offenen Feuer in der Ecke der Hütte kam. Es roch sogar ein wenig nach Kernseife. Kernseife! Wie lange hatte er die schon nicht mehr gerochen? Dieser Duft nach Sauberkeit und Hygiene. Julchen benutzte sie auch manchmal, aber wenn ihr die Zeit knapp wurde, nahm sie lieber fertiges Putzmittel.

»Schaun Sie sich nicht so genau um«, sagte Frau Eichelberger verlegen. »Ich hab noch nicht alles aufgräumt.«

»Ich find's hier aber schon sauber. Da ist kein Dreck zu sehen.«

»Das täuscht. Ihr Mannsbilder seht das ja nicht. Aber wir Frauen …«

Wie recht sie doch hatte. Auch daheim bei ihm sah es ständig sauber und ordentlich aus. Aber selbst dann nahm Julia Eimer und Schrubber und putzte los.

»Jetzt ziehn Sie doch mal die Hose aus«, sagte Frau Eichelberger und holte Nadel und Faden aus einer Schublade.

Martin war es unangenehm, sich ausgerechnet hier entkleiden zu müssen. In der Hütte einer Frau, die er insgeheim verdächtigte, zwei Morde begangen zu haben. Nein, eigentlich nur einen. Aber egal. Sie war in seinen Augen verdächtig.

»Jetzt ziehn Sie die Hose endlich aus!«, befahl sie regelrecht. »Tuns nicht so gschamig!«

Nur langsam ließ er die Hose herunter und besah sich den Riss. Der war wirklich lang. Genau an der Naht war die Hose aufgeplatzt. Er setzte sich an den Tisch und rutschte gleich so auf der Eckbank entlang, dass man nur noch seinen Oberkörper sehen konnte. Seltsam, diese Frau. Fürsorglich sogar Fremden gegenüber. Konnte sie …? Wäre sie in der Lage, jemanden umzubringen? Einfach so zu erschlagen? Und dann auch noch ein junges Mädchen, das sein ganzes Leben noch vor sich hatte? Konnte sie das wirklich?

Martin schnaufte tief durch. Das war wieder einer dieser Momente, wo er seinen Beruf beinahe hasste. Es gab so viele schöne Berufe, tausend andere Möglichkeiten hätte er gehabt: Beamter im Finanzamt, Offizier beim Bundesheer, einen handwerklichen Beruf. Vielleicht Schreiner oder Zimmermann. Schlosser oder Automechaniker. Nein! Polizist hatte er werden wollen, und nun saß er hier in der Hütte einer des Mordes Verdächtigen mit heruntergelassener Hose. Er konnte das Lachen gerade noch unterdrücken. Sollte er sie gleich zur Vernehmung mitnehmen? Eigentlich ja. Aber sie flickte doch gerade seine Hose. War es anständig, ihr zu sagen, dass er sie des Mordes verdächtigte?

Martin trug immer noch seinen inneren Konflikt aus, als Frau Eichelberger ihm die Hose zurückgab. »Hier, jetzt ist sie fast wie neu«, sagte sie dazu.

Er zog die Hose an, prüfte kurz deren Sitz und stellte fest, dass alles beinahe wie vorher war. »Danke«, sagte er zu ihr und schluckte. »Frau Eichelberger, es tut mir leid, aber ich muss Sie bitten, mit mir zu kommen.«

Sie sah ihn mit großen Augen an. »Aber das geht doch nicht. Ich hab doch meine Tiere draußen, und außerdem hab ich Ihnen doch grade die Hose geflickt.«

»Dafür bin ich Ihnen auch äußerst dankbar. Aber genau wie Sie muss auch ich meine Arbeit tun, und die ist nun mal nicht immer schön für mich.«

»Aber meine Viecher?«

»Da finden wir sicher eine Lösung«, sagte Martin und ging hinaus.

Draußen wartete er auf sie. Kurz darauf kam sie heraus und hatte zu ihrer Wickelschürze noch eine leichte Jacke angezogen und ein Kopftuch umgebunden. Er ließ sie vorausgehen und blieb dabei knapp hinter ihr. Immer wieder sah sie sich nach den Tieren um. Martin tat es fast leid, aber er konnte nun mal nicht anders handeln. Ehe er sich nicht sicher sein konnte, dass Frau Eichelberger nichts mit den beiden Morden zu tun hatte, blieb ihm nichts anderes übrig. Er ließ sie hinten ins Auto einsteigen.

Bevor Martin mit ihr ins Büro fuhr, hielt er kurz bei einem der Bauern an, dem ein paar der Kühe gehörten, die auf der Alm standen. Frau Eichelberger erklärte ihm, worum es ging. Der Bauer murrte zwar ein wenig, erklärte sich aber dann doch bereit, nach den Tieren zu schauen.

Im Dienstgebäude brachte Martin Frau Eichelberger sofort ins Vernehmungszimmer. Er zeigte auf einen Stuhl und bat sie, Platz zu nehmen. Sie sah ihn nur schüchtern an und setzte sich. Martin ging hinauf in sein Büro und sagte zu Andrea, die an ihrem Tisch saß: »Ich hab die Frau Eichelberger mitgebracht. Sie sitzt im Vernehmungsraum eins. Machst du bitte die Vernehmung?«

»Wieso ich?«, fragte Andrea. »Ich hab jetzt keine Zeit.«

»Und warum, wenn ich fragen darf?«

Sie zeigte auf ihren Bildschirm. »Weil ich gerade die Berichte der SpuSi und der Gerichtsmedizin noch mal durchgehe.«

»Hast du da auch die Durchsuchung beim Ladurner dabei?«

»Ja, hab ich. Damit bin ich schon durch.«

»Und?«, fragte Martin. »Gibt's was Interessantes?«

»Davon kannst du ausgehen. Da ist seltsamerweise ein Gewehr vom Ladurner seinem Hof, von dem man annimmt, dass … aber das ist sicher ein Blödsinn. Das kann gar nicht sein. Da sind Spuren drauf, die vom Bartl sind. Blutspuren, du verstehst? Das würde bedeuten, dass er mit diesem Gewehr erschlagen wurde. Aber wir haben doch schon ein Gewehr mit Spuren von Herrn Ladurner gefunden. Oben bei der Frau Eichelberger. Dann ist da noch ein Holzhammer beim alten Ladurner gefunden worden, auf dem sind Spuren vom Everl drauf. Aber das ist der gleiche Schmarrn. Den hatten wir doch auch bei der Frau Eichelberger gefunden? Kannst du mir sagen, was das zu bedeuten hat?«

»Das kann eigentlich nur bedeuten, dass wir mindestens zwei Täter haben. Beim Bartl und bei der Eva. Ich hab eine Theorie dazu. Ich würde davon ausgehen, dass es beide Male zwei Täter waren. Egal ob dieselben oder nicht. Die könnten doch beide Waffen beutzt haben. Ich mein, die haben bei Bartl beide Gewehre benutzt, eins davon bei dem alten Ladurner versteckt und das andere oben bei Frau Eichelberger. Mit den beiden Holzhämmern könnte es ähnlich sein. Die haben beide Hämmer benutzt, einen davon bei Frau Eichelberger versteckt und den anderen beim alten Ladurner. Auf dem Hammer, den wir bei Frau Eichelberger gefunden haben, waren außer ihrer und meiner keine weiteren Fingerabdrücke drauf. Entweder wurden die Hämmer nach der Tat gesäubert oder die Täter hatten Handschuhe an. Man wollte so offensichtlich den Verdacht auf Frau Eichelberger und den alten Ladurner lenken.«

»Und wer soll das sein? Was meinst du?«

»Du bist die Chefin. Also finde es heraus.«

»Du bist mir vielleicht einer«, sagte Andrea. »Du wolltest mir doch helfen, und jetzt …?«

»Ja, ich helf dir dann schon. Aber was haben wir noch?«

»Eine Menge Dokumente, und eine kleine Kiste mit Gold ist auch noch gefunden worden.«

»Von der Kiste wissen wir ja. Die haben Josef und ich auch schon gesehen. Aber was sind das für Dokumente?«

Andrea hatte sich offenbar Notizen gemacht, denn sie nahm ihren Block und las vor: »Ein paar Kontoauszüge, dann zwei Lebensversicherungen, ein Kaufvertrag über ein Grundstück in Mittersill und …«

»Halt! Was für ein Grundstück?«, rief Martin plötzlich.

»Bartl wollte offenbar ein Haus bauen. Das Grundstück ist recht groß und hat nahezu eine Million gekostet.«

»Gut, weiter im Text. Was haben wir noch?«

»Ein paar Aktien, drei Verträge über eine Beteiligung am Betonwerk, dann hat er noch … und jetzt hör gut zu! Da war noch ein Zusatzdokument zu seinem Testament. Ordentlich notariell beglaubigt. Da steht … und jetzt pass auf …«

»Iatz Herrschaftszeitn no amoi!«, schimpfte Martin los. »Moch's nit so spannend! Wos is mit seim Testament?«

»Jetzt lass mich halt ausreden!«, erwiderte Andrea. »Also in dem Zusatz steht drin, dass Frau Eichelberger als Dankeschön für ihre Hilfe – sie wüsste schon welche – hundertdreißigtausend Euro bekommt. Auszahlbar sofort nach der Testamentseröffnung.«

»Na sauber«, sagte Martin und stand auf. »Ich geh zu Frau Eichelberger und mach die Vernehmung.« Er verließ das Büro. Während er die Treppe hinunterlief, überlegte er. *Wie die Hilfe ausgesehen hat, hat mir Frau Eichelberger ja bereits gesagt. Aber hundertdreißigtausend Euro? Das ist eine Menge Geld. Hatte Ladurner überhaupt ein Verhältnis zu Geld? Wusste er denn, wie viel das ist? Es soll ja Leute geben, für die ist Geld nur ein Mittel zum Zweck. Ein paar Fetzen Papier, für die man etwas kaufen kann. Aber Ladurner? Ich glaub nicht, dass er so gedacht hat. Warum in aller Welt gerade diese Summe? Hunderttausend oder hundertfünfzigtausend würde ich ja noch verstehen. Aber hundertdreißigtausend? Vielleicht kann mir Frau Eichelberger etwas darüber sagen.*

Er betrat den Vernehmungsraum, in dem sich außer Frau Eichelberger noch ein Beamter befand. Martin setzte sich ihr gegenüber und schaltete das Aufnahmegerät ein. Er sah sie eine Weile an, ehe er fragte: »Frau Eichelberger, wissen Sie, dass Ihnen Herr Ladurner Geld vererbt hat?«

Sie starrte ihn mit großen Augen an und schüttelte den Kopf. »Nein, ich hab davon nichts gewusst. Er hat mir jedenfalls nichts davon gesagt.«

»Frau Eichelberger, haben Sie irgendwo Schulden? Müssen Sie irgendjemandem eine größere Summe bezahlen? Für irgendetwas?«

Sie knetete ihre Hände und sah nach unten. Martin fiel dies sofort auf. Die Frau hatte etwas zu verbergen. Etwas, das mit viel Geld zu tun hatte.

Er hakte nach: »Haben Sie meine Frage verstanden?«

»Ja, hab ich«, sagte sie leise.

»Und? Wie ist Ihre Antwort darauf?«

Sie schnaufte tief durch und ballte ihre Hände zu Fäusten. Laut sagte sie: »Ja, ich muss Geld bezahlen! Ich werd erpresst! Ich hab als ... na ja, da war ich noch jung, grad mal sechzehn Jahre alt, da bin ich ... Aber Sie dürfen das niemandem erzählen. Versprechen Sie mir das?«

»Ich kann Ihnen nichts versprechen, aber ich werde sehen, dass ich das unter uns Beichtschwestern halte, solange es geht.«

Sie schaute schüchtern zu dem Beamten. »Kann der mal rausgehen? Ich schäm mich so.«

Martin gab dem Mann einen Wink und er verließ den Raum. »So, jetzt sind wir alleine.«

»Kann man das ausschalten?«, fragte sie und zeigte auf das Mikrophon.

»Ja, kann man«, sagte Martin und schaltete das Aufnahmegerät aus. »So, jetzt hört uns niemand mehr zu. Erzählen Sie mir, was los ist.«

Martin versuchte, ruhig zu bleiben, als Frau Eichelberger zu erzählen begann: »Also die Sache war die: Ich hab, als ich noch jung war, eine Riesendummheit gmacht. Ich werd mir das nie verzeihn können. Aber es ist halt passiert.« Martin lehnte sich ein wenig zurück. Sie fragte: »Kann ich ein Glas Wasser haben?«

»Ja sicher«, antwortete Martin und ging zur Türe. Zu dem Beamten, der draußen stand, sagte er: »Bringens der Frau Eichelberger bitte ein Glas Wasser?«

»Ja, selbstverständlich, sofort«, erwiderte der Beamte und ging weg.

Martin setzte sich wieder. »Also, Frau Eichelberger. Ihr Wasser kommt sofort. Erzählen Sie weiter. Was haben Sie getan? Womit erpresst man Sie?«

Sie hustete ein wenig und sagte: »Gleich, gleich bin ich so weit.«

Martin verstand nicht, was sie meinte. »Ja, wir haben Zeit, Frau Eichelberger«, sagte er, obwohl er es kaum erwarten konnte, die Wahrheit zu erfahren. Aber er wollte sie nicht drängen.

Sie lehnte sich ein wenig zurück und schloss die Augen. Dann begann sie zu erzählen: »Also ich war sechzehn Jahre alt, da hab ich einen Mann kennengelernt. Der hat mir die halbe Welt versprochen. Sogar die Sterne vom Himmel würde er herunterholen und sie mir schenken, hat er gsagt. Alles Mögliche hat er mir geschenkt: Ketten, Ringe mit Diamanten und all so Sachen. Das hat er so lange gemacht, bis ich nachgegeben und mit ihm eine Nacht verbracht hab. Danach hat er mir gesagt, dass er verheiratet ist und zwei Kinder hat. Da bin ich ausgerastet und auf ihn losgegangen. Aus Wut habe ich ihm Schierling gegeben, diese giftige Pflanze, verstehen Sie? Ich hab ihn umgebracht. Das ist ganz schnell gegangen. Keine halbe Stund hat's gedauert und da war er tot. Ich bin dann weggelaufen und hab mich daheim versteckt. Immer hab ich Angst ghabt, dass mich die Polizei finden könnt. Aber da war nichts. Niemand hat nach mir gsucht. Ich hab dann später erfahren, dass der Arzt, der ihn untersucht hat, einen Herzstillstand diagnostiziert hat, und da hab ich gedacht, dass mir nichts mehr passiern kann. Ich bin dann auf die Alm und hab den Bartl kennenglernt. Irgendwann mal ist dann ein Brief bei mir vor der Hüttn gleng, und da hat drin gstandn, dass da jemand ist, der weiß, was ich getan hab. Ich hab dann dem Bartl alles erzählt, und der hat mir versprochn, dass er sich um die Sach kümmert.«

»Hat er das dann getan?«, fragte Martin. »Hat er herausgefunden, wer den Brief geschrieben hat?«

»Ich glaub schon. Weil einmal hat er gsagt, dass ich die Sach vergessn soll, er hätt alles erledigt.«

»Wie viel wurde damals von Ihnen verlangt? Wie viel sollten Sie zahlen?«

»Hunderttausend Euro hätt ich zahlen sollen«, sagte Frau Eichelberger. »Aber wo sollte ich so viel Geld hernehmen?«

»Was ist mit Frau Kammerlander? Wusste die auch davon?«

Sie nickte und schluchzte. »Ja, die hat's auch gewusst, aber nicht von mir. Der Bartl hat's ihr erzählt.«

Martin schaltete das Mikrophon wieder ein. »Und jetzt, wo die Sache erledigt ist, haben Sie was getan? Haben Sie den Bartl …?«

»Nein!«, schrie sie. »Nein! Ich hätt ihm nie was getan! Nicht dem Bartl! Ich hab ihn doch gernghabt! Ich hätt alles, alles für ihn getan, selbst wenn er das Everl gheiratet hätt. Ich wär immer für ihn da gwesn.«

»Und die Frau Kammerlander? Haben Sie sie …?«

Frau Eichelberger nickte. »Ja, ich hab sie erschlagen. Weil, sie hat gesagt, dass sie glaubt, ich hätt den Bartl umgebracht, und sie würd zur Polizei gehen. Da hab ich dann den Hammer gnommen …«

»Gut, Frau Eichelberger, wir unterhalten uns später weiter«, sagte Martin und winkte den Beamten zu sich. »Bringens sie in eine Zelle. Sagen Sie aber dem Wachhabenden, er soll sie nicht aus den Augen lassen.« Der Beamte nahm Frau Eichelberger am Arm und führte sie ab.

Martin ging wieder hinauf in sein Büro. Andrea und Josef sahen ihn nur schweigend an, als er sich setzte. Es lag eine gewisse Spannung in der Luft. Es fehlte eigentlich nur noch der erlösende Blitz und der Donner darauf.

»Jetzt halt uns nicht so lange hin!«, meinte Andrea, die die Anspannung wohl nicht mehr aushielt und ging zu ihm. »Was hat sie gesagt?«

»Der Fall Kammerlander ist gelöst«, sagte Martin ruhig.

»Was? War die Frau Eichelberger die …?«

»… Täterin«, beendete Martin Andreas Vermutung. »Ja, sie hat soeben zugegeben, das Everl mit einem Hammer erschlagen zu haben.«

Augenblicklich stürmten die Fragen von Josef und Andrea auf ihn ein: »Und warum? Wie hat sie es getan? Warum hat sie es getan? Wann hat sie es getan?«

»Halt!«, rief er nach ein paar Momenten. »Ich erzähl's euch gleich. Aber erst holst mir bitte schön einen Braunen, Andrea.«

»Ja, mach ich«, sagte sie und eilte aus dem Büro. Als sie wieder zurückkam, hatte sie drei Becher Kaffee dabei. Einen davon stellte sie Martin auf den Tisch.

Martin ließ sie aber noch eine Weile zappeln, ehe er zu berichten begann: »Also die Sache war die …« Er erzählte ihnen die ganze Geschichte, die er von Frau Eichelberger gehört hatte.

»Also ist sie jetzt wegen zwei Morden dran? Für den, den sie als Jugendliche verübt hat und den Mord an Everl?«, fragte Andrea beinahe mitleidig.

»Es sieht ganz danach aus«, antwortete Martin leise. »Aber ich denke, dass das die Staatsanwaltschaft entscheiden muss. Vielleicht war der erste Mord ja gar keiner.«

»Dann hätten wir jetzt nur noch den Mord an Herrn Ladurner aufzuklären?«, fragte Josef.

»Und wo machen wir da weiter?«, wollte Andrea wissen.

»Das ist jetzt wieder deine Sache«, sagte Martin und grinste sie an. »Du bist die Chefin der SOKO.«

»Aber du hast doch gesagt, dass du mir hilfst, wenn ich nicht weiterkomme.«

»Wer sagt denn, dass du nicht weiterkommst?«, meinte Martin lakonisch und schaltete seinen Rechner ein. »Du hast es ja noch nicht einmal probiert.«

»Was machst du jetzt da?«, fragte Andrea.

»Ich schreibe jetzt meinen Bericht. Den kannst du mir ja nicht abnehmen.« Als Martin sich dieser gehassten Aufgabe zuwandte, beobachtete ihn Andrea von ihrem Schreibtisch aus. Sie wirkte amüsiert, wenn Martin wieder mal vor sich hin fluchte: »Herrschaftszeitn no amoi! Oiwei wieda da söbe Föhla! Des damische E! Oiwei kimmst doppelt daher! Iatz hob i aa no de Großschreibtastn dawischt! Worum geht iatz des Fensta auf? I wü doch no goar nit speichern!«

So ging das eine Weile. Dann wurde es Josef zu dumm. Er sagte zu Andrea: »Host denn goar koa Mitleid mit eahm? Du lochstn aus und ea schindt se wia a oida Ackergaul!«

»Ea wüs jo nit onderscht!«, sagte sie und grinste wieder, als Martin schimpfte: »I hau des Glumpats glei ausm Fensta naus! Herrschaftszeitn no amoi!«

Natürlich bekam Martin mit, dass sich seine Kollegen über ihn lustig machten. Plötzlich hörte er auf zu schreiben und sah die beiden an. »Hobts koa Oarbat nit? Is eich longweilig? Wos is mit dem Ladurnerfoi? Woits nit endli onfanga?«

»Ich warte nur noch auf deinen Bericht vom Leitner«, meinte Andrea lässig.

»Der ist längst im System. Du brauchst ihn nur aufrufen.«

»Ach so? Ja, dann«, antwortete Andrea und suchte den Bericht. »Ah ja, jetzt hab ich ihn«, sagte sie und begann zu lesen. Sie murmelte zunächst leise vor sich hin, wurde aber dann immer lauter, bis Martin der Geduldsfaden riss.

»Andrea!«, rief er. »Ich weiß, was ich geschrieben hab! Du musst es mir nicht vorlesen!«

»Entschuldige, ich wollte dich nicht stören«, antwortete sie schuldbewusst.

Auch Josef las nun Martins Bericht. Kurz darauf fragte er: »Du, Martin? Ich sehe da gerade, dass Leitner eine Menge Schulden beim Ladurner hatte. Könnte das nicht auch ein Mordmotiv sein?«

»Das könnte schon sein«, erwiderte Martin. »Aber ich bin mir da nicht so sicher.«

»Und was ist mit den anderen?«, fragte Andrea. »Haben die nicht vielleicht auch ein Motiv?«

»Du meinst den Summerer und den Zöllner?«, wollte Martin wissen.

»Ja, die meine ich.«

»Keine Ahnung. Aber gegen die dürfen wir ja nicht ermitteln. Das weißt du doch.«

»Weißt du was?«, meinte Andrea. »Ich fahr jetzt noch einmal zu dem Summerer und befrag ihn. Sozusagen eine Zeugenbefragung. Das dürfen wir doch, oder?«

»Frag nicht mich«, antwortete Martin. »Du bist die Chefin.«

»Gut, dann fahr ich jetzt«, verkündete Andrea und verließ das Büro.

Martins Magen knurrte laut hörbar. Josef meinte dazu nur: »I hob's ghert. I hob aa an Hunga.«

Martin holte seinen Brotzeitbeutel hervor und kramte ein wenig darin herum. Schließlich zog er ein Leberwurstbrot heraus. Er betrachtete es von allen Seiten und fragte dann Josef: »Mogst a Leberwurschtbrot?«

»Host nix anderschts? I hätt an Gusto auf a gscheids Schnitzlbrot.«

»Naa, hob i nit. Bloß no an Apfe.«

»Nacha gibst ma hoit den. Mia is heit nit noch Leberwurscht.«

»Do host«, sagte Martin und warf Josef den Apfel zu. Geschickt fing dieser ihn auf. Martin wickelte sein Wurstbrot aus und biss herzhaft hinein. Plötzlich fiel ihm etwas ein. Mit vollem Mund sagte er zu Josef: »Du, suach ma no amoi den Bericht vo da SpuSi raus. Woaßt eh, den vom oidn Ladurner.«

»Wos wüs iatz mit dem?«, fragte Josef. »Des hob i dia doch scho gsogg, wos do drinsteht.«

»Wurscht! Mia is do grod wos eigfoin. Is do nit dringstandn, dass dea Hamma, mit dem wo die Eva daschlong wurn ist, aa durt gfundn wurn is?«

»Jo, des stimmt, worum?«

»Nacha konn de Frau Eichelberger des goar nit gwesn sei. De hot a foisch Geständnis ogem.«

»Worum soy de so wos mochn?«, hakte Josef nach.

»Des dat mi aa intressiern. Füa wen mocht de des?«

»Am End füa sich söba? Leicht hot se an Ladurner umbrocht und vozöht uns iatz … a naa, des is a Schmoarrn. Wenns oan umbrocht hot, geht's in Häfn. Wurscht, wen.«

»I geh iatz no amoi zu ihra und frogs«, sagte Martin, stand auf und verließ das Büro.

Unten begab er sich gleich in den Zellentrakt und ließ sich Frau Eichelbergers Zelle aufsperren. Sie saß auf einem Hocker in der hinteren Ecke. Martin ging direkt auf sie zu. Er baute sich vor ihr auf und sah sie streng an. »Warum haben Sie mich angelogen?« Sie zuckte zurück und hielt einen Arm schützend vor ihr Gesicht. Es schien, als ob sie Angst hätte, dass Martin sie schlagen würde. Martin bemerkte dies und trat einen Schritt nach hinten. Er setzte sich auf das Bett, das bedenklich knarrte. »Also? Warum haben Sie mich angelogen? Sie haben Frau Kammerlander nicht erschlagen.«

»Doch! Doch, ich hab sie umgebracht!«, sagte sie mit weinerlicher Stimme.

»Womit haben Sie Frau Kammerlander getötet?«

»Das hab ich Ihnen doch schon gesagt. Mit einem großen Hammer.«

»Sie lügen schon wieder.«

»Aber …«

»Warum lügen Sie, Frau Eichelberger? Für wen lügen Sie? Für wen gehen Sie ins Gefängnis?«

Frau Eichelberger stellte sich stur. Sie straffte ihren Rücken und starrte geradeaus. »Ich habe Frau Kammerlander mit einem großen Hammer erschlagen«, sagte sie mit klarer Stimme. »Mehr habe ich nicht dazu zu sagen.«

Beinahe glaubte Martin, er rede mit einem Roboter. Er versuchte es auf eine andere Art. »Frau Eichelberger, nun geben Sie es doch endlich zu. Sie haben Frau Kammerlander nicht erschlagen. Wollen Sie denn bis an Ihr Lebensende im Häfn sitzen?«

Sie wiederholte: »Ich habe Frau Kammerlander mit einem großen Hammer erschlagen. Mehr habe ich dazu nicht zu sagen.«

Martin holte tief Luft und rutschte ein wenig näher an sie heran. Er legte ihr eine Hand auf die Schulter. »Ich bitte Sie, Frau Eichelberger. Überlegen Sie doch mal. Sie können Frau Kammerlander nicht …«

Sie schüttelte seine Hand mit einer heftigen Bewegung ab. »Ich habe Frau Kammerlander mit einem großen …«

Martin erhob sich. Die Verzweiflung stand ihm ins Gesicht geschrieben. »Herrschaftszeiten noch einmal!«, rief er. »Seien Sie doch nicht so stur! Ich weiß, dass Sie es nicht getan haben, nicht getan haben können!«

»Ich habe Frau Kammerlander …«

»Nein, Frau Eichelberger! Das haben Sie nicht!«

Wieder begann sie: »Ich habe …«

Nun wurde es Martin zu viel. Er ging zur Zellentüre und klopfte. Kurz darauf war zu hören, wie der Riegel zurückgeschoben wurde. Die Türe ging auf. Er trat hinaus und rannte hinauf zu seinem Büro. »So wos Hirnverbrennts! So wos hob i in meim Lem no nia nit ghert! Behaupt de doch steif und fest, dass se de

Eva umbrocht hot. Dabei woaß i gonz gwieß, dass sie des goar nit hot sei kenna. Des woar a anderer.« Er wischte sich mit dem Ärmel seines Hemdes den Schweiß von der Stirn.

Andrea war inzwischen zurückgekommen und sah ihn fragend an. »Dürfte ich mal erfahren, was hier vorgeht?«

»Ja. Die Frau Eichelberger bleibt dabei, dass sie die Frau Kammerlander, also das Everl, umgebracht hat. Dabei weiß ich ganz sicher, dass sie das nicht gewesen sein kann.«

»Und was macht dich da so sicher?«, fragte Andrea.

»Zum einen mein Bauch und zum anderen ist ja ein Zweiter beim Ladurner gefunden worden. Also? Wie und warum sollte sie einen Hammer bei sich und einen zweiten Hammer bei Ladurner versteckt haben?«

»Täterwissen«, sagte Andrea knapp. »Wenn sie das war, dann muss sie doch Täterwissen haben. Frag sie. Dann kann sie nicht anders.«

»Und wie?«, fragte Martin verblüfft.

»Jetzt stell dich nicht dümmer, als du bist. Du hast mir das doch selbst beigebracht, wie man das macht. Du gehst hin und fragst sie ganz einfach, auf welche Weise sie Frau Kammerlander umhebracht hat. Von der Seite, von hinten oder von vorn. Das kann sie eigentlich nur wissen, wenn sie es wirklich getan hat. Das Beste wäre, wenn du dir das zeigen lassen würdest.«

»Du meinst wie eine Tatortbegehung? Einen Ortstermin?«

»Oder so, ja.«

»Das ist eine hervorragende Idee, Andrea! Dass ich da nicht selber draufgekommen bin!«

»Du bist wahrscheinlich dermaßen durcheinander, dass du den Wald vor lauter Bäumen nicht mehr siehst.«

»Dazu brauche ich aber erst noch die genaue Information der Gerichtsmedizin«, meinte Martin. »Was steht da drin, wie die Frau Kammerlander erschlagen wurde?«

»Von hinten und dann noch ein paarmal auf den ganzen Körper und ihr Gesicht. Du hast sie doch selbst gesehen.«

Martin nickte. Vor seinem inneren Auge tauchte das Bild auf, wie Eva dagelegen hatte, der Kopf kaum mehr als solcher erkennbar. Die Knochensplitter, die Fliegen … Martin schüttelte sich, um dieses Bild aus seinem Kopf zu bekommen. »Ich geh noch mal zu ihr runter«, sagte er leise und verließ das Büro.

Frau Eichelberger saß immer noch auf dem Hocker und in der gleichen Körperhaltung, in der er sie verlassen hatte.

Wieder begann sie: »Ich habe Frau Kammerlander …«

»Jetzt hören Sie schon auf damit«, sagte Martin. »Ich glaub's Ihnen ja. Aber Sie müssen mir zeigen, wie Sie es gemacht haben.«

Sie sah ihn wie aus weiter Ferne an und fragte: »Wo ist der Hammer?«

»Den haben Sie in der Hand. Jetzt schlagen Sie zu.«

Frau Eichelberger stand auf und ging auf Martin zu. Sie sah an ihm vorbei. Mit stierem Blick und steifen Bewegungen hob sie den imaginären Hammer hoch über den Kopf und ließ ihn mit einem gewaltigen Schwung herabsausen. Hätte sie tatsächlich einen realen Hammer in den Händen gehalten, wäre Martin auf der Stelle tot gewesen.

»Und was haben Sie dann gemacht?«, fragte Martin. »Sie haben nur einmal zugeschlagen. Was war dann? Was ist dann passiert?«

»Nichts. Ich habe den Hammer in die Ecke der Hütte geworfen.«

Martin wandte sich an den Beamten um, der in der Türe stehen geblieben war. »Holen Sie den Amtsarzt«, sagte er zu ihm.

»Jawohl, Herr Chefinspektor, den Amtsarzt«, wiederholte der Beamte und ging davon.

»Beeilen Sie sich, es ist ein Notfall!«, rief Martin ihm nach. Er ging zu Frau Eichelberger, die plötzlich weinend in der Mitte der Zelle stand.

»Ich hab's doch nicht tun wollen«, sagte sie schluchzend.

»Ich wollt sie nicht umbringen. Ich wollt doch bloß, dass sie still ist.«

Martin legte seinen Arm um ihre Schultern und führte sie zu der Liege. »Kommen Sie, Frau Eichelberger. Es wird alles wieder gut. Es ist alles gut.« Er drückte sie auf der Liege nach hinten.

Sie stemmte sich dagegen und schrie beinahe: »Nichts ist gut! Ich hab das Everl umgebracht! Ich hab sie umgebracht …«. Wieder schluchzte sie.

Martin war zunächst ratlos. Er hatte zwar schon einige schwierige Situationen erlebt, aber das hier war etwas Einmaliges, etwas, mit dem er nie gerechnet hätte.

Frau Eichelberger klammerte sich an ihn, und ein Weinkrampf schüttelte sie. »Ich hab das doch nicht wollen … ich wollt doch nur …«

Mittlerweile war sein Hemdkragen nass von ihren Tränen. Er wusste nicht, was er nun tun sollte. So ging das jedenfalls nicht. Der Arzt war sicher schon unterwegs. Aber bis dahin? Eine Frau musste her. Eine Frau hatte sicher mehr Einfühlungsvermögen als er. *Andrea! Andrea muss her!*

Martin versuchte, Frau Eichelberger von sich zu schieben. Sie wehrte sich vehement dagegen und krallte sich noch fester an ihn. »Nicht weggehen! Bitte hierbleiben. Bitte bleib da!«

Er nahm ihre Arme und zog sie ruckartig von sich weg. Dann sprang er auf und rannte zur Türe. Er klopfte kurz, und als der Beamte öffnete, sagte er: »Holen Sie Frau Hauser! Schnell bitte! Sagen Sie ihr, es pressiert!«

Frau Eichelberger hatte sich erhoben und stand nun plötzlich vor ihm. Wieder warf sie sich um seinen Hals und klammerte sich an ihm fest wie eine Ertrinkende an einem Rettungsring. Martin kam ins Schwitzen. *Hoffentlich kommt Andrea bald.* Er versuchte eine neue Taktik, von der er sich erhoffte, dass Frau Eichelberger darauf einging. Er legte beide Arme um sie und drückte sie an sich. »Gerti, es is ois in Urdnung. Schau, du host des Everl nit umbrocht. Des woar bloß a Unfoi. A gonz dumme

Soch. Dia is bloß da Hamma aus da Hand grutscht und do is es passiert.«

Sie löste sich von ihm und sah ihn mit tränennassen Augen an. »Wirkli? Und du liagst mi nit on? Es woar a Unfoi? Sog, woar des wirkli a Unfoi?«

»Wenn is dia doch sog. Du konnst nix dafüa.«

Hoffnung schien in ihren Augen aufzuleuchten. »Aba den Ferdinand, den hob i doch umbrocht.«

»Wia hot denn dea Ferdinand no ghoaßn?«, fragte Martin, froh, endlich vom Thema Kammerlander wegzukommen.

»Da Ferdi? Dea hot Sailer ghoaßn. Ferdinand Sailer.«

»Wann woar denn des?«

»Des is iatz zehn Joahr her. Aba füa des muaß i doch eisitzn?«

»Des woaß i nit. Des muaß da Staatsanwoit bestimma.« Endlich hörte er hinter sich den Riegel an der Türe. Sie ging auf, und Andrea kam herein. »Guat, dass'd do bist. Kümmer di um se. De ist komplett duachanand.« Er löste sich von Frau Eichelberger und schob sie zu Andrea. »Das mit Evi ist ausgestanden«, flüsterte er Andrea zu. »Jetzt geht's nur noch um den anderen Mord. Sieh zu, dass du sie ruhig hältst. Der Arzt muss auch gleich da sein.«

Andrea nickte nur und führte Frau Eichelberger zur Liege.

Martin verließ die Zelle und ging hinauf in sein Büro. Dort setzte er sich an seinen Rechner und suchte nach der Akte des Mannes, dessen Namen ihm Frau Eichelberger gegeben hatte. Augenscheinlich hatte der Arzt damals nur einen Herzstillstand oder Ähnliches diagnostiziert. Die Symptome waren sich ja vergleichbar, wenn das Opfer mal tot war. Daher war der Name Ferdinand Sailer in den Gerichtsakten nicht zu finden.

Er schnaufte tief durch und schaute Josef an. »Wos moch i iatz? Se gesteht an Murd, der vielleicht goar koana woar. I konn ihra aba nit des Gegenteil beweisn.«

»Se gibt den Murd zua?«

»Jo, aba i konn's ma nit vurstön.«

»Dann loss es, wias is«, meinte Josef. »Wenn se sogg, dass se den Mo umbrocht hot, nacha weads aa so sei. Und wos is mit dem Murd an da Frau Kammerlander?«

»Des woars aa nit«, erwiderte Martin. »I hob des so gmocht, wia de Andrea gsogg hot. De Frau Eichelberger hot koa Ahnung, wia des vur sich ganga is.«

»Nacha stehng ma wieda am Onfang?«

»Jo, ganz am Onfang.«

»Eigentli no weida hint ois wia am Onfang«, bemerkte Josef.

»Wia moanst iatz des?«, fragte Martin verwundert.

»No ja. Am Onfang ham mer wenigstns no a poar Vodächtige khob. De deaf mer aba iatz nimma vodächtign. Oiso ham mer iatz bloß no zwoa Leichn.«

Martin lehnte sich in seinem Sessel zurück.

Jemand klopfte heftig an der Türe.

»Herein!«, rief Martin.

Die Türe ging auf, und eine junge Frau trat schwungvoll ein. »Bin ich hier richtig bei der SOKO Almgold?«

Martin stand auf. »Ja. Was können wir für Sie tun?«

»Sind Sie Herr Chefinspektor Egger?«, fragte sie Martin.

»Ja, das bin ich«, bestätigte er.

Sie kam auf ihn zu und gab ihm die Hand. »Ich bin die Vanessa. Ich bin zu Ihnen in die SOKO berufen worden.«

»Schön für Sie. Wie heißen Sie noch einmal mit vollem Namen?«

»Bieringer. Inspektor Vanessa Bieringer. Wo ist mein Arbeitsplatz?«

Nun kam Martin in eine gewisse Verlegenheit. An sie hatte er noch gar nicht gedacht. Außerdem hatte der Hofrat ja gesagt, dass sie erst am nächsten Tag kommen würde. Er betrachtete das Mädchen, das sich zu dem Tisch begab, den er zusammen mit Josef ins Büro gebracht hatte. Sie zeigte darauf und fragte: »Ist das meiner? Da brauch ich aber einen anderen Tisch. Einen mit Schubladen. Einen PC brauch ich auch, und der Stuhl? Na ja. Zur Not reicht er ja.«

Sie war eine hübsche Frau. Martin schätzte sie auf eins siebzig. Schlank konnte man sie nicht nennen. Trotzdem befand sich alles an der richtigen Stelle. Ihr Gesicht glich dem einer Puppe, die Haut ihrer Wangen wirkte rosig, und sie hatte große, strahlend tiefblaue Augen. Die Haare waren glatt und schulterlang in einem Pagenschnitt. Sie trug eine Jeans und einen weiten beigen Pulli. Die augenscheinlich zierlichen Füße steckten in rosaroten Pumps, die Martin sofort ins Auge stachen.

Martin räusperte sich. »Frau Bieringer, ich …«

»Vanessa. Sagen Sie doch einfach Vanessa.«

Josef stand nun ebenfalls auf und trat auf sie zu. Er reichte ihr die Hand und stellte sich vor: »Ich bin Josef Faltermeier, Oberinspektor hier in dem Laden.«

»Angenehm. Meinen Namen wissen Sie ja schon«, antwortete sie und schüttelte Josefs Hand ausgiebig.

»Was machen wir jetzt mit Ihnen?«, fragte Martin.

»Na, was schon? Geben Sie mir eine Aufgabe, und ich erledige sie für Sie. Wann bekomme ich nun meinen Schreibtisch?«

»Ich kümmer mich gleich drum«, sagte Josef und rief bei der zuständigen Stelle an. Das Gespräch dauerte nur wenige Minuten. »Ihre Möbel kommen gleich. Es kann sich nur um Stunden handeln.« Er grinste dabei.

»Ja, ja, der Amtsschimmel«, meinte sie. »Der braucht manchmal einen Tritt in den Hintern.«

Um die Wartezeit abzukürzen, fragte Martin: »Wo waren Sie denn vorher? Ich meine, welche Abteilung?«

Sie zeigte auf Martins PC. »Das steht alles in meiner Akte. Haben Sie sie denn noch nicht gelesen?«

»Nein, ich bin noch nicht dazu gekommen«, gab er zu.

»Ich verstehe. Zu viele Morde?«

»Ja, das auch. Aber nun sagen Sie schon. Wo waren Sie vorher?«

»Bei der Sitte«, antwortete sie kurz angebunden.

»Bei der Sitte? Da hat es Ihnen wohl nicht mehr gefallen?«

»Na ja, das ist so eine Sache, wissen Sie? Ständig hat man es mit Zuhältern, Prostituierten und Perversen zu tun. Das ist mir einfach zu widerwärtig geworden, und da hab ich um meine Versetzung gebeten. Dass ich hier bei Ihnen gelandet bin, konnte ich nicht wissen.«

»Nun, angenehm ist unsere Arbeit auch nicht immer«, antwortete Martin darauf.

»Sind Sie eigentlich verheiratet?«, fragte Josef.

»Sie sind aber neugierig«, sagte sie.

»Das ist reines Interesse an einer Kollegin«, versuchte er sich zu rechtfertigen.

»Na gut. Also ich bin weder verheiratet noch geschieden und auch nicht verwitwet. Einen Freund und Kinder hab ich auch keine.«

»Sie kennen Hofrat Gmeiner?«, fragte Martin.

»Was heißt kennen?«, meinte sie. »Kennen tu ich ihn nicht so richtig. Ich musste mal zu einem Rapport bei ihm erscheinen. Ich bin da bei einer Festnahme ein bisschen zu weit gegangen.«

»Wie darf ich das verstehen?«

»Das steht auch in meiner Akte.«

»Wieso sind Sie eigentlich heut schon da?«, erkundigte sich Martin. »Der Herr Hofrat hat Sie für morgen angekündigt.«

»Na ja, wissens, ich hab ein paar Tage Urlaub ghabt. Aber daheim war's so langweilig, und da hab ich mir gedacht, es schadet nichts, wenn ich einen Tag eher komm.«

Insgesamt machte sie auf Martin einen guten Eindruck. Wie sie sich im Team einfügte, würde sich noch zeigen.

Es klopfte an der Türe. Martin rief: »Ja, bitte?«

Ein Beamter in Uniform kam herein. »Für Ihr Büro wurde ein Schreibtisch angefordert? Wo soll der hin?«

»Gleich hierher!«, sagte Vanessa in befehlsmäßigem Ton und zeigte auf den anderen Tisch. »Den könnt ihr gleich mitnehmen und den Stuhl auch.«

Der Beamte sah Martin fragend an. Als dieser nickte, nahm

er zusammen mit einem Kollegen, der ihm geholfen hatte, den alten Tisch und trug ihn hinaus. Dabei konnte er kaum seinen Blick von Vanessa abwenden und wäre fast mit dem Tisch am Türstock hängen geblieben, wenn ihn sein Kollege nicht ermahnt hätte: »Beppi, du Deppi! Pass doch auf!« Zusammen trugen sie dann noch den Schreibtisch und den anderen Stuhl herein.

Vanessa setzte sich sofort und drehte sich mit dem Stuhl wie ein Kind auf dem Karussell. »Der ist ja supi! Voi geil!« Sie zog die einzelnen Schubladen des Schreibtischs heraus und begutachtete sie. »Der ist auch gut. Da hab ich genügend Platz für meine Sachen.«

»Ihre Sachen?«, fragte Martin verwundert.

»Ja klar doch. Mein Schreibzeug, die Unterlagen und eine zum Absperren für meine Waffe.«

»Ihre Waffe? Wo haben Sie die denn?«

Sie winkte lässig ab. »Ach die. Die ist im Schrott. Ich krieg eine neue.«

»Wieso das denn?«, fragte Josef neugierig. »Was ist passiert?«

»Ach, das ist eine dumme Gschicht. Ich hab letzte Woche bei einer Festnahme von der Waffe Gebrauch machen müssen, und da hat mir einer von den Idioten die Waffe aus der Hand geschossen. Eigentlich wollte er ja mich treffen. Aber dazu war er wohl zu blöd.«

»Da haben Sie ja noch mal Glück gehabt«, sagte Josef.

»Das könnens laut sagen. Am Ende hätt meine Mama dann doch noch recht ghabt. Die hat immer gsagt: ›Vanessa, Polizistin ist doch kein Beruf für dich. Werd lieber Verkäuferin oder Friseuse. Da kann dich wenigstens keiner erschießen.‹«

»Aber Sie haben sich durchgesetzt«, stellte Martin fest.

»Ja, aber das war eine Heidenarbeit. Das könnens mir glauben.«

Andrea kam zurück. Erstaunt blieb sie in der Türe stehen und starrte Vanessa an.

Martin erkannte die allgemeine Verwirrung und stellte Vanessa vor: »So, Andrea. Das ist unsere neue Kollegin. Vanessa …«

Weiter kam er nicht. Vanessa stand auf und ging zu Andrea. »Hallo, Andrea. Kannst mich Vanessa nennen. Die Kollegen habens auch schon kapiert.« Dabei gab sie ihr die Hand und schüttelte sie intensiv.

Andrea sah sie verwundert an und sagte nur: »Hallo, Frau Bieringer. Willkommen im Team.«

Vanessa winkte ab. »Ach was Frau Bieringer! Die hab ich daheim glassn. Ich bin die Vanessa und sonst nichts.«

»Na gut. Dann eben willkommen im Team, Vanessa.«

»Was ist jetzt mit Frau Eichelberger?«, fragte Martin Andrea. »Ist der Arzt schon da?«

»Ja, aber Otto hat den Notarzt gerufen, weil er nicht die richtigen Medikamente für so was hat.«

»Und? Was meint Otto?«

»Der hat gemeint, dass er sich da raushält. Die Frau muss in die psychiatrische Pathologie.«

»Was? Ihr habt auch mit Spinnerten zu tun?«, fragte Vanessa aufgeregt.

»Ja, aber nur manchmal«, sagte Josef.

»Ich hab's noch nie mit solchen Leuten zu tun ghabt«, meinte Vanessa darauf. »Das wär schon mal interessant für mich.«

»Auf die Erfahrung kannst du ruhig verzichten«, sagte Andrea. »Angenehm ist so was nicht.« Sie handelte sich sofort einen Blick von Martin ein, der sie die Stirn runzeln ließ. Aber sie verstand, was Martin damit meinte. »Das war nur ein Ausrutscher«, sagte sie zu ihm.

»Was war nur ein Ausrutscher?«, wollte Vanessa wissen.

»Dass ich Du zu Ihnen gsagt hab. Bei uns ist es nämlich so, dass man mit Neuen erst mal per Sie ist. Das Du kommt später.«

»Aha«, sagte Vanessa betroffen. »Das hab ich nicht gewusst. Entschuldigt … entschuldigen Sie bitte.«

»So, und jetzt ran an die Arbeit«, sagte Martin und zu Andrea meinte er: »Du arbeitest Vanessa ein. Zeig ihr alles, was notwendig ist, und wie es bei uns so läuft. Sie muss noch einiges lernen, hab ich das Gefühl.«

»Ja, mach ich.« Andrea ging zu ihrem Platz.

Vanessa folgte ihr. Sie vergaß dabei auch nicht, ihren Stuhl mitzunehmen.

Martin setzte sich an seinen Schreibtisch und holte sich erst einmal Vanessas Personalakte auf den Schirm. Er staunte nicht schlecht, als er sie las. Sie war nicht nur Jahrgangsbeste, sondern sie hatte auch einiges an Auszeichnungen zu bieten. Sie war im Juniorenteam der Polizei und hatte mehrfach die Qualifikationen in Leichtathletik erreicht, die notwendig waren, um in den Bundeskader zu kommen. Aber es fand sich nirgendwo ein Eintrag, der zeigte, dass sie an einem Wettbewerb teilgenommen hatte. Auch beim Schießen, sowohl mit der Kurzwaffe als auch mit dem Standardgewehr, hatte sie gute Ergebnisse. Er blickte über den Bildschirm und rief Vanessa zu: »Vanessa? Kommen Sie mal. Sie müssen mir da was erklären.« Vanessa kicherte noch ein wenig, denn sie hatte sich gerade mit Andrea über die Männer unterhalten. Aber dann riss sie sich zusammen und kam zu Martin. Sie blieb vor ihm stehen, und zwar so, dass sich Martin genötigt sah zu sagen: »Rühren, Frau Inspektor.«

»Wie? Ja, natürlich«, antwortete sie und stellte sich neben ihn.

Martin zeigte auf den Bildschirm. »Ich seh da grade, dass Sie mehrfach die Quali für den Bundeskader erreicht haben. Warum sind Sie nie zu einem Wettbewerb angetreten?«

»Ich hab einfach keine Lust dazu ghabt. Da hätt ich noch mehr trainieren müssen, und darauf hab ich keinen Bock.«

»Aber Sie hätten sicher gute Chancen …«

»Gute Chancen?«, erwiderte Vanessa. »Vergessen Sie's. Ich will nicht gegen Laien antreten. Ich halt nichts davon, andere zu blamieren.«

»Wie wär's, wenn Sie für unser Team …?«

»Vergessen Sie das ganz schnell. Ich bin hier, um Polizeiarbeit zu machen und nicht um mich auf irgendeinem Sportplatz rumzutreiben.«

»Vanessa?«, rief Andrea.

»Ja? Was ist?«

»Kommen Sie mal her. Vielleicht können Sie uns da ein bisserl auf die Sprünge helfen.«

Vanessa ging zu Andrea hinüber und ließ sich zeigen, was Andrea wollte. Martin beobachtete sie dabei. Die beiden schienen einen guten gemeinsamen Start zu haben und sich prächtig zu verstehen. Immer wieder sagte Vanessa etwas, woraufhin Andrea herzlich lachte. Auch umgekehrt war es ähnlich.

Ich wüsst jetzt gern, was die beiden da reden, dachte Martin. *Wahrscheinlich geht's wieder mal um Männer. Darüber amüsieren sich Frauen doch am meisten.*

Plötzlich wurde es still.

Was ist jetzt los? Die werden doch nicht arbeiten? Tatsächlich sah er, wie Vanessa zuerst auf den Bildschirm zeigte, Andrea offensichtlich etwas erklärte, und dann etwas auf einem Block aufschrieb. Das wiederholte sich ein paarmal. Neugierig geworden stand Martin auf und ging zu den beiden hinüber. Auch Josef schloss sich Martin an.

Als sie neben Andrea und Vanessa standen, sah Andrea zu Martin auf. »Vanessa hat mir grad was gezeigt. Das ist eine klasse Idee! Schau mal!« Sie hielt ihm den Block hin, auf den Vanessa etwas geschrieben hatte.

Als Erstes fiel Martin Vanessas Handschrift auf. Sie war weder krakelig noch unlesbar. In gestochen scharfen Lettern stand da etwas, das ihn nur den Kopf schütteln ließ. »Das geht nicht. Das können wir nicht machen. Das lässt uns kein Staatsanwalt zu, und vom Hofrat kriegen wir auch eins auf den Deckel.«

Neugierig trat Josef hinter Martin und lugte über dessen Schulter. Auch er schüttelte den Kopf und meinte: »Da riskieren wir Kopf und Kragen. Das geht nicht.«

»Aber das ist doch eine super Idee!«, widersprach Andrea.

»Da geb ich dir schon recht«, meinte Martin. »Aber es geht trotzdem nicht.«

»Wer leitet nun die SOKO?«, fragte Andrea provozierend. »Du oder ich?«

»Na, du natürlich.«, antwortete Martin darauf.

»Also sag ich auch, wo es langgeht!«

»Natürlich. Wenn du deinen Job loswerden willst, gerne.«

»Dann gebe ich hiermit die Anordnung, dass wir es genauso machen, wie Vanessa es vorschlägt.«

Nur widerstrebend gab Martin nach. »Also in Ordnung, dann machen wir es so. Wer übernimmt wen?«

Andrea teilte ein: »Du verhaftest Summerer. Josef nimmt den Zöllner und ich nehm mir den Ladurner vor. Wir treffen uns dann alle wieder hier.«

»Darf ich bei einem von euch mitkommen?«, fragte Vanessa.

»Was ist mit Leitner?«, fragte Martin und überging dabei Vanessa.

»Den holen wir uns später«, sagte Andrea. »Bei dem gibt's ja auch kein Verbot vom Hofrat.«

Sie steckten ihre Waffen ein und gingen zur Türe. Vanessa stand alleine und verlassen im Raum. Sie blickte den anderen traurig hinterher. Plötzlich öffnete sich die Bürotüre wieder und Martin schaute herein. »Was ist mit Ihnen, Vanessa? Wollen Sie nicht mitkommen und Ihre Idee mit umsetzen?«

»Aber ich …«

»Nun kommen Sie schon«, sagte er und winkte sie zu sich.

Vanessa atmete erleichtert durch und ging zu Martin. »Ich hab schon gedacht, ich dürfte bei dem Einsatz nicht dabei sein«, sagte sie.

»Normalerweise nicht. Aber da die Idee ja von Ihnen kam, mach ich schon mal eine Ausnahme.«

»Aber ich hab keine Waffe.«

»Ach so, ja. Das werden wir gleich haben.« Martin zog sein

Handy heraus und rief in der Bereitschaft an. »Herr Lauensteiner? Ich hab eine Bitte an Sie. Ich brauch von Ihnen dreimal fünf Mann und eine Pistole.« Er erklärte Lauensteiner kurz, worum es ging. Dieser stimmte sofort zu, wenn auch nur unter Vorbehalt.

»So, jetzt bekommen wir Verstärkung und Sie eine Waffe«, sagte Martin zu Vanessa. »Ich kann Sie ja nicht nackt herumlaufen lassen.« Sie gingen hinunter zum Parkplatz, wo Andrea und Josef auf sie warteten.

»Wo bleibst denn?«, fragte Andrea.

»Ich bin ja schon da«, antwortete Martin.

Mit einem misstrauischen Blick auf Vanessa fragte Andrea: »Soll sie auch mitkommen?«

»Ja, natürlich. Schließlich war es ihre Idee.«

»Na gut, wenn du meinst.«

»Übrigens«, sagte Martin. »Ich hab noch Verstärkung gerufen. Jeder von uns bekommt fünf Mann dazu. Ich hoff, das ist auch in deinem Sinne.«

»Was machen wir eigentlich mit diesem il Bavarese?«, fragte Josef.

»Den lassen wir erst mal in Ruhe«, sagte Martin. »Noch wissen wir nicht, was der für eine Rolle spielt. Kugler ist ja angeblich tot.«

Es dauerte nicht lange, da kamen die Kollegen von der Bereitschaft. Sie nahmen noch die Befehle entgegen, die ihnen Andrea gab. Sie fühlte sich offenbar stark in ihrer Rolle als Leiterin der SOKO und damit als Vorgesetzte der Bereitschaft. Martin konnte direkt beobachten, wie sie mit ihrer Aufgabe wuchs. Innerlich war er stolz auf sie, aber auch ein wenig auf sich selbst. Er hatte mit ihr damals sicherlich einen guten Griff getan, als er sie unter einer großen Anzahl Bewerber ausgewählt hatte. Ihm war auch klar, dass er sich auf sie hundertprozentig verlassen konnte, wenn es darauf ankam. Als Andrea ihre Kommandos gegeben hatte, stiegen sie in ihre Fahrzeuge ein und fuhren los.

Martin beobachtete während der Fahrt, wie Vanessa neben ihm ihre Waffe überprüfte. Er sagte zu ihr: »Hat man Ihnen nicht erklärt, dass man die Waffe nicht in geschlossenen Räumen und somit auch nicht in Fahrzeugen überprüfen soll?«

»Ja, schon, aber ich hatte vorhin keine Zeit dazu.«

»Dann warten Sie bitte ab, bis wir vor Ort sind. Da können Sie die Waffe auch noch überprüfen.«

»Ist gut«, sagte sie und steckte die Pistole in das Holster, das sie gleich dazubekommen hatte.

»Was war das eigentlich für eine Sache, wegen der Sie beim Hofrat antreten mussten?«, fragte Martin.

»Wollen Sie das wirklich wissen?«, fragte sie zurück.

»Ich denk schon, dass ich das wissen sollte.«

»Na ja, das war eine Festnahme in Salzburg. Ein Nachtlokal, wissen Sie?«

Martin nickte nur.

Vanessa erzählte weiter: »Nun, da hab ich einem Verdächtigen ein wenig weh getan.«

»Wie weh getan?«

»Na ja, ich hab zugetreten. Zugegebenermaßen ein bisserl fest.«

»Wohin haben Sie getreten?«

»In die Eier«, sagte sie und grinste dabei.

»Und dann?«

»Ja, später hat sich dann herausgestellt, dass das gar kein Verdächtiger, sondern ein Kunde in diesem … illegalen Puff war. Ausgerechnet einer vom Stadtrat. Das hab ich aber gar nicht wissen können.«

»Ich nehme mal an, dass Sie da eine Rüge bekommen haben?«, hakte Martin nach.

»Ja, hab ich. Aber nur eine inoffizielle. Deshalb steht sie auch nicht in meiner Akte.«

Martin stellte den Wagen vor der Schmiede ab und sie stiegen aus. Martin sah sich um. Hier sah es aus, wie auf einem Schrottplatz. Überall lag altes Eisen herum, verbogene Eisenstangen, Rohre und Bleche. »Sie halten sich an mich«, sagte er zu Vanessa. »Sie bleiben keinen Schritt weit weg. Überprüfen Sie jetzt Ihre Waffe.«

Vanessa holte ihre Waffe hervor, nahm das Magazin heraus und zog den Schlitten zurück. Mit einem Druck auf den Sicherungsknopf ließ sie den Schlitten nach vorne sausen und schob das Magazin wieder hinein. Sie lud einmal durch und sicherte die Pistole.

Martin gab den anderen Beamten ein Zeichen, dass sie vorerst draußen warten sollten. Sie verstanden sofort. Er flüsterte überflüssigerweise, denn aus der Werkstatt war lautes Hämmern zu hören: »Kommen Sie, Vanessa. Wir gehen da jetzt rein. Machen Sie keine Dummheiten oder unnötige Sachen. Lassen Sie mich mit dem Mann reden. Haben Sie mich verstanden?«

»Ja, Herr Egger«, flüsterte sie zurück.

Martin ging in die Schmiede. Dort stand Summerer am Amboss und schlug heftig auf ein Stück glühendes Eisen ein. Martin klopfte ihm leicht auf die Schulter. Summerer erschrak und drehte sich mit der Zange, mit der er das Eisen hielt, um. Martin trat unwillkürlich einen Schritt zurück. Plötzlich war es ungewöhnlich still in der Schmiede. Nur das Fauchen der Esse war zu hören, in der ein Blasebalg Luft in die Kohle blies.

»Was wollen Sie hier?«, fragte Summerer.

»Ich will's kurz machen«, sagte Martin. »Ich muss Sie mitnehmen in die Inspektion. Wir haben da ein paar Fragen. Kommen Sie freiwillig mit?«

Summerer sah ihn eine Weile an. In seinem Kopf arbeitete es, was man an der gerunzelten Stirn erkennen konnte. »Was wollen Sie wissen? Ich muss dazu nicht mitkommen. Ihre Fragen kann ich auch hier beantworten.«

»Wie Sie meinen, Herr Summerer. Meine Frage an Sie ist: Warum haben Sie Herrn Ladurner erschlagen?«

»Sie sind verrückt!«, sagte Summerer. »Wie kommen Sie denn auf so eine Idee? Wieso hätte ich Bartl erschlagen sollen? Wir waren Freunde. Gute Freunde.«

»Ihre sogenannten Freunde sagen aber etwas anderes.«

»Wer sagt das? Wer behauptet, ich hätte Bartl erschlagen?«

»Na, einer Ihrer Freunde eben«, meinte Martin. »Sie können sich aussuchen wer. Vielleicht war es Herr Zöllner, vielleicht Herr Leitner oder gar Herr Ladurner, der Vater von Bartl.«

»Die sollen das gesagt haben? Nie und nimmer! Keiner von denen würde so etwas behaupten. Der alte Ladurner vielleicht, aber der hat eh nicht mehr alle Latten am Zaun. Dem ist das wahrscheinlich wurscht.«

»Wissen Sie was, Herr Summerer? Sie kommen jetzt einfach mit mir mit und fragen Ihre Freunde selbst. Die warten nämlich schon auf Sie.« Martin sprach höflich, aber bestimmt.

»Vergessen Sie das!«, rief Summerer. »Ich komm nicht mit Ihnen mit!« Er bückte sich und griff nach dem schweren Hammer, der neben dem Amboss lag. Noch ehe er diesen zu fassen bekam, trat ihm Vanessa in den Bauch. Mit einem lauten Stöhnen sank Summerer zusammen. Sofort kamen die Beamten der Bereitschaft hereingestürmt und hielten Summerer fest. Dieser ächzte und krümmte sich vor Schmerz.

Martin blieb vor ihm stehen. »So, Herr Summerer. Jetzt habe ich wenigstens einen Grund. Ich verhafte Sie wegen Widerstands gegen die Exekutive.« Die Beamten führten ihn ab. Martin hielt Vanessa die Hand hin. »Das haben Sie prima gemacht, Vanessa. Das nächste Mal aber nicht so heftig zutreten.«

»Klar doch, Chef!«, sagte sie und schüttelte seine Hand.

Zurück im Büro warteten Andrea und Josef auf sie.

»Und? Hat bei euch alles geklappt?«, fragte Martin.

»Bestens!«, sagte Andrea. »Wir haben sie alle festgenommen wegen Widerstands gegen die Polizei.«

»Ein Geständnis haben wir wohl noch nicht?«, fragte Martin.

»Nein, die Herren weigern sich beharrlich, gegeneinander auszusagen«, antwortete Andrea.

»Na, das wird sich bald ändern, denk ich«, meinte Martin. Zu Josef gewandt sagte er: »Du fährst jetzt rauf zu dieser Wirtschaft und holst den Herrn Leitner. Mal sehen, was der zu sagen hat.«

»Ja, mach ich«, sagte Josef und wollte gehen.

Martin setzte hinzu: »Nimm dir aber ein paar Leute aus der Bereitschaft mit und sieh zu, dass ein Ortskundiger dabei ist. Da oben gibt's nämlich viele Wege, die nach unten führen.«

»In Ordnung, mach ich.«

»Wer macht jetzt die Befragungen?«, wollte Andrea wissen.

»Ich schlage vor, du vernimmst den Ladurner, ich den Summerer und Vanessa den Zöllner«, meinte Martin.

»Ich?«, fragte Vanessa mit weit aufgerissenen Augen. »Ich soll eine Vernehmung machen? Ist das Ihr Ernst?«

»Ja, selbstverständlich. Gibt es einen Grund, warum Sie dies nicht tun sollten?«

»Nein, eigentlich nicht. Ich mein nur …«

»Meinen Sie nicht. Tun Sie, was Ihnen gesagt wird.«

»Jawohl, Herr Chefinspektor. Ich bring nur schnell die Waffe zurück.«

Martins Telefon klingelte. Er nahm den Anruf an. Als er Gmeiners Stimme vernahm, schwante ihm Übles. Allerdings hatte er schon damit gerechnet. »Herr Egger!«, hörte er die Stimme seines Chefs.

»Ja, Herr Hofrat? Was kann ich für Sie tun?«

»Herr Egger. Mir wurde zugetragen, dass Sie die Herren Summerer, Zöllner und Ladurner festgenommen haben. Ist das richtig?«

»Ja, das ist richtig, Herr Hofrat.«

»Dann ordne ich jetzt an, dass Sie die Männer sofort wieder freilassen!«, befahl Gmeiner. »Haben Sie mich verstanden?«

»Das geht nicht, Herr Hofrat.«

»Warum soll das nicht gehen? Ich habe Ihnen doch …«

»Herr Hofrat«, erwiderte Martin. »Die Herren sollten lediglich zu einer Zeugenbefragung zur Verfügung stehen. Dabei haben sie meine Kollegen und mich persönlich körperlich angegriffen. Ich habe die Herren wegen Widerstands gegen die Staatsgewalt festnehmen lassen. Da kann ich sie jetzt nicht …«

»Schon gut, Herr Egger! Ich kenn ja Ihre Tricks zur Genüge! Aber das geht eindeutig zu weit. Die Kollegen von der organisierten …«

»Die können mich mal, Herr Hofrat. Wo waren denn die Herren, als meine Leute angegriffen wurden? Ich musste selbst eine Bereitschaftseinheit hinzuziehen, damit wir heil aus der Sache rauskommen.«

»Das entzieht sich meiner Kenntnis«, meinte Gmeiner. »Ich weiß nur, dass die drei Männer unter Beobachtung stehen.«

»Übrigens, Herr Hofrat, ich bin Ihnen zu großem Dank verpflichtet«, sagte Martin in mildem Ton.

»Wieso das denn?«

»Die Kollegin, die Sie zu uns versetzt haben, hat ausgezeichnete Arbeit geleistet. Ich bin wirklich dankbar, dass wir sie haben. Sie hatten wieder mal ein gutes Näschen.«

»Ja, ich weiß. Ich kenne doch meine Leute. Passen Sie aber gut auf sie auf. Lassen Sie sie nicht gleich an vorderster Front dabei sein. Sie ist noch sehr jung und hat kaum Erfahrung. Sie schießt auch gerne mal über das Ziel hinaus.«

»Sie meinen mit Fußtritten?«

»Wie? Das wissen Sie schon?«, fragte Gmeiner verwundert.

»Ja. Frau Bieringer und ich haben sozusagen schon ein sehr gutes Verhältnis aufbauen können.«

»Das verstehe ich aber jetzt nicht. Sie ist schon bei Ihnen? Sie hat doch meines Wissens noch Urlaub und sollte erst morgen …«

»Da sehen Sie mal wieder, wie dienstbeflissen unsere jungen Kollegen sein können. Wir sind da alle manchmal etwas voreingenommen.«

»Ja, da mögen Sie recht haben. Also? Lassen Sie die Männer frei?«

»Das geht nicht«, sagte Martin. »Das hab ich Ihnen doch schon erklärt. Das wäre eine Art Freibrief für alle, die einen Polizisten angreifen.«

»Na gut, dann erledigen Sie die Sache. Aber dann …«

»Dann lasse ich sie gehen. Versprochen.«

»Auf Wiedersehn, Herr Egger«

»Auf Wiedersehn, Herr Hofrat.«

Martin legte auf. »Pffft. Das war wieder einmal eine heiße Sache. Irgendwann macht der mich einen Kopf kürzer.«

»Der Hofrat?«, fragte Andrea.

»Wer sonst?«

»Ich geh zu meiner Vernehmung«, sagte sie. »Wenn du mich suchst …«

»… bist du im Vernehmungsraum zwei«, ergänzte Martin.

Kapitel 15

Andrea verließ das Büro. Nun war es für Martin an der Zeit, ebenfalls in einen der Vernehmungsräume zu gehen. Er hatte ja schließlich noch Herrn Summerer zu befragen.

Als er unten ankam, ging er zunächst in den kleinen Nebenraum des Verhörzimmers. Er dachte eigentlich, dass er dort Vanessa vorfinden würde, aber da war niemand. Nur Herr Summerer saß im Vernehmungsraum eins und blickte immer wieder ungeduldig auf die Uhr.

Martin schaltete die Kamera ein und ebenso das Aufnahmegerät. Erst dann begab er sich in das Zimmer zu Summerer. Vor der Türe stand ein uniformierter Beamter, den er mit in den Raum bat. Er setzte sich Summerer gegenüber und wartete. Es gehörte zu Martins Taktik, die zu Vernehmenden durch Schweigen ein wenig nervös zu machen. Dies gelang ihm offenbar auch bei Summerer.

Endlich platzte es aus diesem heraus: »Was wollen Sie eigentlich von mir? Ich habe Ihnen nichts zu sagen!«

»Das glaube ich Ihnen gerne«, entgegnete Martin. »Aber Sie müssen mir nicht viel sagen. Es reicht, wenn Sie mir mit Ja oder Nein antworten. Sind Sie damit einverstanden?«

»Ja, bin ich.«

»Gut, dann kann ich jetzt anfangen?«

»Ja, meinetwegen.«

»Also, Herr Summerer. Waren Sie in der Nacht vor zwei Tagen auf der Alm bei Herrn Ladurner?«

»Nein, war ich nicht.«

»Waren Sie vorletzte Nacht bei Frau Kammerlander auf der Alm?«

»Nein, war ich nicht.«

»Haben Sie Frau Kammerlander umgebracht?«, fragte Martin.

»Nein! Verdammt noch mal! Wieso fragen Sie mich das? Meine Freunde sitzen wohl zu Hause und …«

»Das reicht, Herr Summerer. Ich hab gesagt, Sie müssen nur mit Ja oder Nein antworten. Können wir jetzt auf diese Weise fortfahren?«

»Ja, meinetwegen.«

»Gut, Herr Summerer«, unterbrach ihn Martin. »Sie wussten von dem Gold, das Herr Ladurner bei sich auf der Alm hatte?«

»Ja, davon wusste ich.«

»Bitte nur mit Ja oder Nein.«

»Dieses Psychospielchen können Sie mit jemand anderem treiben, aber nicht mit mir!«, rief Summerer und stand auf.

»Setzen Sie sich!«, befahl Martin streng.

Nur widerwillig nahm Summerer wieder Platz. Er sah Martin misstrauisch an. »Ich will einen Anwalt. Der steht mir zu!«

»Wieso brauchen Sie einen Anwalt? Sie werden im Moment nur als Zeuge in den Fällen Ladurner und Kammerlander befragt. Sie können auch jederzeit wieder gehen.«

»Dann gehe ich jetzt«, sagte Summerer und erhob sich erneut.

Im selben Moment kam Andrea herein. Sie ging zu Martin und sagte leise, aber laut genug, dass es auch Summerer hören konnte: »Wir haben ihn. Die anderen können bezeugen, dass Summerer die Morde …«

»Das ist nicht wahr!«, rief Summerer und ging auf Andrea zu. Sie wich zurück, bis sie mit dem Rücken an die Wand stieß.

Summerer wollte sie angreifen, aber Martin und der Beamte schritten rechtzeitig ein. Es gab ein kurzes Gerangel, bei dem Summerer unterlag.

Martin sagte zu dem Beamten: »Handschellen!« Der zog Summerers Arme nach hinten. Dies gestaltete sich nicht so einfach, da sich Summerer dagegen wehrte. Erst als Martin und Andrea dabei halfen, Summerer festzuhalten, klickten die Handschellen.

Andrea blieb in der Türe stehen, während Martin Summerer weiter befragte: »Also, Herr Summerer. Was sollte das jetzt werden? Sie kommen hier ohnehin nicht mehr raus, wenn ich das nicht will.«

»Das werden wir ja sehen. Ich will einen Anwalt!«

»Den bekommen Sie, da seien Sie versichert. Ich habe nur eine Frage an Sie. Warum mussten Herr Ladurner und Frau Kammerlander sterben?«

»Das weiß ich doch nicht!«, sagte Summerer. »Fragen Sie die andern!«

»Wen soll ich fragen? Die anderen, die Sie meinen, sind wahrscheinlich Herr Zöllner und Herr Ladurner senior?«

»Ja, die mein ich!«

»Das geht leider nicht mehr«, meinte Martin. »Sie haben ausgesagt, dass Sie die Morde begangen haben. Da musste ich die beiden ja laufen lassen. Ich hab keinen Grund, sie hier festzuhalten.«

»Sie haben sie laufen lassen? Ja sind Sie denn von allen guten Geistern verlassen? Die haben doch ...«

»Herrn Ladurner und Frau Kammerlander umgebracht?«

»Das weiß ich nicht! Aber ich weiß, dass die einen dicken Fang an der Angel haben.«

»Welchen Fang?«

»Na ja, mit dem il Bavarese«, sagte Summerer. »Da geht ein dicker Handel über die Bühne.«

»Wovon sprechen Sie?«

»Da geht's um Gold und Geld! Eine Menge Gold. Eine halbe Tonne, hat Zöllner gesagt.«

Martin wurde hellhörig. Diese Aussage hatte zwar mit den Morden nichts zu tun, dessen war er sich sicher, aber offenbar ging da etwas anderes vor sich. Etwas, das er bisher noch nicht einreihen konnte. Ihm war durchaus bewusst, dass es sich dabei um die Sache handeln konnte, weswegen er sich laut Herrn Hofrat Gmeiner nicht einmischen durfte.

Aber Martin Egger wäre nicht Martin Egger, wenn er in diesem Moment nicht Blut geleckt hätte. Er bat Andrea: »Könntest du uns bitte zwei Braune bringen?«

»Mit oder ohne?«, fragte sie zurück.

»Für mich ohne Zucker bitte«, sagte Martin und sah Summerer fragend an.

»Für mich einen Verlängerten«, meinte Summerer. »Mit viel Zucker bitte.«

»Kommt sofort!«, bestätigte Andrea und verließ den Raum.

Martin gab dem Beamten einen Wink. »Nehmen Sie Herrn Summerer bitte die Handschellen wieder ab«, sagte er.

Summerer rieb sich die Handgelenke.

»Tut's noch weh?«, fragte Martin mitleidig.

»Davon könnens ausgehn. Das hätt's nicht gebraucht.«

»Ihre Reaktion aber auch nicht. Ich denke, Sie sollten sich bei meiner Kollegin entschuldigen.«

»Ist doch wahr. Wenn sie so einen Scheiß erzählt!«

»Überlegen Sie es sich. Schließlich bringt sie Ihnen gleich einen Kaffee.« Martin lehnte sich zurück und wartete ab.

Prompt kam Summerers Erwiderung: »Was wollen Sie eigentlich von mir?«

»Nun, Sie haben da vorhin etwas angedeutet, das mich sehr interessiert.«

»Von was reden Sie?«

»Sie hatten gesagt«, meinte Martin, »dass es um ein Geschäft mit viel Gold und Geld gehe. Was meinten Sie damit?«

»Kann ich dann hier raus, wenn ich Ihnen das erzähle?«

»Das werden wir dann sehen. Ich verspreche nichts.«

Summerer sah Martin misstrauisch an. Offenbar überlegte er, ob er etwas sagen sollte oder nicht.

Martin half deshalb ein wenig nach: »Schauen Sie, Herr Summerer. Je mehr Sie mir erzählen, umso eher kann ich Sie vielleicht gehen lassen.«

Summerer holte tief Luft und beugte sich nach vorne. Er legte beide Arme auf den Tisch und sah Martin an. »Sie sagen aber niemandem, dass Sie das von mir haben!«, meinte er nach einer kleinen Weile. »Sonst bin ich tot.«

»Gut, versprochen. Ich sag nicht, dass ich es von Ihnen weiß.«

Andrea kam mit dem Kaffee zurück und stellte ihn auf den Tisch. »So, hier der Verlängerte mit viel Zucker.« Sie wandte sich um und wollte wieder gehen.

Da hielt Summerer sie zurück. »Frau Kommissar! Warten Sie! Ich möchte mich bei Ihnen entschuldigen. Mir ist da vorhin …«

»Schon gut, vergessen Sie es«, sagte Andrea und verließ den Raum.

Martin wartete ein wenig ab. Offenbar war Summerer überrascht über Andreas Reaktion. Endlich begann er zu reden: »Also die Sache ist die: Zöllner arbeitet bei einer Sicherheitsfirma. Die machen Geldtransporte und so. Von daher wissen wir …«

»Wer ist *wir?*«, fragte Martin dazwischen.

»Wir, das sind il Bavarese, der alte Ladurner, Leitner und ich. Also von Zöllner wissen wir, wann ein Transport mit Gold unterwegs ist. Natürlich kennen wir die Route nicht. Zöllner erfährt die auch erst immer kurz vor der Fahrt. Er ruft uns an und gibt uns die Route durch. An einer bestimmten Stelle warten wir dann, bis der Wagen kommt. Der Rest ist eine Kleinigkeit.«

»Was ist der Rest? Was machen Sie mit dem Gold? Verarbeiten Sie es in Ihrer Schlosserei oder was passiert damit?«

»Das Gold verstecken wir für eine Weile. Dann wird es eingeschmolzen und verarbeitet. Ich hab Ihnen doch von dem Goldschläger erzählt. Der nimmt uns einen Teil davon ab und verarbeitet ihn weiter. Durch ihn haben wir auch einen Abnehmer bei der Ögussa. Dort sitzt einer, der bezieht auch Gold von uns und gibt es unkontrolliert weiter in die Schmelze. Wir bekommen dann das Geld dafür.«

»Inwieweit war Bartl Ladurner in die Sache verwickelt?«

»Nun, der hatte ja seine Mine und die Lizenz zum Schürfen«, sagte Summerer. »Der hat dann mit seiner Lizenz geradegestanden für die Abnehmer, die wir sonst noch haben.«

»Wann soll der nächste Coup gestartet werden? Wissen Sie das?«

»Genau weiß ich es natürlich nicht. Aber ich glaub, heut oder morgen soll das erledigt werden.«

Martin hatte genug gehört. Es wurde Zeit, den Hofrat zu informieren. Er stand auf und verließ den Raum.

Summerer rief noch: »Was ist jetzt mit mir? Kann ich gehen?«

Martin drehte sich in der Türe um. »Tut mir leid, Herr Summerer. Ich denk, Sie werden noch ein paar Tage unser Gast bleiben müssen.« Danach ging er hinauf in sein Büro. Dort fand er Andrea und Vanessa vor. »Und? Hat alles geklappt?«, fragte er.

»Bestens, Herr Egger!«, verkündete Vanessa freudestrahlend.

»Und was heißt das?«, wollte Martin wissen.

»Das heißt, dass sowohl der Zöllner als auch der alte Ladurner ein Geständnis abgelegt haben.«

»Welches Geständnis? Zum Mord von Bartl Ladurner und Frau Kammerlander?«

»Nein, sie haben gestanden, einen Überfall geplant zu haben«, erzählte Andrea. »Zöllner wollte deswegen eigentlich heut noch nach Graz abreisen.«

»Auf einen Transport?«

»Ja, auf einen Geldtransport von Graz nach Wien. Nur die Strecke steht noch nicht fest.«

»Das haben wir ihnen wohl gründlich vermasselt«, sagte

Martin, verschmitzt lächelnd. Er ging zum Telefon und rief bei Hofrat Gmeiner an.

Dieser meldete sich: »Hofrat Gmeiner? Was gibt's, Herr Egger? Haben Sie die Mordfälle gelöst?«

»Nein, hab ich noch nicht, Herr Hofrat. Aber einen anderen Fall hab ich gelöst, und das wird Sie sicher freuen.«

»Wovon reden Sie?«

»Ich mein den Fall, um den Sie so ein Geheimnis gemacht haben.«

»Reden Sie nicht in Rätseln. Erzählen Sie schon.«

»Bei der Befragung unserer Zeugen – wohlgemerkt Zeugen – haben wir Aussagen dahin gehend bekommen, dass ein Überfall auf einen Geldtransport geplant war. Diesen haben wir nun verhindert und die Täter, die allesamt ein Geständnis abgelegt haben, verhaftet.«

»Wen haben Sie verhaftet?«, fragte Gmeiner.

»Nun, den Zöllner, der ja den Transport fahren sollte, und dann haben wir Herrn Summerer und den alten Herrn Ladurner.«

»Freilassen, die drei! Sofort freilassen!«

»Aber wieso? Die haben doch gestanden!«

»Papperlapapp! Gestanden! Wenn ich das schon höre! Die haben nur das gestanden, was wir eh schon wissen!«

»Wie darf ich das verstehen?«, fragte Martin irritiert.

»Das heißt, dass es hier nicht um einen läppischen Geldtransport geht, sondern um mehr. Um viel mehr!«

»Ist denn ein Überfall noch nicht genug?«

»Doch schon«, meinte Gmeiner. »Aber in diesem Fall nicht!«

»Könnten Sie mir das vielleicht näher erklären?«

»Na gut. Das bleibt aber unter uns. Verstanden?«

»Verstanden. Aber jetzt reden Sie mal. Worum geht es eigentlich?« Martin war gespannt darauf, was nun kommen würde. Was war so wichtig, dass man einen Überfall sowie zwei Morde einfach so übergehen konnte?

Gmeiner begann zu erklären: »Also, Herr Egger. Sie sind

doch sicher auch schon auf die Idee gekommen, dass eine organisierte Bande hinter Ihrem Fall stecken könnte?«

»Ja, es gibt Hinweise darauf.«

»Gut, also wir wissen, dass sich hinter den Überfällen wesentlich mehr verbirgt als nur Raub. Es gibt da Hintermänner, die es auf das Geld abgesehen haben. An die wollen wir ran. Da können wir die Leute nicht einfach festnehmen. Wir haben nur darauf gewartet, bis sie ihren nächsten Coup durchziehen.«

»Was ja jetzt der Fall sein sollte«, unterbrach ihn Martin.

»Richtig. Deshalb haben wir auch einen Informanten eingeschleust, der …«

»Il Bavarese?«

»Ja, eigentlich heißt er ja Kugler, aber wir …«

»Sie haben ihm eine neue Identität verpasst?«

»Ja, auch das«, sagte Gmeiner. »Aber jetzt lassen Sie mich weiterreden. Unterbrechen Sie mich nicht immer, sonst verliere ich den Faden.«

»In Ordnung. Ich schweige ab jetzt wie ein Grab, Herr Hofrat.«

»Gut. Also? Wo war ich stehengeblieben?«

»Bei Kugler.«

»Ach ja, richtig. Also dieser Kugler wurde bei einem Einsatz angeblich von uns erschossen. Auf der Flucht. Verstehen Sie?«

»Ja, ich verstehe, aber …«

»Unterbrechen Sie mich nicht immer!«

»Ich werde mir Mühe geben, Herr Hofrat.«

»Also dieser Kugler wurde nach einem Überfall auf einen Juwelierladen von uns erschossen. Offiziell zumindest. Aber wir haben ihn nur festgenommen, um ihn umzudrehen. Er kam frei mit der Zusage, dass er zu seinen alten Freunden Kontakt aufnimmt. Dazu haben wir ihm eine neue Identität verpasst und eine Legende aufgebaut.«

»So etwas hab ich mir schon gedacht«, redete Martin dazwischen.

»Ob Sie sich das nun gedacht haben oder nicht, ist im Moment egal. Also dieser Kugler, der jetzt il Bavarese heißt – den Namen hat er sich übrigens selbst ausgesucht, warum auch immer. Jedenfalls hat er wie gewünscht den Kontakt zu seinen alten Freunden aufgenommen und ihnen eine wilde Räuberpistole erzählt. Er hat ihnen weisgemacht, dass er für die Mafia arbeitet und von denen neue – natürlich gefälschte – Papiere bekommen hat.«

»Und das haben die ihm geglaubt?«

»Ja natürlich. Er konnte es ihnen sogar beweisen. Er hat ihnen ganz einfach seinen Ausweis gezeigt, und das hat schon gereicht.«

»Dann war er praktisch als Komplize anerkannt?«

»Nein, noch lange nicht«, sagte Gmeiner. »Er musste erst zeigen, was er so draufhat. Welche Verbindungen er wirklich hat.«

»Zur Mafia?«

»Genau. Da hatten wir dann ein kleines Problem, das sich aber mithilfe einer Organisation … Aber was erzähle ich Ihnen das alles? Lassen Sie die drei frei, und dann hat sich das.«

»Mit welcher Begründung soll ich sie freilassen?«, fragte Martin. »Sie haben doch ein Geständnis abgelegt.«

»Lassen Sie sich was einfallen. Ich will auf jeden Fall, dass Sie sie gehen lassen. Haben wir uns verstanden?«

»Ich denke schon, Herr Hofrat.«

»Dann ist es ja gut. Ich erwarte noch heute eine Vollzugsmeldung von Ihnen. Auf Wiedersehen, Herr Egger.«

»Auf Wiedersehen, Herr Hofrat.« Martin legte auf und drehte sich zu seinen beiden Kolleginnen um. Er runzelte die Stirn.

Vanessa fragte: »Haben wir ein Problem? Sie schaun so bös.«

»Das kann man wohl sagen. Der Hofrat verlangt, dass wir die drei wieder laufen lassen.«

»Aber wieso?«, fragte Andrea. »Sie haben doch ein Geständnis abgelegt.«

»Das hab ich ihm auch gesagt. Ihr habt es ja gehört. Ich hab auch keine Ahnung, wie wir das nun anstellen sollen.«

»Ich glaub, ich hab da eine Idee!«, verkündete Vanessa

»Und die wäre?«

»Wie wäre es, wenn wir sie in einen Häfn verlegen würden und dabei vergessen die Beamten ganz zufällig, die Wagentüren abzusperren. Ich könnte mir vorstellen, dass …«

»Nein, Vanessa. Das geht nicht. Das können wir nicht bringen. Ich brauch was Besseres. Etwas Wasserdichtes. Etwas, das uns auch ein Staatsanwalt …«

»Könnte man nicht etwas über den Staatsanwalt machen? Ich mein, das wär doch auch in seinem Interesse, wenn der Fall schnell geklärt werden kann?«

»Wie meinen Sie das?«, fragte Martin zweifelnd.

»Nun, die Sache ist doch die, dass diese Entlassung aus der Haft vom Herrn Hofrat gewissermaßen abgesegnet ist. Wie wäre es nun, wenn wir den Staatsanwalt dazu bringen, dass er eine Haftentlassung anordnet?«

Martin schüttelte den Kopf. »Ich glaube nicht, dass der sich darauf einlässt.«

»Aber einen Versuch wär's doch wert!«

Er sah sie an und schien zu überlegen. Dann sagte er: »Vanessa, Sie mögen zwar sehr schnell mit Ihren Ideen sein, aber vielleicht sollten Sie mal versuchen, erst das Gehirn einzuschalten, bevor sie etwas sagen.«

»Wie meinen Sie das? Die Idee war doch gut, oder?«

»Ja, an sich schon. Aber die Sache ist doch die, dass wir damit versuchen würden, einen Staatsanwalt zu einer Straftat anzustiften.«

»Ja, das stimmt auch wieder«, gab sie kleinlaut zu. »Aber so gesehen, stiftet Sie doch der Hofrat auch zu einer Straftat an.«

»Das ist was anderes. Das geht schon ins Politische. Staatsräson, verstehen Sie?«

»Ach, so nennt man das heute?«, sagte Vanessa laut. »Da werden Verbrecher und Mörder einfach so laufen gelassen, nur aus Staatsräson? Entschuldigen Sie, Herr Chefinspektor, aber das ist doch Scheiße, so was!« Nach einer kurzen Pause fügte sie hinzu: »Entschuldigen Sie, das ist mir jetzt nur so rausgerutscht. Sie wissen ja, schnelles Mundwerk.«

Martin lächelte. »Schon gut, Vanessa. Mich stinkt das ja auch an. Aber was soll ich machen?«

Vanessa dachte offenbar angestrengt nach. Sie begann sogar auf und ab zu laufen. Schließlich blieb sie stehen und meinte: »Ich hab aber noch eine Idee, Chef.«

»Und die wäre?«

Martin und Andrea hörten gespannt zu, was Vanessa zu sagen hatte.

»Das ist gut!«, meinte Andrea, als Vanessa fertig war. »Das ist sehr gut!«

Josef kam herein und sah die drei einträchtig nebeneinanderstehen und grinsen. »Hab ich was verpasst? Ihr schaut so gut gelaunt aus.«

»Das kann man wohl sagen«, meinte Martin, ohne auf Josefs Frage einzugehen. »Hast du den Leitner?«

»Hab ich. Der sitzt draußen.«

»Gut, hol ihn rein«, sagte Martin.

Josef ging hinaus und kam kurz darauf mit Leitner wieder herein.

»Was soll das werden, Herr Chefinspektor? Ihr Kollege holt mich mit großem Aufgebot von meiner Arbeit weg. Meine Gäste sitzen auf dem Trockenen. So geht das nicht! Schicken Sie mir das nächste Mal gefälligst eine Vorladung, dann komm ich selber her!«

»Setzen Sie sich!«, sagte Martin barsch und zeigte auf einen Stuhl. Leitner sah ihn nur verwirrt an und nahm Platz. »Vanessa, bringen Sie mir ein Aufnahmegerät. Da muss eins bei Frau Hauser in der Lade liegen.«

Andrea ging zu ihrem Schreibtisch und zog eine Schublade auf. Sie griff hinein und wollte das Gerät herausholen.

»Hab ich gesagt, dass Sie das machen sollen?«, brüllte Martin.

Erschrocken legte Andrea den Apparat wieder zurück.

Vanessa sah ihn seltsam an, holte aber das Gerät von Andrea.

Martin zeigte auf seinen Tisch. »Da hinstellen und einschalten!«

Nur zögernd, weil sie nicht ganz verstand, was da vor sich ging, stellte Vanessa das Diktiergerät auf den Tisch und wollte es einschalten.

»Geht das nicht ein bisschen schneller?«, schrie Martin sie an.

»Ja, Chef«, sagte sie und drückte den Knopf.

Martin wandte sich Leitner zu. »So, Herr Leitner«, sagte er überlaut. »Nun reden wir zwei mal Klartext! Sie wissen, warum Sie hier sind?« Andrea, die ihn so nicht kannte, zuckte leicht zusammen.

Leitner zog die Schultern ein und sah Martin verschüchtert an. »Nein, eigentlich nicht.«

»Dann hat man Ihnen auch nicht gesagt, dass Sie des Mordes an Herrn Ladurner und Frau Kammerlander beschuldigt werden?«

»Nein, hat man nicht. Es hieß nur, dass ich herkommen und eine Aussage machen soll, aber …«

»Haben Sie die beiden nun umgebracht oder nicht?«

»Nein! Wer behauptet so etwas?«

»Ihre Freunde: Herr Zöllner, Herr Summerer und der alte Herr Ladurner«, bluffte Martin. »Sie sagen übereinstimmend, dass Sie die beiden umgebracht haben.« Er wusste sehr wohl, dass diese Vernehmung vor Gericht niemals akzeptiert werden würde. Aber er hatte nun mal seine Gründe, so vorzugehen. Deshalb fragte er weiter: »Streiten Sie auch ab, dass Sie an Überfällen beteiligt waren, die in der Vergangenheit unter Mithilfe von Herrn Zöllner und Herrn Summerer stattgefunden haben?«

»Ich und Überfälle? Nein, wir haben keine Überfälle begangen. Wir sind nur alte Schulfreunde und sonst nichts.«

Martin beugte sich zu ihm hinunter und sah ihm tief in die

Augen. »Sie bestreiten auch, dass Sie einen Überfall planen, der heute oder morgen stattfinden soll?«

»Natürlich! Wir haben so etwas nie getan und werden es auch nicht tun!«

Martin grinste ihn nur an und sagte in versöhnlichem Ton: »Vielen Dank, Herr Leitner. Sie können gehen.«

Leitner sah ihn an, als ob er einen psychischen Defekt bei ihm vermutete. Er verließ das Büro langsam. Zu langsam.

»Sind Sie immer noch da?«, brüllte Martin. »Schaun Sie zu, dass Sie Land gewinnen, sonst überlege ich es mir noch einmal!«

Leitner zuckte zusammen und rannte hinaus.

Martin drehte sich zu den anderen und grinste. »Na? Wie hab ich das gemacht?«

»Sag mal, spinnst du jetzt komplett?«, fragte ihn Josef. »Erst muss ich da rauf und ihn holen, was übrigens kein Kinderspiel war, und jetzt lässt du ihn einfach so gehen?«

»Taktik«, meinte Martin. »Das war reine Taktik. Den holen wir uns schon wieder. Verlass dich drauf.« Zu Andrea und Vanessa sagte er: »Ihr lasst die anderen jetzt auch gehen. Leitners Aussage dürfte reichen, um sie erst mal auf freien Fuß zu setzen.«

»Jawohl, Chef«, sagte Vanessa grinsend und zeigte Martin eine Faust mit nach oben gereckten Daumen. Andrea und Vanessa verließen das Büro.

Josef sah ihnen fassungslos nach. »Wos is des iatz? Wiaso losst du de laffn?«

»Befehl von oben«, sagte Martin, ehe er Josef die Sache erklärte.

Als Martin fertig war, sagte Josef eine Weile nichts. Offenbar dachte er angestrengt nach. Dann meinte er: »Und wos moch mer iatz?«

»Iatz ermittln mia weida. Aba erscht hob i no wos zum erledign.«

Martin nahm das Telefon und rief Hofrat Gmeiner an.

»Hofrat Gmeiner?«, meldete sich sein Vorgesetzter.

»Herr Hofrat? Egger hier. Sie baten um Vollzugsmeldung. Die haben Sie hiermit.«

»Gut, Herr Egger, sehr gut. Ich wusste ja, auf Sie kann ich mich verlassen. Aber sagen Sie mal, wie haben Sie das gemacht?«

»Das wollen Sie gar nicht wissen, Herr Hofrat.«

»Will ich nicht?«

»Nein, wollen Sie nicht. Auf Wiedersehen, Herr Hofrat.«

»Auf Wiedersehen, Herr Egger.«

Martin legte auf und setzte sich an seinen Tisch. Andrea und Vanessa kamen zurück. »Und? Was haben sie gesagt?«, fragte Martin.

Andrea schien sehr nachdenklich zu sein. Aber Vanessa rückte gleich mit der Antwort heraus. »Das war komisch, Chef. Die wollten gar nicht entlassen werden. Die wollten hierbleiben. Schließlich hätten sie ein Geständnis abgelegt und dafür solle man sie gefälligst vor Gericht stellen und verurteilen. Sie haben gmeint, das würde ihnen zustehn.«

»Das ist aber schon seltsam«, gab Martin zu. »Und was habt ihr gemacht?«

Vanessa kicherte. »Rausgschmissn haben wir sie. Dem Summerer hab ich sogar Hausverbot erteilt, weil er sich so aufgführt hat.«

»Aber sie sind draußen?«, fragte Martin vorsichtshalber nach.

»Ja, dafür haben wir gesorgt «, bestätigte Vanessa.

»Du, Martin?«, fragte Andrea leise.

»Was gibt's denn?«

»Ich muss dich mal was fragen.«

»Ja, und das wäre?«

»Vorhin bei der Vernehmung vom Leitner. Was war da los mit dir? So kenn ich dich gar nicht. Du warst so streng, so gemein, so ... ich weiß gar nicht, wie ich sagen soll.«

»Ach? Du meinst das?« Martin sprang auf und lief, die Hände

hinter dem Rücken verschränkt, auf und ab. »So, meine Herrschaften! Ab heute weht hier ein anderer Wind! Ich lass es mir nicht mehr von euch gefallen, dass ihr mir auf der Nase rumtanzt! Ich werde von Ihnen von nun an nur noch gesiezt! Mein Dienstgrad lautet Chefinspektor, falls Sie das vergessen haben!«

Vanessa begann zu kichern.

»Was gibt es da zu lachen, Frau Inspektor? Ich bitte mir mehr Ernst aus. Wir sind hier in einer Polizeidienststelle und nicht im Zirkus!«

Nun kicherte auch Andrea.

»Frau Oberinspektor Hauser! Hören Sie auf zu lachen! Ich befehle Ihnen, sofort aufzuhören!«

Andrea kicherte weiter.

»Frau Hauser! Haben Sie mich nicht verstanden? Wollen Sie eine Dienstaufsichtsbeschwerde wegen Missachtung eines Befehls?«

»Jetzt hör aber mal auf, Martin«, sagte Josef beschwichtigend. »Das ist kein Spaß mehr.«

»Was mischen Sie sich da ein, Herr Oberinspektor? Ich bin Ihr Vorgesetzter, falls Ihnen das entgangen sein sollte!«

»Aber …«

»Keine Widerrede. Hier wird gearbeitet und kein Blödsinn getrieben! Haben Sie das verstanden?«

Vanessa trat vor ihn und sagte grinsend: »Jawoll, Herr Chefinspektor, wir haben verstanden!«

»Was stehen Sie da wie ein Fragezeichen?«, entgegnete Martin. »Nehmen Sie gefälligst Haltung an, wenn Sie mit mir reden!«

Vanessa streckte den Rücken durch und schlug die Hacken zusammen. Dabei zuckte sie leicht, denn ihre Pumps waren alles andere als für so etwas geeignet. Sie legte die Hand zum militärischen Gruß an die Schläfe. »Herr Chefinspektor?«

»Was gibt's, Frau Inspektor?«

»Bitte, mich abmelden zu dürfen. Ich muss aufs Klo!«

»Gut, Frau Inspektor, genehmigt. Aber nicht zu lange, wir haben zu arbeiten!«

Vanessa flitzte hinaus.

»Iatz langt's aba, Martin«, sagte Josef. »Koana zweifelt an deine Führungsqualitäten. Aba wia du scho söba gsogg host, miaßn mia oarbeitn.«

Martin drehte sich zu ihm. »Was erlauben Sie sich, Herr Oberinspektor? Sie tadeln meinen Auftritt? Machen Sie, dass Sie an Ihre Arbeit kommen!«

Josef konnte sich ein Grinsen nicht verkneifen, als auch er militärische Haltung annahm. »Jawoll, Herr Chefinspektor! An die Arbeit!« Natürlich schlug er ebenfalls die Hacken zusammen, dass es knallte. Er drehte sich um und ging steifen Schrittes zu seinem Platz.

Martin lächelte in sich hinein, als er sich setzte.

Andrea sagte: »Oiso beinah hob i gmoant, du mochst eanst!«

»Was fällt Ihnen ein, Frau Hauser?«, rief Martin. »Glauben Sie, ich mach Spielchen mit Ihnen? Solche Bemerkungen verbitt ich mir!«

Vanessa kam zurück. Schwungvoll riss sie die Türe auf und trat ein. »Da bin ich wieder!«

»Was soll das heißen, Frau Inspektor? Können Sie sich nicht ordentlich zurückmelden?«

»Wie? Ja, ja selbstverständlich.« Sie ging zu Martin, stellte sich vor seinen Tisch und salutierte zackig. Diesmal verzichtete sie aber darauf, die Hacken zusammenzuschlagen. Sie meldete sich an: »Frau Inspektor Bieringer meldet sich vom Klo zurück!«

»Gut, Frau Inspektor. Setzen Sie sich! Wir haben zu arbeiten!«

Als Vanessa an Josef vorbeiging, flüsterte sie ihm zu: »Spinnt er jetzt ganz?«

»Das habe ich gehört, Frau Bieringer!«, rief Martin. »Das wird Konsequenzen für Sie haben!«

Vanessa stand auf und ging zu Martin. Sie baute sich vor ihm auf. »Ich sag Ihnen jetzt eins, Herr Chefinspektor Egger: Meine

Bezeichnung ist *Inspektor* Bieringer. Ich bestehe darauf! Haben Sie mich verstanden?«

Martin grinste sie nur an und zeigte auf ihren Stuhl. »Hocken Sie sich hin, Frau Inspektor Bieringer«, sagte er in versöhnlichem Ton. »Wir haben zu tun.«

Vanessa ging zurück zu ihrem Platz.

»So, wo machen wir jetzt weiter?«, fragte Martin und sah dabei Andrea an.

»Ich schlage vor«, meinte sie darauf, »wir gehen noch einmal unsere bisherigen Ergebnisse sowie die Erkenntnisse der Spurensicherung und der Gerichtsmedizin durch. Vielleicht findet sich ja irgendwo ein Anhaltspunkt.«

»Bei wem fangen wir an?«, fragte Vanessa.

»Ich würd sagen, bei Herrn Ladurner«, schlug Josef vor. »Er war schließlich unsere erste Leiche.«

»Einverstanden«, sagte Andrea. Sie holte sich den Bericht auf den Bildschirm. »Dazu dann erst mal die Auffindesituation. Gefunden hat ihn Frau Eichelberger, die, wie sie selbst sagte, zeitweise ein Verhältnis mit dem Toten hatte.«

»Hätte die nicht ein Motiv?«, fragte Vanessa.

»Ja, eigentlich schon, aber …«

»Dann fragen wir sie doch einfach.«

»Das geht nicht«, erklärte Andrea. »Frau Eichelberger befindet sich in ärztlicher Behandlung, und wie es mir unser Gerichtsmediziner schilderte, ist sie momentan nicht zurechnungsfähig.«

»Aber ein Motiv hätte sie trotzdem«, sagte Vanessa stur.

»Wir können sie aber im Moment nicht dazu befragen«, erwiderte Andrea. »Wir bekämen nur wirre Antworten. Ein Geständnis wäre demzufolge auch nicht verwertbar.«

Vanessa akzeptierte dies offensichtlich, machte sich aber Notizen.

»Was ist mit dem Tatwerkzeug?«, fragte Martin.

»Das Tatwerkzeug war augenscheinlich die Schusswaffe, die

bei Herrn Ladurners Vater aufgefunden wurde. Herrn Bartl Ladurner wurde damit offenbar der Schädel eingeschlagen. Die Spurensuicherung hat auf dem Kolben der Waffe feine Knochensplitter gefunden, die auf dem anderen Gewehr fehlen. Dies lässt den Schluss zu, dass diese Waffe dazu benutzt wurde, Herrn Bartl Ladurner den Schädel einzuschlagen«, erklärte Andrea.

»Warum hat der Täter nicht geschossen?«, fragte Vanessa. »Ich mein, das ist doch Blödsinn, wenn ich ein Gewehr hab, dann schieß ich doch und hau nicht zu.«

»Das ist eine berechtigte Frage«, sagte Andrea. »Aber das werden wir den Täter fragen müssen. Vielleicht war die Waffe zur Tatzeit nicht geladen?«

»Das glaub ich nicht«, widersprach Vanessa. »Soweit ich weiß, hatte Herr Ladurner die Waffe wegen der Wölfe oben auf der Hütte. Da hätte es doch wenig genutzt, wenn die Waffe nicht geladen wäre.«

»Zurzeit gibt es aber keine Wölfe dort oben«, wandte Josef ein.

»Wie sieht es denn mit Fingerabdrücken aus?«, fragte Martin. »Wurden welche auf der Waffe gefunden?«

»Natürlich waren da Fingerabdrücke«, sagte Andrea. »Aber allesamt von Ladurner junior und senior und … Das glaub ich jetzt nicht!«

»Was? Was glaubst du nicht?«

»Da!«, rief Andrea aus. »Holt euch den Bericht mal selber auf den Schirm!«

Sofort holten sich Martin, Josef und auch Vanessa den Report der Spurensicherung auf ihren Bildschirm. Es dauerte ein wenig, bis sie die Stelle fanden.

Auch Martin zeigte sich überrascht: »Das gibt's nicht! Nein, das glaub ich nicht. Die war doch gar nicht oben! Sie ist doch erst später rauf!«

»Es hilft nichts«, sagte Andrea nüchtern. »Die Fingerabdrücke beweisen, dass Frau Kammerlander Herrn Ladurner mit dem Gewehr erschlagen hat.«

»Nein!«, rief Vanessa. »Das beweist gar nichts! Das beweist nur, dass Frau Kammerlander die Waffe einmal in der Hand hatte. Sonst nichts, aber auch gar nichts!« Ihre Stimme überschlug sich beinahe »Außerdem solltet ihr den Bericht der Gerichtsmedizin lesen! Da steht ganz deutlich drin, dass Bartl misshandelt wurde, ja sogar gefoltert. Mehrfach wurde auf ihn eingeschlagen! Glaubt ihr wirklich, ein Mädchen wie Evchen könnte so etwas tun? Sie wäre doch allein physisch dazu gar nicht in der Lage gewesen! Sie war doch so klein und zierlich!«

In Martin keimte ein Verdacht. »Vanessa?«, fragte er leise.

»Ja?«, antwortete sie ebenso leise, und Martin sah Tränen in ihren Augen, als sie ihn ansah.

»Kann es sein, dass du Eva gekannt hast?«

Vanessa nickte nur.

Andrea hatte dies mitbekommen und stand auf. »Frau Inspektor Bieringer, ich muss Sie leider von dem Fall abziehen. Sie dürfen keine weiteren Ermittlungen mehr durchführen.«

»Aber ich hab's doch ihren Eltern versprochen«, meinte Vanessa. »Ich hab ihnen gesagt, dass ich den Mistkerl finde, der Everl das angetan hat. Ihr könnt mich doch nicht so einfach …«

»Doch. Das kann ich, und das muss ich sogar. Wenn Sie eine Zeugenaussage oder eine Spur finden, der zum Täter führt, haut uns das der Anwalt des Täters dann um die Ohren. Sie sind befangen. Sie kannten das Opfer, und Sie sind offenbar persönlich betroffen.«

»Aber ich …«, begann Vanessa und weinte wieder.

Andrea, die von Haus aus ein gutes Herz hatte, tat Vanessa offenbar leid. Sie ging zu ihr und legte ihr eine Hand auf die Schulter. Leise sagte sie: »Nimm deinen Stuhl und komm zu mir rüber. Wir reden über die Sache.«

Vanessa schniefte nur und nickte. Sie schob ihren Stuhl zu Andrea.

Martin beobachtete sie. Er sah, dass Andrea auf Vanessa einredete und immer wieder ihre Hand nahm. Es schien eine heftige Diskussion zu geben. Ein paarmal streichelte Andrea Vanessa sogar über den Kopf. Vanessa weinte und schluchzte. Dann hörte Martin ein leises »Ja« und danach ein »Nein«, das eher an ein Mäusepiepsen erinnerte.

Plötzlich sprang Vanessa auf und umarmte Andrea. Sie rief: »Danke, danke, danke!«, und schien Andrea nicht mehr loslassen zu wollen. Andrea sah zu Martin herüber und senkte die Lider.

Andrea schob Vanessa mit sanfter Gewalt zurück und sagte: »Geh jetzt heim. Schlaf über alles, und morgen reden wir noch mal drüber.«

Vanessa nickte nur, ging zu ihrem Platz, holte ihre Tasche und verließ das Büro. »Bis morgen dann«, sagte sie an der Türe.

Als sie draußen war, schaute Martin Andrea wortlos an. Er wartete auf etwas. Eine Erklärung, die ihm Andrea schuldete. Sie kam zu ihm herüber. »Ich muss mit dir reden«, sagte sie.

»Ich höre«, entgegnete Martin.

»Ich glaub, ich bin ein wenig über das Ziel hinausgeschossen«, begann sie.

»Weiter?«

»Du hast mitbekommen, dass ich sie aus dem Team genommen hab?«

»Hab ich, und weiter?«

»Ich hab ihr vorhin noch mal erklärt, warum das sein muss«, sagte Andrea. »Sie gefährdet unsere Ermittlungen.«

»Und hat sie das verstanden?«

»Ich glaub schon, aber sie kann halt nicht anders. Ich hab ihr zugesagt, dass sie uns weiter helfen darf. Aber nicht unbedingt dienstlich. Ich mein, sie darf bei ihren eigenen Ermittlungen niemandem sagen, dass sie von der Polizei ist. Falls sie was hört oder ihr etwas zugetragen wird, soll sie es uns sofort mitteilen, damit wir das gegebenenfalls verwerten können und uns entsprechend noch mal absichern.«

»Das hast du ihr gesagt?«, hakte Martin nach.

»Ja, hab ich. Ich weiß, es ist falsch, aber sie tut mir so leid. Sie hat ihre Freundin verloren und …«

»Sagtest du soeben ›Freundin‹?«

»Ja, so hat sie es mir gesagt. Sie hat erzählt, dass Eveline mit ihrer Schwester, also Vanessas Schwester, aufgewachsen ist. Sie waren immer beisammen und haben sich dabei angefreundet. Vanessa ist zwar schon ein paar Jahre älter, als Eveline es war, aber das ändert nichts daran, dass die beiden sich gut kannten.«

Martin dachte ein wenig nach und sagte: »Du weißt aber schon, was du da gemacht hast? Du bist dir eventueller Konsequenzen bewusst?«

Andrea blickte zu Boden, als sie antwortete: »Ja, ich weiß. Aber damit kann ich leben.«

Martin stand auf. »Komm her zu mir.« Sie sah ihn an, und er erkannte, dass nun auch sie Tränen in den Augen hatte. Langsam näherte sie sich ihm. Er nahm sie in die Arme und sagte: »Du tust das Richtige. Ich hätt wahrscheinlich auch nichts anderes gemacht. Ich bin stolz auf dich.« Dabei drückte er sie fest an sich. Er spürte, wie die Anspannung von ihr wich. »Danke, Martin.«, sagte sie leise und atmete tief durch.

»Keine Ursache«, erwiderte er.

»Können wir endlich weiterarbeiten?«, störte Josef ihre stille Zweisamkeit.

Martin ließ Andrea los und setzte sich wieder an seinen Platz. Auch Andrea ging zurück an ihren Tisch. Schweigend arbeiteten sie weiter. Jeder machte sich Notizen, wenn ihm etwas auffiel. Ab und zu schweifte Martins Blick zu Andrea, die ihm zulächelte, wenn sich ihre Augen trafen. Irgendwie fühlte er so etwas wie Dankbarkeit in sich aufsteigen. Dankbar für solch eine Kollegin, die offenbar aus demselben Holz geschnitzt war wie er. Es war sicher kein Fehler gewesen, als er sich damals für sie eingesetzt hatte.

»Wie weit seid ihr?«, fragte Andrea plötzlich.

Martin sah zu ihr hinüber und bemerkte, dass sie ihn auffordernd ansah.

»Also ich hab gleich alles durch«, verkündete Josef.

»Ich brauch noch ein wenig«, gab Martin zu.

»Dann beeil dich«, sagte Andrea. »Ich muss den Abgleich machen.«

Martin suchte weiter in den Berichten, ob ihm etwas auffiel, das sie bisher nicht bemerkt oder nicht genügend gewürdigt hatten. Es dauerte eine ganze Weile, während der ihn Josef auffällig beobachtete.

»Was ist?«, fragte Martin gereizt. »Hast du nichts zu tun?«

»Doch, hab ich. Aber ich bin fertig damit. Du offenbar noch nicht.«

Schließlich hatte auch Martin seine Suche erledigt und die Ergebnisse daraus auf seinem Block vor sich. »Fertig!«, sagte er erleichtert und ließ provokant seinen Stift auf den Schreibtisch fallen.

»Dann erzähl uns doch mal, was du gefunden hast«, forderte ihn Andrea auf.

»Hast du überhaupt etwas gefunden, oder hast du dich nur vor der Arbeit gedrückt?«, fragte Josef.

»Ich hab ein paar Sachen entdeckt!«, sagte Martin nicht ohne Stolz.

»Also dann, raus mit der Sprache!«, forderte ihn Andrea auf.

»Könnt ihr euch noch an die Durchsuchung bei Frau Eichelberger erinnern?«

»Ja, kann ich«, bestätigte Josef.

»Wir haben doch dort den Hammer und das Gewehr gefunden. Den Holzhammer, weißt du?«

»Ja, weiß ich. Und weiter?«

»Da waren Blutspuren von der Frau Kammerlander drauf. Das weißt du auch?«

»Ja, weiß ich auch. Aber jetzt sag endlich, worauf du hinauswillst!«

»Fingerabdrücke wurden keine gefunden«, meinte Martin. »Weder auf dem Hammer noch auf dem Gewehr.«

»Ja, jetzt mach halt mal weiter«, drängte Josef.

»Gut. Wir haben jetzt also alles doppelt. Den Hammer und das Gewehr. Das heißt für mich, dass wir mindestens zwei Täter haben. Einen, der das Gewehr und den Hammer oben gelassen hat, und einen weiteren, der die anderen beiden Tatwaffen mit nach unten genommen hat.«

»Ja und?«, sagte Josef. »Das ist nichts Neues.«

»Wir wissen weiter, dass das Gewehr, das oben geblieben ist, Bartl gehörte. Richtig?«

»Ja, richtig«, bestätigte Andrea, die Martins Ausführungen aufmerksam zuhörte.

»Jetzt stellt sich mir die Frage: Wem gehört das Gewehr, das beim alten Ladurner gefunden wurde?«

»Da hab ich was!«, unterbrach ihn Josef.

»Ja und was?«, fragte ihn Andrea.

»Die Nummer! Die Seriennummer von dem Gewehr ist eingetragen. Was glaubt ihr, auf wen es registriert ist?«

»Das brauchst du mir nicht zu sagen«, entgegnete Martin. »Das hab ich selbst schon gelesen. Das Gewehr gehört dem Friedrich Pöschl. Das ist sein Jagdgewehr Der hat ein Jagdrevier drüben in Kitz. Wir Deppen haben das überlesen. Das steht aber ganz klar in dem Bericht drin.«

»Pöschl?«, fragte Andrea nach. »Etwa vom Autohaus Pöschl? Hatten wir nicht seinen Sohn hier? Das ist doch der, der Eva geschlagen hat.«

»Genau der«, bestätigte Josef.

»Also könnte es sein, dass der Markus – ich glaub, so heißt er – das Gewehr seines Vaters genommen und den Bartl damit erschlagen hat?«, fragte Andrea.

»Du könntest recht haben«, meinte Josef. »Mir stellt sich aber die Frage, warum er zugeschlagen hat und nicht geschossen? Das wäre doch viel einfacher gewesen.«

»Das hat uns doch die Vanessa auch gesagt«, erwiderte Andrea. »Die hat dieselbe Frage gestellt.«

»Wahrscheinlich wäre das zu laut gewesen«, warf Martin ein.

»Aber es müssen doch mindestens zwei gewesen sein«, meinte Josef. »So weit sind wir doch schon.«

»Ja, und wer war der Zweite?«, wollte Andrea wissen.

»Das weiß ich auch nicht«, sagte Martin. »Aber ich komm schon noch dahinter.«

»Und was ist mit dem Hammer?«, fragte nun Josef. »Warum sind da zwei da?«

»Also bei dem einen wissen wir, dass er der Frau Eichelberger gehört«, erklärte Martin. »Der andere, den wir bei Ladurner fanden, könnte dem Ladurner selber gehören.«

»Und wie passt das dann zusammen?«, dachte Andrea laut nach.

»Ich weiß nicht. Ich komm auch nicht drauf.«

»Ich stell mal eine Theorie auf«, begann Josef. »Der junge Pöschl, also der Markus, hat das Gewehr von seinem Vater genommen, ist rauf zum Bartl und hat ihn damit erschlagen. Das Gewehr hat er dann beim Ladurner unten im Stadel versteckt. Das Motiv dafür war sicher Eva. Der wollte Eva unbedingt haben und dabei stand ihm Bartl im Weg. Der alte Ladurner hat mitbekommen, dass Bartl alles Eva vermacht hat und wollte dies verhindern. Also hat er Eva umgebracht.«

»Das ist ja alles gut und schön«, meinte Andrea. »Oder aber auch nicht. Deine Theorie hat einen Fehler. Wir waren uns doch einig, dass es beim Bartl mindestens zwei Täter gewesen sein müssen.«

»Und bei Eva auch, sonst wären keine zwei Hämmer vorhanden«, setzte Martin hinzu.

»Ich seh schon, wir hängen fest«, sagte Andrea, der Verzweiflung nahe. »Ich denke, wir müssen uns erst einmal den Markus Pöschl schnappen. Den müssen wir befragen. Martin, erledigst du das?«

»Mach ich«, bestätigte Martin. Zunächst wollte er im Autohaus anrufen, besann sich dann jedoch anders. Er beschloss, selbst dorthin zu fahren, um auch gleich den Vater, dem das Gewehr ja schließlich gehörte, zu befragen.

Kapitel 16

Am Autohaus stellte er seinen Dienstwagen direkt auf einem der Parkplätze ab, die sich neben dem Eingang befanden. Er betrat den Verkaufsraum und sah sich um. Hier standen die teuersten und besten Autos, die man von dieser Marke für Geld bekommen konnte.

Neugierig schaute er in das eine oder andere hinein. Er wollte eigentlich nur die Innenausstattung betrachten. Nur Julchen besaß in ihrer Familie ein eigenes Auto, und er dachte schon seit Längerem darüber nach, sich auch eines zu kaufen. Aber die Modelle, die hier standen, waren doch ein wenig zu teuer für einen schmalen Beamtengeldbeutel.

Es dauerte nicht lange, da wurde er angesprochen. »Kann ich Ihnen helfen?«, fragte ein junger Mann. Augenscheinlich handelte es sich bei ihm um einen der Verkäufer.

Martin nickte und sagte: »Ja, ich möchte den Juniorchef sprechen.«

Der junge Mann zog die Augenbrauen hoch. »Juniorchef? So etwas gibt es bei uns nicht. Wir haben nur einen Chef, und das ist Herr Pöschl.«

»Markus Pöschl?«

»Nein, das ist der Sohn vom Chef. Der arbeitet leider nicht hier.«

»Aha«, meinte Martin. »Wo arbeitet der dann?«

»Das weiß ich leider nicht. Darf ich Ihnen eins unserer Modelle zur Probefahrt anbieten?«

»Nein, ich bin dienstlich hier. Ich möchte dann bitte Herrn Pöschl senior sprechen.«

»Dienstlich?«, fragte der junge Mann. »Worum handelt es sich denn?«

»Das darf ich Ihnen leider nicht sagen«, antwortete Martin darauf.

Der Verkäufer sah ihn nachdenklich und ein klein wenig misstrauisch an. Augenscheinlich überlegte er, um was es sich handeln könnte. Martin konnte erkennen, wie es hinter der Stirn des Mannes arbeitete. Vielleicht vermutete er, dass er jemanden vom Finanzamt, der Innung oder gar der Gewerkschaft vor sich stehen hatte. Offensichtlich entschied er sich, Martins Wunsch nachzukommen. »Wenn Sie mir bitte folgen wollen?«, sagte er und zeigte in Richtung, etlicher mannshoher Glaskästen. Vermutlich waren das die Büros der Verkäufer. In jedem dieser Käfige, wie sie Martin für sich nannte, saß ein Mann, und auch ein paar Frauen befanden sich darunter. Vor einem der Glaskästen blieb der junge Mann stehen. Er sah Martin an und bat: »Einen Moment bitte.« Er ging hinein, während Martin vor der Türe wartete.

Drinnen saß ein beleibter älterer Herr in Anzug und Krawatte. Irgendetwas an ihm widersprach Martins Vorstellung von einem Autohausbesitzer. Trotz teurer Kleidung vermittelte er eher den Eindruck eines Bauern. Der Mann sah hoch und fragte etwas. Der Verkäufer antwortete und zeigte auf Martin. Sosehr Martin auch versuchte, etwas zu verstehen, er hörte nichts. Er sah nur die Hand- und Mundbewegungen. Schließlich stand Herr Pöschl – um den handelte es sich augenscheinlich – auf und kam heraus. »Guten Tag, was kann ich für Sie tun?«, fragte er und streckte Martin die Hand entgegen.

Martin zog seinen Dienstausweis und drückte ihn Pöschl in die Hand. Verblüfft nahm Pöschl ihn entgegen und betrachtete ihn eingehend, während Martin sagte: »Ich bin Chefinspektor Egger. Ich …«

Pöschl drehte sich um und sagte zu dem Verkäufer, der neugierig hinter ihnen stand: »Haben Sie nichts zu tun? Die Fahrzeuge müssen dringend mal wieder abgestaubt werden.«

»Ja, jawohl, Herr Pöschl«, sagte der Verkäufer und verschwand.

Pöschl sah Martin an und meinte: »Gut, Sie sind also Chefinspektor Egger. Was kann ich für Sie tun? Hat mein Sohn wieder mal was angestellt? Ich komm natürlich für den Schaden auf.«

Martin lächelte nachsichtig. »Tut mir leid, Herr Pöschl, aber diesen Schaden kann man mit mit Geld nicht wieder aus der Welt schaffen.«

»Aha? Worum handelt es sich denn?«

»Ich sagte ja bereits vor einigen Tagen am Telefon, dass es um Mord geht, Herr Pöschl. Wir haben zwei ungeklärte Morde, und dazu muss ich Ihren Sohn befragen. Wo finde ich ihn?«

»Sie können mit mir sprechen«, sagte Pöschl. »Also? Was wollen Sie wissen?«

»Sie besitzen eine Jagdwaffe?«

»Ja, die hab ich. Ich hab ein Jagdrevier drüben in Kitz und eine weitere in Deutschland. Wissen Sie, momentan sind die Rehe …«

»Ja, ich weiß. In der Überzahl. Aber für mich wäre wichtig zu wissen, ob Sie Ihre Waffe zu Hause haben.«

»Nein, wozu auch? Wenn ich jagen gehe, brauch ich das Ding vor Ort. Die ist in meiner Jagdhütte am wilden Kaiser.«

»Sind Sie sich da sicher?«, fragte Martin.

»Was soll die Frage? Natürlich bin ich mir sicher. Ich war erst letzte Woche dort und hab einen kapitalen Hirsch geschossen.«

»Nun, leider ist es so, dass Ihre Waffe für einen Mord benutzt wurde.«

»Mord? Mein Gewehr?«

»Ja, wir haben die Waffe sichergestellt, und bei einer Überprüfung stellte sich heraus, dass sie Ihnen gehört.«

»Wer wurde damit erschossen?«

»Nicht erschossen, Herr Pöschl. Seltsamerweise hat man das Opfer mit Ihrer Waffe erschlagen.«

Pöschl lachte kurz spöttisch auf und meinte: »Erschlagen? Sagen Sie das noch mal! Man hat jemanden mit meinem Gewehr erschlagen? Warum wurde nicht geschossen?«

»Das fragen wir uns auch, und deshalb muss ich Ihren Sohn sprechen.«

Pöschl wurde zusehends unruhiger. »Was soll mein Sohn mit der Sache zu tun haben? Mein Sohn bringt keinen um. Der ist froh, wenn man ihm nichts tut.«

»Hat Ihr Sohn Zugang zu der Hütte?«

»Ja natürlich. Manchmal feiert er da oben mit seinen Freunden Partys. Wissen Sie, mit jungen Frauen und so.«

»Ich verstehe«, sagte Martin. »Hat er dann auch Zugang zu den Waffen? Ich meine, hat er auch einen Jagdschein?«

»Natürlich! Was denken Sie denn? Er geht auch mit mir zur Jagd.«

»Kennen Sie die Freunde Ihres Sohnes?«

»Ja und nein«, erwiderte Pöschl. »Ab und zu kommt einer auf Empfehlung von Markus. Der will dann einen Sonderpreis haben. Einen Bekanntschaftsrabatt sozusagen.«

»Die können sich Autos von Ihnen leisten? Die sind ja nicht gerade billig, wie ich gesehen habe.«

»Billig sind sie sicher nicht. Aber preiswert.«

»Woher haben die jungen Leute denn das Geld?«, fragte Martin. »Sponsoring by Papa?«

»Wer sagt denn, dass das junge Leute sind? Da sind auch welche dabei, die sind etwa in Ihrem Alter.«

»Kennen Sie zufällig die Namen der Herrschaften?«

»Lassen Sie mich mal nachdenken«, sagte Pöschl und grübelte augenscheinlich. »Ja, da ist einer, der heißt Leitner oder so.«

Martin wurde stutzig und fragte nach: »Franz Leitner?«

»Den Vornamen weiß ich nicht. Ich weiß nur, dass er eine sehr gut gehende Wirtschaft oben am Berg hat. Der hat Geld wie Heu.«

»Kennen Sie auch jemanden mit dem Namen Summerer?«

»Summerer? Ja natürlich. Das ist auch so einer. Hat sich vor zwei Jahren einen Geländewagen gekauft. Schon nach zwei Wochen war der Motor hinüber. Er meinte, das sei ein Garantiefall. Aber den Zahn hab ich ihm schnell gezogen. Meine Meister haben den Wagen überprüft und festgestellt, dass er sich nicht an die Einfahrvorgaben gehalten hat. Der muss gleich als Erstes in den Bergen herumkutschiert sein. Das ist für so einen Motor natürlich reines Gift.«

»Aber diese Fahrzeuge sind doch für das Gelände gebaut. Das sind doch SUV.«

»Das schon, aber nur weil es SUV sind, heißt das noch lange nicht, dass man mit ihnen überall herumfahren kann. Auch diese Autos haben gewisse Grenzen.«

»Verstehe«, meinte Martin.

»Wie ist es?«, fragte Pöschl. »Wollen Sie nicht eines unserer Autos Probe fahren? Wenn es Ihnen gefällt, mach ich Ihnen auch einen guten Preis.«

»Nein danke, Herr Pöschl. Zum einen kann ich mir so ein Fahrzeug gar nicht leisten und zum anderen laufen Ermittlungen gegen Ihren Sohn. Das würde ganz nach Bestechung riechen.«

»Ach was, Bestechung! Ich mach Ihnen einen Freundschaftspreis. Ich gebe Ihnen, sagen wir mal, dreißig Prozent Rabatt?«

»Nein danke. Ich sagte schon …«

»Wie wär's mit einem Gebrauchten? Wir haben sehr schöne Modelle da. Fast wie neu!«

Da Pöschl nicht lockerlassen wollte, verabschiedete sich Martin: »Ich muss jetzt wieder los. Die Arbeit wartet. Sagen Sie Ihrem Sohn bitte, dass er morgen Vormittag zu uns kommen soll.

Wir haben da ein paar sehr persönliche Fragen an ihn.« Martin gab ihm noch seine Karte und verließ das Autohaus.

Während Martin zurück in die Inspektion fuhr, überlegte er. *Komisch, der hat gar nicht reagiert, als ich ihm sagte, dass gegen seinen Sohn Ermittlungen laufen. Das ist schon mehr als seltsam. Stattdessen wollte er mir ein Auto verkaufen. Wollte er nur ablenken oder was sollte das? Hat er vielleicht selbst mit der Sache …? Nein, glaub ich nicht. Was sollte er für ein Interesse haben, Bartl und Eva umzubringen? Aber seine Waffe? Er hat gar nicht nachgefragt, wann er sie wiederbekommt. So ein Gewehr kostet doch eine Menge Geld. Obwohl, zurück bekommt er es eh nicht. Schließlich ist es ein Tatwerkzeug.*

Martin ging sofort ins Büro, als er in der Dienststelle ankam.

»Und? Was hast du?«, fragte ihn Andrea.

Martin erzählte ihnen von seiner Unterhaltung mit Pöschl.

»Ergiebig ist das nicht gerade«, meinte Andrea enttäuscht.

»Und ihr?«, fragte Martin. »Was habt ihr? Gibt es da etwas Neues?«

»Wir haben noch einmal über alles nachgedacht«, begann Josef. »Dabei sind wir zu dem Schluss gekommen, dass die Frau Eichelberger doch die Mörderin von Bartl Ladurner sein könnte. Schließlich war sie ja immer, wenn etwas passiert ist, in der Nähe. Gesehen und gehört hat sie angeblich auch nichts.«

Martin schüttelte vehement den Kopf. »Nein, das glaub ich nicht. Bartl war zudem der Vater ihres Sohnes. Die bringt doch nicht den Mann um, der ihr tausend Euro im Monat Unterhalt zahlt.«

»Und?«, meinte Josef. »Was heißt das schon groß? Er wollte heiraten und eine Familie gründen. Dass er sich ein Grundstück gekauft hat, weil er bauen wollte, wissen wir auch. Was wäre gewesen, wenn er seinen Unterhaltszahlungen nicht mehr nachgekommen wäre? Aus wär's gewesen und vorbei mit dem Spaß.«

»Das sind doch Spekulationen«, widersprach Martin. »Damit konnte Frau Eichelberger doch gar nicht rechnen.«

»Warum nicht?«, warf Andrea ein. »Vielleicht hat er ihr das gesagt?«

»Und was ist dann mit Eva?«, fragte Josef.

»Da bleibe ich nach wie vor dabei«, meinte Martin. »Das war der alte Ladurner.«

»Jetzt reicht's aber langsam!«, rief Andrea. »Was haben wir bis jetzt? Zwei Gewehre, zwei Holzhämmer und zwei Tote. Haben wir ein Geständnis? Haben wir Beweise? Haben wir Aussagen, die uns etwas bringen? Nichts haben wir! Gar nichts und noch einmal nichts!«

»Aber Verdächtige haben wir«, sagte Josef kleinlaut, den dieser emotionale Ausbruch Andreas zu denken gab.

»Verdächtige! Dass ich nicht lache! Wen denn? Wen haben wir denn? Drei Männer, die wir nicht anfassen dürfen! Eine Närrische, bei der man nicht weiß, ob sie wirklich spinnt!« Andrea redete sich immer mehr in Rage.

Martin sah den Moment gekommen, wo er einschreiten musste, damit Andrea keinen Herzanfall bekam. »Jetzt mal langsam, Andrea. Reg dich nicht so auf. Wir packen das schon. Schau. Ich hab doch heut wieder zwei Verdächtige ermittelt. Den Auto-Pöschl und seinen Sohn. Ist das nichts?«

»Verdächtige?«, rief Andrea. »Ja, wo sind wir denn? Verdächtige ermittelt, sagt er. Was hast du denn für Beweise? Hast du überhaupt einen Anhaltspunkt?«

Martin wurde wütend. »Ist das nichts, wenn ich weiß, dass das Gewehr dem alten Pöschl gehört? Das ist doch schon mal was! Ist das nichts, wenn ich weiß und beweisen kann, dass der junge Pöschl an das Gewehr rankonnte? Ist das nichts, wenn wir wissen, dass Leitner den jungen Pöschl gut kennt und wahrscheinlich auch Zugriff auf die Waffe hatte?«

Josef stand auf und hielt die Hände wie Jesus, als er den Wein segnete. »Jetzt macht mal ein wenig langsamer, ihr beiden. Das bringt uns doch auch nicht weiter, wenn wir uns jetzt streiten.« Er wandte sich an Martin. »Wo ist jetzt der Beweis, dass der Pöschl junior Zugriff auf das Gewehr hatte?«

»Weil er einen Schlüssel hat«, entgegnete Martin. »Zu der Hütte und auch für das Gewehr.«

»Heißt das gleich, dass er die Waffe genommen hat?«

»Nein, heißt es nicht.«

»Also ist dieser Beweis hinfällig«, meinte Josef. »Das können wir vergessen.«

»Aber ein Indiz ist es!«, widersprach Martin.

»Indiz? Indiz für was? Dass er das Gewehr rausgenommen hat, als er auf der Jagd war?«

Nun wurde es Martin zu dumm. »Zu wem hältst du eigentlich? Zu uns oder zu den Mördern? Du redest daher wie ein Anwalt!«

»Muss ich ja auch. So ein Anwalt haut uns deine Indizien um die Ohren, dass es nur so rauscht. Beweise brauchen wir! Beweise!«

»Und wo soll ich die jetzt hernehmen? Wir haben keine Fingerabdrücke, keine DNA! Nichts, aber auch gar nichts!«

»Genau das ist unser wunder Punkt«, warf Andrea ein. »Ruf mal den Hofrat an. Frag ihn, wie es aussieht. Ob wir nicht unsere drei Verdächtigen wiederhaben könnten.«

»Was soll das bringen?«, erwiderte Martin. »Du sagst ja selbst, dass das Verdächtige sind. Gegen die haben wir ja auch nichts in der Hand.«

Josef kam offensichtlich eine Idee. »Was ist jetzt eigentlich bei der SpuSi rausgekommen? Ich meine, von der Mine oben? Haben wir da nicht etwas?«

»Schau nach, dann weißt du es«, meinte Martin.

Sofort begann Josef in der Datenbank zu suchen. Kurz darauf wurde er fündig. »Da hab ich es!« Er überflog den Bericht, sagte aber nichts.

»Und?«, fragte Martin. »Was ist? Steht da etwas Brauchbares?«

»Ja und nein. Da steht, dass auf der Liege DNA vom Bartl gefunden wurde und auch von Eva.«

»Sonst nichts?«, hakte Andrea nach. »Komm, lass dir nicht alles aus der Nase ziehen.«

»Holt euch den Bericht doch selber auf den Schirm«, grantelte Josef. »Dann könnt ihr nachlesen, was da steht.«

Kurz darauf hatten sowohl Andrea als auch Martin besagte Datei geöffnet. Nur Sekunden später rief Andrea: »Ha! Jetzt haben wir einen! Da! Schaut auf den Bericht unter Absatz vierzehn! Da steht, dass noch eine DNA gefunden wurde, und zwar eine DNA unbekannter Herkunft.«

»Das ist aber dumm«, meinte Josef.

»Warum?«, fragte Andrea. »Da haben wir wenigstens den Beweis, dass noch jemand in der Mine war. Nicht nur Bartl und Eva.«

»Das hilft uns aber wenig«, meinte Martin betrübt. »Wir wissen ja nicht einmal, wem die DNA gehört, und eine Vergleichsprobe haben wir auch nicht.«

»Also wieder nur ein Indiz«, seufzte Andrea.

»Ich hab eine Idee!«, rief Josef freudig. »Wir holen uns alle Verdächtigen und nehmen eine DNA-Probe von jedem.«

»Vergiss das«, sagte Martin und winkte ab. »Wenn's einer von unseren dreien war, dann bekommen wir nie eine Probe.«

»Aber ausschließen könnten wir sie«, gab Andrea zu bedenken.

»Wisst ihr was? Ich hab jetzt keine Lust mehr! Ich geh heim!« Martin nahm seine Tasche und stand auf.

»Du möchtest uns mit der ganzen Arbeit im Stich lassen?«, maulte Josef.

»Nein. Ich muss heim. Ich muss zu einem Elterngespräch in der Schule. Der Lehrer von den Buben möchte uns etwas sagen.«

»Aber wie komm ich dann heim?«, protestierte Josef.

»Mach dir keinen Kopf«, beruhigte ihn Andrea. »Ich fahr dich schon heim.«

Martin verließ das Büro und fuhr nach Hause. Dort wartete Julia bereits auf ihn.

»I hob scho gmoant, du kimmst nit«, sagte sie und gab ihm einen Kuss. »Schee, dass'd das doch no eirichtn host kinna.«

»Passt scho. I hob hoit mei Oarbat lieng lossn miaßn. An Josef hot's nit grod gfreit.«

»Foahrn mer glei?«

»I mechat zerscht duschn, wenn's recht is. I stink wiara Herd Schof.«

»I richt da derawei wos zum Onziahng raus.«

Einige Zeit später saßen sie mit dem Lehrer der Zwillinge im Klassenzimmer. Dieser begann zu fragen: »Also, Frau Egger, Herr Egger. Der Zweck Ihres Besuches bei mir dürfte Ihnen klar sein?«

»Ja, es geht um unsere Buben«, meinte Martin. »Haben die beiden was angestellt?«

»Nein, um Gottes willen. Wären nur alle so wie Ihre beiden. Es geht vielmehr darum, wie es nun weitergehen soll. Bald sind die Übergangszeugnisse fällig, und ich weiß, dass Sie Moritz gerne nach Salzburg schicken möchten. Sein musikalisches Können ist ja außergewöhnlich. Aber …«

Er zögerte, was Martin schier verrückt machte. Julia ging es nicht anders. Sie nahm Martins Hand und umklammerte sie. »Was ist *aber?*«, fragte Martin hektisch.

Der Lehrer wusste offenbar nicht so recht, was er sagen sollte.

Martin erinnerte dies ein wenig an ein Verhör. Er knetete seine Hand wie einen Brotteig. Auch er schien nervös zu sein.

»Nun sagen Sie schon!«, forderte Julia ihn auf. »Was spricht dagegen, dass Moritz nach Salzburg geht?«

»Ich finde … aber seien Sie mir bitte nicht böse … also ich finde, Moritz ist dafür noch nicht reif genug.«

»Was soll das heißen?«, erwiderte Martin. »Da gibt es Kinder, die werden schon mit vier Jahren untergebracht. Wieso ist ein Zwölfjähriger da noch nicht reif genug?«

»Nun, Max und Moritz sind jetzt praktisch in der Pubertät«, sagte der Lehrer. »Moritz' eventuelle Klassenkameraden natürlich auch. Es ist oft für die Eltern schon schwer genug, damit klarzukommen. Er selbst müsste sich an einer neuen Schule durchkämpfen, sich behaupten und seinen Mann stehen, wenn ich das so sagen darf. Es besteht das Risiko, dass er scheitert, und das wollen wir ihm doch nicht antun? Ich schlage vor, ihm noch ein paar Jahre zu geben und ihn erst auf die Schule zu schicken, wenn er die Pubertät überstanden hat.«

Julia ergriff das Wort: »Wir würden gerne mit Moritz darüber reden. Schließlich geht es um *seine* Zukunft.«

»Das ist schon in Ordnung so. Ich wollte Sie nur darüber informieren, bevor ich die Zeugnisse ausstelle.«

»Apropos Zeugnisse«, sagte Martin. »Wie schaut's da bei den beiden aus?«

»Da kann ich Sie beruhigen. Es ist alles bestens. Genauso wie in den Jahren davor.«

»Gut«, sagte Martin. »Sind wir dann fertig, oder haben Sie noch etwas für uns?«

»Nein, das war es eigentlich schon«, antwortete der Lehrer und reichte beiden die Hand. »Ich wünsche Ihnen noch einen schönen Tag.«

Auf der Heimfahrt fragte Martin Julia: »Und? Wos moanst? Soyn mer no a bisserl woatn mitm Moritz?«

»I woaß nit. I dat song, mia frong eahm. Wos ea dazua sogg.«

»Jo, host recht. I mechat aa nit, dass oana üba mein Kopf weg wos beschliaßt.«

»Hoit!«, rief Julia plötzlich.

Martin trat auf die Bremse, aber nicht ohne sich zu vergewissern, dass keiner hinter ihm war.

»Wos is?«, fragte er erstaunt.

»I muaß no wos eikaffn. I hob wos vogessn.« Sie zeigte auf den Supermarkt, an dem sie soeben vorbeigefahren waren.

Martin wendete. Er stellte den Wagen auf dem Parkplatz ab und stieg aus. »Soy i mit eini kemma?«, fragte er.

»Naa, es is eh nit vü, wos i brauch.«

Martin lehnte sich an das Auto und wartete.

Plötzlich schoss jemand an ihm vorbei und rief: »Servus, Herr Cheeef!«

Vanessa? Er sah ihr hinterher. Vanessa fuhr auf ihren Inlinern quer über den Parkplatz. Es schien beinahe, als flöge sie. Sie drehte um und kam wieder auf ihn zu. Kurz vor ihm bremste sie und blieb stehen. Sie nahm ihren Sturzhelm ab und grinste ihn an.

»Das ist aber eine Überraschung«, sagte Martin. »Fahren Sie immer so schnell mit diesen …?« Er zeigte auf ihre Füße.

»Inliner heißen die Dinger. Kennen Sie das nicht?«

»Doch, schon. Aber …«

»Fahren Ihre Buben denn nicht damit?«

»Nein, die haben keine Inliner.«

»Das ist aber schad«, sagte Vanessa. »Wollen die nicht oder dürfen sie nicht?«

»Das weiß ich nicht so genau. Die haben mich noch nicht danach gefragt.«

»Kaufen Sie ihnen einfach mal ein Paar. Sie werden sehen, die Buben haben ihren Spaß damit.«

»Na, ich weiß nicht so recht«, meinte Martin zweifelnd. »Ist das denn nicht gefährlich?«

»Ach woher. Schauns. Ich hab einen Helm und Ellbogen- und Knieschützer. Selbst wenn's mich mal hinhaut, macht's nichts aus.« Vanessa zeigte ihm die ganze Schutzausrüstung.

»Und was ist, wenn es Sie mal auf den …?«

»… Hintern haut? Macht auch nichts. Ich bin ja gut gepolstert!« Sie lachte und fuhr davon.

Julia kam aus dem Laden und schaute Vanessa hinterher. »Wea woar des denn?«

»Des woar unsa Vanessa. A Neiche in da Dienststö.«

»De hot Zeit zum Inlinerfoahrn?«

»Jo, mia homs freistön miaßn, wei se a Opfer guat kennt hot.«

»Aha.«

Martin gab Julia den Autoschlüssel. »Do host, ram derawei ei. I kumm glei.« Er rannte in die Richtung, in der er Vanessa vermutete. Nach ein paar Metern blieb er stehen und sah sich um. Keine Vanessa weit und breit.

Schon wollte er umdrehen und zurück zum Auto gehen, als sie plötzlich neben ihm auftauchte. »Hallo, Chef, wie weit sind Sie in unserem Fall? Geht schon was weiter? Gibt's neue Erkenntnisse?«

»Das darf ich Ihnen nicht sagen, das wissen Sie.«

»Schad, ich hätt mich gern noch ein bisserl eingebracht.«

»Was anderes, Vanessa«, meinte Martin. »Das mit diesen Inlinern? Ist das schwer zu lernen?«

Sie winkte ab und lachte. »Ach wo, Chef. Warum fragen Sie? Soll ich es Ihnen beibringen?«

»Um Gottes willen! Auf die Dinger bringen Sie mich nie.«

»Das ist doch ganz einfach. Schaun Sie.« Sie machte ein paar Schwünge und Drehungen. »Wollen Sie es nicht doch lernen?«, fragte sie.

»Ich glaub, ich hab eine bessere Idee«, sagte Martin. »Was machen Sie am Wochenende?«

Sie hob die Schultern. »Das weiß ich noch nicht. Kommt drauf an. Warum fragen Sie?«

»Nun, ich hab mir gedacht, dass meine zwei, der Max und der Moritz, das sicher mal ausprobieren wollen. Hätten Sie Lust, es ihnen zu zeigen?«

»Ja! Warum nicht?«, sagte Vanessa begeistert. Sie sah Martin an und fragte: »Max und Moritz? Sind das vielleicht Zwillinge?«

»Richtig. Aber zweieiige.«

»Das ist ja prima!«, meinte sie.

»Gut, dann kommen Sie am Samstagnachmittag zu uns?«

»In Ordnung. Um drei?«

»Gut, um drei.« Er gab ihr noch seine Adresse.

»A netts Maderl«, meinte Julia, als sie weiterfuhren.

»Ja, des is se«, sagte Martin, dessen Gedanken schon wieder bei Bartl und Eva waren.

Julia beobachtete ihn von der Seite. »Muaß i mia Surng mochn?«

»Surng? Wecha wos?«

»No jo. Des Maderl …?«

»Bledsinn, des is a Kollegin und sunst nix! Außadem …«

»Außadem wos?«

»Außadem hot de mia da Herr Hofrat gschickt. Wei se so guat und fix is.«

Daheim half er Julia noch, das Gekaufte, das ohnehin nicht viel war, ins Haus zu tragen. Da das Wetter passte, setzte er sich draußen auf die Terrasse. Julia kam zu ihm und setzte sich dazu. Lenchen war bei Tante Helga bestens aufgehoben, die mit ihr spazieren ging. Nur Max und Moritz waren nicht auffindbar. Eigentlich wollte ihnen Martin ja von seiner Idee erzählen, aber das konnte er später auch noch.

Das Telefon klingelte. »I geh scho. Des is gwieß wieda füa mi.« Martin ging hinein und nahm den Anruf an. Schon als er das erste Wort hörte, schwante ihm Schlimmes.

»Herr Egger!«, war Gmeiners Stimme zu vernehmen. »Sie haben mir sauber was eingebrockt. Die ganze Sache ist schiefgelaufen!«

»Wovon reden Sie, Herr Hofrat?«

»Na von dem Überfall auf den Werttransport natürlich. Was denn sonst?«

»Was hab ich damit zu tun?«, fragte Martin. »Ich hab nur Ihre Anweisungen befolgt.«

»Das ist es ja, was schiefgelaufen ist. Die Täter waren offenbar vorgewarnt!«

»Und jetzt? Sind die Ihnen entkommen?«

»Entkommen? Unfug! Der Überfall hat gar nicht erst stattgefunden!«

»Umso besser, Herr Hofrat. Das ist doch eine gute Nachricht, dass ich einen Überfall vereiteln konnte.«

»Ach was, Herr Egger«, sagte Gmeiner. »Ich wollte doch, dass er stattfindet, und Sie haben das vermasselt!«

»Jetzt versteh ich aber gar nichts mehr, Herr Hofrat. Es sollte eine Straftat verübt werden, die Sie gutheißen?«, sagte Martin und grinste vor sich hin.

»Ja! Nein! Ich wollte doch an die Hintermänner ran! Das wäre nur dann gegangen, wenn sie den Geldtransport überfallen hätten, und genau das haben Sie verhindert mit Ihrer übereifrigen Aktion.«

»Das tut mir aber jetzt außerordentlich leid, Herr Hofrat. Vielleicht haben Sie ja Glück und es ist ein neuer Überfall geplant?«

»Papperlapapp! Ein neuer Überfall! Wir haben keine Ahnung, wann wieder ein so wertvoller Transport angesagt sein wird. Wir können wieder von vorne anfangen!«

»Wenn ich Sie dabei unterstützen kann, sagen Sie es mir«, meinte Martin. »Ich werde mich dann daran orientieren.«

»Wie kommen Sie eigentlich in Ihrem Fall voran?«, wechselte Gmeiner das Thema.

»Sie meinen die beiden Morde?«

»Ja, was denn sonst?«

»Nun, ich habe da erhebliche Schwierigkeiten, da ich die Verdächtigen, die auch gleichzeitig Zeugen sind, ja nicht befragen durfte. Aber dieses Problem scheint nun ja gelöst, nicht wahr?«

»Ja, leider.«

»Darf ich das dann so verstehen, dass wir auf diese Leute zurückgreifen dürfen?«, hakte Martin nach.

»Meinetwegen. Im Moment nutzen die mir ja ohnehin nichts.«

Martin grinste in das Telefon und sagte: »Vielen Dank für diese Information, Herr Hofrat.«

»Nichts zu danken«, erwiderte Gmeiner. »Auf Wiedersehen, Herr Egger.«

»Auf Wiedersehen, Herr Hofrat.« Martin legte auf und ging zur Terrasse zurück. Freudestrahlend rieb er seine Hände.

»Wos is denn los?«, fragte Julia. »Is denn heit scho Weihnochtn, oda worum freist du di a so?«

»Naa, i hob grod a Möldung vom Herrn Hofrat kriagg, de wo uns gwieß hüft, den Foi schnö zum erledign.«

»Papa! Mama!«, waren die Buben zu hören. »Wo seid ihr?«

»Hier auf der Terrasse!«, antwortete Julia.

Die beiden Jungen kamen außen ums Haus herumgerannt. Völlig außer Atem blieben sie vor Julia und Martin stehen. Ihnen lief der Schweiß in Strömen die Schläfen herunter. »Du, Papa. Wir haben da …«, sagte Max

»Geht erst mal rein, was trinken«, sagte Julia. »Ihr seid ja total durchgeschwitzt.«

»Aber wir wollten …«

»Keine Widerrede!«, befahl Martin.

Nur widerwillig gingen die beiden ins Haus und kamen kurz darauf mit zwei Gläsern Limonade wieder zurück. Sie stellten sie auf den Tisch.

»Mama und ich waren heut in der Schule bei eurem Lehrer«, begann Martin.

»Und? Was hat er gesagt?«, fragte Moritz.

»Eigentlich nicht viel. Aber ich denk, darüber unterhalten wir uns später.«

»Wie sieht's mit Abendessen aus?«, fragte Max. »Ich hab Hunger.«

»Ich mach uns gleich was«, sagte Julia, stand auf und ging ins Haus.

»Soll ich was helfen?«, rief ihr Martin hinterher.

»Nein, brauchst nicht. Ich mach eh nur Essigwurst!«

Während Julia nach dem Zubettgehen sofort eingeschlafen war, lag Martin noch wach. Eigentlich wollte er sich heute nicht mehr damit beschäftigen, aber die Nachricht Gmeiners ließ ihm keine Ruhe. *Morgen früh muss ich zusehen, dass ich die drei zur Einvernahme in die Dienststelle bekomme. Ein Teilgeständnis hab ich ja schon. Jedenfalls was die Überfälle betrifft. Aber warum wollten die unbedingt eingesperrt werden? Wovor hatten die Angst? Der il Bavarese, oder wie er heißt, hatte auch Angst, als ich ihn aufgehalten hab. Wovor? Warum? Gibt es da etwas, das wir übersehen haben? Etwas, das wir noch nicht wissen? Hat Gmeiner recht, wenn er sagt, dass es da Hintermänner geben muss? Haben die Fälle überhaupt etwas miteinander zu tun? Was mach ich mit Pöschl junior? Was werfe ich ihm vor? Hat er tatsächlich die Waffe seines Vaters …? Oder hat der Alte selbst etwas mit der Sache zu tun? Unfug! Der hat genug Geld. Der braucht sicher kein Gold oder geraubtes Geld. Der Junior? Schon eher. Der scheint ein recht kostspieliges Leben zu führen. Ich muss die beiden überprüfen lassen. Was ist mit den Schulden, die Leitner bei Bartl hatte? Das wäre doch auch ein Motiv? Himmelherrschaft! Ich brauch Beweise! Endlich Beweise! Indizien und Vermutungen nützen mir gar nichts. Da hat Andrea schon recht.*

Martin wälzte sich von einer Seite auf die andere.

»Wos is los?«, fragte Julia. »Konnst nit schloffn?« Sie machte das Nachttischlämpchen an. Anscheinend hatte er sie geweckt.

»Jo, naa, ich woaß nit. Mia geht so vü duachn Kopf.«

»Dei Foi?«

Martin richtete sich auf und stützte sich mit den Ellbogen ab. »Jo, mia kemman oafach nit weida. Do sand so vü Sochn, de mia nit klärn kinna.«

»Fongts hoyt no amoi vo vurn on«, empfahl ihm Julia.

»Des hom mer doch scho doa. Mia hängan do wo fest. Irgendwos hom mer übasechn.«

»Iatz schlof endli«, sagte Julia und schaltete das Nachtlicht aus. Kurz darauf schnarchte Julia wieder.

Der Leitner. Was ist mit dem Leitner? Der könnte doch auch …? Leicht wär's für ihn allemal gewesen, das Gold auf der Rückseite vom Berg hochzubringen und auf der anderen Seite wieder runter zum Bartl, damit der das weiterverarbeitet. Einschmelzen und dann zu kleinen Kügelchen …? Aber wie soll das gehen? Wasser! Wasser ist die Lösung. Genauso wie beim Bleigießen. Daher auch die kleinen Kugeln, die wir vor und in dem Stollen gefunden haben. Das muss ich morgen …

Martin war nun doch eingeschlafen.

Julia weckte ihn am nächsten Morgen. Er war hundemüde. Aber er war der Lösung des Falles näher gekommen.

Er stand auf und frühstückte. Nebenbei lief das Radio. Martin hörte nur mit halbem Ohr zu, denn auch hier wurden wie im Fernsehen nur negative Sachen verkündet. Doch plötzlich zuckte er zusammen. Der Nachrichtensprecher sagte etwas, das ihn förmlich elektrisierte: »In der letzten Nacht wurde ein Geldtransporter auf dem Weg von Bludenz nach Innsbruck überfallen. Dabei gab es einen Toten. Der Tote ist der Fahrer des Transporters. Vom Transporter selbst fehlt jede Spur.«

Martin schob sich das letzte Stück Semmel in den Mund und sprang auf. »I muaß los! I muaß sofurt in de Dienststö!«

»Wos is?«, fragte Julia. »Du host doch no nit amoi dein Kaffee …«

»Des is iatz wurscht! I muaß in de Dienststö!« Martin rannte los, zog im Vorbeigehen seine Jacke vom Haken in der Diele und stieg draußen in den Wagen.

Zuerst fuhr er zu Josef, um ihn wie immer mitzunehmen. Josef stand bereits auf der Straße vor seinem Haus. Martin hielt an. »Host des aa ghert im Radio?«, fragte er.

»Des vo dem Übafoi? Moanst, des kon wos mit uns zum doan hom?«

»Du doch aa. Sunst waarst jo nit vur da Haustür gstandn.«

Während der Fahrt erzählte Martin Josef noch von dem Anruf, den er am Vorabend vom Hofrat erhalten hatte. »De hom de Routn gwechslt! De hom gonz woanderscht zuagschlong, ois wia da Hofrat gmoant hot.«

»Aba dea dote Foahrer?«, fragte Josef. »Moanst, des is da Zöllner?«

»Kunnt scho sei. Vielleicht is ea zgfährlich wurn, nochdem mia eahm bei uns khob hom?«

»Iatz dean mer amoi nit spekuliern. Schau mer erscht amoi, wos wirkli passiert is.«

Als sie im Büro ankamen, war zu Martins Überraschung Andrea auch schon da.

»Habt ihr das in den Nachrichten gehört?«, fragte sie.

»Du auch?«, erwiderte Martin.

»Ja, ich auch. Deshalb bin ich gleich hergefahren und hab mich schlaugemacht.«

»Und? Was hast du herausbekommen?«, fragte Martin.

»Der Fahrer war der Zöllner und …«

»Das hab ich mir doch gedacht!«, unterbrach sie Josef.

»Wo genau ist das passiert?«, fragte Martin.

»Das war gleich in der Nähe von Sankt Anton. Da wurde der Transporter auf der Passstraße aufgehalten. Er konnte gar nicht ausweichen, denn da ist links eine steile Felswand und rechts geht's steil nach unten.«

»Aha? Was wissen wir noch?«

»Also so, wie die Kollegen es schildern, muss dem Transporter ein anderes Fahrzeug entgegengekommen sein. Das stellte sich quer, so dass der Fahrer des Transporters nicht mehr vorbeikonnte. Der Fahrer setzte noch einen Notruf ab und von da an fehlt jede weitere Spur.«

Martin überlegte kurz. Dann sagte er: »Josef, ruf die Bereitschaft an. Mit denen fährst du hinter den Berg, von wo aus man zu Leitners Wirtschaft aufsteigen kann. Dort geht ihr hinten rauf und sperrt den Weg ab. Du, Andrea, rufst auch die Bereitschaft an, und dann fahren wir zur Hütte von Frau Eichelberger. Ich geh dann mit den Kollegen rauf zur oberen Hütte.«

»Aber …«

»Nichts aber! Jetzt beeil dich. Sonst kommen wir noch zu spät!«

Josef und Andrea wurden hektisch. Sie tätigten die Telefonate. Als sie fertig waren und die Kollegen informiert hatten, sagte Josef: »Unsere Leute sind gleich da. Wir können.«

»Also, nichts wie los!«, befahl Martin. Sie rannten hinunter auf den Parkplatz. Die Kollegen der Bereitschaft waren bereits eingetroffen. Martin und Andrea stiegen mit ihrer Gruppe in ein Mannschaftsfahrzeug. Josef setzte sich in ein anderes, in dem sich auch der Mannschaftsführer befand. Martin gab noch die Instruktionen an den Fahrer seines Fahrzeugs weiter. Josef tat wahrscheinlich dasselbe in dem anderen Wagen. Gemeinsam fuhren sie los.

Oben an der Hütte von Frau Eichelberger standen ein paar der Hirten herum, die sie staunend anschauten. »Des is jo wia im Kriag«, meinte einer.

Martin stieg aus und wartete, bis auch die anderen ausgestiegen waren. Sie stellten sich in Reih und Glied vor ihm auf. Er erklärte ihnen, worum es ging. »Also, Leute. Ich gehe voraus und ihr folgt mir. Ihr bleibt aber unterhalb der obersten Felskante zurück. Ihr greift erst ein, wenn ihr Schüsse hören solltet. Wir müssen mit allem rechnen. Passt auf, das Gestein ist sehr locker. Nicht, dass mir einer eine Lawine lostritt.«

»Jawohl, Herr Chefinspektor«, antwortete einer von ihnen.

»Gut, dann ist alles klar?«, vergewisserte sich Martin. »Gibt's noch Fragen?«

»Nein, Herr Chefinspektor«, sagte derselbe Mann wieder.

Martin sah ihn an und zeigte auf ihn. »Sie kommen mit mir. Sie warten aber meine Befehle ab. Verstanden?«

»Jawohl …«

»Sparen Sie sich das. Kommen Sie.« Gemeinsam mit dem Beamten, der in seiner schwarzen Uniform und der Schutzkleidung stark schwitzte, kletterte Martin nach oben. Unterwegs fiel ihm auf, dass der Mann immer weiter zurückblieb. »Was ist mit Ihnen?«, fragte er. »Geht's nimmer?«

»Doch, schon. Aber es ist arg heiß heut.«

»Nun kommen Sie schon, wir haben's ja gleich geschafft«, feuerte ihn Martin an.

Endlich waren sie an der Felskante angelangt. Martin lugte darüber. Nichts war zu sehen. Rein gar nichts. Nur in der Gaststätte brannte Licht. So leise wie möglich schlich Martin hinauf, immer noch gefolgt von dem Kollegen, der inzwischen aufgeschlossen hatte.

Plötzlich hörte er Stimmen.

»Des hot aba guat klappt heit Nocht«, sagte jemand.

»Aba den Fahrer hättst nit unbeding daschiassn miassn«, antwortete ein anderer.

»Is eh wurscht. Des woar unsa letzta Übafoi. I geh iatz eh in Pension.«

Martin blickte noch einmal über die Kante, um zu sehen, wer da redete. Im selben Moment klingelte sein Handy. Er hatte schlichtweg vergessen, es auszuschalten. Rasch stellte er es lautlos. Doch zu spät. Die beiden Männer oben, die mit dem Rücken zu ihm standen, drehten sich blitzschnell um.

»Do is wer«, flüsterte der eine.

»Des hob i aa ghert«, flüsterte der andere.

»Polizei? Moanst, des sand de Kiewerer?«

»Nix wia weg do!«, sagte einer.

Dann hörte Martin Fußgetrappel. Augenscheinlich liefen sie über die Terrasse zum Haus.

Das Telefon klingelte immer noch ohne Ton weiter. Unwillig nahm er ab, nachdem er auf dem Display nur *Unbekannter Anrufer* gelesen hatte. »Was ist?«, fragte er unwirsch.

»Vanessa hier, Herr Chefinspektor, ich …«

»Rufen Sie mich in einer halben Stunde noch mal an«, flüsterte Martin. »Es geht jetzt nicht!«

»Aber Chef, ich …«

»Rufen Sie später an«, sagte er nochmals und legte auf. Er schaltete das Handy aus, damit so etwas nicht noch einmal passierte.

Vorsichtig schlich er weiter. Er warf einen Blick hinter sich und nach unten. Dort erkannte er, dass die anderen Beamten nach oben kamen. »Scheiße!«, schimpfte er leise, als sich ein Stein unter seinen Füßen löste und nach unten rollte. In geduckter Haltung kletterte er weiter. Aus Richtung der Gaststätte hörte er, dass dort heftig diskutiert wurde. Leider verstand er kein Wort, da alle durcheinanderredeten. Er erkannte keine der Stimmen wieder.

»Los jetzt!«, sagte er zu seinem Begleiter und stürmte hinauf. Als er oben ankam, war niemand mehr zu sehen. Nur von einem Weg, der nach rechts unten führte, waren Geräusche zu hören, die vermutlich von den Flüchtenden stammten. Martin wandte sich um und rief den anderen Kollegen, die inzwischen auch die Felskante erreicht hatten, zu: »Vorwärts! Die hauen ab!«

Schon stürmten die anderen los und hatten dabei ihre Waffen im Anschlag.

Martin zögerte. Sollte er warten, bis seine Kollegen bei ihm waren, oder sollte er hinter der Bande herlaufen? Er entschied sich für Letzteres und rannte los. *Unten wartet sicher schon Josef und hält sie auf*, dachte er dabei.

Plötzlich hörte man einen Schusswechsel. Da war eine Pistole, die man am höheren Knall erkannte, dann waren Waffen, vermutlich Gewehre, die einen wesentlich dumpferen Klang hatten. Dann ein »Tak-tak-tak-tak-tak-tak«. Ein Maschinengewehr? Eine Maschinenpistole? Es folgten Geräusche, die sich anhörten, als ob man Perlen auf eine Tischplatte fallen ließe. »Rrrrrrrrr«, machte es. Danach eine kurze Pause und wieder »Rrrrrrrrrrr«. *Ein Gatling!*, durchfuhr es Martin.

Er blieb stehen. *Jetzt haben wir sie. Sie sitzen in der Falle.* Die Schießerei schien kein Ende nehmen zu wollen. *Langsam müss-*

te denen doch klar sein, dass es keinen Zweck hat. Die sollten besser aufgeben. Er rief den anderen zu: »Kommen Sie, wir müssen unsere Leute unterstützen!«, und rannte los.

Auf einmal hörte die Schießerei auf. Martin lief trotzdem weiter. Hinter einem Felsen sah er eine Bewegung. Er suchte nach einem Versteck, ehe ihn der Schütze entdecken konnte. Da war ebenfalls ein Felsen, gleich ein paar Meter vor ihm. Martin rannte geduckt los und warf sich dahinter. Prompt schlug er sich das Knie an einem Stein auf. Mit schmerzverzerrtem Gesicht sah er sich um. Die Kollegen hatten offenbar ebenfalls die Gefahr erkannt und waren in Deckung gegangen. Martin lugte um den Stein. Da war nichts zu sehen. Absolut nichts. Vorsichtig streckte er seinen Kopf weiter vor. Er rief: »Hallo! Sie da! Wer immer Sie sind! Kommen Sie raus! Sie haben keine Chance. Es hat keinen Zweck, sich weiter zu wehren! Es ist alles umstellt!« Martin wartete ab und lauschte. Nichts. Keine Antwort. Keine Reaktion. Nicht mal das Rascheln von Blättern war zu hören.

Hatte er sich getäuscht? War da niemand? Oder lag er auf der Lauer? Wahrscheinlich wartete er nur darauf, bis er hinter dem Stein hervorkam. Aber diesen Gefallen wollte Martin ihm nicht tun. Fieberhaft überlegte er, was er nun machen sollte. In so einer Situation hatte er noch nie gesteckt. Sollte er sich auf die Kollegen der Bereitschaft verlassen? Sollte er abwarten, bis sie stürmten? Sie waren ja wesentlich besser ausgerüstet als er. Im selben Moment verfluchte er sich, dass er seine Schutzweste nicht angelegt hatte. Er musste es wagen. Irgendwie musste er an den Schützen herankommen. Er zog seine Waffe, lud sie durch und sprang hinter seiner Deckung hervor. Die Waffe im Anschlag rannte er im Zickzack auf den Felsen zu, hinter dem der Schütze liegen musste. Wider Erwarten fiel kein Schuss. Der Schütze war nicht mehr da! Er war weg.

Erleichtert ließ Martin seine Waffe sinken und ging um den Felsen herum.

»Hallo, Chef!«, flüsterte eine Frauenstimme. »Wird Zeit, dass Sie kommen.«

»Vanessa!«, rief er aus, als er sie erkannte. »Vanessa, was um alles in der Welt machst du denn hier?!« Sie hatte offenbar etwas abbekommen. Blut sickerte aus ihrer Brust und färbte ihr weißes T-Shirt rot. Neben ihr lag eine Pistole. Martin beugte sich zu ihr. Sie war blass, und augenscheinlich fror sie, denn ihre Zähne klapperten in wildem Stakkato aufeinander. Er rückte nahe an sie heran und schob seine Arme unter sie. Seine Hand wurde feucht. Er zog sie unter Vanessa weg und sah, dass sie ebenfalls blutrot war. »Vanessa«, flüsterte er »Wos is denn passiert? Host du des alloanig mochn miassn?«

Sie lächelte ihn schwach an. Ihre Lunge rasselte, als sie mühsam sagte: »Mei Mama hot doch recht ghabt. I waar bessa Verkäuferin wurn.« Dann schloss sie die Augen und ihr Kopf sank zur Seite.

Martin sah sich um und erblickte den Beamten, der ihn nach oben begleitet hatte. »Wos stehngas do rum? Ruafns an Notoarzt! Schnö!« Der Mann rührte sich nicht und sah Martin nur stoisch an. »Auf wos woartns no?«, schrie Martin ihn an. »Ruafns on!«

»Der Notarzt ist bereits informiert«, sagte der Mann.

Martin nahm Vanessa auf die Arme. Er fühlte, wie leicht sie war. Ihm fiel ein, dass mal jemand gesagt hatte: »Wenn einer stirbt, wird er leichter. Die Seele wiegt etwa einundzwanzig Gramm.« Damals hatte er noch gelacht. Aber jetzt? Jetzt war Vanessa tot. Wie ein Engel lag sie in seinen Armen. Er ging mit ihr nach unten. Nur nicht stolpern. Nicht fallen lassen, sonst …

Tränen liefen ihm über das Gesicht. *Sie ist tot! Verdammt noch mal, und ich bin schuld! Warum hab ich nicht mit ihr geredet, als sie mich anrief? Warum hab ich sie nicht erklären lassen, was sie wollte? Sie hatte bestimmt eine Spur und wollte mich benachrichtigen!*

Plötzlich hörte er ihren Atem. Er rasselte, und Vanessa schlug die Augen auf. Martin sah sie an und bemerkte den leichten Schleier, der über ihren Augen lag.

Sie versuchte offenbar ein Lächeln, als sie flüsterte: »Friseuse wär auch was gwesn.« Dabei hustete sie, und Blut kam sprudelnd aus ihrem Mund.

»Sie lebt noch! Sie lebt!«, schrie er und rannte los, als wäre der Teufel hinter ihm her. Der Notarztwagen stand schon auf dem Parkplatz, als Martin mit Vanessa auf den Armen unten ankam. Er lief zu dem Arzt, der bereits vor einer Liege stehend auf ihn wartete. Martin legte Vanessa auf die Liege und trat beiseite, damit der Arzt seine Arbeit tun konnte.

»Wir brauchen einen Heli«, sagte der Mediziner und sah ihn an.

»Ja und?«, fuhr Martin ihn an. »Ruafns oan on! Deans wos! Schnö! Sunst stirbts!«

Ein Assistent entfernte sich und kam kurz darauf wieder. »Die Rettung ist alarmiert«, sagte er ruhig. »Der Heli wird gleich da sein.«

Der Arzt arbeitet ruhig weiter und versorgte Vanessa mit geübten Handgriffen. Er gab seine Anweisungen: »Zugang legen! Natriumchlorid infundieren! Beeilen Sie sich!« Er schnitt Vanessa das T-Shirt auf. Erst jetzt erkannte Martin das Loch, aus dem unablässig blutiger Schaum hervortrat. Noch atmete Vanessa, aber sie war nicht bei Bewusstsein. Der Arzt versuchte, das Loch abzudichten, denn offenbar war die Lunge verletzt. Der Assistent half ihm dabei. Der Arzt fragte: »Welche Blutgruppe?«

»Null positiv«, antwortete der Sanitäter.

»Einen halben Liter!«, ordnete der Arzt an.

»Brauchen Sie Blut?«, fragte Martin. »Ich hab auch Null positiv!«

»Nein, wir haben genügend dabei. Trotzdem danke.«

Inzwischen waren die Rotorblätter eines Helikopters zu hören, der in der Nähe herunterging. Eilig packten der Assistent und der Sanitäter die Trage und rannten mit ihr zum Hubschrauber. Der Arzt klappte seine Tasche zusammen und lief hinterher.

Martin folgte ihnen eilig. Während sie Vanessa in den Heli verfrachteten, fragte er den Arzt: »Wo bringen Sie sie hin?«

»Nach Salzburg in die Uniklinik. Da kann ihr am besten geholfen werden.«

»Kann ich mitkommen?«, fragte Martin, als sich der Notarzt, der den Heli begleitete, um Vanessa kümmerte.

»Nein, bleiben Sie besser hier«, bekam er als Antwort. »Sie können jetzt ohnehin nichts machen.«

Der Heli hob ab. Der Wind, den die Rotorblätter verursachten, blies Martin direkt ins Gesicht, doch er spürte es nicht. Wieder liefen ihm Tränen über die Wangen, als er dem Hubschrauber nachblickte.

Jemand legte ihm eine Hand auf die Schulter. Martin drehte sich um und erkannte Andrea. »Martin, i …«, begann sie.

Wütend schob er ihre Hand weg. »Los mi in Ruah!«, sagte er und ging weg.

Josef trat neben Andrea. Sie schauten beide hinter ihm her, als er den Weg entlanglief.

Kapitel 17

Wie Martin in die Dienststelle gekommen war, vermochte er hinterher nicht mehr zu sagen. War er zu Fuß gelaufen? War er per Taxi gefahren, oder hatte ihn gar ein Streifenwagen mitgenommen? Er wusste es nicht. Er saß auf seinem Stuhl und stierte vor sich hin. Er bemerkte nicht einmal, wie Andrea und Josef hereinkamen. Erst als ihn Andrea leicht an der Schulter rüttelte, erkannte er, dass er in seinem Büro war.

Er sprang auf. »I muaß auf Soizbuag! I muaß zu da Vanessa!«

»Du muaßt iatz nirgendwo hi«, sagte Andrea.

»Jo! I muaß! I konn doch des Maderl iatz nit alloanig lossn!«

Andrea drückte ihn zurück auf seinen Stuhl. Er wehrte sich, aber es half nichts. Offenbar war Andrea stärker als er. »Iatz pass amoi auf, Martin«, sagte sie zu ihm. »Wenn oana schuid is an dera Soch, nacha bin i des! I hobs ausm Team gnumma und hob ihra erlaubt, söba zu ermitteln. Wenn i des nit doa hätt, nacha waars bei uns gwen und nit alloanig untawegs.«

»Naa, i bin schuid!«, widersprach er heftig. »Se hot mi ongruafn und i hobs nit ongnomma! Se woit ma bestimmt wos song, se hätt vielleicht mei Hüf braucht und i hobs alloanig lossn!« Wieder versuchte er aufzustehen, doch Andrea hinderte ihn erneut daran.

Das passierte ein paar Mal, bis Andrea sagte: »Wannst iatz

nit aufherst, nacha leg i dia Handschön on. Ham mer uns vostandn?«

Martin schien aufzugeben. Als Andrea und Josef auf ihren Plätzen saßen, stand er jedoch wieder auf. »I foahr iatz!«, sagte er bestimmt und ging zur Türe.

Josef, der offenbar nur darauf gewartet hatte, sprang auf und hielt ihn zurück. »Du foahrst iatz nirgendwo hi. Wenn oana foahrt, dann sand des de Andrea und i und du konnst vielleicht mitfoahrn, wennst brav bist.«

Martin gab nach. So kam er wenigstens nach Salzburg. Auch wenn er nicht selbst fahren durfte.

Vor der Klinik suchte Andrea einen Parkplatz.

Martin dauerte dies zu lange. »Setz mi an da Notaufnahme ob«, sagte er. »I geh scho amoi eini und woart durt auf eich.«

Andrea fuhr wie gewünscht zur Notaufnahme und ließ ihn aussteigen. Erst danach suchte sie weiter nach einem Parkplatz, den sie auch wenig später fand. Sie und Josef rannten zur Notaufnahme, wo Martin bereits ungeduldig auf sie wartete.

»Wo bleibts denn so long?«, monierte er und lief hinein.

Andrea und Josef hatten Mühe, mit seinem schnellen Schritt mitzuhalten. Man hatte ihm in der Notaufnahme gesagt, wo Vanessa zu finden sei. Sie läge natürlich auf der Intensivstation und es werde sich um sie gekümmert. Als sie dort ankamen, ging Martin gleich zur Stationsschwester, die in ihrem Glaskasten saß. Er wies sich aus und fragte nach dem Arzt. Die Schwester telefonierte mit dem Doktor und er kam sofort. Martin lief ihm entgegen. »Mein Name ist Egger. Chefinspektor Egger. Ich bin der Vorgesetzte von Frau Bieringer. Wie geht es ihr? Wo ist sie? Kann ich sie sehen?«

»Sie sind also kein Anverwandter von Frau Bieringer?«, fragte der Arzt.

»Nein, bin ich nicht, aber …«

»Dann darf ich Ihnen auch keine Auskunft geben.«

»Aber ich bin doch sozusagen mitschuldig, dass sie jetzt hier liegt!«, versuchte Martin, den Arzt zu überzeugen.

Der Doktor sah ihn misstrauisch an. »Dann würde ich sagen, dass es erst recht keinen Grund gibt, Ihnen Auskunft zu erteilen.«

»Aber mir!«, sagte Andrea. »Mir können Sie Auskunft über den Zustand meiner Schwester geben!«

»Sie sind die Schwester? Na ja, gut. Also Frau Bieringer wurde in einem sehr ernsten Zustand hier eingeliefert. Durch die Schussverletzung wurde ihre Lunge in Mitleidenschaft gezogen. Wir haben alles Menschenmögliche getan, um ihr zu helfen und …«

»Heißt das jetzt, dass sie tot ist?«, unterbrach ihn Martin.

»Nein, das heißt es nicht«, antwortete der Arzt und sah ihn mit gerunzelter Stirn an. Er wandte sich wieder Andrea zu und erklärte: »Wir haben Ihre Schwester in ein künstliches Koma versetzt. Im Moment können wir leider nicht sagen, ob sie die Sache überlebt. Aber wenn sie die Nacht übersteht, haben wir schon halb gewonnen.«

»Oh mein Gott!«, sagte Martin leise und setzte sich auf einen Besucherstuhl, der an der Wand stand. Als der Arzt weggehen wollte, stand er auf und hielt ihn fest. »Sagen Sie, Herr Doktor, hier gibt es doch sicher eine Kapelle? Wo finde ich die?« Der Arzt erklärte ihm den Weg. »Danke«, sagte Martin und ging in die Richtung, die ihm der Doktor beschrieben hatte.

»I kumm mit!«, bot ihm Josef an.

»Naa, bleib do bei da Andrea und da Vanessa. I hob wos zum erledign.«

In der Kapelle kramte er in seinen Taschen nach einer Münze. Als er sie hatte, nahm er eine der bereitgestellten Kerzen und zündete sie an einer anderen an. Er stellte sie in die Reihe zu den Kerzen, die ebenfalls brannten. Dann ging er nach vorne zum Alter, hinter dem ein großes Holzkreuz hing. Er verschränkte die Finger ineinander und tat nun etwas, das er sonst nie oder nur selten tat – er betete. Er betete sogar laut und inbrünstig: »Lieber Gott! Ich weiß, ich rede viel zu selten mit dir, und auch mit deiner Mutter hab ich schon lang nicht mehr geredet. Aber da seids selber schuld. Ihr habts mir das Liebste genommen, was ich ghabt hab. Aber jetzt möchte ich euch um eins bitten! Lassts mir die Vanessa! Nehmts mir die Vanessa nicht weg! Sie ist doch noch so jung und hat ihr ganzes Leben vor sich! Lassts sie am Leben. Nur um des bitt ich euch. Ich geh auch zweimal im Jahr mit auf die Wallfahrt.« Er bekreuzigte sich und drehte sich um.

Er sah Andrea und Josef in der Türe stehen, die sich ebenfalls bekreuzigten. Sie sahen ihn nachdenklich an, während er auf sie zuging.

Sie wussten beide von dem schweren Schicksalsschlag, den Martin vor einigen Jahren erlitten hatte. Als seine erste Frau Leni schwanger mit den beiden Buben gewesen war, hatten sie gelobt, alle Jahre zum Geburtstag der Buben die Wallfahrt von Maria Alm nach St. Bartholomä am Königssee zu machen, wenn die Kinder gesund auf die Welt kämen. So hatten sie es auch gehalten, als die Buben schließlich geboren worden waren. Jedes Jahr am Geburtstag der beiden gingen sie die zwei Tage dauernde Wallfahrt von Maria Alm aus über das Steinerne Meer hinüber über den Funtensee zur Kirche am Königssee. Nur einmal – Martin hatte arbeiten müssen – war Leni alleine mit Freunden den Weg gegangen. Dabei war sie so unglücklich mit dem Kopf auf einen Stein gestürzt, dass sie auf der Stelle gestorben war. Martin ging die Wallfahrt in den Jahren danach trotzdem weiter, denn schließlich war ihr Wunsch in Erfüllung gegangen.

Andrea und Josef traten zur Seite und ließen Martin vorbei. Sie folgten ihm, als er zurück auf die Intensivstation ging. Dort setzte er sich wieder auf einen Stuhl. Josef und Andrea nahmen an seiner Seite Platz, Josef links und Andrea rechts. So konnten sie wenigstens eingreifen, wenn Martin schlecht wurde oder sonst etwas geschah.

Plötzlich waren Schritte zu hören, die eilig auf sie zukamen. Martin sah auf und flüsterte Josef zu: »Dea kummt mia grod recht. Dea konn iatz wos erlem.«

Josef sah in die gleiche Richtung und erkannte Hofrat Gmeiner, der mit einem Blumenstrauß in der Hand auf sie zusteuerte.

Martin stand auf.

Josef erkannte die Gefahr und wollte Martin zurückhalten. Er packte ihn am Ärmel. »Nit, Martin! Duas nit!«

Martin schüttelte die Hand ab und zischte Josef an: »Loss mi! I woaß, wos i dua!«

Auch Andrea wollte noch eingreifen, aber ihre Reaktion war zu langsam. Sie konnte nur noch zusehen, wie Martin auf den Hofrat zuging. »Um Gotts wün, hoffentlich macht dea iatz koan Bledsinn«, sagte sie und schlug die Hand vor den Mund. Josef und Andrea folgten Martin, um ihn vor einem schwerwiegenden Fehler zu bewahren. Aber sie kamen zu spät.

»Wos woin se do?«, fragte Martin Gmeiner.

»Herr Egger, was erlauben Sie sich?«, antwortete dieser.

Martin zeigte auf die Blumen in Gmeiners Hand und fragte: »Wos woin se mit dene? De Vanessa is no nit dot! De lebt no! Se Kennan oiso wieda gehn!«

»Herr Egger! Kommen Sie zur Vernunft!«

»Vernünfti woar i long gnua! Aba se? Se Mistkerl Wecha eahna is oana dot und unsa Vanessa kämpft durt drin um ihra Lem, und des bloß, wei se uns vobotn hom, de drei Verbrecher do hi zbringa, wos hi ghern!«

»Herr Egger, mäßigen Sie sich!«, sagte Gmeiner laut.

»Mäßigen! Mäßigen? Mäßigen dua i mi, wann i mog!«

»Herr Egger! Sie reden sich um Kopf und Kragen, das ist Ihnen schon klar?«

»Wos woins?«, rief Martin. »Ha?! Um Kopf und Krong dat ea song! Ha! Eahna wead i glei zoang, wos des hoaßt!«

»Wenn Sie nicht sofort damit aufhören, suspendiere ich Sie, Herr Egger!«

»Wos mechtns? Mi suspendiern? Eahna werd i glei wos spendiern, se Abfertigungskaiser, se miserabliga! Se Obergscheida, se elendiga! Iatz moch mer amoi an Pappnstillstand!« Er packte Gmeiner am Kragen und zog ihn zu sich heran. Er bemerkte nicht, dass seine Hände noch mit Vanessas Blut bedeckt waren. Selbst wenn er es bemerkt hätte, wäre es ihm wohl ziemlich egal gewesen. »Wissns wos? Se hom mia des Maderl gem und onvertraut. Guat aufpassn soy i auf se, homs gsogg! Guat aufpassn! I hob aufpasst, und oans sog i eahna! Wenn des Maderl durt drin stirbt, nacha …!« Jetzt erst ließ er Gmeiner los und stieß ihn von sich weg.

Josef war unbemerkt von Martin näher herangetreten. Gmeiner sah dies und nahm an, dass Josef und Andrea, die hinter Josef stand, ihm nun beistehen würden. Als er sagte: »Herr Faltermeier, Frau Hauser, nehmen Sie Herrn Egger fest wegen tätlichem Angriff auf einen Vorgesetzten!«, verschränkten beide die Arme und taten nichts.

Andrea sagte: »Das fällt mir im Traum nicht ein. Herr Egger hat recht! Wenn Sie uns unsere Arbeit hätten tun lassen, wäre das alles nicht passiert.«

Gmeiner warf die Blumen auf den Boden und sagte laut: »Das wird Folgen für Sie haben! Das sage ich Ihnen!« Er drehte sich um und verließ die Station.

»Puuuh, des woar a schwaare Geburt!«, sagte Martin und drehte sich lachend um.

Andrea sah ihn ernst an. »Ob des iatz bloß a schwaare Geburt woar, mecht i bezweifeln. Do kummt sicha no wos noch.«

»Des is mia aa wurscht! Soy ea doch mochn, wos ea wü.«

»Des wead ea a«, sagte Josef. »Do bin i mia sicha.«

»Foahrn mer wieda hoam«, sagte Andrea. »Do kenna mia iatz eh nix doa. Es is eh scho spat. Schau amoi auf dei Uhr.«

Josef schaute auf seine Uhr. »Jo, du host recht. Es is scho glei fünfe und bis mer dahoam sand, is es achte.« Zu Martin sagte er: »Moanst nit, dass mer bessa dobleim soyn?«

Martin winkte ab. »Foahrts zua. I bleib do bei da Vanessa.«

»Aba …«, wollte Josef etwas einwenden.

»I hob gsogg, dass i dobleib. I geh nit weg, bis i woaß, wos mit da Vanessa is.«

Josef wollte noch etwas sagen, aber Andrea packte ihn am Arm und zog ihn mit sich.

»Sogts bitte ihre Öltern Bescheid, wos passiert is! », rief Martin ihnen noch nach.

»Jo, mach mer!«, rief Andrea zurück.

Martin lehnte sich zurück und wartete.

Irgendwann kam der Arzt vorbei und blieb stehen, als er Martin erkannte. »Herr Egger? Sie sollten nach Hause fahren. Sie können für Ihre Kollegin eh nichts tun.«

»Das ist mir egal, Herr Doktor. Wenn's einem meiner Kollegen schlecht geht, bin ich für ihn da, und da ist es mir völlig wurscht, ob es was nützt oder nicht.«

»Wie Sie meinen, Herr Egger«, sagte der Arzt und ging weiter.

Kurz darauf kam eine der Krankenschwestern mit einem Servierwagen, auf denen normalerweise das Essen in die Zimmer gebracht wurde, zu ihm. Sie blieb vor Martin stehen und goss aus einer Kanne Tee in eine Tasse. »Der Herr Doktor hat gesagt, ich soll Ihnen was zum Trinken bringen. Sie sähen gar nicht gut aus.«

Martin nahm die Tasse. »Danke«, sagte er und trank den Tee. Er tat ihm gut, denn er bemerkte erst jetzt, dass er seit dem Frühstück weder etwas gegessen noch getrunken hatte.

Augenscheinlich schien dies auch der Schwester aufzufallen. Sie fragte: »Möchtens auch was essen? Ich hab noch eine Portion übrig. Der Patient, für den die war, ist vorhin verstorben.«

»Nein danke, ich hab jetzt keinen Hunger«, lehnte Martin ab. Obwohl er hungrig wie ein Wolf war, wäre er sicher nicht in der Lage, eine Mahlzeit zu sich zu nehmen, die einem Verstorbenen gehörte. Er nahm sich vor, später etwas vom Kiosk zu holen, der sich im Erdgeschoss befand.

Die Stationsschwester kam vorbei. Er fragte: »Wie geht's Frau Bieringer? Können Sie mir schon etwas sagen?«

»Leider nein. Der Zustand ist unverändert. Gehens lieber heim und kommens morgen wieder. Da wissen wir dann mehr.«

Martins Handy klingelte. Er sah auf das Display und erschrak, als er sah, dass Julia anrief. Er meldete sich: »Julchen? Was gibt's?«

»Das möchte ich von dir wissen. Ich hab im Radio ghört, was passiert ist. Du meldest dich nicht, und ich weiß nicht, was los ist!«

Martin fiel auf, dass sie hochdeutsch sprach. Also musste jemand bei ihr sein. »Julchen? Haben wir Besuch?«

»Nein, aber die Buben sind da und die machen sich Sorgen um dich. Jetzt sag schon. Was ist passiert?«

»Nicht aufregen, Julchen. Ich bin in der Klinik in Salzburg und …«

»In der Klinik?«, unterbrach sie ihn. »Das sagst du so einfach nebenbei, und ich soll mich nicht aufregen? Ich hab ghört, dass jemand angschossn und schwer verletzt ist. Bist du das?«

»Nein, Julchen. Ich bin das nicht. Vanessa hat's erwischt, und ich muss jetzt dableiben, bis es ihr besser geht.«

»Soll ich kommen?«

»Nein, Julchen. Das brauchst du nicht. Es ist alles in Ordnung.«

»Bleibst du über Nacht dort?«

»Ja, ich will bleiben, bis ich weiß, was mit ihr ist.«

»Du meldest dich aber?«

»Ja, ich meld mich«, meinte Martin.

Julia legte auf.

Was mach ich jetzt, wenn Vanessa wirklich stirbt? Was wird sein? Bin ich tatsächlich schuld? Nein, bin ich nicht. Der Hofrat mit seiner verdammten Anweisung, nichts gegen diese Verbrecher zu unternehmen! Nicht nur das! Ich hab sie auch noch laufen lassen müssen! Wenn das die Staatsanwaltschaft mitbekommt, sind wir alle am Arsch. Ich glaub, ich …

»Hallo!«, sagte jemand und schüttelte ihn. »Hallo? Wachen Sie auf! Hören Sie mich?«

»Julia? Was ist …?« Martin sah sich um. Erst jetzt erkannte er, dass er auf dem Flur im Krankenhaus lag.

»Ich bin nicht Julia, und Sie sind sicher nicht Romeo«, sagte eine Schwester, die vor ihm stand.

»Nein, bin ich nicht«, bestätigte Martin. »Entschuldigen Sie, ich muss wohl eingeschlafen sein. Wie spät ist es?«

»Halb sieben Uhr morgens. Was machen Sie eigentlich hier? Zu welcher Station gehören Sie?«

»Zu gar keiner. Ich warte hier auf die Ergebnisse von Frau Bieringer.«

»Ach so. Ja, das arme Kind. Müssen Verbrecher eigentlich immer so grausam sein?«

Martin sah sie erschrocken an. »Wie meinen Sie das? Ist sie …?«

»Nein, sie lebt. Aber sie ist immer noch im künstlichen Koma.«

»Kann ich zu ihr?«

»Nein, leider nicht«, sagte die Schwester. »Der Arzt hat vorläufig jeden Besuch verboten.«

»Waren ihre Eltern schon da?«

»Ja, das waren sie. Sie sind aber gleich wieder weg, nachdem sie gehört haben, dass sie ihre Tochter noch nicht besuchen dürfen.«

»Wissen Sie, wo die jetzt sind?«

»Sie haben was gesagt, dass sie in einem Hotel nächtigen wollen. Aber wo genau, weiß ich nicht.«

Martin sah sich suchend um. »Gibt es hier irgendwo Kaffee?«

»Warten Sie, ich bring Ihnen gleich welchen. Haben Sie auch Hunger? Wollen Sie was frühstücken?«

»Wenn's keine Umstände macht, gerne«, entgegnete Martin.

Die Schwester entfernte sich. Martin stand auf und machte ein paar Schritte. Er ging den Flur auf und ab. Sämtliche Knochen taten ihm weh. Kein Wunder, wenn man die Nacht auf einem Stuhl verbracht hatte. Aber was tat man nicht alles für seine Leute. Wie es wohl Andrea und Josef ging? Ob sie in dem Fall jetzt weitergekommen waren? Ohne ihn? Eigentlich müssten sie ja …

»Kommens bitte mit?«, unterbrach die Schwester seine Gedanken.

»Wohin?«

»Na, zu Ihrem Frühstück!«, sagte sie und lächelte ihn freundlich an.

Er folgte ihr bis in das Schwesternzimmer. Dort war der Tisch beinahe fürstlich gedeckt. Es stand alles so da, wie er es auch von daheim kannte. Sogar frische Semmeln hatte die Schwester irgendwoher gezaubert. Sie zeigte auf einen Stuhl. »Bitte«, sagte sie dazu. Er setzte sich. Sie nahm neben ihm Platz und sah zu, wie er genüsslich frühstückte.

Als er fertig war, fragte er: »Was bin ich Ihnen schuldig?«

»Nichts, wenn Sie mir versprechen, dass Sie für die Kleine beten.«

»Sie meinen Frau Bieringer?«

»Ja, die mein ich«, sagte die Schwester.

»Dann hab ich schon bezahlt. Danke trotzdem.«

Martin verließ das Zimmer und setzte sich draußen wieder auf einen Stuhl. Er sah auf die Uhr seines Handys. Halb acht? Josef und Andrea waren sicher schon im Büro. Er rief dort an und hatte sofort Andrea am Telefon.

»Oberinspektor Hauser?«, meldete sie sich.

»Ja, ich bin's, Martin. Ich wollt nur mal fragen …«

»Gut, dass du anrufst. Wie geht's Vanessa?«

»Das weiß ich nicht so genau. Ich darf noch nicht zu ihr. Was ist bei euch los? Habt ihr sie?«

»Nein, noch nicht. Aber das ist nur eine Frage der Zeit. Wir lassen sie nicht aus den Augen.«

»Wen lasst ihr nicht aus den Augen?«, fragte Martin.

»Na, Summerer, Leitner, diesen Halbitaliener il Bavarese und den alten Ladurner.«

»Sag mal, ist jemand bei euch? Ich mein, weil du nicht Dialekt sprichst.«

»Ja, die Kollegen von der SpuSi sind da und die von der Fahndung auch. Die wollen wissen, wie es Vanessa geht.«

»Ich bleib noch ein bisserl da. Dann komm ich. Sag ihnen, dass der Zustand Vanessas im Moment unmverändert ist.«

»Tu das«, sagte Andrea. »Sollen wir dich abholen?«

»Nein, ich fahr mit der Bahn.« Martin trennte die Verbindung.

Er dachte nach. *Na ja, wenigstens etwas. Die stehen unter Beobachtung. Da kann eigentlich nichts mehr schiefgehen. Aber ob das jetzt alle sind? Sind da nicht noch mehr beteiligt? Die Pöschls? Irgendetwas passt da noch nicht. Ich muss mal drüber nachdenken. Aber ich brauch mehr Informationen.*

Zwei uniformierte Beamte kamen auf ihn zu. Einer von ihnen fragte: »Sind Sie Chefinspektor Egger?«

»Ja, das bin ich«, bestätigte Martin.

»Dann muss ich Sie bitten, mir Ihre Dienstwaffe und Ihren Ausweis auszuhändigen«, sagte der Beamte. »Anordnung von Herrn Hofrat Gmeiner. Sie sind suspendiert.«

»Suspendiert? Das gibt's doch gar nicht!«

»Doch, das gibt es. Der Herr Hofrat hat auch angeordnet, dass wir Ihnen die Waffe und den Ausweis notfalls gewaltsam abnehmen sollen. Also machen Sie uns keine Schwierigkeiten.«

Da der zweite Beamte mit der Hand an der Waffe danebenstand, sah Martin es als sinnlos an, Widerstand zu leisten. Er zog seine Pistole aus dem Holster, drehte sie um und gab sie dem Kollegen mit dem Griff voraus. Dieser entlud sie und …

»Halt!«, stoppte ihn Martin. »Haben Sie denn nicht gelernt, dass man Waffen nicht in geschlossenen Räumen überprüfen darf? Das gibt eine saftige Dienstaufsichtsbeschwerde!«

»Aber Sie sind doch …«

»Suspendiert? Nein, bin ich nicht. Ich habe meinen Ausweis noch, und solange ich den habe, bin ich im Dienst.«

»Aber …«

»Da gibt es kein Wenn und Aber«, sagte Martin. »Es könnte höchstens sein, dass ich nichts gesehen oder gehört habe, weil ich gar nicht da bin. Haben Sie mich verstanden?«

Die beiden Männer sahen ihn verstört an.

»Geben Sie mir meine Waffe wieder.« Als der Mann zögerte, meinte Martin lächelnd: »Gut, wenn Sie es so wollen, dann haben Sie mich eben angetroffen und ich kann erzählen, was ich gerade erlebt habe. Habe ich mich deutlich genug ausgedrückt?«

Der eine Beamte – der mit der Hand an seiner Waffe – gab dem anderen einen leichten Rempler und sagte: »Er hat recht. Gib ihm sein Schießeisen wieder.«

Martin nahm seine Pistole entgegen und schob das Magazin wieder hinein. Dann lud er durch und sicherte die Waffe.

»Aber Sie machen doch jetzt das Gleiche wie ich? Sie …«, protestierte einer der beiden.

»Ja? Tatsächlich? Wissen Sie, wenn zwei das Gleiche tun, ist es noch lange nicht das dasselbe.« Martin steckte seine Waffe grinsend wieder ein. Er tippte mit einem Finger gegen seine Schläfe und verabschiedete sich: »Auf Wiedersehn, die Herren. Ich wünsch Ihnen noch einen schönen Tag.«

Sie sahen ihm nur sprachlos nach, als er die Station verließ. Draußen schnaufte Martin erst einmal tief durch. Diese Luft, diese frische Morgenluft. Tief sog er sie in sich ein. Aber nun war es an der Zeit, nach Zell zu fahren. Er musste schnellstmöglich dorthin, um den Fall endlich abschließen zu können. Wer wusste schon, was sonst noch alles passierte? Natürlich hatte er volles Vertrauen in Andrea und Josef. Vor allem Andrea war sicher in der Lage, alles überblicken zu können. Wozu auch hatte er sie als SOKO-Leiterin eingesetzt? Josef hätte das sicher auch gekonnt. Er winkte ein Taxi heran und ließ sich zum Bahnhof fahren. Dort löste er ein Ticket und stieg in den bereits wartenden Zug ein. In zwei Stunden würde er in Zell im Büro sitzen.

Im Zug starrten ihn die Leute an. Sie tuschelten und zeigten auf ihn. Manche schüttelten verständnislos den Kopf. Erst jetzt bemerkte Martin, dass er ja immer noch Vanessas Blut an sich hatte. Sein Hemd, seine Jacke und auch die Hose waren damit besudelt. Er rief daheim an: »Julchen? Konnst mi bitte vom Bahnhof obhoin? I Muaß mi umziahng und duschn.«

»Ja, mach i«, sagte sie. »Wann kimmt da Zug on?«

»I denk, so in anderthoib bis zwoa Stundn.«

Das war erledigt. Julia wusste Bescheid und würde ihn sicher abholen. So war es dann auch. Als der Zug im Bahnhof einfuhr, stand Julia bereit und blickte suchend den Bahnsteig entlang. Als er bei ihr angelangt war, schlug sie eine Hand vor den Mund und sagte: »Wia schaust denn du aus? So traust du di unta de Leit? Kimm schnö. As Auto steht draußn.«

Sie fuhren nach Hause, wo sich Martin duschte und die frische Kleidung, die ihm Julia hergerichtet hatte, anzog. Nebenbei erzählte er ihr, was passiert war. Also brauchte sie sich keine Sorgen zu machen. Julia fuhr ihn dann noch zur Dienststelle, da sein Dienstauto dort stand.

Im Büro herrschte geschäftiges Treiben. Weder Josef noch Andrea nahm von ihm Notiz, als er das Büro betrat. Erst als er sich an seinen Platz setzte und laut rief: »I bin wieda do, fois des oan intressiert!«, bemerkten die beiden seine Anwesenheit.

Sofort kam Andrea zu ihm und bombardierte ihn mit Fragen: »Wia geht's da Vanessa? Woast scho, wia long dass se ausfoit? Wann konns hoam vom Spitoi? Host scho wos gessn? Mogst an Braunen? Mei, miad schaugst aus. Woast no goar nit dahoam?«

»Dua amoi langsam«, sagte Martin zu ihr. »I bin iatz wieda do und iatz moch mer Nägl mit Köpf. Wos habts es bis iatz no zsammbrocht? Hom mer irgendwöche Beweise? Zeugn oda sunst no wos Wichtigs?«

Josef, der sich bisher zurückgehalten hatte, begann begeistert zu erzählen: »Oiso auf da Hüttn om beim Leitner hom mer dreihunderttausend Euro und sechs Kilo Barrengoid sicherstön kinna.«

»No, des is jo scho wos, und weida?«, antwortete Martin, darauf hoffend, dass noch mehr kam.

»Weida?«, fragte Josef. »Jo is des nit scho gnua?«

»Jo und wos is mit Waffn? Mit Autos? De miassn doch mit irgendwos kemma sei. De sand doch gwieß nit z'Fuaß dohi gloffa! Woaß ma scho wos vo dem Gödtransporter? Wos sogg de SpuSi? Do wo de Vanessa niedagschossn wurn is, do miassn doch Hülsen gleng sei. Wos is mit Bluatspurn? Gibt's do wos? Wos is mit da Vanessa ihra Waffn? Wo hots de herkhob? Hot se de nit am Lauensteiner zruckgem? Ihra Dienstwaffn is doch im Schrott, hots gsogg.«

»Des is aba an Haufn Zeigs, wo du do wissen wüst«, sagte Andrea.

»Jo Herrschaftszeitn no amoi! Do is ma oan Dog nit do und nix geht vurwärts! Des muaß se ändan und zwoa schnö!«

»Wos is mitm Hofrat?«, fragte Josef, um abzulenken.

»Wos soy scho sei? Obführn woit ea mi lossn. Dene hob i aba sauba mitgspüt.« Er erzählte kurz von dem Vorfall in der Klinik und wie er die beiden Beamten ausgetrickst hatte.

Josef grinste nur und meinte: »So kenn i di. Oiwei hintrum. De zwoa kenna oan scho iatz richtig leid doa.«

»Hoffentli wean de zwoa nit zu uns strafvosetzt«, sagte Andrea mit etwas Mitleid in der Stimme.

Martin stand auf und sagte voller Tatendrang: »Oiso? Pack mers. Ois Erschts wean de Autos vo de Herrschaftn spurntechnisch übaprüft. Do kümmerst du di drum, Josef. Ois Nächsts, und des mochst du, Andrea, kümmer mer uns um de Spurn, durt wo de Schiaßerei woar. De SpuSi muaß jo wos gfunna hom. Dann hom mer no den Punkt Gödtransporter. Do kümmer i mi drum. Dea muaß jo irgendwo steh.«

»Hoit amoi!«, bremste ihn Andrea. »Wea is iatz do da Chef vo da SOKO? Du oda i?«

»Jo du natürli! Des steht doch außa Zweife!«

»Worum losst du mi dann nit de Koordination mochn?«

Martin hob die Hände und ging rückwärts zu seinem Stuhl. Er setzte sich und sagte: »Oiso guat. Moch du des und i hoit mi raus.«

Es klopfte kurz an der Türe. Nachdem Martin laut »Herein!« gerufen hatte, kam ein bekanntes Gesicht ins Büro.

»Hallo, alle zusammen!«

»Emily!«, riefen alle drei gemeinsam. »Was führt dich denn zu uns?«

»Das hier!«, sagte sie und legte eine Akte auf Martins Tisch.

»Was ist das?«, fragte er.

»Das seht ihr doch! Eine Akte!«

»Und was für eine?«

»Nun, da ihr unseren Bericht zu ignorieren scheint, bring ich euch die Ergebnisse eben schwarz auf weiß.«

Martin nahm die Akte und schlug sie auf. »Ja varreck Kaffeehaus!«, entfuhr es ihm. »Ihr habt den Transporter gefunden?«

»Ja, und nicht nur das!«, begann Emily stolz zu erklären. »Wir haben zusammen mit der Spurensicherung in dem Transporter etliche Fingerabdrücke sichern können und dazu noch DNA von drei verschiedenen Personen!«

»Wahrscheinlich sind da auch die von Zöllner dabei?«, fragte Martin

»Nein, Fehlanzeige. Herr Zöllner war augenscheinlich gar nicht in dem Fahrzeug. Der Fahrer war ein anderer. Ein armer Hund aus dem Personalbestand der Transportfirma.«

»Dann brauchen wir eigentlich nur noch die vermutlichen Täter für einen Abgleich der Abdrücke und der DNA«, stellte Martin fest. Josef fragte er: »Wieso sind euch die eigentlich entkommen? Warum habt ihr die nicht erwischt?«

»Ganz einfach, weil wir an anderer Stelle gewartet haben«, antwortete Josef. »Bis wir dann die Schießerei gehört haben und hingfahrn sind, waren die schon weg.«

Martin schaltete seinen Rechner ein. »Ich schau jetzt mal nach, was die SpuSi gefunden hat. Ihr hattet anscheinend noch keine Zeit dazu.«

»Falsch!«, rief Josef aus. »Ich hab mir das schon angschaut.«

»Und? Was ist rausgekommen?«

Josef nahm den Block, auf dem er sich seine Notizen gemacht hatte und sah drauf. »Also wir haben da verschiedene Waffen. Einmal eine amerikanische M sechzehn, die muss auf Dauerfeuer gestellt gewesen sein. Das war sicher das Maschinengewehr, das wir gehört haben. Dann haben wir eine Steyr-Jagdflinte und eine Mauser 08, also eine Wehrmachtspistole. So viel zu den Waffen. Die SpuSi hat dann noch einen Plan gemacht, von wo aus geschossen wurde. Die haben Vanessa regelrecht eingekreist. Sie hatte eigentlich keine Chance. Dann wurden noch Blutspuren gesichert. Vanessa muss also einen von ihnen getroffen haben.«

Andrea räusperte sich laut und vernehmlich. »Darf ich auch noch etwas sagen?«, fragte sie.

»Ja bitte?«, antwortete Martin.

»Ich schlage vor, du kümmerst dich jetzt erst mal um die Fahrzeuge von Summerer, Leitner und dem alten Ladurner. Die lässt du von der SpuSi durchsuchen. Da muss etwas zu finden sein, und wenn's nur ein paar Tropfen Waffenöl sind.«

Martin machte sich sofort an die Arbeit. Aber zuvor las er noch einmal den Bericht der Spurensicherung. »Sag mal, Josef?«, fragte er.

»Ja? Was ist?«

»Hast du irgendwo was von Reifenabdrücken gelesen? Ich mein, da müssen doch welche sein?«

»Ja, lies Absatz vierundzwanzig. Da steht was. Die hatten offenbar alle SUV, also Großraumfahrzeuge könnten es auch sein.

Die Reifen waren allesamt grobstollig und mindestens zweihundertfünfer.«

Martin rief die Datenbank der Zulassungsstelle auf und suchte. Wieder notierte er sich Daten. Als er damit fertig war, rief er Andrea zu sich. Er zeigte auf seine Notizen. »Ich hab jetzt alle drei durchgecheckt. Keiner von denen hat so ein großes Auto.«

Andrea überlegte und sagte dann: »Ruf mal bei den Leihwagenfirmen an. Vielleicht haben die ja solche verliehen.«

Martin suchte die Nummern heraus. Nach dem letzten Telefonat legte er wütend auf. »Nichts! Keiner hat in den letzten Tagen ein solches Auto verliehen.«

»Ich werde hier wohl nicht mehr gebraucht?«, fragte Emily.

»Im Moment nicht, Emily«, sagte Andrea. »Aber danke, dass du uns die Akte gebracht hast.«

»Gut, dann geh ich wieder. Ihr wisst ja, wo ihr mich findet.« Emily verließ das Büro.

Martin begann, den Bericht der Spurensicherung von vorne zu lesen. Er stellte fest, dass etliche Projektile gefunden worden waren, mithilfe derer man die Art der Waffen feststellen konnte. Natürlich waren auch Projektile dabei, die von Pistolen stammten. Die meisten waren dadurch, dass sie auf Fels aufgeschlagen waren, deformiert. Trotzdem stand eindeutig fest, dass aus Vanessas Waffe, einer Glock 19, mindestens zwölf Schüsse abgegeben worden waren. Dabei konnte Martin auch lesen, dass ihre Pistole sichergestellt worden war und sich nun in der Ballistik befand. Die gesicherten Blutspuren stimmten eindeutig mit einer DNA aus dem Transporter überein. Auf den Goldbarren, die man im Gasthaus Leitner gefunden hatte, befanden sich keinerlei verwertbare Fingerabdrücke. Jedenfalls keine, die mit denen aus dem Transporter entsprachen. Wahrscheinlich hatten die Täter Handschuhe getragen, als sie die Barren weggebracht hatten. Die Spuren, die Martin bereits bekannt waren, überlas er. Als er fertig war, legte er seinen Block beiseite und überlegte.

Wo sind die Fahrzeuge? Die drei hatten kein solches Gefährt.

Das steht fest. Aber wo sind diese verdammten Autos? Vielmehr, woher kommen sie? Gestohlen und jetzt irgendwo versteckt? Nein, zu gefährlich. Wenn sie gestohlen sind, ist das Risiko zu groß, dass der Diebstahl gemeldet wurde und eine Streife zufällig auf sie aufmerksam wird. Gestohlen und die Nummernschilder ausgewechselt? Vielleicht mit ebenfalls geklauten Kennzeichen? Plötzlich war Martin wie elektrisiert. War da nicht etwas mit einer Wehrmachtspistole? Eine Mauser 08? Er suchte noch einmal in dem Bericht der Spurensicherung. *Ja! Da ist sie! Hatte nicht der Bartl so eine? Derjenige, der diese Waffe hat, hat wahrscheinlich auch mit dem Tod Ladurners zu tun. Wie käme er sonst an ein solches Stück, das unter Sammlern locker viertausend bis fünftausend Euro bringt?* Er las weiter in dem Bericht.

Es klopfte an der Türe. Diesmal war es Andrea, die »Herein!« rief.

Die Türe öffnete sich und ein Beamter trat ein, den Martin am liebsten von hinten sah. Valentin Markovic von der Inneren!

»Guten Tag, die Herrschaften!«, grüßte Markovic überaus freundlich.

Der Besuch dieses von allen gehassten Beamten bedeutete selten etwas Gutes. Martin sah sich schon in Handschellen vor dem Herrn Hofrat. Trotzdem wollte er abwarten, was nun passieren würde. Er sagte freundlich: »Guten Tag, Herr Markovic. Wie kommen wir zu der Ehre, dass Sie uns besuchen?«

»Das können Sie sich doch sicher denken, Herr Egger«, antwortete Markovic.

Ach du Scheiße! Jetzt komm ich nimmer raus!, dachte Martin.

Markovic sagte: »Ich habe den Auftrag von Herrn Hofrat Gmeiner …«

»Ja, ja, schon gut«, unterbrach ihn Martin und erhob sich. »Ich komm ja schon mit!«

Markovic sah ihn mit hochgezogenen Augenbrauen an. Dieser Typ, dieser aalglatte Typ mit seinem Hungerfahrgestell, ohne Arsch in der Hose, der Halbglatze mit den ständig pomadisierten Haaren und diesen stechenden Augen, die einen schier zu durchdringen schienen, lächelte ihn plötzlich an. »Ich habe zwar von Ihrem Fauxpas gehört, Herr Egger, aber dies ist nicht der Grund meines Besuches«, erklärte er, griff nach seiner braunen ledernen Aktentasche, die augenscheinlich aus dem letzten Jahrhundert stammte, und entnahm ihr eine Akte. Er blätterte sie auf und las kurz, ehe er sie wieder schloss. Mit wichtiger Miene würde er nun sein Urteil verkünden.

Auch Andrea und Josef sahen ihn gespannt an.

Endlich rückte er mit seinem Anliegen heraus: »Ich bin hier wegen Ihrer Kollegin Frau Bieringer, die offenbar zurzeit nicht ansprechbar ist. Ich erhoffe mir von Ihnen Aufschluss darüber zu bekommen, woher Frau Bieringer die Schusswaffe hatte, die sie gestern benutzt hat.«

Martin sah rot und sprang auf. »Sagen Sie mal, haben Sie noch alle Tassen im Schrank? Sind Sie noch bei Sinnen? Vanessa liegt tödlich verletzt in der Klinik, und Sie wollen wissen, woher sie die Waffe hatte, mit der sie sich wehrte? Schaun Sie zu, dass Sie mein Büro verlassen, ehe ich mich vergesse!«

Markovic straffte seinen Körper, ehe er streng sagte: »Herr Egger! Ich führe nur einen Auftrag aus! Ich bin …« Weiter kam er nicht.

»Raus!«, brüllte Martin. »Raus hier, ehe ich mich vergesse! Vanessa ist Teil meines Teams, und ich lasse nicht zu, dass Sie sie …! Raus hier, aber ganz schnell!«

Markovic wurde blass und hielt seine Aktentasche schützend vor die Brust. Er ging rückwärts zur Türe und drohte noch einmal: »Das wird Folgen für Sie haben, Herr Egger! Dafür werde ich sorgen. Ich werde …«

Martin zeigte abermals zur Türe und schrie: »Raus!«

Als wäre der Leibhaftige hinter ihm her, riss Markovic die Türe auf und rannte hinaus. Erst sah es so aus, als ob Martin ihm noch hinterher wollte, aber dann winkte er ab und setzte sich wieder auf seinen Stuhl. »Ma mecht's nit glaum«, schimpfte er laut. »De kemman sogoa no daher, wennst hi bist und woin da wos am Zeigl flicka!« Offenbar hatte ihm diese kurze Episode doch gutgetan, denn jetzt kam ihm ein neuer Gedanke. »Pöschl!«, rief er aus »Des konn nua der oide Pöschl gwesen sei!«

Andrea und Josef sahen ihn an, als wäre er verrückt geworden. »Sog amoi, hot dia dea Bsuach vo dem Oarsch nit guat doan?«, fragte Josef. »Wos schreist do a so rum?«

»Naa! De Autos! I woaß, wo de de Autos herhom! Vom Pöschl!«

»Vom Pöschl?«, fragte Andrea verständnislos.

»Jo, vom Pöschl! Dea hot doch a Autohaus! I woar doch bei eahm! Dea hot an gonz Haufn vo soichane Geländewong und SUVs durt steh! Andrea, du bsurgts an Durchsuchungsbeschluss und schickstn per Fax zum Pöschl! Josef! Ruaf de SpuSi on und kumm mit!«

Josef tätigte den Anruf.

Martin wartete derweil an der Türe und trieb ihn an: »Iatz kumm! Dummel di! Auf geht's!«

Martin war regelrecht vom Jagdeifer gepackt. Er fuhr durch die Stadt, als ginge es um Leben und Tod. Die Kollegen der Spurensicherung brauchten zwar sicher noch eine Weile, aber Martin wollte es sich nicht nehmen lassen, den Triumph mit Josef an seiner Seite auszukosten. Er war sich sicher, absolut sicher, dass er den Kopf der Bande mit Pöschl fassen würde. Mit quietschenden Reifen fuhr er auf den Parkplatz. Sie sprangen aus dem Wagen.

Zunächst sah sich Martin um. Er zeigte auf die lange Reihe der dort stehenden Autos. »Do schau hi, Josef. Do sand unsane Autos gwieß aa dabei.«

»Woat mers ob«, sagte Josef lakonisch.

Schon kam ein Verkäufer aus dem Autohaus heraus. Es war derselbe, den Martin schon einmal gesprochen hatte. »Herr Chefinspektor, welche Ehre!«, rief er schon von Weitem. Als er bei Martin ankam, fragte er ihn: »Und, Herr Chefinspektor, haben Sie es sich überlegt? Wollen Sie jetzt doch eines unserer Prachtstücke kaufen? Ich zeig Ihnen gleich eins. Kommen Sie bitte.«

Martin schüttelte den Kopf. »Das können Sie sich sparen. Meine Kollegen kommen gleich und nehmen alle Ihre Fahrzeuge unter die Lupe.«

»Wie darf ich das verstehen?«

»Wo ist Ihr Chef? Herr Pöschl?«

»Einen Moment. Ich hole ihn gleich.« Der Verkäufer eilte davon. Inzwischen trafen die Fahrzeuge der Spurensicherung ein.

Meiler stieg aus und kam zu Martin. »Was ist los? Josef hat gesagt, wir sollen Fahrzeuge untersuchen?«

»Ja«, sagte Martin und zeigte auf die Autos. »Die alle. Untersuchen auf Spuren von Waffenöl und was weiß ich noch. Die Fahrzeuge wurden eventuell für den Überfall und später oben bei der Gaststätte benutzt. Ihr habt ja ohnehin die Reifenabdrücke.«

Meiler sah ihn nachdenklich an und fragte zweifelnd: »Alle? Die alle? Sei mir nicht bös, aber da brauche ich Wochen, Monate! So schnell geht das nicht! Ich hab nicht so viele Leute!«

»Dann hol dir welche. Es muss doch noch mehr Beamte geben, die die Spurensicherung beherrschen.«

»Wenn du dieser Meinung bist, kannst du gleich bei mir einsteigen.«

Martin überlegte, wie die Sache zu beschleunigen wäre. Er hatte eine Idee. »Pass auf. Ich schlage vor, ihr sucht erst mal nach den Fahrzeugen mit den passenden Reifenabdrücken. Die nehmt ihr heraus und untersucht sie genau.«

Pöschl kam aus dem Gebäude und rief von Weitem: »Was geht hier vor? Was tun Sie da? Was haben all die Beamten hier zu suchen?«

Martin trat vor ihn und sagte ruhig: »Ich würde sagen, Sie informieren Ihren Anwalt. Wir werden hier alle Ihre Fahrzeuge auf Spuren untersuchen.«

»Welche Spuren? Bei mir gibt's keine Spuren irgendwelcher Art.«

»Ich denke, das lassen wir die Spurensicherung entscheiden.«

»Haben Sie überhaupt einen Durchsuchungsbeschluss?«

»Den bekomme ich sofort. Gehen wir in Ihr Büro?«

»Kommen Sie bitte mit«, sagte Pöschl, der offenbar sehr beunruhigt war ob der vielen Beamten, die inzwischen durch die Reihen der Fahrzeuge gingen und sich die Reifen ansahen.

Josef zupfte Martin am Ärmel.

»Was ist?«, fragte Martin.

Josef zeigte auf eine Halle, auf der mit großen Lettern »FAHRZEUGAUFBEREITUNG« stand, und flüsterte Martin zu: »Da werden wir nicht viele Spuren finden, wenn die Fahrzeuge da drin waren.«

»Uns reicht eine«, erwiderte Martin. »Eine einzige Spur und dann haben wir ihn.«

Sie folgten Pöschl in sein Büro. Er bot ihnen natürlich sofort einen Platz an, den aber beide ablehnten. »Und? Wo ist jetzt Ihr Beschluss?«, fragte Pöschl.

»Der wird sicher gleich da sein«, antwortete Martin und zeigte auf das Faxgerät, das soeben piepste und ein beschriebenes Blatt ausspuckte.

Josef ging hin und nahm das Blatt heraus. Ein kurzer Blick darauf zeigte ihm, dass sie das gewünschte Formular hatten. »Da ist er ja!«, sagte er und reichte Pöschl den Beschluss. »Ich glaube, es ist jetzt wirklich an der Zeit, dass Sie Ihren Anwalt anrufen. Sagen Sie ihm bitte gleich, dass er zu uns in die Dienststelle kommen soll. Da wird er auch Sie antreffen.«

Pöschl sah ihn wütend an und tätigte den Anruf.

Als er fertig war, sagte Martin zu ihm: »So, Herr Pöschl. Ich nehme Sie jetzt vorläufig fest wegen des Verdachts auf Mord, Überfall und bewaffneten Widerstand gegen Exekutivbeamte. Kommen Sie bitte?« Martin winkte ihn zu sich. Josef wollte ihm schon Handschellen anlegen, aber Martin meinte: »Darauf können wir wohl verzichten, oder Herr Pöschl? Sie werden uns doch nicht weglaufen?«

»Nein, nein, wieso auch?«, sagte Pöschl schnell. »Ich hab nichts getan!«

Sie fuhren mit Pöschl in die Dienststelle. Dort gaben sie ihn in der Verwahrung ab. Martin und Josef gingen hinauf in ihr Büro. Andrea wartete bereits auf sie. »Und? Habts eahm?«

»Ja, mia hom eahm«, sagte Martin. »Host du wos füa uns?«

»Jo, hob i. De Grichtsmedizin hot vurhin ongruafn und mia de Ergebnisse vo dem DNA-Abgleich ausm Transporter duachgem. Wos soy i song? Voitreffa! De sand olle drei bei uns registriert!«

»Loss mi rotn. Da Summerer, da Leitner und da Zöllner?«

»Ja, und oa Unbekannte hom mer aa no. Aba i denk amoi, des wead da Herr Pöschl senior sei.«

»Nacha hom mers jo. Josef, mia zwoa foahn iatz zum Summerer und nehman eham fest. Danoch zum Leitner.«

»Nehmts a poar Beamte mit zua Vursicht!«, rief ihnen Andrea nach, als sie das Büro verließen.

Während sie nach unten gingen, fragte Josef: »Wos is iatz eigentli mit dem oidn Ladurner? Dea woa doch scheint's aa in den Foi vowicklt?«

»Do woart mer erscht amoi de Vonehmunga ob. Mia passt dea irgendwie nit ins Büdl.« Martin ging noch in den Bereitschaftsraum und holte sich ein paar Beamte. Sie fuhren zu Summerer und staunten nicht schlecht. Sah bei ihrem letzten Besuch noch alles aus wie auf einem Schrottplatz, so war jetzt alles ordentlich aufgeräumt. Ein paar Paletten mit Steinen standen herum und auch ein Bagger. Einige Meter weiter hinten erkannte man, dass dort bereits Erdarbeiten begonnen hatten. Ein großer Kieshaufen zeugte davon.

»Do siechst, wo as Göd dahoam ist«, meinte Josef, als sie ausstiegen.

»Aba ob des ehrlich daoarbat wurn is, kunnt ma aa bezweifeln«, antwortete Martin. Aus der Schmiede war deutliches Hämmern zu hören. Martin und Josef gingen hinein, gefolgt von den uniformierten Beamten,.

Summerer stand am Amboss und schlug auf ein Stück glühendes Eisen ein. Offenbar hatte er sie noch nicht bemerkt, denn er schaute sich das Werkstück an, drehte und wendete es und ging dann zur Esse. Dabei fiel Martin auf, dass der Mann hinkte. Martin stellte sich so vor den Amboss, dass Summerer unweigerlich an ihm vorbeimusste, wenn er dort weiterarbeiten wollte. Als er Martin erkannte, ließ er sofort das Werkstück, das er noch mit einer Zange in der Hand hielt, fallen und blaffte Martin an: »Was wollen Sie schon wieder von mir? Ich hab nichts getan!«

Martin zeigte auf den Fuß, mit dem Summerer Probleme zu haben schien, und fragte: »Was ist denn da passiert? Haben Sie sich verletzt?«

Summerer versuchte ein Lächeln und meinte gequält: »Da hab ich gestern ein Pferd beschlagen und das hat ausgetreten. Da hat's mich eben erwischt.«

»Das Pferd liegt jetzt zwischen Leben und Tod in der Klinik!«, sagte Martin und nahm ihn am Arm.

Summerer schüttelte ihn ab. »Was wollen Sie von mir?«

»Ich nehme Sie fest wegen des Verdachts der Beteiligung an einem Überfall auf einen Geldtransporter und des Mordes an einem der Fahrer. Ferner wegen des Verdachts des versuchten Mordes an einer Exekutivbeamtin. Sonst noch Fragen?«

Summerer schwieg. Martin gab den Kollegen einen Wink. Diese nahmen Summerer und brachten ihn weg.

»So, und iatz zum Leitner«, sagte Martin und ging zum Auto. Josef zögerte.

»Wos is iatz?«, fragte Martin. »Wüst Wurzln schlong, oda wos?«

»I woaß nit. Moch du den Leitner söba. I mog nimma do auffi kraxeln.«

»Guat, wannst moanst. Aba liaba waars ma scho, wannst dabei waarst.«

»No jo, wann's denn sei muaß«, sagte Josef und stieg zu Martin ins Auto.

Diesmal fuhren sie nicht wie sonst zur Alm von Frau Eichelberger, sondern zu dem anderen Aufstieg, an dem tags zuvor die Schießerei gewesen war. Martin stellte den Wagen ab. Sie gingen den Weg hinauf, den Martin mit Vanessa auf den Armen heruntergerannt war. Oben an dem Stein, hinter dem Martin Vanessa gefunden hatte, war immer noch ihr Blut im Gras zu sehen. Etliche Fliegen tummelten sich dort. Angewidert scheuchte Martin sie weg. Er blieb kurz stehen und faltete seine Hände zum Gebet. Leise murmelte er das Vaterunser. Josef, der neben ihm stand, tat das Gleiche. Martin bekreuzigte sich und ging weiter.

»Wos woar des iatz?«, fragte Josef. »Du host füa de Vanessa bet?«

»Jo, hob i und mei Rechnung zoiht.«

Josef verstand nicht, was er meinte, schwieg aber trotzdem.

Vorsichtig gingen sie den Weg nach oben. Der Pfad war zwar einigermaßen befestigt, aber man wusste ja nie. Oben angekommen, schlichen sie nur noch, denn ein rollender Stein oder ein anderes Geräusch hätte sie vielleicht verraten. Aus einem Gebüsch heraus, das eine große Alpenrose war, beobachteten sie die Gaststätte. Es tat sich nichts. Noch nicht.

Sie warteten eine Weile, bis Josef flüsterte: »Mia hättn vielleicht Vostärkung mitnehma soyn?«

»S'is, wias is, iatz pack mern uns.« Martin atmete ein paarmal tief durch, holte seine Waffe aus dem Holster und sah Josef an. Auch dieser zog seine Pistole und bestätigte Martins Order, nun loszuschlagen, mit einem Nicken. Sie sprangen auf und rannten auf das Gebäude zu. An der Türe blieben sie stehen. Martin sah sich draußen um, ob nicht irgendein Wanderer in der Nähe war.

Josef öffnete vorsichtig die Türe zum Gastraum und blickte hinein. »Koana do«, flüsterte er.

Martin hörte aber deutlich ein leises Klirren aus der Stube. Anscheinend war doch jemand da. »Iatz!«, sagte er zu Josef und riss die Türe auf. Mit den Waffen im Anschlag stürmten sie hinein.

»Keine Bewegung! Polizei!«, rief Martin.

Marie, die Kellnerin, die Martin einen Kaffee gebracht hatte, ließ vor Schreck ein Glas fallen, das klirrend auf dem Boden zerschellte. Sie hob die Hände hoch und sah sich Hilfe suchend um.

Martin rannte auf sie zu und packte sie am Handgelenk. »Gehens raus«, zischte er. »Verschwindens von hier. Wo ist der Chef?«

Sie deutete zitternd nach hinten. »In da Kuchl. Dea mocht grod an Schweinsbrotn.«

Martin zog noch einmal an ihr, bis sie hinter dem Tresen hervorkam. »Iatz hauns ab! Aba schnö! Des kannt gfährlich wern.«

»I … i … i bin jo scho furt«, sagte sie und rannte hinaus.

»Marie!«, rief jemand aus der Küche. »Herrschaftszeitn Marie! Wo bleibt des Bier? I brauch's zum Aufgiassn!«

Kurz darauf kam Leitner in die Gaststube und begann zu fluchen: »Kreizkruzi …« Das Wort blieb ihm im Hals stecken, als er Martin und Josef sah, die mit der Waffe im Anschlag vor ihm standen. Martin erkannte sofort, dass Leitner überlegte, was er nun tun sollte. Gehetzt blickte er um sich. Weglaufen oder zum Angriff übergehen? Beinahe stand ihm diese Frage auf der Stirn geschrieben.

Martin sagte: »Es hat keinen Zweck, Herr Leitner. Sie sind verhaftet. Tun Sie jetzt nichts Unüberlegtes, sonst müssen wir schießen.«

Leitner drehte sich um und rannte in die Küche.

Sofort liefen Martin und Josef hinterher. Sie sahen gerade noch, wie Leitner durch eine Türe nach hinten verschwand. Der Boden in der Küche war glatt wie Eis, verschüttetes Wasser und Fett verwandelten ihn in eine gefährlichen Untergrund.

Nichtsdestotrotz rannte Martin durch die Türe hinter Leitner her. Aber der war weg. Wie vom Erdboden verschluckt. Eine weitere Türe führte auf den Hof. Durch die Glasscheibe, die in der oberen Hälfte der Türe angebracht war, konnte man nach draußen sehen. Rechts führte eine Treppe abwärts, offenbar in den Keller. Martin bewegte sich vorsichtig auf die Türe zu und stieß sie mit der Waffe im Anschlag auf. Er sah sich um. Nichts. Wieder nichts. Leitner war weg.

Josef stieß ihn an. Als Martin sich zu ihm umdrehte, legte Josef einen Finger auf den Mund, gleichzeitig machte er: »Pschscht«, und zeigte mit dem Lauf seiner Pistole zu dem Kellerabgang. »Dea is do untn!«, flüsterte er.

Martin schlich nun hinter Josef die steile Treppe hinunter. Nach wenigen Stufen machte sie einen Knick nach rechts. Josef blieb stehen und schaute vorsichtig um die Ecke. Offenbar war nichts zu sehen, denn Josef ging langsam, Stufe für Stufe weiter. Martin hielt sich dicht hinter ihm. Am unteren Ende der Treppe bog sie augenscheinlich wieder nach rechts ab, denn geradeaus war nur eine Mauer zu sehen. Auch hier blickte Josef erst um die Ecke.

Plötzlich war ein Geräusch zu hören. Es machte »Klack«. Noch konnte weder Josef noch Martin diesen metallisch klingende Klang einstufen. Was war das? War das eine Türe, die ins Schloss gefallen war? Die Antwort darauf bekamen sie, als Martin sich an Josef vorbeidrängte und ebenfalls um die Ecke lugte. Ein lauter Knall ertönte, und der Putz an der Wand hinter ihnen zerstob in tausend kleine Stücke. Nackter Fels kam darunter zum Vorschein.

»Dea hot a Gwahr!«, stellte Josef fest.

»Jo, woahrscheinli a Schrotflintn«, bestätigte Martin. Noch einmal versuchte er um die Ecke zu schauen. Prompt knallte wieder ein ohrenbetäubender Schuss, und hinter ihnen hörte man die Schrotkugeln gegen den Fels schlagen. Hatte Leitner eine Pumpgun oder war es nur ein Zwilling? Bei einer Pumpgun wären sicher noch ein paar Schuss im Magazin gewesen, aber ein ähnliches Geräusch wie vorher zeigte, dass es nur eine Schrotflinte war.

Offenbar musste Leitner nachladen, denn es klackte wieder. Martin versuchte, einen erneuten Blick um die Ecke zu werfen. Leitner schoss noch einmal. Martin konnte gerade noch seinen Kopf zurückziehen, sonst wären sicher ein paar der Stahlkugeln in seinem Schädel gelandet. »Herr Leitner!«, rief er. »Geben Sie auf! Es hat doch keinen Zweck! Die andern sind bereits verhaftet! Legen Sie die Waffe weg und kommen Sie mit erhobenen Händen heraus!«

»Leck mi am Oarsch!«, rief Leitner und schon wieder krachte ein Schuss.

Martin sagte zu Josef: »Gib ma Deckung«, und rannte los. Er wusste, dass Josef mit der Waffe im Anschlag hinter ihm war. Er stürmte nach vorne, wo er sah, dass Leitner soeben dabei war, auf ihn anzulegen. Er blickte direkt in die beiden Mündungen der Läufe und sah alles wie in Zeitlupe. Der Knall musste kommen! Jetzt gleich würde Leitner abdrücken.

Aber statt des zu erwartenden Schusses aus der Flinte, war nur das Krachen von Josefs Pistole zu hören. Leitner starrte Martin mit weit aufgerissenen Augen an, ließ die Waffe fallen und fiel in sich zusammen. Martin ging langsam auf ihn zu, seine Waffe immer noch in Vorhalte. Als er sah, dass Leitner sich nicht mehr rührte, nahm Martin die Schrotflinte hoch und klappte sie auf. Sofort sprangen ihm zwei Patronen aus dem Lauf entgegen. Er beugte sich noch zu Leitner hinunter, der ihn weiterhin mit totem Blick anstarrte.

»Dea is hi«, meinte Josef lapidar, als er an die Leiche herantrat.

»Des host guat gmocht«, sagte Martin und schlug seinem Freund auf die Schulter. »Dank da recht schee. Ruafst bitte in da Zentrale on, de soyn des große Besteck mitbringa.«

Sie warteten noch ab, bis die Kollegen der Spurensicherung,

der Gerichtsmedizin und der Kriminaltechnik ankamen. Erst dann gingen sie hinunter zum Auto und fuhren zurück in die Dienststelle.

Im Büro hatte Andrea eine wenig erfreuliche Nachricht für sie. »Den Pöschl hom mer wieda geh lossn miassn. Seine Fingaabdrück woan nirgends identisch. Oiso nit im Transporter oda sonstwo. Aba de Autos hom mer gfunna. Da Meiler hot se doch tatsächlich unta dene Autos rausgfunna, de wo im Pöschl seim Loga woarn. Drei Stück hom mer. Nacha homs aa no de Waffn gfunna, de woarn in oana stillglegtn Werkstodt aufm Gelände vom Pöschl. Do sands in oana Montaschgruam glegn. Vom Pöschl woarn aba koane Fingaabdrück drauf. Oiso hom mia koan Beweis nit, dass ea beteiligt woar. Wos is bei eich gwen? Es hot a Schiaßerei gem, hob i ghert.«

Martin erzählte ihr kurz, was passiert war. Zu Josef sagte er: »Schreibst du den Bericht? I hob heit koa Lust meah.«

»Und wos is mit da Vonehmung vom Summerer?«, fragte Andrea. »Wea mocht de?«

»Moch du de«, sagte Martin. »I konn oafach nimma heit. Mia langt's.«

Emily kam, ohne anzuklopfen, ins Büro. »Ich hab da was für euch, das wird euch nicht freuen, aber ich kann's nicht ändern«, sagte sie und wirkte dabei etwas bedrückt.

»Und was ist das?«, fragte Andrea.

»Wir machen grad eine Großfahndung nach dem il Bavarese. Der scheint wie vom Erdboden verschluckt. Keiner weiß, wo er ist, wo er war oder wo er jetzt sein könnte.«

»Ich glaub, ich weiß, wo er ist«, sagte Martin.

»Und wo soll das sein?«, wollte Emily wissen.

»Auf dem Gelände vom Summerer. Da ist eine Baugrube, und ich wette mit euch, der Bavarese ist da drin.«

»Gut, ich schick sofort die SpuSi hin. Die sollen nachschaun.« Emily wollte das Büro verlassen.

»Sag ihnen auch gleich, dass da ein Bagger steht«, meinte Martin. »Vielleicht können sie ihn benutzen.«

»Gut, mach ich auch«, antwortete sie.

Sie hatte schon die Klinke in der Hand, als Andrea sagte: »Wart mal, Emily. Ich hab da eine Bitte an dich.«

Emily ließ die Klinke los und kam näher. Misstrauisch fragte sie: »Und was soll das sein? Was kann ich für dich tun?«

Andrea schien verlegen, als sie sagte: »Nun, das ist ... wie soll ich sagen ... nun, es ist ein wenig ...«

»Jetzt drucks nicht so herum. Sag, was du willst. So schwierig kann das doch gar nicht sein.«

»Na ja, es ist so, wir haben eine Vernehmung zu machen, und ihr von der Fahndung habt da doch mehr Erfahrung als wir, und da dachte ich ...«

»Ich soll den Summerer für euch vernehmen?«, fragte Emily.

Erleichtert antwortete Andrea: »Wenn's dir nichts ausmacht? Ich weiß, ihr habt selbst genug am Hals, aber du würdest uns einen großen Gefallen erweisen.«

Emily überlegte nur kurz. »Einverstanden. Aber nur, wenn du das in deinem SOKO-Bericht lobend erwähnst.«

»Mach ich. Ich schreib's als dienstliche Anordnung rein.«

»Ich nehm dich beim Wort«, sagte Emily und verließ das Büro.

»Iatz host di aba sauba druckt«, meinte Josef und grinste Andrea an.

»Woaßt wos? I bin schließlich die Leiterin vo dera SOKO, und so hiob i aa des Recht und de Pflicht, soychane Sochn zum delegiern«, erklärte sie und setzte noch drauf: »Eich zwoa konn i jo in dera Beziehung vogessn.«

Martin stützte sich auf die Armlehnen und stand mühsam auf. »I foahr iatz auf Soizbuarg zu da Vanessa. I mecht wissen, wias ihra geht.«

»Des konnst aa a so erfoahrn«, sagte Andrea. »Ruaf durt on.«

Also nahm er das Telefon und rief in der Klinik an. Dort wurde er sofort auf die Station verbunden. Eine Schwester meldete sich: »Intensivstation, Schwester Heidi? Wer spricht?«

»Guten Tag, ich bin Chefinspektor Egger aus Zell …«

»Ach? Sie rufen wegen der Vanessa Bieringer an?«

»Ja, ich wollt mich erkundigen, wie es ihr geht.«

»So weit eigentlich ganz gut. Sie ist zwar noch nicht über den Berg, aber ihre Werte sind stabil.«

»Kann man sie denn schon besuchen?«, fragte Martin.

»Das können Sie sicher, aber Sie werden nicht viel Freude mit ihr haben. Sie ist immer noch im künstlichen Koma.«

»Wie lange wird sie das noch sein?«

»Das weiß ich leider nicht, das haben die Ärzte zu entscheiden.«

»Gut, ich melde mich dann wieder«, sagte Martin und legte auf.

»Siechst as?«, meinte Andrea. »Iatz host ois a so aa erfoahrn. Do host iatz goar nit extra noch Soizbuag foahrn miassn.«

Martin sah plötzlich sehr müde aus.

Andrea entging dies nicht. »Wos is mit dia los? Geht's dia nit guat? Du gfoist ma goar nit. Woaßt wos? Da Josef soy di hoambringa. Du mochst Feieromd füa heit.«

Martin widersprach: »Mia geht's guat. I brauch bloß a bisserl a Pause.«

»Genau, und de mochst dahoam!«, ordnete Andrea an und gab Josef einen Wink. »Bring eahm hoam und surg dafüa, dass se de Julia guat um eahm kümmat. Notfois soys an Oarzt hoin.«

»Do brauchst da koane Surng mochn«, sagte Josef. »De Julia bringt eahm scho wieda in Form.« Er schob Martin aus der Türe.

Josef brachte Martin nach Hause. Julia erschrak, denn auch sie erkannte, dass mit Martin irgendetwas nicht stimmte. Gemeinsam mit Josef brachte sie ihn ins Wohnzimmer und legte ihn auf die Couch. Martin ließ alles willenlos mit sich geschehen, was Josef, der ihn lange genug kannte, ebenfalls Sorgen bereitete.

»I woaß nit. Dea gfoit ma goar nit. Dea hot nit amoi wos gsogg, wia i eahm hergfoahrn hob. Sunst hätt ea randaliert oda so. Aba heit?«

»I ruaf an Dokta on«, meinte Julia. »Dank da sche, dass'd eahm hoambrocht host.«

»Koa Ursach«, sagte Josef und ging.

Als Julia in das Wohnzimmer kam, schlief Martin tief und fest. Er bekam offenbar nicht mehr mit, was um ihn herum vor sich ging. Nicht einmal Lenis Schreien hörte er, als sie ihren Schnuller verlor. Auch das Toben der Buben draußen im Garten weckte ihn nicht auf.

Natürlich hatte Julia den Hausarzt angerufen, der auch gleich danach kam und Martin untersuchte. Auch davon bemerkte er nichts. Der Arzt meinte nur: »Lass ihn schlafen. Das ist reine Erschöpfung. Es war wahrscheinlich ein bisserl viel für ihn die letzten Tage.«

Julia ließ ihn in Ruhe. Sie beobachtete ihn nur. Zu den Buben musste sie nur einmal sagen, dass sie etwas ruhiger sein sollten, da der Papa müde sei. Sie akzeptierten dies und verlagerten ihre Aktivitäten woanders hin. Martin verschlief den Rest des Tages und die Nacht ebenso.

Am Morgen, als er aufwachte, wunderte er sich, dass er angezogen auf der Couch lag und nur mit einer Wolldecke zugedeckt war. Er fühlte sich wie gerädert. Aus der Küche hörte er Geschirr klappern. Er ging hinüber und sah, dass Julia soeben dabei war, das Frühstücksgeschirr abzuräumen.

»Wos is mit mia?«, fragte er. »Kriag i nix?«

Julia fuhr erschrocken herum. »Martin!«, rief sie aus. »Warum bleibst du nicht liegen?«

Er sah sich um. »Sind die Buben noch da?«

»Ja, aber die sind gleich weg.«

»Was war eigentlich los?«, fragte er.

»Warum?«

»Weil ich auf der Couch gschlafn hab.«

»Der Josef hat dich gestern heimbracht, weil du fix und fertig warst. Ich hab auch gleich den Doktor geholt, aber der hat nur gmeint, dass du erschöpft bist, weil du zu viel arbeitest.«

»Ha! Ich und zu viel arbeiten? Du kennst mich doch!«

»Eben«, war Julias Antwort darauf.

»Außerdem hab ich im Moment einen Fall, der …«

»Ich weiß. Josef und Andrea waren gestern Abend noch da und haben nach dir geschaut. Sie haben mir erzählt, was los war. Du solltest bei solchen Sachen auch mal an deine Familie denken. Wir brauchen dich noch.«

Er winkte lässig ab. »Ach was. So wild war das auch wieder nicht.«

»Sagst du.«

»Ja, sag ich! Und jetzt hab ich Hunger.«

Nach dem Frühstück fuhr Martin ins Büro. Dort setzte er sich wie selbstverständlich an seinen Platz.

Andrea und Josef sahen ihn nur an. »Wos machst du do?«, fragte Josef.

»Oarbatn, wos sunst? Gibt's wos Neichs?«

»Ja, de Emily hot gestern no de Vernehmung vo dem Summerer durchgführt«, erzählte Josef. »Se werd glei kemma und Bericht erstattn. Den schriftlichn hob i jo scho.«

»Dann bin i aba amoi gspannt.«

»Des deafst aa sei«, sagte Andrea. »Do hot's graucht in da Kistn. Des sog i dia. Aba so wos wia gestern mochst ma nit no amoi. Wenigstn nit, wenn ich dei Chefin bin. Hom mer uns?«

»I woaß goar nit, vo wos du redst«, sagte Martin mit Unschuldsmiene und meinte es offenbar auch so.

Emily kam ins Büro. Sie sah Martin sitzen und fragte: »Na, du Schwerarbeiter! Wie geht's dir heute?«

»Was heißt da Schwerarbeiter?«, entgegnete Martin. »Ich hab doch gar nichts getan. Ich hab nur geschlafen.«

Emily hatte einen Ordner mitgebracht. »Wo darf ich mich hinsetzen? Das wird ein längerer Vortrag.«

Andrea zeigte auf Vanessas Platz und sagte: »Dahin, da ist im Moment frei.«

Emily setzte sich und schlug den Ordner auf. Sie begann: »Also ich hab den Herrn Summerer vernommen. Er hat im Großen und Ganzen alles zugegeben. Seine Verletzung am Bein hat er übrigens Frau Bieringer zu verdanken. Die hat auf ihn geschossen, aber nur in Notwehr, wie ich inzwischen mit der Inneren übereingekommen bin. Nun hat Herr Summerer auch noch den Überfall auf den Transport gestanden und den Mord an Herrn il Bavarese. Er hat …«

»Il Bavarese ist also tatsächlich tot?«, unterbrach Martin. »War er in der Baugrube?«

»Ja, das war er. Darf ich jetzt fortfahren?«

»Ja sicher, mach weiter«, sagte Andrea mit einem vorwurfsvollen Blick zu Martin.

»Also gut. Wo war ich stehengeblieben?«

»Beim Mord an il Bavarese«, erinnerte sie Martin.

»Ach ja. Also diesen Mord hat er gestanden und begangen, weil sich il Bavarese verabschieden wollte. Er wollte aussteigen, und das konnten sie nicht hinnehmen. Es bestand die Gefahr, dass il Bavarese sich an uns wendet und alle verrät. Dann haben wir noch den Toten vom Geldtransport. Diesen Mord hat Pöschl junior begangen. Den haben wir inzwischen. Dann hat er noch gestanden, dass er gemeinsam mit Leitner den Herrn Bartholomäus Ladurner erschlagen hat. Tatwerkzeug waren zwei Gewehre, von denen eins in der Hütte Ladurners war und das andere hatte Pöschl junior aus der Jagdhütte seines Vaters mitgebracht.Das Motiv war auch wie bei il Bavarese, dass Herr Ladurner aussteigen wollte. Der Mord an Frau Kammerlander wurde von Herrn Summerer gemeinsam mit Herrn Pöschl …«

»Junior«, redete Martin dazwischen.

»Nein, er wurde vom Senior begangen. Frau Kammerlander wusste von den Geschäften und offenbar auch, wer der Täter beim Mord an ihrem Verlobten war. Deshalb musste sie sterben. Die beiden Hämmer waren jeweils bei Ladurner, also Bartl, im Haus und bei der Frau Eichelberger. Pöschl Senior brachte den Hammer nach unten und versteckte ihn beim alten Ladurner. Den anderen Hammer versteckte Summerer bei Frau Eichelberger, die zu diesem Zeitpunkt schlief.«

»Sag das noch mal!«, entfuhr es Martin. »Der alte Pöschl hat das Everl erschlagen?«

»Ja, so sagt das zumindest Herr Summerer aus«, meinte Emily.

»Hat Pöschl das gestanden?«

»Der kann nichts mehr gestehen«, sagte Josef. »Der hat sich gestern in der Nacht in seiner Werkstatt erhängt.«

»Scheiße!«, rief Martin aus. »Da hat er sich gedrückt! Das ist doch immer dasselbe. Da bringen sie jemanden um und entziehen sich dann so feige den Konsequenzen!«

»Das war aber nicht der Hauptgrund«, sagte Andrea. »In seinem Abschiedsbrief stand, dass er so gut wie pleite war. Deshalb hat er auch mit seinem Sohn die Überfälle verübt.«

Martin sprang auf und lief hin und her. Schließlich blieb er vor Emily stehen. Er sah sie eindringlich an. »Dann haben wir jetzt eigentlich nur Summerer, der sich verantworten muss?«, fragte er zornig. »Von dem ganzen Verbrechergesindel nur den Summerer?«

Emily schüttelte den Kopf. »Nein, durchaus nicht. Wir haben auch noch den Pöschl junior. Aber darf ich fortfahren? Ich komme jetzt zu dem Punkt mit dem Gold. Das war laut Herrn Summerer so, dass sie das geraubte Gold zu Leitner gebracht haben. Der wiederum brachte es zu Herrn Ladurner, der es zunächst in seiner Mine versteckte, später dann weiterverarbeitete und verkaufte. Der Vater von Herrn Ladurner wusste im Übrigen von allem und wird sich deshalb vor Gericht als Mitwisser und als Hehler verantworten müssen. Das war das Gröbste. Weitere Einzelheiten findet ihr in meinem Bericht.«

Martin reichte dies ohnehin. Zumindest vorerst. »Was ist mit diesem il Bavarese? Welche Rolle spielte der?«

»Das musst du deinen Herrn Hofrat fragen. Ich bin nicht in der Lage, dir diese Frage zu beantworten.«

»Und was ist mit diesem ganzen Mafiageschwafel? Mit diesem Calabrese und den anderen? Was ist mit denen?«

»Nichts!«, antwortete Emily achselzuckend. »Absolut nichts. Das war eine falsche Spur, die uns der Herr Hofrat übermittelt hatte.«

»Ich fahr jetzt nach Salzburg zum Hofrat. Der kann was erleben!« Martin stürmte wütend aus der Türe.

In Salzburg begab er sich sofort zum Büro des Hofrats. Es schien zunächst, als habe Gmeiner ihn erwartet. Er saß hinter seinem wuchtigen Schreibtisch. »Ach, Herr Egger? Kommen Sie vielleicht, um mir Ihre Dienstwaffe und Ihren Ausweis persönlich vorbeizubringen?«

»Die können Sie gerne haben!«, sagte Martin, zog seine Waffe, entlud sie und warf sie auf den Tisch. Danach holte er noch seinen Ausweis und seine Dienstmarke heraus. Auch diese schmiss er dem Hofrat entgegen. Er stützte sich mit den Fäusten auf Gmeiners Schreibtisch ab und sah ihn zornig an. »So, Herr Hofrat. Nun sind wir so weit. Im Moment sind Sie nicht mehr mein Vorgesetzter. Nun kann ich Ihnen sagen, was ich von Ihnen halte. Ich …«

Gmeiner stand auf und ging um den Tisch herum. Jovial legte er eine Hand auf Martins Schulter. »Aber setzen Sie sich doch, Herr Egger. Ich habe gehört, dass Sie gesundheitlich leicht angeschlagen sind. Wie geht es Ihnen denn?«

»Das ist jetzt sicher nicht das Thema unserer Unterhaltung!«, fuhr Martin ihn an.

»Aber, Herr Egger. Wer wird denn so nachtragend sein? Zugegeben, ich hab da ein paar kleine Fehler gemacht. Aber Sie haben die Fälle ja trotzdem …«

»Was Sie mir nicht gerade leicht gemacht haben!«

»Aber, Herr Egger, schaun Sie mal. Ein Mann in meiner Position muss …«

»Wissen Sie, was mich Ihre Position interessiert? Durch Ihr Verhalten wurde nicht nur ein Mensch getötet, sondern auch eine sehr fähige und liebenswerte Kollegin beinahe umgebracht!«

Gmeiner wandte sich ab und rieb die Hände aneinander. »Ich weiß, ich weiß, Herr Kollege, aber …«

»Nennen Sie mich nicht Kollege! Auf solche Kollegen kann ich verzichten!«

Gmeiner nahm wieder in seinem Sessel Platz. Er sah Martin ruhig an. »Nun lassen Sie mich mal etwas sagen …«

»Sie …«, begann Martin.

»Unterbrechen Sie mich bitte nicht! Ich schätze Sie als sehr kompetenten und guten Kollegen und Beamten. Aber was Sie sich in der Klinik herausgenommen haben und auch jetzt herausnehmen, geht eindeutig zu weit. Aber – und das muss mal gesagt werden – stimme ich voll und ganz mit Ihnen überein, dass solch ein Verhalten meinerseits nicht zu verzeihen ist. Ich werde also demnächst meinen Rücktritt einreichen.«

»Aber das ist doch …«

»Lassen Sie mich bitte zu Ende ausführen. Ich werde also meinen Rücktritt einreichen, wenn Sie diese Gegenstände nicht wieder an sich nehmen.« Er zeigte auf den Ausweis, die Marke und die Waffe.

Martin war völlig perplex.

»Auf Wiedersehen, Herr Egger, und machen Sie weiter so«, verabschiedete Hofrat Gmeiner Martin.

Martin nahm seine Sachen wieder an sich und steckte sie ein. Im Moment wusste er nicht, ob er das Richtige tat. Am liebsten hätte er seinen Job hingeworfen. Aber das ging nun mal nicht so einfach. Als er das Gebäude verließ und in seinem Wagen saß, musste er nicht lange überlegen, was er jetzt zu tun hatte. Er würde zu Vanessa fahren.

In Vanessas Zimmer holte er sich zunächst einen Stuhl, den er neben das Bett stellte. Er setzte sich, nahm ihre Hand, in der eine Infusionsnadel steckte. Das Beatmungsgerät zischte leise und gab klackende Geräusche von sich. Ein anderer Apparat, der zur Überwachung der Vitalfunktionen diente, piepste regelmäßig. Vanessa lag, wie ihm eine Schwester mitgeteilt hatte, immer noch im Koma. Ihre Brust hob und senkte sich im Takt der Maschine. Blass war sie. Nur ihre Lippen zeigten einen Hauch von Rosa.

Martin strich ihr sanft über den Handrücken. Er wusste, sie konnte ihn nicht hören, dennoch sagte er: »Vanessa, es tut mir unendlich leid, was passiert ist. Ich bin schuld dran, dass du jetzt hier liegst. Hätte ich nur ein wenig zugehört, dann wäre das alles nicht geschehen. Es war völlig unnötig. Ich weiß das. Aber was wird jetzt aus dir? Zurück in den normalen …«

Vanessas Hand zuckte leicht. Ihre Augenlider zitterten.

»Vanessa?«, fragte er leise. Er wartete ein wenig, ob sie sich noch einmal bewegen würde. Aber anscheinend war das nur ein Reflex als Reaktion auf seine Berührungen gewesen. Er redete weiter: »In den normalen Dienst wirst du wohl nicht zurückkommen können. Aber was mach ich dann mit dir? Innendienst? Nein, ich bin sicher, das ist nicht deine Sache. Das willst du sicher nicht. Du bist eine Polizeibeamtin durch und durch. Vielleicht hatte deine Mutter ja doch recht? Wir könnten dir helfen. Ich könnte … nein, Blödsinn, das kann ich nicht. Aber vielleicht solltest du dir überlegen, nun doch noch Verkäuferin oder …« Er lachte leise. »Ja, oder du wirst Friseuse …«

Wieder zuckte Vanessas Hand.

Plötzlich begann das Gerät für die Vitalfunktionen laut und durchdringend zu pfeifen. Es schien gar nicht mehr aufhören zu wollen. Martin sprang auf und rannte in den Flur. Er wollte die Schwester rufen, aber die kam schon angerannt. In ihrer Begleitung noch eine andere Schwester und ein Arzt. Martin zeigte in das Zimmer. »Frau Bieringer! Es geht ihr nicht gut! Helfen Sie ihr! Schnell!«

»Gehen Sie beiseite!«, fauchte ihn der Arzt an und schob ihn weg.

Hilflos stand Martin vor der Türe und beobachtete durch die Glasscheibe, wie sich das Team um Vanessa bemühte. Wieder begann er zu beten: »Lieber Gott, lass sie nicht sterben! Bitte, sie ist doch noch so jung! Vater unser …«

Schließlich wurde es im Zimmer wieder ruhig. Kurz darauf kamen der Arzt und die Schwestern erleichtert auf den Flur. Der Arzt sagte zu ihm: »Fahren Sie jetzt lieber wieder heim. Sie können nichts für sie tun. Sie ist hier in den besten Händen. Glauben Sie mir.«

Martin ging noch einmal zu Vanessa ans Bett und streichelte ihr über die Stirn. Leise sagte er: »Ich muss jetzt wieder gehen. Aber ich komm ganz bestimmt bald wieder.« Ihre Augenlider zuckten leicht. Er war sich nicht mehr so sicher, ob sie ihn nun gehört hatte oder nicht. Ihre Brust hob und senkte sich, und die Maschinen gaben dieselben Geräusche von sich wie zuvor. Täuschte er sich, oder sah er ein Lächeln über Vanessas Gesicht huschen? Nein, das war sicher nur Einbildung. Das konnte nicht sein. Am liebsten wäre er geblieben. Aber er musste heim. Seine Familie wartete sicher schon auf ihn. Die Kollegen ebenso.

Es dauerte ein paar Wochen, ehe Vanessa wieder aus der Klinik entlassen wurde. Während der ganzen Zeit besuchten sie sowohl Martin als auch Josef und Andrea, wenn es der Dienst zuließ. Danach folgten ein paar weitere Wochen Reha.

Zwei Monate später meldete sich Vanessa bei Martin zurück zum Dienst. Während der Besuche hatten sie es vermieden, darüber zu sprechen, was denn nun sei, wenn Vanessa wieder in der Inspektion erscheinen würde. Alle wussten sie, dass es für Vanessa keinen Weg gab, in den regulären Dienst zurückzukehren.

Sie bat das Team, sich im Büro zu versammeln und ihr zuzuhören.

»Ich möchte euch allen danken, dass ihr in dieser schweren Zeit für mich da wart«, sagte sie. »Ich habe euch als liebevolle und anständige Kollegen kennengelernt. Ihr wart … wie soll ich sagen … eine Familie für mich. Nun ist der Tag gekommen, über den ihr alle dankenswerterweise geschwiegen habt. Ihr habt mich weder bedrängt noch mir gute Ratschläge gegeben, was ich tun soll. Ich hatte auch Zeit genug, mir meine eigenen Gedanken darüber zu machen. Ich habe mich entschieden. Meine Mutter meinte zwar, dass ich völlig verrückt sei, aber ich bin nun mal Polizistin, und das will ich auch bleiben. Ich kann mir einfach nichts anderes vorstellen. Ich will eine Familie – eine Familie wie euch! Ich will hierbleiben und mit euch zusammenarbeiten, auch wenn das bedeutet, dass ich Innendienst machen muss. Mir ist es nicht egal, dass ich hier im Büro sitzen werde, während ihr draußen auf Verbrecherjagd geht. Aber ich werde mich damit arrangieren und euch bestmöglich unterstützen. Wenn ihr mich lasst …«, endete sie und ihre Augen glänzten feucht.

Martin, Andrea und Josef schwiegen. Sie waren betroffen. Jeder von ihnen hätte an Vanessas Stelle wahrscheinlich genauso gehandelt. Das wussten sie.

»Ich hab was vergessen«, sagte Martin. Er ging zum Handwaschbecken und entnahm ihm einen großen Blumenstrauß. Er reichte den Strauß Vanessa, nahm sie in die Arme und drückte sie kurz. »Willkommen im Team! Ich hoff, dass dir die Finger nicht so bald weh tun, wenn du unsere Berichte und Protokolle schreibst.«

ENDE